JN038106

庫

新装版

被　匿

刑事・鳴沢了

堂 場 瞬 一

中央公論新社

目次

登場人物紹介

鳴沢了《なるさわりょう》　…………西八王子署の刑事

畠山悠介《はたやまゆうすけ》…………衆院議員。水死体で発見
城所智彦《きどころともひこ》　………多摩歴史研究会幹事
片桐雅治《かたぎりまさはる》…………消防署員
片桐妙子《たえこ》…………片桐の妻
長瀬龍一郎《りゅういちろう》　……東日新聞の記者
長瀬勝也《ながせかつや》…………龍一郎の祖父。元都議会議員
長瀬善《ぜん》……………龍一郎の父。東日新聞社員
長瀬清子《せいこ》…………龍一郎の母。25年前に死亡
権藤《ごんどう》………………建設会社会長。畠山の後援会会長
大崎新二《おおさきしんじ》…………権藤の運転手
大崎有里《ゆり》…………大崎の娘。看護師

藤田心《ふじたしん》……………警視庁捜査一課刑事
新井《あらい》………………警視庁捜査一課班長
野崎順司《のざきじゅんじ》　………東京地検特捜部検事
内藤優美《ないとうゆみ》…………鳴沢の恋人
内藤勇樹《ゆうき》…………優美の息子
内藤七海《ななみ》…………優美の兄。鳴沢の親友

被匿

刑事・鳴沢了

第一部　夏の死

1

「一日遅かったな。これ、名刺だ」

「遅かったって、何がですか」鳴沢了《なるさわりょう》の名前がある名刺を受け取りながら、私は訊ねた。

「新聞ぐらい読めよ」

「読んでますよ」

「読んでりゃ分かってるはずだぜ」刑事課長の金子《かねこ》が、デスクの上の新聞を指差した。

昨日の夕刊の一面。盲点だった。いつも社会面から開くせいか、一面は見逃してしまうこともある。

『畠山悠介《はたやまゆうすけ》氏が事故死　衆院議員』

黒枠に囲まれた四角い顔写真つきの、二段の記事だった。どうして気づかなかったのだろう。現職の国会議員が死ねば、新聞でもテレビでも必ず取り上げられるはずなのに。そう考えてから、昨日は一日中家の片づけに追われて、新聞もテレビも見なかったことを思い出した。

「事故死ですか?」

「よく読めよ」

新聞を手に取り、立ったまま読んだ。

「三十一日午前六時十五分ごろ、八王子《はちおうじ》市諏訪町《すわちょう》の北浅川《きたあさかわ》で男性が死んでいるのを通行人が発見、警視庁西八王子署に届け出た。同署の調べでは、男性は衆院議員の畠山悠介さん(68)で、死因は水死。

現場は畠山氏の自宅近くで、同署では三十日夜、誤って川に転落、水死したものとみて調べている。畠山氏は都心での会合を終え、自宅に戻る途中だった。

畠山氏の死去に伴い、衆院が解散されない限り、10月28日に衆院東京24区で補選が実施される予定。

畠山氏の死去による衆院の新勢力分布は次の通り」

「たまげたな」ぽつりと言って、新聞を金子に返した。「確かに、こいつに気づかないようじゃ駄目ですね」

「テレビでも散々やってたぜ」馬鹿にしたように金子が鼻を鳴らす。「刑事なら、ニュースぐらいチェックしておけよ」

「昨日はいろいろとばたついてたんです」両手で顔を擦《こす》った。本来なら、新しい職場へ初めて出勤する日は気合が入るものだが、今の私は、心と体にぽっかり穴が空いたような疲れを感じていた。まだ何一つ始まっていないのに。

「まあ、アメリカ帰りでまだ時差ぼけが抜けないんだろう」金子がにやにやと笑う。

「ゆっくり体を馴《な》らしてくれ。向こうでは大変だったらしいな」

「いや」

大変だった。おそらく、金子が耳にしているよりもずっと。しかし、それを一々説明する気にはなれなかった。

「とにかく、昨日はこの件で朝からばたばたしてたんだよ」

「事故だったんですか」

「酔っ払っててな」金子が素《そ》っ気《け》なく言い切った。拳《こぶし》に頬《ほお》を乗せ、デスクに肘《ひじ》をつく。

「都心の料亭で飲んで、車で地元まで戻って来たんだけど、酔い覚ましをしたいからって、途中で車から降りた。家まで歩いて帰るつもりだったんだろう」

「家までどれぐらいあったんですか？」

「おいおい」金子の目が細くなる。「細かく突っこむなよ」

「突っこんでませんよ」肩をすぼめる。「ただの雑談じゃないですか」

「雑談ね」疑わしげに私を見てから続ける。「まあ、いいか。家から一キロってところかな。その途中にある橋から転落したんだ」

「一キロも歩こうとしたんですか」

日本の夏は暑い。特に今は八月――畠山が死んだ時はまだ七月だったが――だし、今年は記録的な猛暑が続いている。いくら夜遅いとはいえ、一キロも散歩する気になるものだろうか。暑さでかえって酔いが回りそうなものである。

「たった一キロだ」金子がわざとらしく指を一本立ててみせる。「歩いて十五分。ほろ酔いを覚ますにはちょうどいい」

「そんなものですか？　俺は酒を吞《の》まないから分からないな」酔う感覚はとうに忘れていた。最後に酒を吞んでから十年以上が経っている。

「吞まない？　何だよ、今夜は歓迎会だぜ」

「皆さん、昨日の件でお疲れでしょう。俺のための歓迎会なら遠慮しておきますよ」

「そうか？」金子の目の奥で何かが光った。できればこの男とは長く一緒にいたくない

——そんな本音《ほんね》が透ける。「ま、ここは基本的に暇な署だからな。のんびりやろうや」

どうにも、この男とは言い争う気になれない。定年間近になって西八王子署の刑事課長。出世の階段をよろよろと登ってきた男なのだろう。野心はとうに潰《つい》え、使命感も消えかけているはずだ。そういう男に仕事の意義を説いても手遅れである。薄くなった髪を上から見下ろしながら、腹の中で湧き上がる不快感を押し潰そうとした。

西八王子署。ほとんど、警視庁の西端まで来てしまった。ここより辺鄙《へんぴ》な所轄といえば、あとは青梅《おうめ》、そして島嶼《とうしょ》部ぐらいだ。アメリカで一騒動起こし、強制的に研修を打ち切られた私には似合いの場所かもしれない。

西八王子署は警視庁で一番新しい警察署で、八王子市の人口が五十万人を超えたのを機に新設された。甲州街道沿いにある庁舎はまだ新しい。管内視察の名目で、自分の車で走り回ってみることにした。刑事課のだらけた雰囲気《ふんいき》に身を浸《ひた》しているだけで、心が腐ってしまいそうだったから。

午後、遠慮なしに降り注ぐ陽射しは殺人的である。八王子の市街地は、全体が小さな盆地に入っているため、夏は暑く冬は寒い。窓を開けて車を走らせていたのだが、容赦なく入りこむ熱波に負けて、やむなくエアコンのスイッチに手を伸ばす。

東八王子署が人口五十万人の都市を守る都会の警察署の顔を持っているとすれば、西八王子署は田舎《いなか》の警察そのもののようだ。東八王子署の管内にはJRと京王《けいおう》の八王子駅、繁華街、都や国の出先機関が集まっている。西八王子署の管轄は市の西半分、駅でいえばJRの西八王子から西なのだが、管内の大半が低い丘陵地帯だ。奥へ向かえば本格的に山地になる。新しく開発された団地やマンションもあるが、全体には緑の色が濃い。そこを中央自動車道が東西に貫く。まだ豊かな自然の中を高速道路が走る、というのは日本の田舎の光景そのものではないか。どんな田舎でも道路だけは立派なのだから。

私の家は、八王子に隣接した多摩《たま》ニュータウンにある。それに学生時代は八王子市内の大学に四年間通っていたから、縁は深いといっていいのだが、すぐにはこの辺りの雰囲気に馴染《なじ》めそうもなかった。ニュータウンも大学も、本来の八王子の市街地とは離れた場所にあり、電車の路線も違う。山を切り開いて作った、人工的な、匂いのない街なのだ。

いつの間にか、畠山が転落死したという橋のたもとに来ていた。正面に中央道が見え、その向こうには緑深い山が広がっている。車を降り、熱い空気の中を歩き出すと、途端にワイシャツが汗ばみ始めた。上着を脱いで肩に担ぎ、ネクタイを少しだけ緩める。しばらく前に走り回ったアトランタ、そしてマイアミの熱気を思い出す。二つの街も暑かった。しかし八王子は、それとは異質の暑さに支配されている。湿り気が多く、熱が毛穴から入りこむようだった。

橋は片側一車線で、両側に低い段差の歩道がある。相当古いもののようで、欄干の茶色い塗装は剝《は》がれ、地肌の銀色があちこちでむき出しになっていた。菊の花が手向けられているのを見つけ、そこまで足を運ぶ。近所の人が供えたのだろうが、この暑さで既《すで》に萎《しお》れかけていた。缶ジュースが三本供えてあったが、中身は沸騰《ふっとう》しているかもしれない。

欄干に手をかけ、川を覗《のぞ》きこんでみる。ここ二、三日、毎日のように激しい夕立が降ったせいか、増水した川面は茶色く渦巻いていた。水面までの高さは十メートルほどか。落ちればかなりの衝撃を受けるだろうし、酔っていたら尚更だ。落ちたショックに加え、凶暴な水の流れが畠山の命を奪うのに、さほど時間はかからなかっただろう。

問題は欄干の高さか。思ったよりも低い。身長百八十センチの私が立つと、胸の辺りまでしかない。乗り越えるのは難しくないが、何かの拍子で——仮に酔っていたとしても——ここから転落する可能性は少ないように思えた。金子は「掌紋《しょうもん》がはっきり残っていた。指紋も確認できた」と言っていたが、それは必ずしも事故を裏づける材料にはならない。自殺、という可能性が脳裏をかすめた。掌《てのひら》が川の方を向いていたのか、道路の方を向いていたのかはこの際問題ではない。ダイバーが船の舷側《げんそく》から水に入る時のように、後ろ向きでも川に飛びこむことはできるだろうから。自殺でないことにしたのではないか、という疑念が膨《ふく》らんできた。仮にも代議士が川に飛びこみ自殺では、あまりにもみっともない。事故だったことにしてしまえば――いや、それはないか。代議士が自殺したところで、警察の仕事が面倒になるとは考えにくい。淡々と処理すればいいだけの話だ。

欄干に背を預け、周囲の様子を見渡した。川の両側には、堤防道路を隔てて民家が立ち並んでいる。亡くなった夜、畠山が車を降りたのは午後十時前だったという。酔い覚ましでゆっくり歩いてきたとしても、川に転落したのはそれから間もなくのことだっただろう。街が完全に寝静まる時刻とは言えない。これだけ家が立ち並んでいれば、目撃者もいそうなものだ。刑事課の連中はきちんと聞き込みをしたのだろうか。

「お暑いですな」

声をかけられ、振り向く。小柄な、私の胸までしかないような老人が穏やかな笑みを浮かべて立っていた。灰色の開襟《かいきん》シャツにそれより少し色が濃いスラックスといういでたちで、茶色い杖を持っていたが、それに頼らなければ歩けないというわけではないようだ。小柄ながら背筋はしゃんと伸びている。白いパナマ帽の下から、わずかに白髪がはみ出していた。ひさしの陰になった顔は皺《しわ》に埋《う》もれていたが、穏やかな目が印象的だった。

「暑いですね、八王子は」右手で顔を扇いだ。汗が額を伝い、目に入る。

「あなた、この辺の人じゃないですね」

「分かりますか」

「八王子は、とわざわざおっしゃった」

「ええ。住んでるのはニュータウンなんですけどね。山一つ越えただけで随分気候が違うようです」

老人が乾いた笑い声を立てた。

「そりゃあそうだ。あっちは別の街ですよ。ここは、夏は暑く冬は寒い。日本の四季を堪能するにはもってこいですよ」

「そうですね」

「お仕事ですか」

「転勤でこっちに来ました」

「ほう。どちらにお勤めですか」

「西八王子署です」隠すこともないだろう。

「ああ、警察の方ですか」納得したように老人がうなずいた。「だったらあちこち転勤も多いんでしょうねえ」

「そうですね」つい先日までアメリカにいた、という台詞《せりふ》は呑みこんだ。そんなことを話しても何にもならない。

「何年かいて、また転勤される。そういう繰り返しなんでしょうな」

「それが一般的ですね」

「じゃあ、せめて八王子にいる間は、この街を好きになるようにして下さい」丁寧な言い方だが、かすかに命令口調も滲《にじ》んでいた。「八王子には転勤族も多い。でも、ほとんどの人が街のことを何も知らないまま出て行きます。せっかく暮らすんだから、いろいろと知っておいて損はないでしょう。八王子には興味深い歴史がありますよ」

「そうでしょうね」何を言い出すのかと思いながら、相槌《あいづち》を打った。「この近くにお住まいなんですか」

「ええ、生まれた時からずっとね」

「じゃあ、私にもこの街のことを教えて下さい」どうせ暇なんだろうから、という言葉を呑みこんだ。

「もちろん」老人が顔を上げた。目が嬉しそうに輝き、口元に薄い笑みが浮かんでいる。

いわゆる「教え魔」ではないかと思った。自分の知識を人に伝えることに、無上の喜びを見出すタイプの人間がいる。スラックスのポケットから財布を取り出すと、名刺を一枚引き抜いて私に手渡した。「多摩歴史研究会　幹事　城所智彦」とある。顔を上げ、相手の顔を見やった。お前は名刺をくれないのか、と無言で要求していたので、慌てて真新しい名刺を渡す。最初に使うのが被害者でも聞き込み先でもないというのは、初めてかもしれない。

「鳴沢さんね。山梨の方にそういう地名があるけど、関係ないのかな」

「ええ。生まれは新潟です」

「ああ、新潟ですか。いいところですねえ。一度、旅行で岩室《いわむろ》の温泉に行ったことがありますよ」

城所の名刺をひっくり返した。裏には何の記載もない。

「すいません、お名前の読みは……」

「キドコロ。キドコロトモヒコ。この辺には多い苗字なんですよ。城がありましたからね、その辺りからきてるんでしょう」

「多摩歴史研究会というのは？」

「読んで字の如し、です。多摩地区ってのは、複雑な歴史を辿《たど》ってきましたからね。研究材料には事欠かないんです。暇を持て余した年寄りの集まりですけど、年に一度は会報を発行してますよ。一応、論文集ということになってます」

「それは凄《すご》い」

「いやいや」城所が首を振った。「年取って暇になると、どうしても昔のことにばかり目が向きましてね。特に私は、生まれた時からずっと八王子だから、どうしても自分の故郷に興味を惹《ひ》かれます」

「引退されて長いんですか」

「長い……いつの間にやら、もう十年以上経ちましたね。それまでは市役所に勤めてました。ここで生まれて、市役所で四十年近く勤めて、私の人生は半径二十キロぐらいの中で完結してますね」

「そうですか」こういう人生もあるのだろうな、とぼんやりと思った。

「ここで畠山さんが亡くなったんですね」城所が欄干に右手をかけた。さすがに、地元の人間にとっては大きなニュースだったのだろう。

「ええ」

「事故、だとか」

「そのようですね」

「はっきりしませんね」咎《とが》めるように城所が目を細めた。

「言い訳がましく聞こえるかもしれませんが、私は今日着任したばかりなんです。昨日の捜査には加わっていませんでした」

「ああ、そういうことですか」納得したようにうなずく。「それなら仕方ない」

「畠山さんはご存知ですか」

「知ってますよ。というより、地元で知らない人はいないでしょう」

「代議士ですからね」

城所が苦笑いした。その奥に、笑いでは済まされない何かが隠れているのを私は見て取った。

「畠山さん本人がというより、あの家がね。何しろ名家だから。戦前からずっと政治家の家系なんですよ。畠山さんのお父さんもお爺《じい》さんも政治家だった。彼で三代目だったんですよ」

「なるほど」親の七光りというべきか、世襲制の典型的な見本というべきか。いずれにせよ、私とは縁遠い世界の話だ。それでも、何故か話を合わせてしまう。「急に亡くなって、後継者はどうするんでしょうね」

「息子がいるからね」城所の唇が皮肉に歪《ゆが》んだ。「まあ、跡を継ぐんじゃないでしょうか。補選には間に合わないかもしれないけど、次の選挙には出てくるんじゃないかな。そもそも、そういうスケジュールになってたはずですよ」

「とすると、四代続けて政治家ということになるわけだ。確かに名門ですね」

「まあ、数だけ見れば」

「どういうことですか」

「政治家は、世襲する度《たび》に劣化コピーになるんですよ」

「そんなものですか」

「親よりもいい仕事をするのは難しいでしょう」

「そんなものですか？」

「特に東京ではね。そもそも二世議員が少ないですから、三代も続いた畠山さんは貴重な例外ですよ」

「そうですか」

「しかし、畠山さんがねえ」溜息《ためいき》混じりに言って、川面を見下ろす。「人間、どこでどんな不幸が待ってるか、分かりませんね」

「どんな人だったんですか」

「さあ」惚《とぼ》けているのではなく、本当に知らないのではないかと思った。「私はずっと、組合との係わりが深くてね。分かるでしょう？　そういう人間が、地元だからという理由だけで、保守系の代議士を応援するわけがない」

「それはそうでしょうね」

「でもね」一度唇を閉ざし、わざわざ私に向き直って言葉を継いだ。「まあ、事故に遭ってもおかしくないかな」

「どういうことですか」

「人間、年を取るといろいろなことがあるんですよ」

「どういうことですか」我ながら間抜けだと思いながら、同じ質問を繰り返した。

「どういうことも何も、そういうことです」城所が目を細めて笑った。「私だって足腰が弱ってる。若い頃と違って、ちょっとしたことで事故に遭う可能性が高くなるんですよ。蹴躓《けつまず》いたり、転んだりね。まして畠山さんの場合は……」

「何か特別な事情でもあったんですか」

「いやいや、私の口から無責任なことは言えませんよ。それを調べるのが警察の役目じゃないんですか。でも、事故ということになったら、それ以上は調べないでしょうけどね。警察もそこまで暇じゃないでしょう……いや、これは長居し過ぎてしまったな」帽子を被《かぶ》り直し、腕時計に目を落とす。マラソン選手が使うような、ナイキのデジタル時計だった。「散歩が日課でしてね。家を出てから戻るまで、毎日同じコースできっちり三十分。それ以上時間をかけないように気をつけてるんです」

「マラソンみたいなものですか」足元を見ると、ソールがしっかりした、しかし軽そうなジョギングシューズを履いている。

「そうですね」城所の顔がくしゃくしゃになる。「一秒でも遅くなったりすると、悔しくてね」

「お元気ですね」

「どうも。こういう気持ちがあるうちは大丈夫でしょう」城所が帽子のつばに軽く手を触れ、ぶらぶらと橋を歩き出した。一瞬立ち止まると首を傾《かし》げ、ゆっくりと振り向く。

「しかし、畠山さんがねえ」

捨て台詞のような言い方が、私の心に深い疑問を植えつけた。

疑問は人を動かす原動力になる。特に刑事の場合は。仕事がないのをいいことに、私はしばらく勝手に動き回ってみることにした。橋に近い家を片っ端から当たり始める。何軒かは不在で、それ以外の家でも引っかかるような話は聴けなかったのだが、六軒目で気になる話にぶつかった。

「森嶋《もりしま》」という表札がかかった真新しい家で、若い女性が応対してくれた。左の薬指にはめた結婚指輪は、まだ輝きを失っていない。結婚したばかりで、思い切って建売の住宅を手に入れたのだろう。

「あの件ですか？」不審そうに目を細める。

「ええ。一昨日の夜……そう、十時から十一時頃でしたけど、何か変わったことはありませんでしたか？　言い争う声を聞いたとか、普段はこの辺で見ない人を見たとか」

「そうですねえ……」女性が顎《あご》に人差し指を当てて首を傾げた。「この辺、夜も結構車が通るんですよ。国道の迂回路《うかいろ》になるんで、この辺に住む人がよく使うんです。十時から十一時だと、まだ賑《にぎ》やかなんですよね。だから、何か聞いたかって言われても」

「そうですか」

「だいたい、あんなことがあったなんて知らなかったんですよ。昨日の朝になって警察の人がたくさん来て何か調べてたから、何かあったんだろうなって思って。でも、事故があったのは、昼のニュースを見て初めて知ったんですよ」

「警察は、ここへは話を聴きに来なかったんですか？」

「ええ、特には。川原と橋の方でいろいろ調べてたみたいですよ」

クソ、金子め。いや、金子だけの責任ではない。他《ほか》の刑事たちも何をしていたのだろう。事故か自殺か、あるいは他殺か——どんなに状況が明白でも、結論を出すには時間がかかるものだ。その間、念には念を入れて聞き込みぐらいするのが常識ではないか。暇な署だというのは本当かもしれない。こんなところに長くいたら、勘もやる気も消えうせてしまうのではないか。

「でも、今日の午前中に話を聴きに来た人がいましたよ」

「今日ですか？　昨日じゃなくて？」誰だろう。金子はあくまで事故として片づけたがっていたようだが、私と同じような疑問を感じて動き回っている人間がいるのかもしれない。それならまだ、この署も救いようがある。怠惰《たいだ》は極めて伝染性が強いものだが、時には強靭《きょうじん》な抵抗力を持った人間もいるものだ。

「ええ。東京の方から来られたという話でしたけど」

「東京」ここは東京ではないのか。「誰ですか」

「それが、名刺も置いていかなかったんです」女性の顔が歪んだ。「もしかしたら、詐《さ》欺《ぎ》か何かですかね」

「いや、どうでしょう。詐欺師だったら、相手を信用させるために、まず名刺を出すものじゃないですか」頭の中で素早く計算した。東京から。所轄の頭越しに、本庁の捜査一課が直接動き出したのだろうか。代議士が死んで事件性があったら……そうなってもおかしくはない。

「だけど、心配なんですよ。最近は変な詐欺とか、多いんでしょう」

「そうですね。でもその人は、あなたの個人的なことを聴いていきましたか？」

「いえ、それはないです。特にメモしたりする様子もなかったし」

「どんな話をしていったんですか」

「それこそ、今刑事さんが聞いたような話ですよ。何か変わったものを見なかったかとか、そういうことです」

「そうですか」やはり本庁の捜査一課としか考えられない。しかしそうだとしたら、何故名刺を渡さなかったのだろう。自分たちが動いていることを所轄に知られたくなかったのか。いや、それはありえない。本部の人間にとって、所轄の刑事などただの手足に過ぎないのだから。抗議されようが、鼻を鳴らして無視すればそれで済む。

「あの、何なんですか」女性が不安そうに両手を揉みしだいた。「事件なんですか？」

「いや、まだ何も分かりません」

「新聞でもテレビのニュースでも事故だって言ってましたけど」

「補足捜査なんです。書類に書かなくちゃいけないことがたくさんありましてね」

「そうなんですか」

「そういうことです」首筋に流れ出す汗をハンカチで拭《ぬぐ》う。今日はどこまで気温が上がるのだろう。「もしも何か思い出したら連絡してもらえますか？　そうだ、名刺を……」

不審そうな表情を浮かべたまま、女性が私の名刺を返した。裏に携帯電話の番号を書きつけて渡す。

「分かりました」

「携帯の方に電話して下さい。出歩いてるから、署の方では摑《つか》まえにくいと思います」

咄嗟《とっさ》の判断だった。署に知られたくない。私の動きを快く思わない人間もいるだろう。

「それにしても、本当に静かな所ですね」車の通行量は多い。だがそれは、東京ならどこに住んでも同じことだ。駅から遠いことを除いては、環境は悪くない。

「そうなんですよ。それが取り得なんですけどねえ」

「この家は新築ですね」

「そうなんですけど、本当は引っ越したいんですよ」

「またどうして、新築の家なのに引っ越したいんですか。いい所なんでしょう？」

「主人の会社が新宿で。中央線で一本なんですけど、とにかく駅から遠いから、通勤が大変なんですよ。頑張って家を買ったんですけど、ちょっと調査不足でした」

「駅までどれぐらいかかるんですか」

「バスで十五分。二十分かかる時もあります。夜遅くなると本数も減っちゃうし。タクシーなんか使うと、お金も馬鹿にならないんですよね」家計簿の赤い数字が頭に浮かんだのか、溜息をついて左手の指輪を回した。

「そうでしょうね」

「でも、売り払うとしても、何か事件があったりするとマイナスじゃないのかな。売値、下げられちゃうんじゃないかしら」

「大丈夫でしょう。あなたの家で事件が起きたわけじゃないし」彼女の心に不安の芽を植えつけてしまったことを少しだけ後悔した。

「そうですかね」

「そうですよ……とにかく、何か思い出したら電話して下さい」

「ええ。近所の人も、この話で持ちきりなんですよ。何しろ、亡くなったのが偉い人でしょう？」

「国会議員が偉いかどうかは分かりませんけどね」


西八王子署の刑事課の部屋は、甲州街道に面している。私の席は、長野《ながの》という刑事の横になった。巡査部長、四十歳。小柄で、既に年齢が体型を侵食し始めている。やけに疲れて見え、席に着くなり栄養ドリンクを飲み干した。見ると、デスクの二番目の引き出しに箱ごと詰まっている。私がそれを見たのに気づくと、にやりと笑って瓶をゴミ箱に捨てた。

「こいつが結構効くんだ」

「ほとんど砂糖で、アルコールが少し入ってるだけじゃないですか」

「こういうのは気持ちの問題でね。あんたも飲むかい？　一本奢《おご》るよ」

「いや、疲れてませんから」あんなものを体に入れると考えただけでぞっとする。かえって体調を崩しそうだ。

「で、落ち着いたかい？」

「何とか」

「今日の昼間、街を回ってたんだろう」

「ええ」

「ここは広いからねえ。管内の地理を覚えるだけでも一苦労だぜ」指先で顎を掻《か》きながら言った。剃《そ》り残した髭《ひげ》が三本、やけに目立つ。「ま、ゆっくりやるといいよ。そんなに事件は多くないから」

「そうみたいですね」

「東の方と違って繁華街がないからね。向こうは酔っ払いの傷害事件なんかがしょっちゅう起こってる。ヤクザの事務所もあるしな。だけどここは、平和なもんだ」

「昨日は大変だったじゃないですか」

「昨日？　ああ、畠山の件か」デスクの一番上の引き出しから長い定規を取り出すと、肩を叩《たた》き始めた。首を左右に倒してストレッチの真似事をしたが、効いているようには見えない。「しかし、事故は事故だからな」

「結論が早過ぎませんか？」

「そうかね」さらりと言って、定規を引き出しに戻す。「別に、自殺や事件を疑う材料はないよ」

「酔っ払っていても、簡単に落ちるような場所じゃないと思うんですが」

「何だ、あんた、現場に行ったのか」長野の目が一瞬細くなった。だが、凄むのも長く続かないようで、すぐに柔和な表情に戻る。「ありえない話じゃないよ。あそこを見たら分かるだろう」

「畠山は相当酔っ払ってたんですか」

「泥酔状態だったんじゃないかな」

「血中アルコール濃度は？」

「〇・二」

泥酔ではないが酩酊《めいてい》という状態だ。千鳥足になり、自分で自分の体をコントロールできなくなる。私の疑念を見抜くように、長野が決めつけた。

「酔っ払いがどんな行動をするかなんて、予想できないだろう。何があってもおかしくないよ。実は畠山は、あそこで立小便をしようとしたらしい」

「へえ」

「尿《にょう》の跡が残ってたんだ。ズボンのチャックも開いてた」

「流されていく途中で服装が乱れたんじゃないんですか」実際、水死体はあちこちが傷つき、服が脱げてしまうこともある。

「あんた、疑い過ぎだ」疲れたように溜息をつき、長野が首を振る。「物事、大抵は見た目通りなんだぜ」

「しかし」だったら、誰が畠山のことを調べ回っているのだ。こんな呑気《のんき》なことを言っていたら、捜査一課にいきなり事件を持っていかれて恥を掻くことにもなりかねない。いや、そもそも死者に対して失礼ではないか。もしもこれが事件だったら――。

「おい、鳴沢」金子が自席から声をかける。立ち上がって近づくと、金子が口元に杯を持っていく仕草をした。「歓迎会だけど、どうする」

「さっきも言いましたけど、遠慮しておきます」

「お前の歓迎会なんだぞ」金子の手が唇のところで静止した。

「今日は先客があるんです」

「ほう、ガールフレンドかい」金子の口元がいやらしく捩《よじ》れた。「だったら、邪魔しちゃ悪いな」

「残念ながら男です」

「何だ、しけた話だな。まあ、それじゃまたにしようか」急に笑顔を引っこめ、私の顔を覗きこんだ。「お前、現場に行ったのか」

「ええ」私と長野の会話に耳をそばだてていたのだろう。この部屋では迂闊《うかつ》に話もできない。「勉強ですね」

「余計なことはするなよ。あの件は終わってるんだ。変な動きをしたら、死んだ人間にも失礼だぜ」

「十分に調べないで封印してしまう方が、よほど失礼じゃないですか」

「何かあるっていうのかよ」

「さあ」

「適当な思いこみで動き回るなって」欠伸《あくび》を噛《か》み殺しながら金子が忠告した。「ここにはここのやり方がある。勝手なことをするな」

大部屋の中をぐるりと見回した。だらけた雰囲気が小波《さざなみ》のように押し寄せてくる。おそらく、定時にはあっという間に無人になるのだろう。既に全員、腰が浮きかけている感じだった。

なるほど。これは見事な左遷《させん》である。暇な署は、刑事の精神状態まで変えてしまう。ここにいるだけでだらけ、今まで蓄積した経験や勘も失われてしまうかもしれない。研修先のアメリカで一騒動起こした私を罰するには、いかにも相応《ふさわ》しい場所だ。警視庁警務部は、人の処し方をよく心得ている。

2

「どうも、お久しぶりでございます」今敬一郎《こんけいいちろう》が深々と頭を下げる。下げたつもりだろうが、巨大な腹が邪魔になって、実際には軽くうなずいただけにしか見えなかった。

「また太ったんじゃないか」私は彼を眺め回した。眺め回すに相応しい巨軀《きょく》の持ち主である。「寺の仕事は楽みたいだね」

「何をおっしゃいますやら」憤然と今が抗議した。「命あるものをいただくわけですから、昔以上に感謝しながら食べている。その結果がこれです」

「要するに、食べる量が増えたわけか」

「物は言い様ではないでしょうか」今の顔に大きな笑みが浮かぶ。

今は父親の跡を継いで、故郷の静岡で寺の副住職に納まっている。それは予定通りの人生設計だったのだが――以前から明言していた――思い切りがいいというよりも無謀というべき行動に走ったことについて、私は首を傾げざるを得なかった。こんなことなら、そもそも刑事になる必要もなかったのに。しかし彼には彼の方で、別の考えがあるようだった。

「しかし、まだ背広が似合うな」

「お褒《ほ》めいただきまして恐縮です」

髪型も昔と同じ角刈りなので、見た目は刑事の雰囲気そのままだ。

「褒めてるわけじゃないよ。袈裟《けさ》姿が想像できないだけだ。そんなことより、飯にしようか」

「結構ですね。その言葉をお待ちしておりました」

「だけど、この辺りには人に勧められるような店がないんだ」

「大丈夫です。お任せ下さい」今がショルダーバッグから一冊の本を取り出した。

「まだそんなもの、持ってるのか」

「ええ、もちろん」にやりと笑って本の表紙を叩く。「どこへ行ってもその土地のものを美味《おい》しくいただく。それが感謝の気持ちにつながるんです」

「分かった、分かった」こちらも苦笑いせざるを得ない。今とは、ある事件で一緒に組んで仕事をしたのだが、その時も彼は常にグルメ本を携行していた。関心事はいつでも、捜査の行方《ゆくえ》ではなく次の食事をどうするかだった。「で、この辺でお気に入りの店は？」

「まあ、それは……残念ながら。鳴沢さんのご指摘通りです」

私たちは笑いを交換した。小田急《おだきゅう》線と京王線が乗り入れる多摩センター駅で待ち合わせたのだが、この近辺にまともな食事ができる店などないことは分かっている。これなら、私の家で手料理でも振舞った方がよかったかもしれない。

「強《し》いていえば、ホテルの中華ですかね」

「あそこか。美味《うま》いらしいけど、高いだろう」多摩センター駅の南口を出るとすぐ右側にホテルがある。観光地でもビジネス街でもないこんな場所に、どういう計算に基づいてホテルを建てたのかは分からないが、レストランはいつも賑わっている。このホテルの収益を支えているのは宿泊部門ではなくレストランだ、という噂《うわさ》がまことしやかに囁《ささや》かれていた。

駅を出て歩き始めた途端、軽い眩暈《めまい》に似た感覚に襲われた。三百メートルほど先にある多目的施設のパルテノン多摩が、嫌でも目に入る。斜面に埋めこまれた特徴的な作りで、一見すると巨大な階段にしか見えない。博物館やホールは、その両側に配されているのだ。階段を登り切ると、名前の由来でもある、神殿を模した門が待ち構えている。そこは多摩中央公園への入り口にもなっていた。

数年前、私はその階段で一人の男を射殺した。大事な先輩を。新潟から東京へやってきて、多摩署に勤務していた頃である。

頭を振って嫌な記憶を追い出す。人は誰でも、過去とともに生きていかなければならない。忘れることも笑い飛ばすこともできず、ただ傍《かたわ》らに置いてじっとその存在に耐える必要がある。

「どうかしましたか」私が固まっているのに敏感に気づいて、今が声をかけてきた。

「いや、別に。駅のこっち側にはあまり来ないんだ」

「何だか不思議な場所ですよね」

「ああ。ここをどういう街にしたかったのか、よく分からない」

「十年後の教科書に、街づくりの失敗例として載るかもしれませんね。住宅地なのに、一番近い公団住宅まで歩いて十分かかるっていうのは、構造として明らかにいびつです」

「ああ」

ホテルは駅からパルテノン多摩の方へ歩いて百メートルほどのところにあり、今《こん》が希望した中華料理店は四階に入っていた。

「大したものです」料理が並ぶテーブルを眺め渡して、今が深い満足の溜息をついた。

「実は、ここは前から注目していたんです。ホテルの中華としては、相当レベルが高い」

「そういえば、八王子の駅前にもこのホテルがあったな」

「新宿にもね」

「ここに入るのは初めてだよ」

「そりゃあそうでしょう。刑事がこんな店にしょっちゅう来られるわけがない」

確かに。メニューを眺めているだけで、羽の生《は》えた札が財布から飛び去るイメージが湧いてくる。クラゲの冷菜、三千円。芝海老のチリソース、二千六百円。豚の角煮、二千四百円。今テーブルに並んでいる料理の総額は、軽く一万五千円を超える。しかもメインのチャーハンとスープが出てくるのはこれからなのだ。それに今は、デザートを忘れるような男ではない。

「うーん、素晴らしい」最後まで残ったクラゲの冷菜を平らげながら今が唸《うな》った。「いい仕事をしてますね」

「分かった、分かった。お前さんのグルメ談義はもうたくさんだよ」

「美味いものを素直に美味いと褒めることは大事ですよ。それが人生の喜びです」

説教臭い台詞は今の十八番《おはこ》だ。ほとんどが自己満足で、聞き流しても問題ないものだが、時に肺腑《はいふ》を抉《えぐ》るような鋭い一言を発することがある。

「で、今日は何なんだ」突然「会いたい」と電話がかかってきたのは一昨日だった。

「鳴沢さんがアメリカからお戻りなら、会わないわけにはいかないでしょう。ご挨拶《あいさつ》ですよ」

「何言ってる」

「本当は、仕事の関係で東京に来る用事がありましてね」

「寺の仕事なんか、寺の中だけで完結してるんじゃないのか」

「そういうわけでもないんですよ」

「オヤジさん、元気なのか」

「ええ、それがですねえ」今が顔をしかめる。「病気したりして、そろそろ疲れてきたって言うから戻る決心をしたのに、私が帰ったら途端に元気になっちゃいましてね。あと三十年ぐらいはやれそうですよ。もともと長寿の家系なんです。爺さんは入院してますが、先月九十五歳になりました。ひい爺さんは百二歳まで生きたそうですよ」

「それならそれでいいじゃないか」腹回りを一向に気にしない今が長生きできるとは思えなかったが。

「まあ、そうなんですけど」短く刈り上げた髪をつるりと撫《な》でる。「こっちの覚悟を肩透かしされたみたいですよ。とにかく元気で、施設を作る、なんて言い出しましてね」

「施設？」

「ええ。それは私のアイディアでもあるんですけど、刑務所を出所した人間を受け入れる施設です。身寄りがなくて、出所した後も結局同じような環境に舞い戻る人間がたくさんいるんですよ。私たちがそういう人のための場所を提供できれば、更生にも役立つんじゃないでしょうか」

「そうかもしれない」少なくとも、俗世と離れている間は、悪の誘惑から逃れられるはずだ。

「そういう施設を運営しているお寺が、東京にありましてね。今回は、そこを見学させてもらいにきたんです」

「なるほど。だけど、それで商売になるのか？」

今《こん》が顔をしかめた。

「鳴沢さん、私の仕事は営利事業じゃないんですよ。金儲《かねもう》けする必要はないんですから……そんなことはいいです。それより、アメリカの話を聞かせて下さいよ」

嬉しそうに笑いながら、今が青梗菜《チンゲンサイ》に蟹肉《かににく》の餡《あん》をかけた料理をごっそりと自分の皿に取った。彼の場合、大皿から直接食べた方が早いのだが。

「別に、話すことなんてないよ」

「鳴沢さん、嘘はいけません」今がテーブルに身を乗り出した。

「嘘じゃないさ」

「いや、嘘ですね。話すことがないんだったら、どうして心に穴が空いたような顔をしてるんですか」

縦横のサイズが同じような人間にしては、今は実に繊細な心の持ち主だ。

「なるほど、いろいろ大変だったんですね」熱気が残るペデストリアンデッキをぶらぶらと歩きながら、今がぽつりと言った。

「大変じゃないさ。全部自分でやったことだ。責任は俺にある」

「そうは言っても、鳴沢さんの手の及ばないこともあったでしょう。人生とはそういうものです」

「説教ならごめんだぜ」

「説教じゃありません」今が力強い声で言い切った。「事実を言ってるまでですよ。過去は過去として受け止めて、明日には別の道を探すんですね」

「それが坊主の知恵なのか？」

「いや、人間としての処世術です。誰だって、毎日いろいろな失敗をする。それを反省して、次の日には同じ失敗を繰り返さないように注意することが大事なんです」

「まあ、そうかもしれない」

「話は変わりますけど、その代議士の一件、何かひっかかりますね」

「お前もそう思うか」

「ええ。ここは――」言葉を切って両手を広げる。巨体の彼がそういう仕草をすると、災害の前触れのような感じもする。道行く人が一斉に振り返った。「偉大なる田舎です。こんな風に綺麗にお化粧されてる場所もあるけど、基本的には純日本風の田舎なんでしょうね。そういう土地柄で、代議士みたいな人間がどういう存在になるか、鳴沢さんもお分かりでしょう」

「神聖にして侵すべからず、か」

「そういうことです。何かあっても、地元の警察レベルじゃ動きにくい」

「警察が代議士に抑えられてるとでも言うのか？」

「まさか」彼の言葉を否定するために、わざと乱暴に吐《は》き捨てる。「警察が代議士に抑えられてるとでも言うのか？」

「そういうことを鳴沢さんが認めたくないのは分かりますけど、実際にはあるんじゃないですか。所詮《しょせん》弱い存在ですよ、警察なんて」

「そういうのは、田舎の警察の話じゃないのか？　それこそ静岡県警みたいな。警視庁は、いろんな地方出身の人間が集まってるんだから、しがらみなんかできないと思うぜ。だいたい、転勤がしょっちゅうあって人が入れ替わるんだから、地元との癒着なんかできるわけがない」

「鳴沢さん」今が立ち止まる。「いつからそんなに甘い人になったんですか」

「甘い？　俺が？」

「そう」自分を納得させるようにうなずく。「人が入れ替わっても何も変わらないんですよ。申し送りはあるし、地元の人間は何とか警察を取りこもうとするものです。もちろん、悪いことばかりじゃない。地元と仲よくしておけば捜査に協力もしてもらえるでしょうし、防犯的にも、地域の実力者と警察の関係が上手くいってるのはいいことですよ。でも、それだけじゃないでしょう」

「そうか」

「そうですよ」力をこめて今がうなずく。「少しでも疑問に思ったらやるべきです。周りの目を気にするのは鳴沢さんらしくない」

「それは気にしてない」

「だったら、何を迷ってるんですか」

「誰かが俺の頭越しに調べてるからだよ」

「本庁の一課？」

「そうじゃないかと睨《にら》んでるんだけど」

「うーん、どうかな」今《こん》が頭を撫でた。「少しでも殺しの疑いがあるなら、いくら何でも所轄に一言あるでしょう。調べるのにも手足が必要ですからね。あるいは、地元をまったく信用していないのか」

「仮に畠山が自殺だったとして、どうしてそれを事故にしなくちゃいけない？」

「恥、ですかね。遺族にでも頼まれれば、事故だったことにするかもしれない」

「殺しだとしたら、どうだ」

今が首を振った。

「それは、私の想像力の及ばないところですね。まあ、一つだけ言えるとしたら、やっぱり本人にも家族にも恥をかかせたくないということじゃないでしょうか」

「そんなものかな」

「鳴沢さん、新潟市の生まれでしたよね」

「ああ」

「市内の真ん中ですか」

「そうだけど」

「だったら、そういうしがらみは分からないかもしれないな。田舎でも都市化が進んでる街はありますからね。新潟市なんか、日本海側で一番大きな街でしょう？」

「俺は中学校までしか新潟にいなかったんだぜ。十四歳や十五歳じゃ、そういう微妙な温度の違いは分からないよ」

「そうかもしれません。でも、とにかく引いちゃ駄目ですよ。疑問に思ったら突っ走る。それを忘れてはいけません」

「どうして」

「それがあなたのアイデンティティだから」真顔でうなずいた。「誰かと衝突することになっても、鳴沢さんらしさを捨ててはいけない」

「坊主の台詞とは思えないな」

「まだ半分、気持ちが刑事でしてね」小さく笑って、今が夏の夜空を仰ぎ見た。その顔に、現在の立場を後悔するような寂しい表情が過《よ》ぎるのを私は見逃さなかった。

翌日も暑くなった。出かける頃には既に気温は三十度近くまで上がり、起き抜けにシャワーを浴びたことを後悔し始めた。夏の朝のシャワーは、必ず汗の呼び水になる。レガシィのエアコンの設定温度を一度下げ、顔を掌で扇ぐ。一度、署に顔を出さなければならない。しかしその後は、何もなければ私の時間だ。

半《なか》ば予想していたことだが、署内にはだらけた雰囲気が漂っていた。朝の挨拶だけ済ませてから黙って抜け出す。誰にも何も言われなかった。金子からは「勝手に動くな」と忠告の一つもあってもおかしくないのだが、部下を叱責するよりも大事なことがあるのだろう。今日の昼飯を何にするかとか、退職後の生活を支える預金残高の計算とか。

橋を中心に聞き込みを始める。距離が次第に伸び、やがて橋が見えない場所まで来てしまった。早くも疲労が忍び寄ってくる中、ふと思い出す。今日は、昼前から畠山の地元での葬儀があるはずだ。聞き込みを中断して顔を出してみるか。葬儀では見るべきものがいくらでもあるのだ。遺族の表情とか、参列者の名前とか。

現場から離れ、斎場まで走った。一度に四つの葬儀を同時進行させられる大きな斎場だったが、畠山家の葬儀は一番大きな会場で行われていた。駐車場には黒塗りの車が溢《あふ》れかえり、受付には長蛇の列ができている。その中で、派手なエアロパーツで飾られた私のレガシィは完全に浮いていた。死んだ父親が残してくれた車だが、こういう状況で使うことを考えなかったのだろうか。新潟県警の捜査一課長まで務めた人間なのに、そういうことに気の回る人ではなかったようだ。

こういう時のために、グラブボックスには黒いネクタイを突っこんでいるのだが、今日のスーツは茶と白の千鳥格子だ。黒一色の葬儀場では浮いてしまうので、何気なく入りこむのは難しいだろう。仕方なく、受付が見える位置に立ち、暑さに耐えながら人の流れを観察する。喫煙所の近くなので、漂ってくる煙とも戦わなければならなかった。

時々、人の波が大きく動く。大物政治家が取り巻きを引き連れて来場する時だ。ＳＰもいる。やけに体格がいい上に——ＳＰには身長規定もあったはずだ——制服のように赤いネクタイをしているので、すぐにそれと分かるのだ。顔を知られてはいないだろうが、ＳＰを見かける度にうつむいて、アスファルトの模様を眺めるようにした。噂が伝わって、面倒な話にならないとも限らない。テレビカメラも避けるように努めた。

それにしても、この葬式の規模は、政治家としての畠山の実力を実感するに相応しいものだった。結局人は、死んだ時に初めて、どんな人間だったかが分かる。

昨夜、今《こん》と別れた後に自宅で調べてみたのだが、畠山の初当選は八六年で、この時四十七歳だった。働き盛りである。やはり代議士だった父親の秘書から政治の世界に入り、八王子市議、都議を経て国政に打って出た。政治家として、まず順調なステップアップである。総理大臣になれるほどの器ではなかったようだが、本人のホームページには、これまで歴任した役職が誇らしげに——あるいはだらだらと書きこまれていた。大臣も二回経験している。大学卒業後に電電公社に勤務していたという経歴を見ると、通産畑が専門だったのも納得できた。家族は妻と息子一人、娘一人。地盤を彼に譲り渡した父親は、十年前に亡くなっていた。

ホームページに掲載されていた写真を頭の中で再現する。政治家というのはいつもそうだが、写真を撮られる時に、必ず最高の表情を見せるものだ。ダブルのスーツがこれほど似合う人間を見たのは久しぶりだった。血色のいい、皺の目立たない顔。綺麗に銀色になった髪を七三に分け、穏やかな笑みを湛《たた》えている。

参列者は引きも切らなかった。一瞬人の流れが揺れ、テレビカメラのライトが点《とも》る。首相のお出ましだ。私はそれを横目で追いながら、ふと強い視線を感じた。誰だ？　壁から背中を引き剝がし、周囲を見回す。誰か、私と同じような意図をもってこの斎場に来ている人間がいる。聞き込みをしている人間がいる——昨日の話が脳裏に蘇《よみがえ》った。

誰だ。

この場に不釣合いな人間は、私以外には見当たらない。隣の式場の受付にも目を向ける。そちらでは一般家庭の葬儀が行われているようで、参列者の列はできていなかった。歩き出す。自分の車に戻って、しばらくそのまま待った。誰かにつけられている、あるいは見張られている気配はない。あれは気のせいだったのか。

違う。

異質な気配を見逃すほど、私はぼけてはいない。むしろ感覚は研ぎ澄まされているように感じた。

現場に戻る。橋の反対側でも聞き込みをしてみるつもりだった。橋の手前の狭い道路に車が一台停まり、運転席に人が座っているのが後ろからも見えた。追い越し、橋の先まで行って車を停める。橋に向かって歩き出すと、一人の男が欄干に腕をかけて川を見下ろしているのに気づいた。この暑いのに黒いスーツを着こみ、ネクタイもきちんと締めている。年の頃、四十歳ぐらい。小柄だがスーツの肩の辺りは苦しそうで、みっちりと筋肉がついているのが分かる。軽量級の柔道の選手のようだ。そして、発する気配は刑事のそれである。先ほどの車をちらりと見た。練馬《ねりま》ナンバー。都内から来ている。運転席に座った男は、表情をサングラスで隠していた。捜査一課の刑事が二人組で、八王子まで出張《でば》ってきたということか。

橋に佇《たたず》む男が顔を上げ、私を認めて軽く会釈をした。知った顔か？　記憶にない。だが、男はうつむきがちに私の方に歩いて来る。表情は窺《うかが》えなかったが、その歩調は確信に満ち、心が逸《はや》るのを抑えきれないような様子だった。まるで旧知の人間と久しぶりに再会したように。

私から一メートルほどの距離を置いて立ち止まると、すっと顔を上げる。柔道ではなくレスリングの経験者だ、と見当をつけた。俗に「カリフラワー」と呼ばれる通り、耳が潰れている。ラグビーでもフォワードの前三人は同じようになるが、骨格の太さからそちらの経験者ではないだろうと判断した。

「あなたが鳴沢さん、ね」

「俺を知ってるんですか」

「まあ、あなたは有名人だから」皮肉な笑みが浮かぶかと思ったが、男は真顔でうなずきかけた。

「本庁の人ですか」

「いや」

「俺の知り合いは、警察官か犯罪者しかいないんですけどね」

「案外狭い世界に生きてるんだね」男が首を振った。「刑事さんは、もっと広く世の中のことを知るべきだな」

「思わせぶりな言い方はやめて下さい。それほど暇じゃないんで」

「なるほど、噂に違《たが》わぬ人だ」男の唇の端がわずかに持ち上がった。

「ろくな噂じゃないでしょう」

「原理原則の人。扱いを間違えるとえらいことになる。不安定な核兵器みたいな男」

「そんなに扱いにくいとは思いませんけどね」

「自分では分からないだけじゃないかな。自分のことが自分で分かっている人間なんて、いないかもしれないけど……ところで、飯でもどうですか」

「は？」

「少し遅いけど、昼飯時だ」わざとらしく腕時計を見下ろす。「葬式を見てたから、少し遅れてしまってね」

葬式？　先ほど斎場で感じた気配は、この男のものだったのだろうか。「葬式に出た」ではなく「見てた」とは、そういう意味ではないか。私と同じように、あそこに集まる人の様子を窺っていた。

「あの葬儀は地元向けでね。しばらくしたら、都心でお別れの会をやるようですよ。それより、どうですか」探りを入れるように男が切り出した。「あなたも昼飯ぐらい食べるでしょう」

「見ず知らずの人と食べる習慣はありませんよ」

「まあ、そう言わずに。八王子には美味い蕎麦屋《そば》があるそうじゃないですか。あなたは転勤してきたばかりだから知らないかもしれないけど」

「いや、ちょっと――」

男が私の肩を軽く叩き、追い越していく。振り返ると、それまでとは打って変わって厳しい表情を浮かべていた。

「東京地検特捜部。野崎順司《のざきじゅんじ》」

野崎は西八王子駅の近くにある蕎麦屋に私を誘った。車を運転していたのは事務官だろうが、店には入らない。私が三色せいろを頼むと、彼は鴨南蛮と田舎蕎麦を注文し、必ず鴨南蛮を先に持ってくるよう念を押した。

「食べ過ぎじゃないですか」

「午後は一杯働くから、エネルギーを補給しておかないとね。ただし、夜に食べ過ぎる奴はクズだ」

「一応、理に適ってますね」

「そういうこと。しかし、これで酒でもあれば最高なんだけどな」

「それじゃ仕事にならない」

「なるほど、やっぱり噂通りだね」

　肩をすくめてやると、野崎がにやりと笑う。

「そういうのも板についてるね。アメリカ仕こみかな」

「それほど大袈裟なものじゃないでしょう。誰でもできますよ」

「そうか」

　蕎麦が運ばれてきて、私たちは黙って食事に取りかかった。きりりと冷えた蕎麦は美味かったが、どうにも気分が落ち着かない。しかし、野崎はこってりとした鴨南蛮を堪能している様子だった。季節はずれなので冷凍ものに違いないし、そもそもこの陽気で鴨南蛮を食べる気になるのも異常だが。案の定、脂の浮いた汁を啜《すす》っているうちに、彼の額に汗が浮かび始める。この後、田舎蕎麦の冷たさで暑さを相殺しようという考えだったのかもしれないが、蕎麦湯を楽しみ終わるまで、汗は額を流れ続けた。お絞りで丹念に顔全体を拭い、一息つく。

「さて」両手を軽く打ち合わせて私の顔を真っ直ぐ見据えた。「あなた、あんなところ

「蕎麦猪口《ちょこ》を脇に押しやると、西八王子署は、今は暇なんだ」

で何をしているんですか」

「管内巡視」

「ほう」全く信じていない様子で、わずかに首を傾げる。蕎麦猪口《ちょこ》を脇に押しやると、少しだけ前のめりになった。「そういうのは署長さんの仕事だと思ってたけど。西八王子署は、今は暇なんだ」

「今だけじゃないでしょう。島嶼部を除けば、都内で一番暇なんじゃないかな。奥多摩の方がまだ賑やかですよ。時々遭難騒ぎがあったりするから」

「クマが出たりとかね」野崎がにやりと笑った。「東京は広い。というより、多摩の西の方は本当に広い。東京の地図を真剣に見たこと、ありますか？　八王子なんていうと随分西の端の方に思えるけど、この辺だって地理的には中心から少し西にずれてるだけなんですよ」

「一つ、訊いていいですか」

「何かな」

「あなたこそ、こんなところで何をしてるんですか。忙しくてのんびりしている暇なんてないと思ってたけど、それは私が勝手に想像していたことですかね」

「まあ、あなたが考えてることはだいたい合ってるんじゃないかな」

「小役人を苛《いじ》めたり、ちょっと金儲けをした奴を見せしめで捕まえたり、そういうことをしてると確かに忙しいでしょうね」

野崎のこめかみがひくひくと脈打った。ワイシャツの首元に指先を入れてネクタイを緩めたが、暑いわけではなく、そうすることで膨れ上がる緊張感を解放しようとしているようだった。ほどなく、引き攣《つ》った表情が穏やかになる。

「あの橋、先日事故があったところですね」私に訊ねる声も静かだった。

「らしいですね」

「あなたが着任する前というわけだ」

「そういうことです」

「で、どうしてあそこに？」

「暇だから、管内の地理に慣れるついでに寄ってみたんですよ」

「二日続けて」

「あなたはどうなんですか」ひりひりとした沈黙が流れた。押し潰した声でそれを打ち破る。「現場付近で聞き込みをしていた人がいたそうですね」

「へえ」

「特捜部の検事さんは、自分の靴底をすり減らすようなことはしないと思ってましたよ。

容疑者を地検まで呼びつければ、それで仕事になるんでしょう」

「呼ぶまでが大変でね、これが」野崎が完全に潰れた耳の後ろを掻いた。「刑事さんでも俺たちのことを誤解しているわけだ。容疑者を面と向かって調べるまでの下準備こそ大事なんだけどね」

「畠山が何かの容疑者だとでも?」

野崎の肩の辺りがぴくりと動くのを私は見逃さなかった。取り調べることに慣れている人間ほど、追及されると弱かったりする。

「容疑者がいきなり死んで、あなたは不信感を抱いた。それで自分で現場まで調べにきた。そういうことじゃないんですか」

「最近、警察は緩いね」

「緩い?」

「そう」野崎がお絞りで顔を拭った。「やるべき捜査をやらないで、適当に済ませてしまったりする。そういう話、あちこちで聞きますね。これじゃ、死んだ人が浮かばれないよ。どうしてそんな風になるんだろう。事件が増えて忙しくなるのが嫌なのか、死者に対する敬意が希薄になっているのか」

「それは、俺がコメントすべき話じゃないですね」

「逃げるわけか」

「は？」

「自分の足元も見詰められないで、偉そうに『頑張ってます』とは言えないんじゃないかな。あんたが一人でどんなに頑張っても、一般市民は警察を一つのまとまった組織としてしか見ない。一人阿呆がいれば、組織全体が間抜けに見えるわけだよ」

　怒りを飲み下し、じっと彼の顔を見詰めた。何故こんな挑発をしているのだろう。私から情報を引き出すためなのだ、と思い至った。しかしこういうゲームを続けることに意味はない。何しろ情報が欲しいのは私の方なのだから。

「どうした、言うことはないのか」

「ないですね」財布から千円札を抜き、テーブルにそっと置いた。本当は、天板を割る勢いで叩きつけたかったのだが。「これで失礼します」

「あんた、この件をどうするつもりだ」前屈《まえかが》みの姿勢のまま、上目遣いに私を見る。

「やるべきことをやるだけです」

「何か分かったら俺にも教えて欲しいな」

「その義務はないでしょう。あなたと私の間には、直接のルートがない。あなたこそ、本来の仕事に戻って下さいよ。所轄署が捜査してるところへ首を突っこんで掻き回すのはやめて下さい。無意味です」

「意味があるかどうかはそのうち分かるよ。あんたがいろいろ注意してればね」

「どういうことですか」

両耳の脇に掌を立てて見せた。

「耳は澄まして、目は大きく見開いておく。アンテナを張り巡らせておけば、自ずと情報は入ってくるものだよ」

「では、あなたもアンテナを張り巡らせておくといい。私から聞かなくても、どこから入ってくるんじゃないですか」

最後は短い睨み合いで終わった。筋違いも甚《はなは》だしい。こんなところで油を売っている暇があるなら、彼にはやるべきことがいくらでもあるはずだ。

だが、彼の目が「お前こそ筋違いだ」と訴えているように思えてならなかった。

3

誰も私の動きに注意を払っていないのをいいことに、勝手に動き続ける。しかし、新しい事実はまったく出てこなかった。聞き込みをしようと決めた範囲内で、まだ話ができていない相手もいたが、それを潰していっても出てくる結論は同じではないかという気がしてきた。

畠山の葬儀の三日後、私は再び現場の橋に足を運んだ。誰かが手向けた花はもう片づけられ、事故を思い起こさせるものは何一つ残っていない。炎天下の陽射しは頭を焼き、白く飛んだ光景が、露出過多の写真のように目の奥に焼きついた。川のせせらぎを聞くには水面は遠く、しかもひっきりなしに通り過ぎる車が静かな時の流れを邪魔する。

「やあ、どうも」声をかけられて振り向くと、城所が手を上げていた。先日と同じようなシャツとスラックスという格好だが、杖だけが違っていた。この前見た時は木製だったが、今日は金属製だ。時々杖を替えるのが、彼にとってのこだわりなのかもしれない。ゆっくり歩いて来ると、私の横に立って川面を見下ろす。

「どうですか、何か手がかりは見つかりましたか」

「いや、捜査のことは――」

「そう突っ張りなさんな」城所がにやりと笑う。「顔を見れば分かりますよ。物事が上手くいってない時は顔に出るもんです」

「これでもポーカーフェースのつもりなんですけどね」

「だとしたら、あなた、賭け事はやらない方がいいね。そもそも私は、ポーカーフェースの人間なんて信用してませんよ。そういう人間は、詐欺師になるべきじゃないかな。悔しい時は悔しい、辛《つら》い時は辛い表情が出るのが普通の人間だし、私はそういう人を信用したいですね」

「じゃあ、今の私はどんな顔をしてますか」

「そうね」城所が私の顔をじろじろと眺め回した。「暑くて参ってる、かな」

思わず苦笑が浮かんだ。それを見て、城所もにやりと笑う。

「ちょっと冷たいものでも飲んで一休みしたらどうですか。この暑い中、ずっと歩き回ってるとばてますよ。うちはすぐそこだから、どうですか？　何かご馳走《ちそう》しましょう」

「いや――」

「仕事中、というのはやめましょうよ」城所が微笑《ほほえ》みを浮かべた。「どういう捜査かは知りませんが、あなたはこのクソ暑い中、一人で頑張ってる。ちょっと冷たいものを飲んだぐらいじゃ、バチは当たりませんよ」

「しかし」

「若いんだから、遠慮することはないですよ。それに地元の人間と知り合うのは、仕事をする上でも悪いことじゃないでしょう。まあ、私があなたの役に立つかどうかは分からないけど。それより、今日はちょっと疲れたな。車だったら、家まで送ってもらえるとありがたいんですがねえ」額に手を翳《かざ》し、小さく溜息をついた。

だがそれが、私を家へ誘うための嘘だということはすぐに分かった。城所の家は、橋を渡ってすぐ、歩いても五分とかからない場所だったのだ。家は昔の農家のような大きな作りで、母屋の前は広い庭になっている。右手には、物置というには大きな建物があった。私がそちらを見ているのに気づいて、城所が説明してくれた。

「昔は畑もやってたんですよ。あそこには、農機具なんかを置いてあったんです。今はただの物置ですけどね」

「市役所の仕事をしながら畑ですか？」

「ほんのお遊びですよ。畑仕事っていうのも、才能や努力が物を言う世界でね。私は、自分の家の食卓に乗せる野菜も満足に作れなかった」

「それにしても、広いお宅ですね」

「昔からこの辺に住んでる人間としては、これぐらいは普通ですよ。でも、広いからっていいことばかりじゃない。手入れも大変だし、簡単に建て替えもできないんですからね。この家だってオヤジの代からでして、築五十年は経ってる。そろそろガタがきてるんだけど、こいつを建て直すとなったら相当大変ですよ。まあ、バアサンと二人暮らしだから、今さらどうでもいいんだけどね。私らが死んだら、子どもたちが適当に処分するでしょう」

「子どもさんは何人ですか」

「三人」顔の前で指を三本立ててみせる。「でも、みんな独立してましてね。上の男の子二人は板橋《いたばし》と葛飾《かつしか》に住んでて、もう自分の家を持ってる。一番下の女の子は大阪に嫁ぎました。要するに、この家を継ぐ人間は誰もいないんですよ。処分すれば少しは金になるかもしれないけど、それは子どもたちが決めることです」

「寂しいですね」

「いやあ、そんなことはないですよ」そう言う城所の顔は、確かにさばさばしていた。「うちなんかは、家柄にも土地にも拘《こだわ》る意味がないから。ここにはジイサンの代から住んでるけど、ただそれだけですよ。私自身も、そんなに拘りがあるわけでもないし。どこか別の場所へ引っ越す資金力がなかっただけの話ですよ。畠山さんみたいな家だったら、話はまた別でしょうけどねえ」

「どういうことですか」

「政治家ってのは、一旦住んだ土地から簡単には離れられないんじゃないかな。よく、『地盤、看板、鞄』って言うでしょう。中でも一番大事なのが地盤でね。一度作り上げた地域との関係は簡単に切れないし、逆に言えば、新しく作るのは大変だ。『国替え』

とか『落下傘候補』ってよく言うけど、あれは本当にパワーがいるでしょうね」

「でも、支援者も代替わりするでしょう」

「それはそうだけど、畠山さんのところが三代も続いたのはどうしてだと思います？　それこそ、地盤の方も三代、代替わりして続いてるからですよ。父親から息子へ、孫へって具合にね……おっと、無駄話が長くなりました。ま、ボロ家ですけど、その分どうぞお気楽に。バアサンは出かけてるようだけど、お茶ぐらい出しますよ」

古い家らしく、中へ入るとひんやりとした空気が漂っていた。それだけで汗がすっと引いていく。「書斎だ」ということで通された部屋は、実際には書庫という方が相応しかった。四方の壁は全て本棚で、デスクを押し当てた窓のところだけ、ぽっかりと隙間《すきま》が空いている。黴《かび》と紙の匂い――古い本の匂いが狭い空間に充満していた。本来六畳ほどあるはずの部屋は、四方を本棚に囲まれているので四畳半ほどになっていたが、残ったスペースは小さなソファが二脚と天板がガラス製の丸いテーブルに占領されていた。テーブルには、黄色いナスタチウムの一輪挿し。大振りの花は、辛気《しんき》臭い部屋の中で唯一の生気ある存在だった。暑さ抜きの夏の香り。

「ま、おかけ下さい」言い残して城所が部屋を出て行ったが、私は立ったまま本棚を眺めた。背表紙の文字がかすれて読めなくなっているものも多い。全体を貫くのは、歳月を重ねた書物に特有の茶色だ。地元関係の歴史書が多いようだが、一角は時代小説のコーナーになっていた。蔵書の数はここには遠く及ばないものの、やはり刑事だった私の祖父も時代小説を本棚に並べていた。公務員は誰でも、歴史に興味を持つようになるものだろうか。今のところ、私にはそういう趣味はなかったが。

「やあ、こんなものがありましたよ」城所が両手に持ったラムネの瓶を掲げてみせる。一本をテーブルに置くと、もう一本のビー玉を押しこんで私に手渡した。しっかりした重みの感じられる瓶を受け取り、ソファに腰を下ろす。革は硬くなっていたが、がっしりした作りで座り心地は悪くない。

自分の分のラムネを開け、城所が一口飲んで溜息を漏《も》らした。

「いやあ、懐かしいね。子どもの頃はこいつが大好きで……さ、どうぞ、遠慮しないで」

この手の砂糖水は苦手なのだ、とは言えなかった。一口飲むと、強烈な炭酸が口内に痛みをもたらし、きつい酸味が喉《のど》を焼く。無理に笑みを浮かべて「美味いですね」と言ってから、城所と向き合う。

「地盤の話ですけどね」

「ああ？」

「畠山さんの地盤の話です」

「ああ、そのこと」

「畠山さんは、この街では相当大きな影響力を持ってるわけですよね」

「後援会も大きいしね。九六年に小選挙区比例代表並立制が導入された時に、他の政治家の皆さんはいろいろ苦労されたんだけど、畠山さんにはプラスになりましたよね。楽々トップ当選。というのも、彼の地盤は元々、圧倒的に八王子だから。それまでは、他の街で結構苦しんでたんだけど、新しい区割りでは八王子が一市で単独選挙区になりましたからね。そりゃあ、楽勝ですよ。何と言っても三代前から続いてるんだから、その強みがある。あの家は、特に先代が実力者でした。中興の祖とでも言うんですか」

「畠山さんのお父さん」

「そうそう。大臣経験は一度だけで、その点では息子の方が勝ってるんだけど、党内での力はずっと上でしたからね。党務に強い人だったから、あちこちに顔が利いたわけですよ」

「畠山さん本人も、有能な人なんでしょうね」

「有能……」一瞬、城所の唇が皮肉に歪んだ。「政治家は何をもって有能というんでしょうねえ。あなた、どう思います？　少なくとも彼の場合、地元に橋や道路を作ったわけじゃない」

「ああ」頭の中で畠山の経歴をひっくり返してみた。「そういえば、もともと電電公社に勤めてたんでしたよね。通産畑ということは、地元にとってはあまり役に立つとは思えませんね」

「ほほう、あなたもそれなりに調べたんですね」にやりと笑ってラムネを一口飲む。「でも、保守系の政治家としては、そういうキャリアが特殊な強みになったんじゃないかな。電電公社は昔から組合が強いところだったけど、そことのコネクションもあったはずですよ。それよりも、通信系議員という珍しい立場を確立したことの方が面白い」

「通信系？」

「そうそう」立ち上がり、城所が本棚からスクラップブックを抜き出した。指を舐《な》めながらページをめくる。「インターネットが普及し始めた頃、彼は先頭に立って随分発言してたんですよ。考えてみれば、あんなのは線のつながりだからね。で、最初の頃は電話線を持ってたNTTが強かった。それだけの話ですよ。ところが、詳しい人間が少なかったから、ちょっと喋《しゃべ》っただけで『IT議員』なんて呼ばれてたはずだな。今考えると、何だか間抜けな呼び方だけど……ほら、これだ」

城所がスクラップブックをひっくり返し、手渡してくれた。九五年の日付のある記事の切り抜きである。目を通す前に、彼に確認してみた。

「城所さんは、畠山さんにはあまり興味がないと思ってましたけど」

「いやいや、そんなことはありませんよ」顔の前で大袈裟に手を振った。目は笑っている。「敵を知る、みたいなところもありましてね。というより、地元のことは何でも気になって、すぐにスクラップするんですよ。趣味というか、条件反射みたいなものですね。新聞記事ってのは、日々歴史を綴《つづ》ってるわけだから、ちゃんと取っておくと将来役に立つかもしれないし。もっとも、バアサンは嫌がってますけどね。部屋が黴臭くなって困るからって」

「なるほど」記事に目を落とす。『マルチメディア革命は政治を変えるか』と題したインタビュー記事で、写真つき。内容は読まずとも想像できた。インターネットやITに詳しい政治家として、得々とネットワークの効能を喋っているのだろう。考えてみれば、非常に先見の明があったことになる。九五年頃、インターネットの意味を正確に説明できる政治家が何人いただろう。

「ね、見ての通りで彼は一時、政界でインターネット普及の旗振り役になってたんですよ。確か、ホームページを作ったのも政治家の中では早いほうだったはずです」

「目のつけ所がいいですね」

「元々理系の人間だったから、理解も早かったんでしょう」

「なるほど……」お義理でスクラップブックを眺め、最後に表紙を見る。「国会議員関係」と油性ペンで太く書かれていた。もう一度開き、最後のページに辿り着く。そこに張られた記事に私の目はひきつけられた。

『畠山氏、引退を示唆《しさ》』

その部分を城所に示す。そういえば初めて会った時、彼は「そもそも、そういうスケジュールになってたはず」と言っていたはずである。

「辞めるつもりだったんですね」

城所が眼鏡をかけ直して身を乗り出す。

「ああ、そうですね。どうも畠山さんの家は、あまり年を取らないうちに子どもに議員の座を引き継ぐのが伝統になってたようです。確か、先代も六十歳ぐらいで引退したはずですよ。そういう考え方は、悪いことじゃないでしょう。例えば六十歳になって初当選しても、やれることはたかが知れているしね」

「息子さんが跡を継ぐんですね」先日、城所がそんなことを言っていたのを思い出す。

しかし記事をざっと眺めても、具体的な後継者の話については触れられていなかった。インタビューアーの突っこみが足りない。明確に「辞める」という言質《げんち》は取れていなかった。リードの部分に「今期限りでの引退を示唆した」とあるが、本人の言葉としては「長くやるべきではない。引き際は当然考えている」というものだけだった。政治家の引退は、何よりも先に地元に対して表明するものであり、そうせずに新聞記者にべらべら喋るようなものではないのだろう。日付は今年の五月。私がアメリカにいた頃である。

「しかし、人はどうなるか分からないもんですねえ」感慨深げに城所が言った。「国会議員だって、あんなつまらない事故でぽっこり死ぬ。偉くなっても、神様は差別しないんだね」

「そうかもしれません」

そもそも神など存在しないし、人の死は誰かによって定められるものではない。もっとも中には例外もある。殺しがそうだ。しかし私は、持論を披瀝《ひれき》せずに相槌を打つにとどめた。

仕事の上では左遷だったが、私の日常生活は随分楽になっていた。何しろ家から署まで近いから、通勤の苦しみが一切ない。山一つ越えていく感じだが、車を飛ばせば二十分だ。その分朝は余裕ができて、日課のジョギングもサボることなく続けている。

以前は、多摩センター駅まで長い坂道を下り、多摩ニュータウン沿いに走っていたのだが、最近は自宅周辺の細い道を走るようにしている。整然と作られたニュータウンのイメージと違って非常に入り組んでいるのだが、少しコースを変えれば景色を見飽きないという利点があった。アップダウンがあるので、ちょっとしたクロスカントリー気分も味わえる。家の前の急坂を上れば高校だが、まずは緩やかなカーブを下って、保育園、そして小学校の周囲をぐるりと回るコースを取った。さらに中学校の脇を抜け、団地を迂回して、多摩センター駅周辺の景色を遠目に見ながら走る。今朝も気温は高く、走り出した途端に汗が噴き出した。四キロ走って家に帰り着いた時には、下着まで汗まみれになっていた。濡《ぬ》れた衣類を洗濯機に突っこみ、シャワーを浴びてから朝食を用意する。昨夜茹《ゆ》でておいた卵にイングリッシュマフィン、大振りのコップに一杯のオレンジジュースとコーヒー。最近は、この組み合わせばかりが続いている。ふと、アメリカにいる内藤優美《ないとうゆみ》が作る朝食が懐かしくなった。彼女の料理はバラエティに富んでいる。和食の時もあれば洋食の時もあるが、味つけはどれも確かだった。

だった。過去形で語らざるを得ない。少なくとも今は。

彼女はアメリカに残ったまま、ここしばらく連絡も取っていない。彼女の息子、勇樹《ゆうき》が事件に巻きこまれ、その結果、彼女は自分と自分の周囲の全てを見直さなければならないという結論に達したのだ。「周囲の全て」の中には当然私も入っている。言い出したら引かないところがあり、私は黙って身を引かざるを得なかった。電話を入れれば話ぐらいはできたかもしれないが、こちらから邪魔するつもりはなかった。彼女の兄で、ニューヨーク市警の刑事、七海《ななみ》は時々メールや電話を寄越すが、優美についてはいつも最小限のことしか触れない。「元気だ」とか。彼女は、兄である七海とも接触を断っているのかもしれない。やる時は徹底してやる女なのだ。自分を再構築するために環境を変えようと思ったら、身内の人間との関係を断つことも厭《いと》わない。自分と息子だけ。その小世界を基盤にして全てをやり直そうとしているのだ。

私には打つ手がない。彼女の中に吹き荒れる嵐が収まるのを、黙って待っているしかなかった。

二杯目のコーヒーを飲みながら、新聞を広げる。「新聞ぐらい読め」金子の皮肉が頭にこびりついていたのかもしれない。朝の時間に余裕があるので、このところ新聞は隅から隅まで目を通している。それこそ株式欄から地方版まで。BGM代わりには、テレビのニュース番組。耳と目から入ってくるニュースが、時折ごちゃ混ぜになった。

新聞を広げた途端に手が止まった。いつもの習慣で社会面から始めたのだが、トップ記事の見出しに思わず目が吸い寄せられる。

『新ビジネス　古い癒着の構造か』

見出しを見ただけで、いわゆる「受け」の記事であるのはすぐに分かった。前文の最後に「本文記事一面」の一文を見つけ、慌てて新聞をひっくり返す。『NJテック、献金をばらまき』の大見出しが目に飛びこんできた。NJテック……見覚えのある名前だ。確かIT系の企業だが、一面に載るほど大きな会社なのだろうか。あるいは、私がアメリカにいた間に急成長を遂げたのかもしれない。あの手の会社はあっという間に巨大化する。実態がないのだからそれも当たり前だ。物を作る会社は成長するのに長い時間がかかるが、サービスを売る会社は短期間で一気に大きくなる。

「インターネット関連企業、NJテック（本社・東京都港区）が複数の政治家に違法な政治献金を行っていたことが分かった。対象となった政治家は与野党含めて三十人前後、金額は平均して一千万円に達する。東京地検特捜部でも重大な関心を寄せており、急成長を遂げたインターネット関連企業が、政治家との癒着という古い問題を起こした背景に注目が集まっている」

背景は何だろう。インターネット関連企業は、政府の規制や許認可にはあまり影響されない。若い企業からの政治献金は、何らかの見返りを求めてというケースが多いのだが、この手の連中は、政治家とくっつくことにさほどのメリットを感じないはずだ。あるいは先行投資の意味合いがあったのかもしれない。インターネット関連企業とは言っても、最近は様々なことに手を出すケースが多い。将来的に許認可関係の問題が出てきた時に有利にことが進むよう、コネを作ろうとしていたのか。

しかし、記事は金が渡った事実を淡々と説明するだけで、背景にまでは踏みこんでいなかった。取材陣は献金を受けた政治家のリストを持っているようだが、具体名は一つも出ていなかった。社長は事実関係を認めているようだったが、「何故」という部分については一切説明がない。一方、献金を受けた政治家のうち何人かが匿名《とくめい》のまま取材に応じていたが、事務処理上のミス、ということを強調するだけだった。

一つだけ、引っかかった。つい最近死去した代議士の事務所の話が載っている。コメントは「詳しいことは分からないが、本人に確認しようがない」。畠山だ。慌ててパソコンを立ち上げ、最近死亡した代議士の名前を調べる。彼以外には引っかかってこない。どういうことだ？

テレビの各チャンネルを見てみる。新聞各紙を並べて記事の紹介をしている番組があったが、どうやらこの新聞――東日だった――の特ダネらしい。

一体何だろう。こういう一件が、政界と業界の癒着、汚職事件につながっていくこともあるが、結果的に尻すぼみになる方が多いのではないか。問題は夕刊だ。東日が二の矢を放つか、他紙が追いかけてくるかすれば、更なる広がりが予想される。

だがいずれにせよ、私には関係ない話である。これは東京地検の仕事だ。

東京地検。私の脳裏に、カリフラワーのようになった野崎の耳が浮かんだ。

「――あれ、やばいかもしれんな、NJテックの件」

「いや、うちには関係ないだろう。死んだ人間は――」

ふと小耳に挟んだ会話がいつまでも頭に残っている。朝、署に顔を出した途端に噂話が耳に飛びこんできたのだ。私が側にいるのが分かると、会話を交わしていた刑事たちは口をつぐんだが、その顔に戸惑いが過ぎるのを私は見逃さなかった。

午前中は、昨夜西八王子駅前であった若者グループの乱闘騒ぎの後始末に忙殺された。頭に怪我《けが》を負った一人の勤め先――隣の日野《ひの》市だった――で話を聴き終えた時には、昼近くになっていた。覆面パトカーの助手席で、長野がしきりに不平を訴える。

「飯を食ってから戻らないか」

「いいですよ」

「まったく、朝が早いと昼まで持たないんだよな」

「長野さん、家は遠いんですか」

「津田山《つだやま》」

「南武線《なんぶ》ですか。じゃあ、立川《たちかわ》乗り換えで中央線ですね」

「南武線ってのは最悪なんだよ。ダイヤの間隔は長いし、登戸《のぼりと》とか稲城長沼《いなぎながぬま》で止まっちまうのも多い。いつも混んでるしな。それに、家がまた駅から遠いんだよ。ヘタすると片道一時間半かかる」

「それは大変ですね」

「本庁にいる頃の方がまだ楽だった……とにかく、腹が減ってたまらん。どうせ大した事件じゃないんだから、飯にしよう」

「いいですよ。この辺、食べるところはありますか？」

来る時に通り過ぎた日野の駅前の様子を思い浮かべる。何もなかった。それに被害者が勤める自動車部品工場の近くは一種の工業団地になっており、飲食店が見当たらない。社員は弁当持参か、社員食堂を利用しているのだろう。

「そうねえ。八王子ってのはろくな店がないんだが……駅前ならいいけど、あそこは車をわざわざ駐車場に入れなくちゃいかん。よし、特別美味いところを紹介しよう。西八王子まで戻るけどな」

彼の指示通りに車を走らせると、市民球場の近くに出た。無駄に大きく派手な建物の一階にある駐車場に車を停める。

「何だか結婚式場みたいですね」

「実際、そうなんだ。でも一階では普通に飯が食える。美味いぞ、ここの中華は」

「そうですか」

　昼から食べ過ぎだ。内装も豪華な雰囲気で、一流のレストランのそれである。箸《はし》をつけた瞬間に、あまり冴えない長野という男が、味覚に関しては結構確かなものを持っているのではないかと思えてきた。料理一品に点心がついた定食だったが、蒸したシュウマイは皮まで美味かったし、牛肉と筍《たけのこ》の炒め物は奥深い味わいだ。コーンスープもコクと甘みがしっかり出ている。

　ふと、記憶に引っかかった棘《とげ》が抜けた。この店は、かつて相棒だった小野寺冴《おのでらさえ》が勧めていた店ではないだろうか。鑑識の係官を無理矢理動かした時に、賄賂《わいろ》代わりに中華料理を奢る約束をしたのだが、その時に「海鮮料理が素晴らしい」とか何とか言っていたはずだ。「八王子であんな店を見つけられるとは思わなかった」とも。あの時は結局、この店を訪れることはなかったのだが、彼女の表現が大袈裟でないことは分かった。

「どうだ、美味いだろう」食後の杏仁豆腐のシロップを片づけ、長野が満足そうにおくびを漏らした。

「そうですね。ちょっと高いけど」

「値段だけの味はするよ」

「長野さん、一つ訊いていいですか」

「ここを奢ってくれればな」真顔で言ってから、すぐに笑いを爆発させた。「いいよ、何だい」

「今朝の東日、ご覧になりました？」

「ああ」

「一面の記事」

「何だっけ」

「NJテックという会社が、違法な政治献金をばらまいてたという話です」

「ああ、あれね」関心なさそうに言って、爪楊枝《つまようじ》に手を伸ばす。「俺らには関係ない世界の話だなあ。こっちが相手にするのは乱暴な人間ばかりだから」

「そうですけど、もしかしたら死んだ畠山さんは、この件に関係してたんじゃないですか」

「何でそう思う」長野が目を細めた。爪楊枝は口に入る寸前で止まっている。

「最近死んだ代議士、という話が出てました。畠山さん以外に考えられませんよ。それに畠山さんは、ＩＴ関係に詳しかったらしいじゃないですか」

「まあ、そんな話もあるみたいだね」

「ふうん」爪楊枝を咥《くわ》え、顎を撫で回す。「違法な献金を受けていた、ということですか」

「違う、そんなことは言ってない」慌てて顔の前で手を振った。「だいたいそんなこと、俺が知るわけないだろう」

「そうですか？　長野さんみたいなベテランだと、いろいろ噂も入ってくるでしょう」

「噂はな。だけど、そういうことを無責任には言えない」

「つまり、何か噂はあるんですね」

「おいおい、ちょっと待てよ」爪楊枝を灰皿に投げ捨て、煙草《たばこ》を咥える。「俺はそんなことは一言も言ってないよ。お前さん、何でそんなこと気にしてるんだ」

「そりゃあ、気になりますよ。代議士が死んだ。その何日か後に、疑惑を伝えるような記事が新聞に出た。何かあるかもしれないと考えても不思議じゃないでしょう」

「その記事な、俺はちゃんと読んでないけど、畠山さんの名前は出てたのか」

「出てませんけど、そうとしか考えられませんよ」

「迂闊なことを言うな。死んだ人間の悪口を言っても給料は上がらないぞ」

「リストがあるはずなんですよ」自分でもどうしてこんなにむきになっているのか、分からなくなってきた。「平均して幾らの金が渡っていたか、記事にはその額まで出ている。ということは、東日は完璧《かんぺき》な献金リストを手に入れてるはずでしょう」

「そうかもしれんが、俺には――俺たちには関係ないな」耳の穴に指を突っこみながら煙草の煙を吐き出した。「そういうことは、それこそ東京地検の仕事だよ。相手が政治家だったら、二課の連中だって簡単には手が出せないだろう」

「しかし――」

「しかし、じゃないよ」急に長野が凄んだが、豚が鼻息を漏らしたほどの迫力しか感じられなかった。「余計なことに首を突っこむな。何も、死んだ人間の名誉を傷つけなくてもいいじゃないか。俺たちには俺たちで仕事があるんだからさ」

口を閉ざした。こんな田舎の署にいると、いろいろと感覚も狂ってくるのかもしれない。余計な気を遣い、政治家には触らないようにする。もちろん、家族や後援会に対しても同様だ。そして彼の言う通り、死んだ人間の名誉を傷つけることには意味がない。しかし、その死で何かが隠されてしまったとしたらどうだ。大きな疑惑の前では、人の命は途端に軽くなる。過去、様々な汚職で何人の人間が命を断たれた――自ら死を選んだか。畠山がそういう死者の列につながる可能性がないとは言い切れない。

午後遅くになると、刑事課の窓にブラインドを下ろさざるを得なくなる。そのままでは西日が強烈に射しこみ、部屋中がオレンジ色に染まってしまうのだ。広い窓のブラインドを一々下ろして回るのは、金子の仕事になっているようだった。あるいはこれが、唯一の仕事なのかもしれない。

金子がゆっくりとブラインドを下ろしているのを眺めていると、突然、携帯が鳴り出した。番号は非通知になっている。そのまま無視してしまってもよかったのだが、何かが気になって通話ボタンを押した。

「はい」

「ああ、どうも。野崎ですが」

「ちょっと待って下さい」そっと席を離れ、廊下に出た。「どうしたんですか」

「毎日暑いねえ」野崎が、わざとらしいのんびりした声で言った。

「この番号、どうして分かったんですか」私は彼に、名刺さえ渡していない。もっとも、東京地検特捜部の検事なら、個人の携帯電話の番号ぐらい、簡単に割り出してしまうだろう。

「つまらないことを聞かんでくれよ」苦笑しながらも、野崎の声には一本筋が通っていた。これまで感じられなかった、強靭な意志を覗かせるものである。

「忙しいんじゃないですか」

「ああ、もしかしたらあれのことを言ってるのか」

「そうです。今日の東日の朝刊」

「困ったねえ。どこにでも情報を流す奴はいるもんだ」

「あなたじゃないんですか」

「まさか」野崎が豪快に笑う。自室からの電話ではないな、と見当をつけた。事務官が四六時中張りついているような部屋では、思い切った話もできないだろう。「俺も首は怖いからね。迂闊なことは言えない。新聞記者との接触はご法度《はっと》だよ」

「そちらからの情報じゃないんですか」

「こういう件になると、関係者がたくさんいるんだよ。捜査機関だけじゃない。政治家、業界の関係者、弁護士……何か思惑があって話したがる人間も多いんじゃないかな」

「かといって、記事にするならそちらにぶつけないと裏づけが取れない」

「その件はノーコメント」

「でしょうね」少し苛々《いらいら》してきた。「あなたと私では、同じ捜査機関でも仕事が全然違う。水と油みたいなものじゃないですか」

「その比喩は適当じゃないな」

「野崎さん、俺に何の用なんですか」

「暇かね」

「は？」

「暇だろうね。西八王子署が忙しいわけがない。これからちょっと出てこられないか」

「野崎さん、それは筋が違うんじゃないですか。俺はあなたと仕事をするような立場じゃない」

「立場ねえ」野崎が面白そうに言った。「立場なんかクソ食らえだ——もしかしたら、それはあんたの哲学じゃないか？」

「俺の哲学をあなたと話し合うつもりはありませんよ」

「だったら、もっとはっきり言わないと駄目か」

「そうです」

「畠山の件、殺しだったらどうする」

その一言は、私の尻を蹴飛ばすのに十分な説得力を持っていた。

4
野崎が指定してきた店は、京王線と京王新線の新宿駅を結ぶ長大な地下通路にあった。

帰宅ラッシュが始まっており、人の波が膨れ上がっている。少しだけ気分が悪くなってきた。東京に暮らしてもう長いが、そのほとんどを私は多摩地区で過ごしてきた。都心の人混みには未《いま》だに慣れない。

野崎は店の一番奥の席に陣取っていた。正面に腰を下ろすと、半分ほどに減ったコーヒーと、まだ手をつけていないアップルパイが目に入る。

「おやつですか？　ちょっと時間が遅いですね」

「今日は昼飯を食ってる時間がなくてね。軽く何か入れておきたかったんだ。あんたは何にする？」

コーヒーは飲みたくなかったが、紅茶やココアという気分でもない。仕方なく、アメリカンコーヒーを注文した。

「何だね、アメリカってのは、コーヒーもやっぱりアメリカンなのか」

「そういう勘違いは、昭和四十年代には解消されたはずですよ」

「あんた、本当に口が悪いな」野崎が苦笑いを零《こぼ》した。「俺は本当に疑問に思ってるんだけど」

「豆の炒《い》り方が浅いか、挽《ひ》き方が違うんでしょう。でも、実際味は薄いですね」

「それをお茶代わりにしてガブガブ飲むわけか」

「そうですね」

「あんたもそうしてた」

「野崎さん、私のアメリカ体験が聞きたくてここまで呼びつけたんじゃないでしょう。用件は何なんですか」

「まあまあ」野崎がコーヒーを一口飲んだ。「まず、ちょっと落ち着いてからにしようよ。お茶ぐらい飲んでさ」

奇妙な余裕が気になった。本当なら彼は、こんなところで私と会っている暇などないはずである。NJテックの問題は、今後急展開を見せるかもしれない。彼は、その捜査とは直接関係ないというのだろうか。

コーヒーが運ばれてきて、私たちの会話は中断した。ウェイトレスが去るのを待って、野崎が口を開く。

「畠山の件、何か動きはあったか」

「いえ」カップを手にした。

「あんた、ちゃんと調べてるのか」露骨な非難だ。しかも、いつの間にか見下すような口調になっている。

「こっちの事情をあなたに喋る理由はないでしょう」鼻先まで持っていったカップから

コーヒーの香りを嗅《か》ぎながら、私は反駁《はんばく》した。「あなたは、俺の仕事に口を挟む権利はないはずだ。指揮命令系統が違うんですから」

「つまり、何も分かってないんだな？　相変わらず事故ということになってるわけだ」

反論を無視して、野崎が私を咎め続けた。

「分かっていたとしても、それをあなたに言う必要はないでしょう」

「そうか？　だけど、本当のところはどうなんだ」野崎が、アップルパイの鋭角な先をフォークで切り取り、口に運ぶ。呑気な仕草だが、追及の言葉は鋭い。しかもしつこい。

「何か摑んでて、俺に隠してるだけじゃないのか」

「いえ」

「そうか」盛大な溜息をつき、野崎が椅子《いす》の背に体を預ける。「あんた、俺を信用してないんだな」

「そもそも、あなたが本当に検事かどうかも分からない」

野崎が唇の前で人差し指を立てた。

「こんなところで検事なんて言うなよ」

「検事がそんなに珍しいですか？」

「アップルパイを食べてる検事は珍しいかもしれないな」野崎がにやりと笑う。真意を読みにくい男だ。「一つ、俺の方から言っておこう」

「どうぞ」

「今日の朝刊の件だ。東日の一面、読んだろう？　どう思う」

「さあ。経済事犯は専門じゃないですからね」

「だけど、献金のリストがあるのはあんたにも想像できるよな」

「NJテックから押収したんですか」

「押収じゃない。そもそも強制捜査には入ってないんだから」

「だったら、内部に情報提供者がいるわけですね」

「否定も肯定もしない」

「いい加減、そういう言い方はやめてくれませんか。禅問答みたいなことはしたくないんですけど」

「でかい声を出すなよ」忠告して、野崎が唇を引き結ぶ。釣られて私は声を潜めた。

「畠山の名前がそのリストに載ってたんでしょう」

「分かってるじゃないか……で、何を知ってる」

「何も知りません。単なる勘です。いや、勘じゃないな。畠山が死んで、数日後にNJテックの献金事件が新聞に出た。それであなたが私にちょっかいを出してきたんですから、自然にそういう結論になるでしょう。難しい話じゃない」

「お見事だね」野崎が両手を打ち鳴らす真似をした。音は出さない。最低限の常識は持ち合わせているようだ。

「話を最初に戻しますよ。私に何の用なんですか」

「畠山の件、本格的に調べてくれよ」

「はい？」

「あんた、あれが本当に事故だと思ってるのか」

「そういう結論になってますね。あなたこそ、殺しだという確証はあるんですか」

「あんたが捜査したわけじゃない」私の質問には直接答えず、野崎が私に人差し指を突きつけた。「あんたは、他人が出した結論をそのまま素直に受け入れるような人間じゃないだろう」

「まさか」首を振る。「後出しジャンケンみたいに人の捜査にケチをつけるのは、仁義に外れてる。そもそも、そういうことをしてたら警察の組織は崩壊しますよ」

「そういう割には、今まで随分横紙破りをしてきたじゃないか。アメリカの武勇伝、聞かせてもらったぜ。チャイニーズ・マフィアの幹部連中を一人で叩き潰すなんて、大したもんだ」

「あれは、連中が勝手に自滅したんです」

「よく言うよ。引き金を引いたのはあんたじゃないのか」

「どうでもいいです。海の向こうのことだし、昔の話だ」二月前《ふたつき》。まだ生々しい記憶が残っているが、一方ではるか昔のことだったような気もする。

「そうだな……それはどうでもいい。それより、これはお願いなんだ。畠山の死因をもう一度調べ直してくれないか」

「あなたはこの件をどう考えているんですか」

「自分で飛びこんだんじゃないかな。あの高さじゃ、まず助からない。あの日は川も増水してたらしいしな」

「自殺、ですか」

無言でうなずき、コーヒーを一口飲む。

「殺しだったらどうするって言ってましたよね。あれはどういうことですか」

「そう言わないと、あんたを八王子から引っ張り出せないだろう」

にやにや笑う野崎に、盛大な溜息で対抗してやった。しかし彼は、一向にこたえる様子がない。

「どうして自殺だと思うんですか。動機は？」

「俺が気になるのは『N』の字がついた会社のことだよ」

「献金を受けていた人間が自殺するなんて、聞いたこともありませんよ。献金した会社の方で、誰かが責任を取って自殺するならよくある話ですけどね。政治家の方だったら、何かあっても秘書が肩代わりするのが普通でしょう」

「まあ、大概はね」渋々認めて、ひしゃげた耳を触った。「今までいろんな人間が自殺して、捜査が中途半端に終わった」

「うちの連中が事故だと断定するのは、それなりにしっかりした材料があったからかもしれないですよ」自分でも納得していないことを喋っているので、言葉がもつれる。「自殺で一番問題なのは動機でしょう。どういう死に方をしたかはあまり重要じゃない。動機を調べるために、私が畠山さんの周辺を嗅ぎ回るのは難しいと思う。むしろあなたの方が、よほどやりやすいはずです。彼は確かに八王子の人間だけど、ほとんど都心で暮らしてたんだから」

「あんたの言う通りだけど、八王子は奴《やっこ》さんの地元なんだぜ。そっちに何か、自殺の動機につながるものがあるかもしれない」

「自殺じゃなかったらどうなんですか」

「何が言いたい」

親指を首にあて、横に引いた。野崎が顔をしかめる。

「あんた、一課の経験はないよな」

「警視庁ではね」

「ああ、新潟時代は一課にいたんだね」この男は、私の経歴を丸裸にしてしまったようだ。隠すことではないが、いい気分とは言えない。「考えることがすぐにそっちに結びつくな」

「仕方ないでしょう。それが仕事なんだから」

「ごもっともだね。自殺か殺しか、それともあんたのお仲間が言ってるように事故だったのか……どうだ、やってくれないか？　もしもあんたが想像する通りだったら、『N』の事件捜査そのものにも大きな影響が出てくるんだぜ」

「その件は立件できるんですか」

「これからの頑張り次第だな」

「一つ、確認したいんですが」すっかり冷めたコーヒーを一口飲んだ。薄い。確かにこれなら、お茶代わり、いや、水代わりにいくらでも飲める。コーヒー好きの人にとっては邪道の味だろう。

「何なりと」

「今分かっている範囲で、彼が自殺するような動機はないんですか？　今回のリストの件は別にして、です」

「ない」あっさり断言した。「少なくとも俺の耳には入ってないな」

「普段の仕事はどうだったんですか」

「順当にキャリアを重ねて、政治家として最終盤まで来たって感じだな。次回は出馬しないつもりだったらしいけど、これも以前からの予定通りだったそうだ。具体的に動機につながりそうなことはないな……俺が摑んでないだけかもしれないが」

「国会の中であったことについては、俺に期待されても困ります」

「分かってるよ。俺が知りたいのは、地元で、家庭で何があったかだ。正直に言おうか？　今回の『N』の件と関係ないことで死んだなら、俺は無視する。とにかく、可能性を潰しておきたいんだ」

「勝手過ぎますね」

無言で首を振り、野崎が私の言葉を遮《さえぎ》った。顎の下で手を組んで言葉を継ぐ。

「俺が心配してるのは、所轄の連中が何かに遠慮してるんじゃないかということだ。警察なんてのは——そういう言い方をするとあんたは怒るかもしれないけど——結局地元の有力者の顔色を窺うものだからな。政治家が自殺？　遺族はスキャンダルを嫌うだろう。何もなかったことにするように、警察に頼みこんでもおかしくない。あるいは警察の方で、意を汲《く》んで動くとかね。だけど、所詮田舎の連中のやることだ。思い切り圧力をかければ頭を引っこめるよ。この件については俺が全面的にバックアップする。情報も流す」

渋る私の背中を押したのは、野崎の一言だった。

「それにあんた、どうせ暇なんだろう？」

そこまで言われて、なお言い訳を続ける理由は見つからなかった。

それにしても、馬鹿なことを引き受けたものだ。帰宅ラッシュの中央線で苦しみながら、私の気持ちは早くも萎《な》え始めていた。事故だと断定されたものをひっくり返すだけの材料を一人で探せるのか。仮にそれが実現したら、刑事課にとって私は裏切り者になる。だが、仮にこれが殺しだったら、警察は重大な失態を演じたことになる。取り返しのつかない失態を。西八王子で電車を降りる頃には、何故か怒りが背中を駆け上っていた。裏切り者呼ばわりされようが、皆に背を向けられようが、やるべきことはやらなくてはならない。

署に戻って刑事課に顔を出したが、既に誰もいなくなっていた。私がいない間に事件が起きた形跡もない。つまり、全員定時に引き上げたのだろう。指揮命令系統も何もかも無視した野崎の頼みが、怠惰という大海の真ん中に取り残された自分を救うための救命胴衣のように思えてきた。

レガシィを駆って現場に向かう。リストを潰す作業を続けることにした。夜になれば、昼間は話を聴き損ねた人を捕まえられるだろう。

最初に訪ねたのは、帰宅したばかりのサラリーマンだった。四十歳ぐらいで、一日の疲れが脂となって額に濃く浮き出ている。ネクタイを外しただけのワイシャツ姿で――もともとネクタイなしで仕事に出かけたのかもしれない――片手には缶ビール。早く中身を缶から体の中に移し替えたくてうずうずしているようだった。

「あの日ですか？　何曜日でしたっけ」

「月曜です」

「じゃあ、遅かったと思うよ。週の前半は大抵遅くなるから。仕事が溜まってるんだよね」男の目が、わずかに泡の噴き出した缶ビールの呑み口に注がれた。「帰ったのは真夜中近くだったんじゃないかな」

「何か見ませんでしたか？」

「いやあ、どうだったかな」缶ビールを握る手に力が入る。「もうくたくたでね。確かあの日はタクシーで帰ったんだけど、半分居眠りしてたからねえ」

「亡くなった方、ご存知ですか」

「ええと、あの人ですよね……名前、何だっけ？　畠山さんか」

「あまりよく知らないんですね。地元の代議士なんですけど」

「二年前に越してきたばかりなんですよ。こっちへ来てから、まだ選挙で投票もしてないし。だから、地元の代議士って言われてもぴんとこないですよね。だいたい、俺ら、地元なんて感覚はないですよ。何十年も住んでればそういう気持ちになるかもしれないけど……俺にとっての地元ってのは、働いてる新宿ですよ」

「そうですか。畠山さんの家は、この近くなんですけどね」

「ああ、川向こうの大きな家でしょう」

「何だ、知ってるじゃないですか」

「いや、あんなことがあったから。人に聞いて初めて知ったんですよ。そういうのは、いつも家にいる女房の方が詳しいかな」

彼の妻からは既に昼間事情を聴いていた。その時に出てきた情報も、同じ程度のレベルである。

その家を辞して、隣の家に向かった。名前を連ねただけのリストの他に、手帳に地図を描いて、橋から近い順に家の名前を書きつけている。この家には完全にバツ印をつけた。他に妻だけバツの家、夫だけバツの家、完全に手つかずの家がある。しかしほとんどには、完全なバツ印がついていた。この分だと、今夜中には全ての家にバツ印がついてしまうかもしれない。捜査の方針を考え直すべきだろうか。畠山の家に直接当たるとか。

車を置いたまま歩き出す。車の音が途切れると、蛙《かえる》の鳴き声が四方から耳を襲った。湿った熱い風が背中を撫で、水と草の香りがかすかに鼻をくすぐる。田舎なのだ、ということを強く意識した。数キロ東へ行けば、あまり自然を感じさせない八王子の市街地が広がっているのに。

隣家でも、同じように手ごたえのない聞き込みしかできなかった。訪ねたのは八時前だったが、応対してくれた男は、早くも眠そうな目をしていた。六十歳ぐらいで、体も大きいが腹も突き出ている。飼い主の体格に合わせたように、犬も巨大なドーベルマンだった。頑丈な檻《おり》に入れられていたのだが、自力でぶち破ることができると信じているように、盛んに体をぶつけている。しかも激しく鳴き続け、会話を邪魔した。

「ああ、畠山さんのこと？」男が遠慮なしに欠伸すると、乱れた白髪を両手で掻きあげた。その勢いで目が引きつる。「残念だったねえ。立派な人なのに」

「そりゃあ、うちはオヤジの代から畠山さんのところの三輝会《さんき》に入ってるから。俺は今、この地区の幹事長なんだ」説明しながらわずかに胸を張った。

「三輝会——後援会ですね」当てずっぽうに言ったのが当たった。

「そうそう。個人的なファンも多いんだよ、あの家には」

「そうなんですか」

「知らんのかね」それがさも大変な犯罪であるかのように、男が目を細めた。ランニングシャツの襟元に手を突っこみ、ぼりぼりと地肌をかく。

「私は元々地元の人間じゃないですから」

「ああ、それじゃ、仕方ないね……だけど、本当に残念だ。ああいう貴重な人材が、あんな形でねえ」

「引退される予定だったんですよね」

「そう。引き際もいいよね、すっぱりしてて。耄碌《もうろく》しちまってまで地位にしがみつくのはどうかと思うよ。そういう政治家、多いでしょう？　後は息子さんがちゃんとやるだろう。ちょっと線が細いけど、血筋は血筋だ。政治家で何よりも大事なのはそれだよ」

そもそも、政治家の血筋とは何だろう。求められる才能とは。考えるほどに混乱する

「ご存知ですか」

が、黙ってうなずき、先を促した。

「しかし、本当に残念だよ。引退しても、まだまだ頑張って欲しかったのに」

「六十八歳で引退は少し早いような気もしますけど」

「そう？」

「政治家は、年取ってもみんな元気じゃないですか。辞めろって言われてもしがみつくぐらいが普通ですよね。何か、病気でも？」

「病気？」男の表情が微妙に捩れた。「あんた、刑事さんだからと言って、死んだ人に対してそういう言い方は失礼じゃないか」

「何がですか」

「ああ？」

「どんな人でも病気になるでしょう。それに今は、話の流れで聴いただけじゃないですか。そんなにむきになるようなことなんですか」

男の太い肩が二度、上下した。興奮していたことに自分でも気づいたのか、下唇を突き出した格好で息を吐く。それで体が随分萎《しぼ》んだように見えた。何か痛いところを突いてしまったのだと気づく。しかし、私の質問に答える気配はなかった。ギアを入れ替える。

「最近、何かを気にしているような様子はありませんでしたか？　引退ということになったら、その後の人生についても考えるでしょう」

「あんた、何が言いたいんだ」男の目が薄《うっす》らと赤くなっていた。「死んだ人の名誉を傷つけるような言い方はやめてくれ」

「そんなこと、一言も言ってませんよ」

「言ってるのと同じじゃないか」男が拳をきつく握り締めた。「頼むから、二度とここには顔を見せないでくれ。失礼な人と話す気にはならん」

震度三ぐらいの衝撃だったが、もっとひどい台詞をぶつけられたことはいくらでもある。そして往々にして、悲劇の後には喜びが待っているものだ。

リストに残った人は少なかったが、そのうちの一軒で思わぬ歓待を受けたのだ。歓待という言葉はおかしいかもしれないが、少なくとも相手は私の言うことに耳を傾けてくれた。それに加えて家に上げてくれただけでも、十分過ぎる扱いである。

エアコンの効いた応接間だった。応接間というよりも、趣味の部屋か。壁を埋めた魚拓に、大小さまざまなトロフィー。小さな机の上には、息を吹きかければ飛んでしまいそうな、作りかけのフライが幾つも載っていた。フライ作りに使うのだろう、細々とした道具類が乗ったソファではなく、アウトドアで使うような木製の折りたたみ椅子を勧められる。そういえば、表のガレージに停まっていたのはチェロキーだった。大柄なグランドチェロキーではなく、やや小型のリバティ。本格的にアウトドアを楽しむタイプの人間に違いない。見栄で、本格的な四輪駆動車のリバティを選ぶ人間はいないはずだから。

男の名前が増岡《ますおか》だということは、表札で分かっていた。年齢は私と同じぐらいだろうか。よく日焼けして、体は引き締まっていた。太陽の下に長くいるせいか、髪には艶《つや》がない。私と向き合って座ると、小さなテーブルに広げていた釣り雑誌を閉じた。煙草に火を点《つ》け、顔を背《そむ》けて煙を斜めに吐き出す。

「畠山さんの件ですね」

「ええ」

「びっくりしましたよ」大袈裟に両手を広げてみせる。「早目の夏休みで北海道に釣りに行ってたんですけど、あんなことがあってとんぼ返りしました」

「何故ですか」

「何故」増岡が不審そうな表情を浮かべて聞き返した。「何故って、私、三輝会の青年部にいますから。先生の一大事だから、戻らないわけにはいかないでしょう。あなた、三輝会の人に話を聴いて回ってるんじゃないんですか」

「いや、今のところ三輝会がどうこういう話じゃないんです。事故の時の状況を知りたいだけで」

「ああ、だからそれは、私は知らないんですよ。ちょうど北海道に行ってたって言ったでしょう」

「大変でしたね」

「まったくねえ。結局、着いた次の日にこっちに帰ってきちゃったわけで」

「お仕事は何を？」

私が手帳を広げていないせいか、増岡の表情はまだ気楽だった。

「オヤジが製材所をやってるんで、その手伝いです。このオヤジがまだ元気でね。嫌になるぐらい。もう六十五歳なんだけど」

「じゃあ、畠山さんとは、お父さんの代からのつき合いですか」

「そういうことになるかな。オヤジも昔は青年部にいたし、支部の幹事をしてたこともあるから」

「何か、通過儀礼みたいですね。この辺の人は皆、畠山さんと係わっている」

「いや、そんなことはないですよ。俺の中学の同級生なんて、ばりばりの革新だからね。今市議をやってるけど、そいつは国政が目標なんですよ。次の総選挙で、畠山さんの息子さんと実質的に一騎打ちになるんじゃないかな」

「じゃあ、随分若い候補者だ」

「もう三十五だから、そんなに若いってわけじゃないでしょう。実は俺も、密《ひそ》かに応援してるんだ。昔からの友だちだからね」

「この辺りは、昔から革新勢力も強い土地柄ですよね」

「そういうこと。中選挙区制だった頃は、十一区は綺麗に保革で分け合ってたからね。今はもっと厳しいけど」

「でも、畠山さんは安泰ですね」

「まあ、そうでしょうね」増岡が髪を撫でつけた。「とにかく、政治家も三代続けば強いですよ」

「次で四代目ですか」

「でも、だんだん劣化してくるかな」唇の端を歪ませて笑い、慌てて真顔に戻って口にチャックをかける真似をした。「あそこの息子さん、まだ三十歳だからね。俺より若いんだもん」

「今は何をやってるんですか」

「秘書。ありがちなパターンですよね。オヤジさんの近くに置いて帝王学を学ばせようっていうんでしょうけどね。でもねえ、正直言ってあの息子は出来は良くないよ。俺、小学生の頃から知ってるけど、あんまり頭のいい子じゃなかったからね。目立たないし、どこかぼうっとした感じの子が、そのまま大人になっちまったみたいでね」

「でも、増岡さんはこれからも畠山さんの家を応援してくんでしょう？」

「仕方ないよね」脂の浮いた顔を両手でごしごしと擦る。「こっちは八王子で生まれて八王子で育って、八王子で死ぬわけだから。どうしたって、地元の政治家は応援しなくちゃいけないんですよ。畠山さんを応援したって、うちに金が入ってくるわけじゃないけどね」

「そうですか」

妙にむきになって増岡が言い募った。

「金のためにやってるんじゃない。選挙なんて祭りみたいなもんですよ。それも、急に解散していきなり始まったりすると盛り上がるんだよなあ。地元でお神輿《みこし》担いで、みんなで練り歩くようなものです」

「だったら、神輿に乗る人は誰でもいいわけだ」

一瞬増岡が呆れたように口を開けたが、次の瞬間に笑いを爆発させた。

「刑事さんも口が悪いね……でもまあ、そういうことです」

「畠山さんが引退する理由は何なんでしょうね」

「さあ、年だからじゃないの」

「本人はそういう風に言ってるんですか」

「一言も」

「じゃあ、どうして分かるんですか」

「そういうの、雰囲気で伝わるんですよ。後援会なんかの集会で正式に宣言するのは、最後の最後じゃないかな。先代の時もそれで一問着《ひともんちゃく》あったらしいですよ。地元に報告する前にマスコミに漏れちゃってね」

「今回は？　五月に、新聞に出てましたよね」

「ああ、そうでしたね。実際は公然の秘密ってやつなんです。たぶん、後援会の幹部とかは、あの記事が出る前から知ってたんじゃないかな。記事が出た後も文句を言う人はいなかったし。今回は世代交代もスムーズにいくはずですよ」

「畠山さん、地元にはしょっちゅう帰ってきてるんですか」

「そうね、土日はだいたいこっちにいるみたいですよ。金帰火来ってやつ？　平日も、時間が空くとよく帰ってきてるし。ここも一応東京ですからね。そうは見えないかもしれないけど」揶揄《やゆ》するように言って、煙草に手を伸ばす。

「最近、何か変わったことは？　例えば病気とか」

「いや、どうかな」急に口調が曖昧《あいまい》になった。盛んに煙を噴き上げ、視線は宙を泳いでいる。

「病気じゃなくてもいいんですけど」

「変わったことねえ……」天井を仰ぎながら答えを探す。「ああ、まあ、あると言えばあったような……」

「何ですか」

「いや、まあ、それはいろいろと……俺の口からは言えないこともあるんですよ。ぺらぺら喋ってると思われたくないし」

さらに質問を重ねようとしたが、鳴り出した増岡の携帯電話に遮られた。

「ああ、俺……うん、今から？　いいよ。お客さんが来てるけど、そろそろ帰るだろうから。ああ、じゃあ、待ってる」

電話を切り、小さく溜息を漏らした。次第に濃くなってくる火災の煙の中で非常口を見つけた、といった感じだ。

「悪いんだけど、客が来るんですよ」

「そうですか」両膝《りょうひざ》を叩いて立ち上がる。「ところで、後援会の名簿、ありますか？

他の人にも話を聞いてみたいんです」

「いや、それはちょっと――」

「あなたから出たことは、表には漏らしませんよ。それに、あくまで参考までに調べてるだけなんですから」

「しかしですね」

「もうちょっと詳しく話を伺《うかが》ってもいいんですけど。ここじゃなくて署の方で」

手土産《てみやげ》代わりに、私はＡ４判の紙二枚分の名簿を手に入れた。


自宅に戻り、遅い夕食を用意した。暑さであまり食欲が湧かず、このところ麺類ばかり食べている。今日は讃岐《さぬき》うどんだ。たっぷりの湯で茹で上げ、熱いまま生醤油《きじょうゆ》と生卵をまぶし、レモンを半個分絞り入れて啜る。太く嚙み応えのある麺は腹持ちがいいので、夕食にはこれで十分だ。準備に十分、食べ終えるのに五分。ペットボトルから直《じか》に麦茶を飲みながら、ベランダに出た。この家は斜面に建てられているので、多摩センターの街並みがよく見える。ただしこの時間になると、駅の灯りがぼんやりと瞬《またた》いているぐらいだ。風は依然として熱く、湿っている。

幾つもの不可解な引っかかりが頭の中で渦巻き、解けそうもない結び目を作ったが、それはいきなり鳴り出した携帯電話で断ち切られた。

「やあ」野崎だった。

「忙《せわ》しない人ですね。夕方会ったばかりじゃないですか。毎晩報告しなくちゃいけないんですか」

「そういうわけじゃないけど、あんたなら律儀に電話してくれるんじゃないかと思ってね」

「正規の仕事なら、そうしますよ。でも今回は違う……ところで、畠山は引退する予定だった」

「ああ、その話はしたよな」

「息子が後を継ぐことになっていた」

「らしいね。それで？」

「今日、聞き込みで聴いた話ですよ。野崎さんが何か聞きたがってるから、話しただけです」

「あんたのことだから、もう何か掴んだんじゃないかと思ってたけど」

苦笑せざるを得なかった。これほどせっかちな男は見たことがない。

「買い被り過ぎですよ」

「そうかね」

「野崎さんこそ、何か新しい情報はないんですか」

「ないね」

「一つ、聞き忘れてました。畠山に対する献金額は幾らだったんですか」

「五百万」さらりとした口調だった。

「多いんですか、少ないんですか」

「平均よりは少ない」

「少し引っかかることもあります」

「ほら」野崎が小さく笑った。「もったいぶるんじゃないよ。さっさと話して楽になれ」

「もう少しはっきりしたら話します」

「おいおい――」

「野崎さんは、俺に報告を求めてるだけでしょう。気になることはいろいろあるけど、それに関してあなたと一々検討会を開くつもりはありません」

「仕方ないな」

「そうです。仕方ないんですよ。何か分かったらこっちから連絡しますから」

「頼むぞ」

電話を切り、野崎はどこまで追い詰められているのだろうか、と訝《いぶか》った。だいたい、自殺だということが分かっても、彼の捜査には何の影響もないはずである。死んでしまった人間に話は聴けないのだから。

一台の車が坂道を上がってきた。ヘッドライトが闇を切り裂く。車は私の家の前で停まり、見知った男がドアを開けた。東日の長瀬《ながせ》龍一郎《りゅういちろう》。何かが、かすかな音を立てて動き始めた。

5

インタフォンが鳴る前にドアを開ける。家の中を見られたくないので、先手を打って表で出迎えることにしたのだ。長瀬は車から降り立ち、ズボンのポケットに両手を突っこんだまま、こちらへ向かって来るところだった。私を見ると驚いたように目を見開いたが、次の瞬間には自分を納得させるように小さくうなずく。

シアサッカーのスーツに白いボタンダウンのシャツ。綺麗なえくぼを作って濃紺のニットタイを締め、足元は明るい茶色のストレートチップで決めている。相変わらず金の匂いが漂う服装だったが、品がいいのは認めざるを得ない。

「どうも。しばらくでした」しつこくならない程度のさり気ない笑みも健在だった。

「何の用ですか」ビルケンシュトックのサンダルを引っかけて外に出て、後ろ手にドアを閉める。ぶっきらぼうに聞こえるのは承知の上だ。

「何の用だ、はないでしょう」長瀬が苦笑を浮かべる。しばらく――一年ほど見ない間に少し痩《や》せたようだ。

「どうしてこの家が分かった？」

「それぐらい調べられなくちゃ、新聞記者なんてやってられませんよ」

「新聞記者お断りの張り紙、見えなかったのか」

「張り紙」長瀬が玄関の周辺をじろじろと見回した。「どこにあるんですか」

「風で飛んだんだろう。で、何の用ですか。あんたと話すことは何もないけど」

「まあ、ちょっと……ドライブでもしませんか」家で、と言いたかったのかもしれないが、彼もどこに一線を引くべきかは心得ている様子だった。

「俺は夜更かしはしない主義なんだ。それに今日は、日課のトレーニングもまだ終わってない」

「一日ぐらいサボっても大丈夫でしょう。だいたい、一度トレーニングしたら四十八時間は休ませないと筋肉は育たないはずですよ。それとも、今は忙しいんですか」

あまりにも頑なに拒否すると、彼の疑念を増幅させてしまうだろう。それに、私の方でも聴きたいことはある。少し腹の探り合いをしてみることにした。

「あんたの車でいいな？　ガレージを開けるのは面倒臭い」

「もちろん」

鍵と財布、携帯電話だけを持って家を出る。長瀬がBMWの助手席のドアを開けてくれた。真新しいセダンだったが、リアとフロントのスポイラーが派手に自己主張している。この車の上品さに、エアロパーツは似合わない。

「車、買い換えたのか。あのとんでもないクーペは？」新潟で初めて会った頃、長瀬はトランク部分を強引に切り落としたような、アバンギャルドなデザインのBMWのクーペに乗っていた。

「あれは随分昔の車ですよ」

「ドイツ車か」私も昔ドイツ車に乗っていたが、下取りの査定がつかないほど年老いたゴルフだった。助手席に座り、まだ新しい革シートの匂いを嗅ぐ。長瀬が運転席に乗りこんでドアを閉めると、ドイツ車らしい重々しい音が響いた。エンジンをかけるとすぐに車を出す。BGMはなかった。「やっぱり新聞記者は給料がいいんだね。いい車に乗ってるじゃないですか」

「鳴沢さんこそ、随分いい家に住んでるじゃないですか」

「俺の家じゃない。知り合いの知り合いが大家だから安くしてもらってるんですよ。今はアメリカに住んでるけどね」

「アメリカって言えば、行く時に言ってくれればよかったのに。餞別《せんべつ》ぐらい出しましたよ」

「賄賂は受け取れない」

「そんな大袈裟なものじゃないでしょう。馬鹿言わないで下さい」

　車は長い坂を下り、多摩ニュータウン通りに出た。九時を回ると交通量は少なくなり、飛ばす車が多くなってくる。しかし長瀬は、制限速度を守って悠々と車を走らせた。西へ、南大沢《みなみおおさわ》の方へ向かっている。エアコンは効いているが、少しだけ窓を開けた。湿った風が頬を叩く。トンネルにさしかかったので窓を閉めると、長瀬がぽつりと漏らした。

「忙しいですか」

「どうして」

「いや、深い意味はないです」

「こんな時間に家にいるんだから、暇に決まってるでしょう」

「そうですか」

腹の探り合い。自分でそう考えておきながら、私は早くもうんざりし始めていた。長瀬は惚けているのではなく、自分でも質問をまとめ切れていないのではないだろうか。だったら、こっちが話を切り出してやる必要がある——早く解放されるために。

「あんたこそ、今夜は仕事なんですか」

「どうでしょう」

「仕事じゃないですね。社会部の記者は、マイカーで取材に行かないはずだ」

「まあ、普通はね」

「だけど、その原則も当てはまらない。休日にスーツを着る人間はいないからね」

「これは寝巻き代わりですよ」右手でハンドルを握ったまま、左手で上着の襟をすっと撫でつけた。「畠山の件、どうなってるんですか」

いきなり核心に突っこまれ、我ながら硬い口調で「ノーコメント」と答えるしかなかった。

「雑談ならどうですか」

「言うことはない。俺がこっちへ来る前の一件だ。もう終わってますよ」

長瀬が小さくうなずいた気がした。言質をとられたくないので、そのまま口をつぐむ。車は南大沢の駅前に出た。交差点を右折し、首都大学東京を横目に見ながら野猿《やえん》街道の方に向かう。街の色が、南欧風をイメージした茶色とベージュの組み合わせから深い緑に変わった。

「調べてないんですか」

「もう結論は出てるよ」

「事故だそうですね」

「あんたのところの新聞でもそう書いてたじゃないですか」

「新聞に出てることを全面的に信用しちゃいけないな」

「あんたがそれを言うのは変だ」

「そうですか？」

「東日はインチキを書く可能性があるって言ってるみたいだ」

「そうじゃなくて」私の質問はほとんど言いがかりだったが、長瀬の声は諭すように穏やかだった。「結論が出ないうちに途中経過を書くこともあるでしょう。それが結果的に間違いになることはある」

「結論は出てます」繰り返したが、長瀬が納得した様子はなかった。それも仕方ない

——私自身、納得していないのだから。

途中で野猿街道を左折し、八王子の市街地方面へ向かう。私がいつも通勤に使っているルートだ。峠を越えて国道一六号線に合流し、そのまま北上すれば八王子の繁華街をかすめて中央道のインターチェンジに至る。あるいは北野《きたの》街道に入って西へ向かえば、高尾《たかお》駅も遠くない。

「しけた街ですよね」吐き出すように長瀬が言った。本当は「しけた」というようなレベルではない。野猿峠を越える辺りは、本当に「山の中」という感じなのだ。鬱蒼《うっそう》とした森が、夜の空間に一際濃い闇を作り出している。その辺の暗がりから鹿や熊が飛び出してきてもおかしくない雰囲気だ。「田舎はさっさと抜け出すに限りますね」

「あんた、この辺の生まれなんですか」

「そう、八王子です。嫌な街ですよね」

「そうかな」

「ここに五十万人も人が住んでるとは思えない。人口は新潟市と同じぐらいでしょう？ 向こうの方がよほど都会ですよね」長瀬は新潟支局を振り出しに記者生活を始めている。

「それは旧新潟市でしょう。今の新潟市は人口八十万人ぐらいですよ。政令指定都市になったし」

「ああ、合併したんでしたね。でかくなればいいってもんでもないのに。今は、白根《しろね》ぐらいまで新潟市になっちゃってるんじゃないですか」

「そうだね」

「何かなあ」信号で車が停まる。長瀬はハンドルに顎を乗せ、深く溜息をついた。不思議な気分だった。故郷を──第二の故郷に想いを馳《は》せて感慨を漏らすような男だとは思ってもいなかったのだが。

「八王子にはいつまで住んでたんだ」

「中学生まで。高校は区部の高校に通いました。通ったっていうか、寮に入ったんだけど。それからずっとこっちに戻ってきてないから、かれこれ十五年以上経ちますね」

「人生の半分ですか」

「あまりいい言い方じゃないけど、そういうことです」

「嫌いな故郷にわざわざ来たのはどうしてですか」

「それは、鳴沢さんがいるから」

「俺？」自分の鼻を指差す。「俺がどうしたって」

「畠山の件が訊きたくて」

「しつこいな」

「つまり、事故だったと」

「正式にそういうことになってる。正直言って、自分が来る前に起きた一件のことをあれこれ訊かれても、答えようがないよ。あの時俺は、まだ西八王子署に赴任する前だったんだから。現場に行ってない人間が、偉そうなことは言えないでしょう」

「相変わらずですね」長瀬が苦笑を漏らす。峠を下り切り、彼は北野街道を右折して東に向かった。ＢＭＷは随分足回りを締め上げた車のようで、路面の凹凸を遠慮なく拾う。この先、平山《ひらやま》辺りで右折すれば、また多摩ニュータウンに戻ってしまう。それなら彼は、多摩テックや平山城址《じょうし》公園を中心にして円を描くように走り、無駄なガソリンを使っただけということになる。

「相変わらずって、何が」

「そんなこと、俺の口からは言えませんよ」

「だったら黙ってればいい」

しかし長瀬は、口を閉じようとはしなかった。

「畠山の件、鳴沢さんの目から見て、何か変なところはないんですか」

「どうしてそんなに気になるんですか」

「個人的な興味で」

「それじゃ、理由になってない」左手の甲を右の人差し指で擦った。

「個人的な動機を話すつもりはありません」

「個人的な動機？　仕事じゃないんだ」

「最初にそう言いませんでしたっけ？」

会話が途切れる。片側一車線でカーブも多い北野街道は、夜も遅いこの時刻になっても車はのろのろ流れるだけだ。予想した通り、平山城址公園を過ぎて交差点を右に回り、多摩テックの方に向かう。このまま走れば私の家の近くに出る。しばらくして口を開いた。

「そろそろ解放してくれないかな。公務員は朝が早いんでね」

「ああ、失礼しました」車は京王堀之内《ほりのうち》駅近くまで戻ってきていた。ここから私の家までは、車なら五分とかからない。

その五分を、私たちは無言を貫いて過ごした。非常に微妙な関係なのだ。互いに新潟にいる頃に知り合い、その後、二人とも東京に出てきた。私は、警察内の不祥事を片づける際に彼を利用したことがある。彼にしても、その件では特ダネを書けたのだから、互いに利用価値はあったと言っていいだろう。しかし、最後の最後ではどうしても気が合わない。どれほど近づいたと思っても、私はぶっきらぼうな口調で突き放してしまうし、彼は「余計なお世話です」という得意の台詞とともに中指を突き出す――そんなことの繰り返しだった。

私たちの間には、常に薄い膜が張っている。薄いが強固な膜が。

車は多摩センター駅から続く長い坂を上った。シフトダウンし、一瞬回転数の上がったエンジンが嬉しそうな叫びを上げる。長瀬はスピードを緩めず、何だかやけっぱちな運転を続けて私の家の前に車を停めた。最後は体がシートベルトに締めつけられるぐらいの急停車だった。

「畠山は事故死、ですね」

「繰り返すけど、東日にもそう書いてあったでしょう」

「そうですね」

「それを信じればいいじゃないですか。それとも、事故じゃないっていう根拠でもあるのか」

「そういうわけじゃない」サイドブレーキを引き、ハンドルをきつく握り締めた。「ただ、最近は警察の捜査もいい加減になってますからね。事件だったのを事故で片づけて、知らん顔してるケースもあるんじゃないですか。今回の件も、本当は自殺だったかもしれないでしょう」

「どこかの県警と警視庁を一緒にされたら困るよ」天に唾《つば》するような台詞だ。今の私は、事故ではなかったかもしれないという前提で動いているのだから。

「そうですね。確かに、警視庁は日本一の捜査機関だと思う……そうあって欲しいですね」

「皮肉ですか」

「まさか。心の底からそう思ってますよ」長瀬がこちらを向き、硬い笑みを浮かべた。唇を引き結び、助手席のドアに向かって手を差し伸べる。「夜の時間をお邪魔しました。すいませんね」

「確かに。仕事してる方がずっと楽だ」

「ワーカホリックですね」

「そういう意味じゃなくて、あんたと一緒にいると疲れるということですよ」肩をすくめ、ドアに手をかける。熱い空気が肌に触れた。気になって、片足を地面に下ろしたまま振り返る。「本当は何が言いたかったんですか」

「どうかな」長瀬も肩をすくめる。「俺と鳴沢さんの間なら、言わなくても分かることがあると思いますけどね」

「誤解じゃないかな。俺たちはそういう関係じゃない」

「そうですか」

「そうだよ」言葉を切り、足元に視線を落とす。蟻《あり》が一匹、サンダルを避けるように這《は》って行った。「じゃあ」

ドアを閉め、腰に両腕を当てた。彼の車が見えなくなるまで、家のドアを開けるつもりはない。が、長瀬はハンドルを抱えたまま、車を出そうとはしなかった。窓を覗きこむ。一瞬目が合った。その目の奥に、深く暗い闇が潜んでいるのを私は見逃さなかった。

「何ですって」

「ええ、ですから」女性が一歩引き、玄関の中に引っこんだ。そのままドアが閉まるのを恐れ、私は思い切って手をかけた。それがさらに女性の恐怖を増幅させる。目が大きく見開かれ、唇が微かに震えた。

「すいません」

ドアから手を離すと、彼女は胸の前で両手を硬く握り合わせた。

「びっくりさせないで下さい」

「申し訳ない」頭を下げた。表札を確認する。夫婦二人。とすると、この女性の名前は片桐妙子《かたぎりたえこ》だ。年の頃三十歳ぐらい。肩ほどの長さの髪を後ろできつく縛っているのは、彼女なりの暑さ対策だろう。タンクトップからむき出しになった腕や首は赤く焼けていた。散った染みはスイカの種のようにも見える。

私の手帳に残された聞き込みのリストのうち、まだバツ印がついていないたった一軒の家がここだった。最後の最後に幸運が回ってくることもある。

「何があったんですか」

「橋から落ちて亡くなった人がいるんです」

「ええ?」妙子の顔が恐怖に歪む。

「それであなたは、七月三十日の午後十時頃に、橋の近くを通りかかったんですね」

「ええ。バスで帰って、ここまで歩いてきたんですよ。バス停が遠いから、夜歩くのは嫌なんですけど……」

「橋に誰かがいるのを見たんですね」

「ほんのちらっと、ですよ」妙子の顔に不安そうな表情が浮かんだ。自分が見たものは幻だったのではないかと疑う気持ちが表に出る。「急いでたし、ほんの一瞬見ただけです。でも、言い争っているような感じでした。大きな声がしたから、びっくりしてそっちを見たんですけど」

「ちょっと外へ出られますか」表を見やった。橋はここから二十メートルほど離れている。土手をかすめるように、かすかに覗くことができた。「橋までおつき合い願えますか？　そこへ行けば、もう少し思い出すかもしれないでしょう」

「いいですけど……」気の乗らない口調だった。

「お願いします」もう一度頭を下げた。「貴重な証言なんです」

「そうですか……ちょっと待って下さい」一旦ドアが閉まり、妙子が家の中に引っこんだ。私は、手がかりを手繰《たぐ》り寄せた時に特有の、心臓が高鳴る感触を味わっていた。これが突破口になるかもしれない――いや、安心するにはまだ早い。見間違いや勘違いかもしれないのだから。

　三分ほど経って出てきた妙子は、大きな麦藁帽《むぎわらぼう》を被っていた。しかも薄いコットンのカーディガンで武装している。八王子は陽射しが強い。真夏の午後、外を歩き回るには帽子と長袖《ながそで》は必需品だろう。

「すいません、お待たせしちゃって」

「日射病は怖いですからね」

「そうですね。もう、日焼けが痛くて」右手で左の二の腕を触って顔をしかめる。

「どこかへお出かけだったんですか」

「ハワイです」

「夏休み？」

「ええ」

なるほど。それで今まで摑まらなかったわけか。しかし、真夏にハワイに行くとはどういう趣味なのだろう。暑さに暑さを重ねる。毒食らわば皿までということか。

土手に上がり、かすかな風が吹く中を歩き出した。入道雲が山の稜線にかかっているが、まだ雨の気配は感じられない。空の青さと雲の白さは、子どもが描いた絵のようなコントラストを見せていた。

「バス停はどの辺りなんですか」

「この土手を三百メートルぐらい下流の方に行って……次の橋のところの信号を左に曲がったところです」

「結構遠いですね」

「そうなんですよ。夜は車も多いから怖くて。引ったくりなんかも結構あるんですよ」

「それは、担当の人間によく言っておきますよ……それであなたは、向こうから歩いて来た」右手を横に伸ばすと、妙子が私の指先をじっと見詰める。

「ええ」

「人影が見えたのはどの辺りですか」

「橋の手前……十メートルか、二十メートルだったかしら」

「何か声が聞こえたんですね」

「ええ、女の人の声で……何を言ってるかまでは分かりませんでしたけど」

「何人いました？」

「二人です」

「口論している感じでしたか」

「女の人がなじってるっていうか、叫び……まではいかなかったけど。でも、本当にちらっと見ただけですよ。そんなにじろじろ見られないでしょう」

橋に差しかかった。妙子がちらりとそちらを見やり、すぐに目を逸《そ》らす。死を意識せざるを得なくなったようだ。

「ちなみに、何時のバスでした？」

「西八王子駅を九時四十分です。あの時間になると、一時間に三本ぐらいしかなくて」

「ここまで何分かかりますか」

「普通は十五分。でも、あの時は途中で事故があって、二十分ぐらいかかったんじゃなかったかな」

「ということは、バスを降りてこの場所を通りかかったのは、十時過ぎということになりますか」

「そう、ですね」ちらりと腕時計を見た。それで記憶が蘇るわけではないのだが、人はつい時計を確認してしまうものだ。「たぶん、それぐらいだと思います。家に帰ったら十時を過ぎてましたから」

時間は合う。運転手が畠山を下ろしたのは十時前なのだ。

「ハワイに出かける前の日にしては、随分遅かったんですね」

「職場の後輩が退職するんで、その日は送別会に出なくちゃいけなかったんです。仲のいい子だったから、どうしても外せなくて」

「そうですか」

妙子は嫌がったが、何とか宥《なだ》めすかして橋の上まで連れて行った。

「どの辺りでしたか」

訊ねると、顔を背けながら指差す。今は花も飲み物も供えられていなかったが、指先を延長すると、畠山が転落したとされる地点辺りにぶつかった。

「二人いた、ということでしたよね」

「ええ。男性と女性」

「どんな感じでした？」

「女性は……若かったかな。割と小柄な感じでした」

「男性は？」

「どうでしょう。若くはなかったですね。でも、この辺はかなり暗いし……」

言われて確認すると、問題の場所は街灯と街灯の間にあった。たまたまヘッドライトに照らされでもしない限り、ある程度の距離を置いた状態で、その場にいた人間の顔を明確に確認することはできないだろう。

「でも、そうですね……」妙子が顎に指を当てた。「背は高かったかな。普通にスーツを着て、ネクタイをしてたかもしれない」

「顔は覚えてますか」

「いや、それは……説明できるほどよく見てなかったんですけど」そんなことはない。彼女は一瞬の記憶をしっかりと脳裏に刻みこんでいる。誘導なしでここまで思い出したのだから、実際には記憶のそこに顔も沈んでいるのではないだろうか。

「何でもいいんです。男性の方の特徴、思い出しませんか」

「そうですね。そう、背は高かったんです」同じ説明を繰り返す。

「私より高かったですか」

「同じぐらいかな。もっと太った感じでしたけど。恰幅がいいっていうのかな」

「年齢はどうでしょう。若くはないといっても、範囲は広いですよ」

「うーん——そうですね、五十歳？　もっと上だったかな。六十歳かも」

「髪は？」

「白かった、ような気がします。そうですね、白かったわ。ちょっと光ってるような感じがしたから」

ここから先は賭けになる。背広の内ポケットから畠山の写真を取り出した。新聞から切り抜いたもので、カラー写真だが粒子は粗い。

「この人に見覚えは？」

「え？」

「よく見て下さい」

妙子がじっと写真を覗きこんだ。一分近くもそうしていただろうか、顔を上げた時には表情が硬くなっていた。

「この人ですか」

「ええ、たぶん……あの、この人、畠山さんですよね？　代議士の畠山さん」

「ええ」証言に百パーセントの信憑《しんぴょう》性はない。だが、捜査を再始動するには十分なきっかけになる。

「畠山さんがどうかしたんですか？」

「全然知らないんですか」

「ええ、その次の日の朝に出かけて、帰ってきたのは昨日の夜ですから」

「ニュースも見てないんですね」

「そうです」

「ここで死んだのは畠山さんなんですよ」写真を指差した。

「え」妙子の顔が青褪《あおざ》めた。「畠山さんが？　全然知らなかった……」

「仕方ないですよ。日本にいなかったんですから」そう言いながら、私は内心の落胆を抑えられなかった。もしも妙子に話を聞けていたら、捜査は全く違う方向に進んでいたかもしれない。

かすかに希望の光が射すのと同時に、それを上回る勢いで広がる闇の存在を感じた。これは西八王子署のミスだ。長瀬が指摘した通りで、警察の捜査はいい加減になっている。社会全体を覆う緩みは、警察にも確実に及びつつあるのだ。

「何だ、いったい」金子が不機嫌に顔を捻《ね》じ曲げた。午後遅い時間、そろそろ一日の終わりが見えてきて、生ビールの喉越しが恋しくなる時刻なのだろう。私は彼を急き立て、廊下に出た。

「畠山の件です」

「おい」金子の目が糸のように細くなる。「お前、まだ嗅ぎ回ってるのか」

「おかしなことがあるから調べてるんですよ。何か変ですか」

「結論は出てる」

「一度出た結論が覆るのは珍しいことじゃないでしょう。それとも、警視庁は絶対失敗しないっていうんですか」

「他の県警と一緒にされたら困るね」

「このままだと、そういう批判を受けることにもなりかねませんよ」

「何だよ、いったい」金子の顔が不安で白くなった。

「目撃者がいたんです」

「何だと」金子が一歩詰め寄った。廊下を歩く刑事たちが、不審そうに私たちを見やる。それに気づいたのか、慌てて給湯室に私を押しこめた。

「何を目撃したんだ」

「畠山らしき男が、事故の直前に女と一緒にいるところを見た人間がいます」

「女と一緒？　その女は誰だ」

「それはまだ分かりません」

「随分不確かな情報だな」

「不確かでも、ゼロじゃありませんよ。口論しているような様子だったそうです」

「おいおい」金子が乾ききった唇を舐めた。「痴話喧嘩か？　それで女が殺したとでもいうのか」

「それはこれから調べないと。とにかく、今までこういう情報はなかったんですから、洗うべきですよ」

「ちょっと待てよ。それが本当なら、何で今まで分からなかったんだ」

それは、あなたたちの捜査がいい加減だったからだと言いかけ、口を閉ざした。何もわざわざ、喧嘩を吹っかける必要はない。

「目撃者は、畠山が死んだ翌日に海外旅行に出かけてたんですよ。帰ってきたのは昨日です。だから、この一件についてはそもそも知らなかったんですよ」

「海外旅行ね。豪華なことだな」金子が吐き捨てたが、捨て台詞にしても無意味だった。

「とにかく、この件は調べ直すべきです。何かあったのかもしれないし、少なくともその女性は、もっと詳しく状況を思い出すかもしれない」

「しかし、今さらな……」金子が拳を口に押し当てた。

「今さらもクソもないでしょう。本当に殺しだったらどうするんですか。犯人が野放しのままじゃ、被害者も浮かばれませんよ」

「それはそうだが……」金子の戸惑いは、あちこちを彷徨《さまよ》う目線に現れていた。

刑事課長として、捜査のやり直しを避けたい気持ちは分かる。本当は殺しだったのを事故で片づけてしまっていたとなったら、面子《めんつ》が潰れる程度の問題では済まなくなるのだ。署長以下、幹部連中が全員辞表を用意しなければならないだろうし、マスコミの追及も厳しくなる。そうやって失敗してきた例をいくつも見ているはずなのに、金子には危機意識が足りなかったのではないか。やるからには徹底して調べるべきだったのだ。結論を急ぐべきではなかったのだ。どんなに急いで捜査しても、死者が蘇るわけではない。

「とにかく、もう一度調べ直しましょう。目撃者には協力をお願いしていますし、ローラー作戦で当たれば、別の目撃者も出てくるかもしれない」

「しかしな、上に何と報告するか……」

「そんなこと、後で考えればいいでしょう。とにかくもう一度現場を当たりましょう」

「そうだな……うん、そうなんだが」

いきなり踵《きびす》を返し、金子が廊下を去っていった。給湯室から首だけ突き出して、その背中を見送ったが、言い訳と謝罪の言葉しか考えていないのは明らかだった。

金子はそれから一時間ほど姿を消していたが、戻って来た時には何歳か年を取ってしまったように背中が丸まっていた。私を呼びつけると、また廊下に出る。

「お前、引き続き調べてくれ。悪いけど、人手は割《さ》けない。一人で動いてくれないか」

「ちょっと待って下さい」怒りが喉元に湧き上がるのを感じながら、彼に詰め寄った。一歩引くと、壁に背中がぶつかって行き止まりになる。老いが忍び寄る金子の顔に、薄い恐怖の色が広がった。

「おい——」

「刑事課総出で調べるべきです。もちろん、俺の情報は間違っているかもしれないけど、本当だったら大事になりますよ。その結論を早く出すためにも、出来るだけ大人数で捜査に当たった方がいい」

「簡単に言うな。とりあえず、お前一人で捜査を進めてくれよ。それでもう少しはっきりしたことが分かったら、その時は一気に全員で攻める」

要するに時間稼ぎをしたいのだな、と思った。私一人では、やれることに限りがある。動きが進まないうちに、この件をどうやって綺麗に丸めるか、署長たちと善後策を検討するつもりなのだろう。

それでは駄目だ。

時の流れは事件を風化させる。発生直後に手がかりが百あったとすれば、二十四時間後には一にまで減ってしまうことも珍しくない。私たちは明らかに出遅れており、遅れを取り戻すためには物量作戦を取るしかない。

面子など、クソ食らえだ。

6

「ほう」野崎の声にはまったく熱がなかった。私が説明しているうちに急速に興味を失った様子である。「女と揉めてた、ね」

「口論程度ですし、その内容までは分かりませんけどね」

「女が橋から突き落とした可能性は？」

「あなたがそう考えても否定はしません。積極的に肯定する材料もありませんけど」

「なるほどねえ」彼が潰れた耳を触る仕草が目に浮かぶ。「こいつは結局、男と女のことになるわけかな」

「それは何とも言えません。結構年齢は離れていたようですよ」

「男女の仲に年齢は関係ないんじゃないかね」

「そうかもしれません」

「いずれにせよ、俺が描いていた絵とは違う感じだな」

「まだ分かりませんよ。その女を摑まえて話を聴いてみないと。もしかしたら、ＮＪテックの関係者かもしれない」

「確かに、可能性としては否定できないな——ゼロに近いとは思うけど。しかしあんた、さすが俺が見こんだだけのことはある。手が早い」

「最初に褒めてくれるべきでしたね」

「何言ってる。あんたは、人に褒められたぐらいで調子に乗って動くような男じゃないだろうが」

「褒められないよりは褒められた方が気分がいいでしょう。それより、所轄の刑事課長が渋ってます。人を出して一気に調べれば効率的なんですけど、反応が鈍い」

「それは分からんでもないな。同じ立場だったら、俺だって嫌だ」

「だけど、あなたは立場が違う。司法制度のツリーの中で、警察の上にいるのは間違いないんですから」

「そりゃそうだ。どうして欲しい？」

「それはあなたが決めることじゃないんですか」

「違う」乾いた声で野崎が宣した。「これは今の段階では、あくまで警察の事件なんだよ。しかし、所轄の連中に何を言っても無駄かもしれんな」

「その可能性は高いですね。認めたくないけど」

野崎の態度には、ずっとかちんとさせられっ放しだ。人を焚きつけておいて、自分の仕事に関係なさそうだという可能性が高くなってくると、急に他人事のように話し出す。しかし彼は、中途で無責任に放り出してしまう男ではなかった。

「ちょっと声をかけてみるか。直接は無理だけど、おたくらの本庁に話をすることはできるぜ。それで圧力をかけてみよう」

「そうですね」相槌を打ちながら、私は頭の中でこれから起こるであろうことを計算した。本庁に報告——報告ではなく地検からの探りが入る。「西八王子の一件は手抜き捜査だったという話があるが、どうなんだ」一課が大慌てで西八王子署に確認を求める。「地検が妙なことを言ってきたが」署長が汗を流しながら電話の前で平謝りする。ほどなく「所轄に任せておけない」と捜査一課が直接乗り出してくるが、その件はマスコミには徹底して伏せられる——こんな流れだろう。西八王子署員の間では、私が槍玉に挙がる。裏切り者、一人でいい格好しやがって、と。それはどうでもいい。心配なのは、一課と所轄の関係がぎくしゃくしている間に、真相がどんどん遠くへ逃げてしまうことだ。手がかりというものは、常に猛烈なダッシュ力を持っているものだから。しかも、発生から既に一週間以上が経ってしまっている。

「それでいいな？　あんたは所轄で突き上げられるかもしれないが」私が考えていたのと同じ可能性を野崎も口にした。

「言いたい奴には言わせておけばいいんです。今さら失うものはないですよ」

「そう言えるあんたが羨《うらや》ましくもあるな……とにかく、この件は無駄にはしない。無理させた分は必ずお返しするよ」

「一日待ってくれませんか」反射的に別の提案をしていた。刑事課の命運が決まるのを少しだけ先送りにする提案を。

「どうして」

「個人的にもう少し詰めてみたいんです。刑事課長に指示された通りに、一人で動いてみますよ。それでもっと手がかりが摑めるかもしれない」

「遅くなれば、もっと難しくなるぞ」

「今さら事件の鮮度は落ちませんよ」手がかりのダッシュ力という刑事の常識を一時的に棚上げし、落ちないはずだ、と自分に言い聞かせる。

「もしも所轄の連中に気を遣ってるなら、そんな必要はないぞ。この件ではあんたが百パーセント正しい。手を抜いた奴らが悪いんだぜ」

「それは分かってます」

「個人的にやりたいってことは、自分だけの手柄にしたいのか？　そういうことをすると、また立場が悪くなるぜ」

「手柄もクソも関係ありません。それに、警察官が嫉妬《しっと》深い人種だということは分かってますから。気をつけますよ」

嫉妬や恨みは人の人格を一変させることがあるし、警察官は特にその傾向が強い。一度受けた屈辱を、簡単に忘れるようなことはないのだ。こちらに悪意があろうがなかろうが関係ない。


夜、再び妙子の家を訪れた。今度は夫の片桐雅治《まさはる》も在宅していて、玄関先で話を聴くことができた。百八十センチある私とほぼ同じ背丈で、ケーブル編みのタンクトップから突き出た肩や腕にはみっしりと肉がつき、腹も平らに引き締まっている。顎の発達した四角い顔をしている上に髪は角刈りなので、非常にいかつい印象を与えた。私と同年輩のようだ。目の縁が赤くなり、かすかにアルコールの臭いを漂わせている。

「ああ、お疲れさんです」気さくに頭を下げた。ごつい印象を打ち消すように、人懐っこい笑みを浮かべている。

「お休みのところ、どうもすいません」

「いやあ、いいんですよ。こっちも同じ公務員だし」

「八王子の消防ですよね」昼間、妻の妙子に確認していた。

「そうです。お仲間みたいなものじゃないですか」そう言われ、少しだけ緊張を解いた。消防士とは現場で行動を共にすることも多い。マスコミに喋り過ぎる傾向があるが、一人一人を見れば気持ちのいい人間が多いのは確かだ。

「随分鍛えてますね」

「仕事柄、どうしてもね。こっちは力仕事ですから」

「ウェイトですか？」

「ウェイトは週三回。朝は毎日走ってますけど……それより、申し訳ない」髪を短く刈り上げた頭を乱暴に掻いた。「実は例の件、俺も見てたんですよ」

「そうなんですか」思わず声が大きくなる。咎められたと思ったのか、片桐が肩をすくめた。

「ええ。あの日、女房が帰って来るちょっと前だったんだけど。旅行に持っていくのに足りないものが幾つかあって、買い物に行ったんですよ」

「歩いて？」

「いや、車で。一番近いコンビニも結構離れてますからね」

「今、ちょっと出られますか？」

「現場ですね？　いいですよ」ビーチサンダルを突っかけただけの気軽な格好で外に出て来た。「ちょっと出てくる」と家の中に向かって怒鳴り、ドアを閉める。

「俺は、畠山さんだってことは分かったんですよ」

「奥さんはご存知なかった」

「あいつ、かなり目が悪いからね。俺は両目とも裸眼で二・〇だし、ガキの頃から畠山さんを見てますからね。ポスターなんか、いつもどこかに貼ってあるから、自然と頭に刷りこまれちまうでしょう」

「そうでしょうね」

「あの辺ですね」軽やかな足取りで土手を上り、橋を指差す。「女の人と二人で」

「間違いないですね」

「ヘッドライトの光ではっきり見たから。あ、コンビニっていうのは橋の向こうにあってね、家へ戻って来る時に見たんですよ」

「どんな様子でした？」

「喧嘩……じゃないけど、口論してるみたいだったかな。女の人が一方的にまくし立ててる感じだったけど、畠山さんは……うーん、そこはよく覚えてない。やっぱりはっきりとは見てなかったんだな」

「女性は、どんな感じの人でした」

「小柄な人」これは妙子の証言とも一致する。もっとも見る人間の視線の高さによって、小柄の基準は変わってしまうのだが。

「年齢は？」

「三十……三十五……？　三十代じゃないかな。どこかで見たような顔なんですけどねえ。今日、女房に言われてから一生懸命思い出そうとしたんだけど、出てこなくて」言葉を搾《しぼ》り出そうとするように、喉に手を当てた。

「顔見知りなんですか」

「そんな気がするんだけど」拳を固め、自分の頭を乱暴に殴《なぐ》った。「どうしても思い出せないんですよ。ちょっと時間をもらえませんかね。こういうのって、何かの拍子にいきなり思い出したりするもんでしょう」

「そうですね……片桐さん、後で正式な調書を取らせてもらうことになると思いますけど、協力してもらえますね」

「もちろん」真顔で大きくうなずく。「消防と警察はお互い様ですからね。協力態勢でいかないと」

「ありがとうございます」

「しかし、畠山さんがねえ」私たちは橋の歩道にいた。片桐が欄干に太い腕を乗せ、川面を見下ろしながら溜息をつく。「何か、政治家って簡単に死なないイメージがあるんだけど、死ぬ時はあっけないもんですね……そう言えばこの橋からは、昔も人が落ちて死んだらしいんですよ」

「そうなんですか」

「ガキの頃だったからよく覚えてないけど、確か女の人じゃなかったかな。川には近づくなって親に散々言われましたよ」

「そんなに危険な場所には見えませんけどね」欄干がやや低いことを除いては。

「改修される前は、手すりも木製でもっと低かったらしいですよ」

「そうですか……ご協力ありがとうございました。またお伺いすることになると思いますけど、よろしくお願いします」

「家でも職場でもどっちでもいいですよ。現場に出てない時なら、いつでもおつき合いしますから」

非常に協力的な証人を見つけたのに、私の心は晴れなかった。証言が集まり、事件の断片が明るみに出れば出るほど、西八王子署の立場は悪くなる。明日はまた、野崎と話さなければならないだろう。それは、何人かの首が飛ぶきっかけになるかもしれない。そして最後に残るのは私一人かもしれない。

署に戻った。そのまま家に帰ってもよかったのだが、考え事をするには誰もいない夜の刑事部屋の方が適している。

ドアが細く開き、灯りが漏れていた。人の気配を感じて、足音を忍ばせる。事件でもない限り、こんな時間に誰かが残っているはずがないことは、既に分かっていた。壁伝いに進み、ドアに近づいたところで耳を澄ませる。遠慮のない話し声が部屋から流れ出していた。

「だいたい何だよ、あの男は」

「そう、調子に乗り過ぎじゃねえのか」

「そんなに点数を稼いで、何が楽しいのかね」

「点数稼いでるんじゃなくて、俺たちに対する嫌がらせじゃないのか」

「ああ、いろいろ評判悪いしな」

「何でまだ辞めさせられないのか、分からんよ」

二人いる。廊下にいても、アルコールの臭いを嗅げそうな声だった。思い切って中に踏みこみ、どやしつけてやろうかとも思ったが、しばらく様子を窺うことにした。こういう風に言われることには慣れているし、今回は、明らかに非は連中にある。下手に怒りをぶちまけて、こちらの立場を悪くすることはない。

「どうするよ」

「知らんよ。だいたい、課長も弱腰なんだ。もっとがつんと言ってやればいいのにな。最初が肝心だぜ」

「そうだよな。こんなことじゃ、示しがつかない」

「奴、何か企んでるんじゃないか」

「何かって」

「この署に来たのも、実は俺らを潰すためとかさ。上の方の特命だったりして」

「まさか」

乾いた笑い声が響く。その後の一瞬の沈黙は、二人の懸念が絵空事ではないことの証明だった。しかしそれは、明らかな被害妄想である。組織の中で何かをしようという気持ちは、今の私にはない。

「とにかく、奴には近づかない方がいいだろうな」

「ああ。一人で何かできるわけじゃないからな。放っておけば、そのうち行き詰るよ……ちょっと小便、な」

立ち上がる気配。その場を離れようかとも思ったが、残ることにした。喋っていたのが誰か、顔を拝んでおきたい。

「ああ、クソ暑いな」と文句を漏らしながら男が出てきた。背中を丸め、微かなアルコールの臭いを撒《ま》き散らしながら。廊下に出た瞬間、私に気づいてびくりと体を震わせる。小杉《こすぎ》という中年の刑事だった。「おう」とも「ああ」とも聞こえる声を漏らし、目を逸らす。

「お疲れ様です」腕を組み、壁に背中を預けたまま声をかけた。

「あ、いや……どうも」脚がその場に釘づけになった。一瞬だけ私の顔を見て、表情を強張《こわば》らせる。

「遅くまでご苦労様です」

「何だよ」ようやく声を絞り出したが、視線を合わせようとはしない。

「これから忙しくなりますよ」

「何だと」

「一人でも何とかできるものですね。逆に言えば、今まで手つかずだったわけだ」

「何の話だ」

「そのうちゆっくり聞かせてもらいます。小杉さんたちが、どうしてこの件をちゃんと調べなかったのか。事件にするのが面倒だったのか、誰かに遠慮したのか知りませんけど、それは理由にならないですよね」

「事件なのか」小杉がはっと顔を上げた。

「それはまだ言えません」わざとらしく、ゆっくりと首を振ってやった。「捜査の途中ですから」

「おい、一体何なんだ」

「自分で調べて下さい。何だったら、明日から私と一緒に外を回りますか？　暑い時にたっぷり汗をかくのも気持ちいいですよ」

　軽く敬礼の真似をしてその場を立ち去った。捨て台詞は時に最高のストレス解消になるのだが、今夜は自分の心に澱《おり》のような陰を残しただけだった。

　時間をかけてウェイトトレーニングをした。場所は自宅のガレージ。ここにダンベルやバーベル、ベンチなどを揃えて、一通りの筋力トレーニングはこなせるようにしている。シャッターを閉めたままなのでオイルの臭いに閉口させられるが、それよりも問題なのは暑さだ。蒸し風呂のように湿気が籠もっているうえに、私の汗がさらに湿度を上げて不快感が増す。

六十キロのバーベルでベンチプレスを十二回、三セット。分厚い筋肉をつけるためには、回数を少なくして限界ぎりぎりの荷重に挑むのが常道だが、そういう筋肉は往々にして実戦では役に立たない。柔らかでしなやか、かつ強い耐久性を持った筋肉で体を覆いたかった。そのためには、負荷を少なくしてある程度の回数をこなすやり方が適している。

たちまち胸と腕が熱くなり、汗が体を伝う。腰を浮かさないように注意し、大胸筋の動きを意識するようにしながらバーベルを上げ下げした——どうしても事件のことが頭を過ぎる。畠山と一緒にいた女は誰だったのか。家族でないことは確かだ。仮に問題の女性が三十代だとしても、畠山の家族、いや、親族にさえ、それぐらいの年齢の女性がいないことは分かっている。すぐに考えつくのは、地元事務所のスタッフ、後援会の人間ぐらいだが、二人のただならぬ様子は何を意味するのだろう。息子は独身のはずだが、その恋人という可能性はないか。

バーベルを終え、二十キロのダンベルを使って背筋を鍛える。ベンチに片膝をつき、垂らした手にダンベルを持って引き上げるのだ。軸をぶらさず、腕を機械のように正確に上下させる——野崎が言っていた男と女の問題。結局はその辺りが落としどころになるかもしれない。畠山には若い愛人がいた。何かトラブルになって、川へ突き落とされた。非常に分かりやすい。そういう背景があれば、家族が事件にしたくないと思うのも自然である。政治家の愛人スキャンダルは珍しくもないが、こと命に係わることだったら、封印しようとしてもおかしくはない。西八王子署の刑事たちは、懇願されて、あるいは意を汲んで捜査を打ち切ったのか——クソったれどもめ。

腹筋は二種類をこなす。膝を曲げたまま、ヘソを軸に上半身を起こすのと、寝転がったまま足を上げ下げするもの。こうすると、飽きずに回数をこなせる。腹筋運動の最大の問題は、単調過ぎてつまらないことだからだ。ポイントは意識してゆっくりやること。それで筋肉の負荷を増大させることができる——畠山よりも随分小柄だったという女性が、橋から人を突き落とすことは可能だろうか。不可能ではない、という結論がすぐに弾き出された。畠山は酔っていたという。それに、手すりにもたれかかるような格好をしていたとすれば、案外不安定になるものだ。バランスを崩すことさえできれば、後は一押しで済むのではないか。

続いてアームカール。ベンチに腰かけ、十キロのダンベルを使う。こちらもゆっくりやることが肝要だ。この程度の重量で素早く腕を上下させても、何の効果もない。何もメロンのような力瘤《ちからこぶ》を作ろうというわけではないのだ――仮に殺しではなかったとすると、何だったのだろう。心中、ということがまず考えられる。二人の関係がどうにもならなくなって、先行きを悲観して二人で川に飛びこんだ。この想像は、行為として考えた場合には一見無理がない。しかし問題はすぐに見つかった。女性の死体はどこに行ったのか。あるいは、女性は川に落ちたものの死に切れず、自力で川から脱出したのか。その場合は、名乗り出ることはできないだろう。いや、大前提として、畠山が心中しなければならないような状況に追いこまれるだろうか。七十年近く生きてきて、地位も名誉もある人間だ。地元での信望も厚い。それに、間もなく議員を引退する。だいたい、心中などということになれば、跡を継ぐ予定の息子の選挙にも悪影響を与えかねない。

結局、全ては可能性でしかない。それも根拠の薄い可能性ばかりだ。

ベンチから立ち上がり、タオルで上半身の汗を拭った。ペットボトルから勢いよく水を飲み、一息つく。上半身全体が火照って心地よかったが、頭の中は依然としてもやもやしている。

さっさと寝よう。明日はできるだけ早くから現場付近を歩き回ってみるつもりだった。

課長の金子のお墨付きも得ているのだから、署に顔を出す必要もないだろう。

シャワーを浴びて、夜風を浴びるためにベランダに出る。天気予報では今日も熱帯夜になると言っていたが、それほど蒸し暑くはなかった。時折下から風が吹きつけ、汗がすっと引いていく。手すりに両手を乗せ、暗闇に目を凝らした。またしても、見つからないパーツが頭の中で飛び回ったが、思考の混乱は、鳴り出した携帯電話の音で一時遠ざけられた。

「やあ、どうしてるかと思ってね」野崎だった。

「またですか？　忙しない人ですね」

「気になることがあれば電話するさ」

「何が気になるんです」

「あんたの動き」

相手に聞こえるように盛大に溜息を漏らしてから、今日の成果を説明した。野崎は相槌も打たずに聞いていたが、私が話し終えると、重大な事実をあっさりと口にした。

「明日、捜査一課がそっちに入ることになった」

「ちょっと待って下さい」慌てて電話をきつく握り締めた。「一日待って下さいってお願いしましたよね。それからまだ何時間も経ってませんよ」

「こういう話は、どこかから漏れるものなんだよ。黙ってると俺の立場も悪くなるからな」

「漏らす人間はあなたしかいないはずだ」

「まあ、何とでも」

「冗談じゃない。一課が入ってきて大騒ぎして、結局何でもなかったってことになったらどうするんですか」

「あんた、自分の勘を信じてるか」

突然の質問に、言葉を呑んだ。野崎は非常にダイレクトなものの言い方をする人間だということは分かっている。それがこういう抽象的な質問をしてきたとは、注意が必要だ。

「信じることもありますよ」

「大抵当たってる。違うか?」

「そういう時は多いですね」

「実は、俺もなんだ」

「へえ」

「へえ、じゃない」野崎が凄んだが、電話でできることには限りがある。私は、目の前を飛ぶ蚊《か》を追うのに忙しかった。八の字を描くように飛び、最後は灯りを恋《こ》うようにガラスにへばりつく。思い切り掌を叩きつけると、ガラスが大きな音を立てて揺れた。手を離すと、掌の真ん中で蚊がぺしゃんこになっていた。

「何だ、凄い音がしたけど」

「多摩地区直下型の地震です」

「嘘つけ」

「野崎さん、正直に言いましょうか」

「正直なのは結構だな」

「俺はうんざりしてるんですよ」

「何に」

「あなたに」

一瞬、野崎が言葉を切った。次の瞬間、笑いを爆発させる。

「たまげたな。特捜部の検事が、警視庁の刑事さんに鬱陶《うっとう》しいなんて言われるとは思わなかった」

「鬱陶しいじゃなくてうんざり、です」

「同じことだろうが。しかしあんた、評判通りの人だね」

「俺の評判なんかどうでもいい」手を振り、死んだ蚊を払い落とした。「問題は、あなたの気まぐれです。あなたは最初、自分の都合で俺を動かそうとしている。その後、自分の仕事に関係なさそうだと分かると、できるだけ早く手放そうとしている。違いますか」

「だけどな、そうした方がいいのは、あんたにも分かってるんじゃないか。人が一人死んでるんだ。いつまでも放っておいていいわけないし、そういうことを調べるのは警察の方が得意だからな。それともあんたも、所轄の面子なんかを考えるようになったのか」

「まさか」

「なら、結構。とにかく明日の朝、然《しか》るべきところから署に連絡が行く。大騒ぎになるだろうけど、あんたは巻きこまれるなよ。上手く逃げて自分の仕事をしろ」

「それは無理ですね。俺は一介の刑事ですから」

「そこは要領よくやってくれよ。一課はかんかんになってるようだぞ。署長の更迭《こうてつ》論も出てるぐらいだ。間違いなく大きな嵐が来る。その前に、一課はこの件を徹底してやるだろうけどな。これは連中の面子の問題でもあるから」

「警察としては、二度は失敗できない」

「その通りだ。事件を事故と取り違える、こんな失敗は絶対に許されないんだぜ。意図的にやったとしたら尚更だ。いきなり署長や刑事課長を処分することはないだろうが、一段落したら間違いなく連中の首は飛ぶ。あんたは、嵐から上手く逃げておかなくちゃ駄目だぜ。自分のやりたい仕事を続けるためには、身の処し方にも気をつけないとな」

「それぐらいは分かってますよ」分かっていない。自分の信念と警察という組織の板挟みになったことは、一度や二度ではない。その度にあちこちにぶつかり、傷も増やしてきた。賢く立ち回ってきたなどとは、間違っても言えない。

「俺の聞いてる評判とは違うがな。まあ、いい。一つ忠告しておこう。あんたは事件を解決することだけ考えてればいい。組織のトラブルからはできるだけ離れて身を潜めてるんだ」

「俺を巻きこもうとする奴がいるかもしれませんよ」

「道連れか？　それは心配ないだろう。あんたには後ろ盾もいるからな」

「そんな人がいるなんて、初めて聞きましたよ」

「あんたが知らないだけじゃないのか」

やけに自信に満ちた野崎の言い方が気になった。警視庁での私の評判は地に落ちているはずなのに。二人の刑事たちの噂話を思い出す。「何でまだ辞めさせられないのか、分からんよ」私も同感だった。

「まだ正式の捜査本部にはならないと思う。殺しだとはっきりしたわけじゃないからな。ただ、明日の朝、強行班の係がそっちに投入される予定だ」

「それじゃ、実質的に捜査本部になるでしょう」殺人事件が発生して犯人が分からない場合は、基本的に所轄署に捜査本部が設置され、本庁の捜査一課から班単位で刑事たちが応援に出る——実際には、応援ではなく仕切りに来るのだが。

「殺人だと断定されれば捜査本部になる。ただそれまでは、マスコミの目をくらますためにも隠密行動だ」

「西八王子署の動きなんか見てる記者はいないでしょう」

「何言ってる。本庁の一課周りの連中は、どこの班がどこの現場に出てるか、必ずチェックしてるんだぜ」

「そうですか」溜息をつき、水を一口飲む。「野崎さん、一つ聞いていいですか」

「何なりと」

「献金事件を放っておいて、この事件に首を突っこんでる暇はあるんですか」

「あの事件はまだ、そんなに忙しくならないよ。記事は東日のフライングだな」

「だけど、暇じゃないはずです」

「検事が事件に口出ししたら変か？　管轄が違うとか、担当じゃないとか、そんなことは関係ないんだよ。誰かが動いてやらなきゃ、死んだ人間が浮かばれない。それだけのことだ。それにまあ、あんたに対して負い目みたいな気持ちもないわけじゃないからね」

「刑事みたいなことを言うんですね」皮肉をまぶして言ってやった。「検事の台詞とは思えないな。もっと事務的に事件を処理してるのかと思ってましたよ」

「他の連中は、な」ふいに、野崎がにやりと笑う様が頭に浮かぶ。「俺は刑事だったから、いつまで経っても刑事の考えが頭から抜けないんだよ」

「刑事だった？」何だ、それは。人を騙《だま》そうというなら、もう少し上手い嘘があるはずなのに。

「そうだよ。神奈川県警に五年近くいた。ところが、これからって時に肝臓をやっちまって、しばらく入院してたんだ。その時に、暇で暇で何を考えたかというと――」

「刑事に威張れる検事になろう」

「いい勘してるよ」野崎が短く笑う。「ま、一念発起ってやつだ。これ以上は突っこむなよ、自分でも上手く説明できないんだから。とにかく、なけなしの貯金と退職金で生活しながら、司法試験の準備を頑張ったのさ。三年目で貯金が底をつきかけた時に、合格した。それからあれやこれやあって、東京地検にいるわけだよ」

「大した人生だ」

「お褒めいただいてどうも」

「呆れてるだけです。ギャンブルにもほどがある」

「こんなもの、ギャンブルのうちに入らないよ。綿密な計画に基づいた人生設計じゃないか……とにかくそういうことだから、俺は警察のこともある程度は分かってる。だからこういう事件があると熱くなるし、あんたに忠告もしてるんだぜ」

「分かりました」

「背中に気をつけろよ」

「野崎さんが守ってくれるんじゃないんですか」

「あいにく、そこまで暇じゃない」

長い話を終えて電話を切ると、手にべっとりと汗をかいていた。嵐が来る、その予感が私の背筋をゆっくりと滑り落ちた。

7

何度も通ううちに、現場周辺の様子はすっかり頭に叩きこまれてしまった。私に絵心があれば、キャンバスの上で完全に再現することもできるだろう。しかし、目線を変えるのも大事である。橋を、片桐の家の側から歩いて渡ってみた。川向こうの光景を視野に入れる。土手の向こうに、彼が買い物に行ったというコンビニエンスストア。店を取り囲むように、真新しい二階建ての家が立ち並んでいる。どこかの開発業者が一括して売り出した住宅地のようで、どれもよく似ていた。

だが、型抜きで産み落とされたような家が連なる向こうには、八王子の古い顔がある。住宅街を抜けて歩くと、すぐに、広く古い家ばかりが目立つようになった。ほどなく、畠山の自宅兼地元事務所の前に出る。家の前は、車五台分の駐車スペースになっていたが、今は一台もない。自宅は木造の二階建て。やけに大きいのは、古い家であるという以外にも、人の集まる機会が多いからだろう。母屋の左側に、渡り廊下でつながった事務所らしき建物があった。こちらはまだ新しく、ドアの横、それに窓に畠山のポスターが張ってあり、私に笑いかけていた。生きて笑っている顔を見たことは一度もなかったが、いつの間にかその笑顔は私にはお馴染みになっていた。事務所の窓を慌《あわただ》しく人影が過ぎる。畠山本人が死んだからといって、政治の動きが停まるわけではないのだ。むしろ、今まで以上に忙しくなるだろう。何度も当選を重ねて実績のある人間と初出馬の人間――跡を継ぐとはいっても、かかる手間と時間、金はそれまでとは桁違《けたちが》いのはずだ。

窓に顔が見えた。中年の域をわずかに過ぎかけた女性。瞬時に、畠山の妻、理子《さとこ》だということを悟った。確か、畠山より十二歳年下である。一瞬目が合った。その顔にはぽっかり穴が空き、いかなる感情も窺えない。夫が死んで日が浅く、まだ虚無的な気分は消えないだろう。疲れきった様子で、顔は紙のように白かった。

選挙の度に、前面に立って夫を支えてきたらしい。一心同体だったかどうかは分からないが、畠山の存在が彼女の人生で大きな位置を占めてきたのは間違いないだろう。何か言いたげに、私にじっと視線を注ぐ。こちらの顔を知っているのだろうか。

背中を朝の太陽に焼かれながらその場を離れ、一度だけ振り返る。理子は姿を消しており、静かな家は何も教えてはくれなかった。主がいなくなっても、状況はさほど変わらないのではないだろうか。こういう時にも、いや、こういう時だからこそ、現場を仕切る人間はいるだろう。地元の第一秘書とか、世話好き——というよりも選挙が好きな後援会の幹部とか。それに理子は、今度は息子の選挙に力を入れるだろう。いずれにせよ、選挙について私が気にする必要はない。「父の遺志を継いで」というのは、有権者に対するアピールにもなるはずだ。少なくとも最初の選挙の時だけは。誰かが「補選には間に合わないかもしれない」と言っていたが、鉄は熱いうちに打て、という言葉もある。

後ろから車が近づいてきて、スピードを落とす気配がした。振り返らずに歩き続けたが、車はのろのろと後を追って来る。私をひき殺すつもりも、クラクションを鳴らして警告する気もないようだった。曲がるのを邪魔しているのかもしれないと思ったが、前方には交差点もない。

立ち止まった。車のブレーキがきゅっと音を立てる。振り返らざるを得なかった。車は黒いセルシオで、公用車のようにも見えた。

歩道がない道路だったので、路肩ぎりぎりまで下がる。ぐらつく側溝の蓋《ふた》を踏んだ瞬間、車が音もなく停まって後部座席の窓が開いた。中から老人が顔を突き出す。恰幅のいい――正確には丸々と太った男で、顎がはっきりと二重の線を描いていた。目は細く、皺の寄った皮膚の間に隠れそうになっている。薄くなった髪を七三に分けて、少し赤い地肌を覗かせていた。熱を吸収しそうな濃紺のスーツ姿でネクタイもきっちり締めていたが、車の中が快適な温度に保たれているせいだろう、涼しい顔をしている。

「鳴沢さんですね」男の声は深く、渋みがあった。

「あなたは？」

「権藤《ごんどう》と申します。権藤建設の――まあ、会長ですわ」

「ああ」

最悪の事態ではない。少なくとも相手は名乗ったのだから。真偽のほどはともかく、権藤建設の名前には聞き覚えがあった。八王子に本社のある中堅ゼネコン。そして私が手に入れた畠山の後援会リストの一番上に、名前が載っている。

「畠山さんの後援会の会長さんですね」

「そういうことです」

「何かご用ですか」

「まあ、乗って下さい。この暑いのに立ち話も何ですから」

「何のために」

「お話ししたいことがある。そういう理由じゃいけませんか」

その台詞の意味を値踏みした。ろくな話でないことは簡単に想像できる。しかし逆に、この男から話を引き出すことができるのではないかという期待も生じた。ちらりと腕時計を見る。九時半。西八王子署の刑事課は、今頃震度七クラスの地震に見舞われているかもしれない。そうなったら間違いなく、私にも呼び出しがかかる。しかし、そんなことでこのチャンスを逃す気にはなれなかった。それに、野崎も「上手く逃げて自分の仕事をしろ」と言っていたではないか。

「いいでしょう」

権藤が重々しくうなずく。運転席のドアが開き、運転手が飛び出してきたが、目で制して自分でドアを開けた。権藤が運転席側に体をずらしたので、彼がいた場所に滑りこむ。シートの生暖かさが尻に不快だったが、それ以外はやはり快適の一言だった。

車はすぐに走り出した。権藤はしきりに尻をずらして座り心地のいいポイントを探している。もっとも、彼の巨大な尻は後部座席の半分のスペースを占めてしまっていて動きようがなかった。

ご丁寧にも、権藤は名刺を差し出した。断る理由もないので素直に受け取る。会社の名刺ではなく、後援会のものだった。

「いやいや、今回は本当に大変でした」独り言のように漏らして、両手で顔を擦る。言葉を切り、反応を窺うように私の顔を覗きこんだ。「こういう時は、そうですね、とか相槌を打つもんじゃないのかね」

「相槌を打てば解放してもらえますか」

「解放って……拉致《らち》してるわけじゃないんだから」一瞬野太い笑い声を上げたが、私が乗らないので引っこめた。

「で、何のご用ですか？　畠山さんが亡くなった悲しみを誰かと共有したいなら、私よりも相応しい人間がたくさんいるでしょう。いや、私が一番相応しくない人間だと言った方が正確かもしれませんね」

「そう言いなさんな」粘つくように馴れ馴れしい口調だった。煙草を咥え、ライターの火を点ける。口元まで持っていった時にようやく「吸っても構わんかね」と確認した。

「駄目です」

権藤が眠そうな目を私に向けた。ライターの火が消え、手が膝の上に戻る。左手の人差し指と中指で挟んだ煙草は小刻みに揺れていた。

「ま、いい。それより、一つ聞かせて欲しいことがある」

「何でしょう」

「あんたは何で、畠山さんの周りを嗅ぎ回ってるんだ」

「堅気の人の言葉とは思えませんね。もっとも、今時ヤクザでも『嗅ぎ回る』なんて言いませんけど」

権藤が拳を握ると、人差し指と中指の間で煙草のフィルターが潰れた。膨れ上がった怒りを逃すように、鼻から盛大に息を吐く。

「あんたが扱いにくい人だということは聞いてるが、本当だな」

「誰から聞いたんですか」

「そんなことはどうでもいい」

「そっちが一方的に質問するだけで、こっちの質問には答えない、ですか。何がそんなに気に食わないんですか？　地元の代議士の後援会長で、建設会社の会長で、セルシオに乗ってる。そんな人が、不満そうな言い方をする必要はないでしょう」

「レクサスだ」

「はい？」

「セルシオじゃなくてレクサス」

「ああ」どうでもいい話だ。「そもそも、あなたは私が何をしているると思ってるんですか」

「死んだ人間の名誉を傷つけようとしている。上品な話じゃない」

「へえ」

「へえ、じゃない」怒気荒く言って、今度は私に許可を求めず、煙草に火を点けた。シートの後ろにしつらえられた空気清浄機が自動的に反応して煙草の煙を吸いこみ始めたが、彼が車内の空気を汚染するスピードは機械の能力を上回った。「畠山さんは亡くなったんだぞ。事故だ。不幸な事故だ。それをさらに引っ掻き回すのは、死者の名誉を汚すことにならないか」

「事故じゃなかったら、もっと傷つくんじゃないですか。仮にこれが殺人だったらどうします？　犯人が分からないままでいいんですか」

「殺人？　あんた、自殺だと思ってるんじゃないのか」権藤が目を剝《む》いた。心の中で舌打ちをする。少し先走り過ぎただろうか。

「それも仮の話ですよ。あらゆる可能性があるんだから。それより、私が捜査していることをどうして知ってるんですか。まだあなたには話を聴いていない」聴取のリストには入っていたのだが。

「あんたがあちこち動き回ってれば、それを不快に思う人間もいるんだよ。そういう話は自然に私の耳にも入ってくる」

「所轄の連中から聞いたんじゃないんですか」

「そんなことはない」素っ気ない言い方が、かえって彼の嘘を暴くことになった。

「とにかく、私はやるべきことをやるだけです」

「あんたがやるべきことは、大人しくしていることじゃないのか。署の皆と歩調を合わせてな。警察では、何よりもチームワークが大事だろう」

「何事にも例外はあります。クソみたいなチームワークだったら、無視した方がいい」言葉を切り、セルシオ――レクサスの乗り心地に身を委《ゆだ》ねた。滑るような、という陳腐な表現がぴったりくる。これは車ではない。別種の乗り物だ。

「なあ、考えてくれ。畠山さんは多くの功績を残した人だ。そういう人があんな死に方をしたのは、それだけで十分悲劇的じゃないか。これ以上辱《はずかし》めることはないだろう」

「何かを知ってるような言い方ですね」

「何だって？」

「例えば、畠山さんが自殺したと――」

「失礼なことを言うな」悲鳴に近いような声を上げて、権藤が私を遮った。無視して続ける。

「自殺したとしましょう。だとしたら、あなたが私に『これ以上深く調べるな』と忠告したくなるのは理解できます。ああいう立場の人が自殺したら、恥ずかしいことだと考える人間がいてもおかしくない」

「そんなことは一言も言っていない」

「だったら、どうして私を止めたがるんですか」

「余計なことは調べて欲しくない。後援会の連中も迷惑してる」

話は堂々巡りし始めていた。このまま何時間も、互いにジャブを繰り出しながら続けることもできるだろう。だが私には、そんなことをしている暇はなかった。だいたい、何の問題があるのだ？　仮に自殺だったら、警察としては大々的に発表はしない。自分のミスを認めることにもなるからだ。関係者に知らされ、書類に書きこまれて全てが終わる。しかし殺しだったら、それこそ死者の名誉が問題になるではないか。私は、成仏できない魂がいつまでもその辺を彷徨っているなどとは思わないが、少なくとも犯人を野放しにしておくのは間違いだと断言できる。

殺しだけは特別なのだ。多くの犯罪は時代とともにその意味合いが変わってくるが、殺しだけはいつの時代でも絶対に許されない罪である。

「とにかく、私を説得しようとしても無駄です」どのみち、一課が動き出すのだ。所轄だったら、地元に慮《おもんぱか》って手を抜くかもしれないが、利害関係が全くない一課は、そういうことは考えない。一課の刑事が考えていることはただ一つ、事件を解決することだ。ミスを犯した所轄に対する蔑みは、後からくっついてくるものだろう。

「まあ、そう言わずにもう少し話を聞いてくれ」今度は懇願か。彼のワンマンショーはバリエーション豊かだった。

「時間がないんです。そのうち、あなたにも話を聴きにいきますよ——正式な事情聴取としてね。その前に確認しておきますけど、畠山さんの周辺で、最近何か変わったことはありませんでしたか？」

「おい、停めろ」乱暴に運転手に命じる。レクサスが急停止し、わずかにタイヤが鳴った。後続の車が激しくクラクションを浴びせかける。

「どうなんですか」

「無礼な質問に答える義務はない」

「それはどうも」一言だけ残し車を降りる。凶暴な陽射しが頭を焼き、目の前がちかちかした。タイヤを鳴らしながら、レクサスが乱暴に急発進する。無意識のうちにナンバーを目に留め、手帳に書きつけた。周囲をぐるりと見回す。現場の橋から一つ下流の橋のたもとだ。そう、妙子が帰宅する時に使うバス停の近くである。彼女は、バス停から家まで、土手を三百メートルほど歩くと言っていた。橋の長さは百メートルほど。私が車を置いた場所まで五百メートル。数分歩くだけだが、陽射しの強さを考えるとうんざりした。

一つ溜息をついてから橋を渡り始める。熱い排気ガスを浴びせられ、思わず咳《せ》きこんだ。対岸に出た時には全身を汗が伝い、サマーウールのズボンが足にまとわりついていた。濡れた額を手の甲で拭い、喉が渇いたな、とぼんやりと考える。

ふと気づいて、土手を川の方に下ってみた。コンクリート製の護岸壁には階段がついており、簡単に川原まで降りていける。このところずっと好天続きで水量が少なくなり、初めて見た時よりも川原は随分広くなっていた。丸石が一面に転がり、革靴では歩きにくい。ふと足元を見下ろすと、いつの間にか埃《ほこり》で白く汚れていた。今夜の仕事は決まった――靴磨きだ。たとえ安い靴でも、きちんとメンテナンスしてやれば輝きを失うことはない。ここのところ私は、奮発して高い靴を買う度に、ろくでもない日に遭ってきた。エドワード・グリーンのモンクストラップは、雨の日にオートバイを運転してご臨終となった。アメリカで履いていたオールデンの肉厚のブーツは、キー・ウェストで海に飛びこんで駄目にしてしまった。縁起を担ぐ習慣などないのだが、帰国してからは安い国産の靴で我慢するようにしている。

釣り人が二人、二十メートルほどの間を置いて釣り糸を垂れていた。水音が静かに耳に入ってくる。誰かがバーベキューでもしたのだろうか、私の足元の石が幾つも黒く焼けていた。石の一つを蹴飛ばし、ぐるりと目線を巡らせる。畠山の遺体が見つかったのはこの辺りだ。落ちた橋が遠くに見える。距離にして三百メートルほどか。転落したという前提で考えれば、それがあの橋からということはすぐに想像がつく。すぐに指紋も確認され、事故だったという結論が出される――やはり、あまりにもスムース過ぎる気がした。

畠山の妻、理子の空疎な表情と、権藤の強圧的な物言いが頭の中で入り混じった。連中は何を隠しているのか。何に触れられたくないのか。想像の翼《つばさ》を羽ばたかせようとした瞬間、携帯電話が鳴り出した。

私にも知恵はある。台風が来ることが分かっていて、その真ん中にしゃにむに突っこむようなことはしない。この場合の台風は本庁の捜査一課、西八王子署への到達予定時刻は午前十一時だった。課長の金子からは「すぐに署に戻れ」という命令を受けたのだが、しばらく時間を潰して、十一時ぎりぎりに戻ることにする。何が起きるかは想像がついていたし、その前に金子たちとは顔を合わせたくなかった。

何回か電話が鳴ったが全て無視する。無駄にガソリンを消費しながら——レガシィの唯一の弱点は燃費の悪さだ——八王子の街中をドライブした。大変ためになった。何だかんだで、赴任してからの数日、ろくに街の中を見ていない。畠山が死んだ現場付近には詳しくなったが、あそこだけが八王子の全てではないのだ。街を流していると、その色が次第に自分の体に沁《し》みこんでくるのを感じる。

十一時五分前、署の駐車場に車を乗り入れる。「重大な会議」と金子が強調していた十一時ちょうどに、四階の会議室に足を踏み入れた。既に全員が着席して、ぴりぴりとした空気が漂っている。一斉に目が私の方を向いた。普通の捜査会議でないことはすぐに分かる。西八王子署の刑事は左側、見慣れぬ顔が並ぶ捜査一課の刑事たちは右側に分かれて座っていた。正面には金子と捜査一課長の水城《みずき》が並んでいる。もう一人、見慣れない顔は班長だろう。金子が背中を丸めたまま、暗い顔で私を見た。水城の太い眉毛《まゆげ》は、痙攣《けいれん》するようにひくひくと動く。またお前か、とでも言いたそうだった。気持ちは分からないでもない。私がアメリカに渡る前、私も捜査に参加したある事件の指揮を取っていたのだが、彼にとっては最悪の結末になったからだ。そろそろ異動のはずで、任期の末期になって、因縁のある私とまた一緒に仕事をしなければならない不運を噛み締めている様子がありありと窺えた。しかし今回は、私にも言い分がある。西八王子署の連中がサボっていたからこんなことになったのだ。私は自分の中に芽生えた疑念に従って動いただけである。

金子が立ち上がった。にわかに年老いた様子で、声にも力がない。

「水城一課長からお話がある」

金子が座り、代わりに水城が立ち上がる。金子を見下ろしてから、刑事たちに鋭い視線を向けた。小柄な男なのだが、上着を脱いでいるので胸板の厚さが目につく。その体が、怒りではちきれそうになっていた。少しでもそれを逃がそうというつもりなのか、深く息を吐く。

「非常に残念だ」抑えた低い声だけに、かえって怒りがはっきりと伝わってくる。「最近、全国各地で警察に対する世間の見方は厳しい。どういうことが起きているかは、諸君らもよく知っているだろうから、ここでは一々例を挙げない。一つはっきりしているのは、問題の根源に同じものがあるということだ。油断だよ、油断。大した事件じゃないだろうと考える油断、サボっていても誰も気づかないだろうという油断だ。だが、警察を見ているのは警察だけじゃない。世間も厳しく監視している。何も世間の目を気にして仕事をしろと言ってるわけじゃないが、我々は税金で生活している身だということを忘れるなよ。そして、もう一度胸に手を当てて考えてみろ。何のために自分が刑事になったのか。適当に仕事をして、適当に給料をもらって年を取るためじゃないだろう」

一度言葉を切り、部屋の左半分に陣取った西八王子署の刑事たちを睨みつける。一番後ろに座った私からは、刑事たちの背中が一気に緊張するのが見て取れた。このまま全員、石像に変わってしまってもおかしくない。その呪いを解く術はないだろう。この事件が解決したとしても、全員にバツ印がつくのは間違いない。正式の書類に書かれることはなくても、人々の記憶の中には永遠に残る。

そう考えても溜飲《りゅういん》は下がらない。

「とにかく、畠山代議士の変死についてはもう一度洗い直す。事故であれ自殺であれ事件であれ、必ず短い時間で結論を出さなければならない。今は捜査本部にはしないが、もしも事件性があることが分かれば、その時点ですぐに捜査本部に移行する。では、詳しい説明は新井《あらい》の方から」

新井と呼ばれた班長が、椅子を蹴るように立ち上がる。彼の方が、水城よりも怒りを露《あらわ》にしていた。現場に近い人間だから、それも当然だろう。

「今後、全てこちらの指示で動いてもらう」詳しい説明ではなく、西八王子署の刑事たちに対する命令だった。長身で、しかもがっしりした体型だから迫力がある。彫りの深い顔に、インクで描いたような太い眉毛が馴染んでいた。ネクタイを外し、ワイシャツの一番上のボタンを開けていたが、そこから胸毛がはみ出している。何となく、鹿児島の生まれではないかという気がした。実際、警視庁は昔から鹿児島出身者が多いのだ。「現場の目撃証言があるから、まずはそれを洗う。目撃者の事情聴取を直ちに行いたい。それと、徹底したローラー作戦だ。聞き込みをもう一度やり直す。何か摑むまで帰ってくるな」

強烈な一言だ。昔はこういう鬼軍曹タイプが普通だったらしいが、最近はあまり聞かない。捜査会議はいつも、淡々とした報告と指示で終わるのが常だ。

新井が聞き込みについて詳しく指示し、刑事の組み合わせを告げた。西八王子署の刑事と捜査一課の刑事のペアになる。いつものことだが、今回は捜査一課の刑事たちには別の指示も出ているのではないかと私は訝った。聞き込みの合間の雑談で、西八王子署の刑事課がどれだけ腐っているか探り出せ。

そうであっても当然だ。そして私には、結論も簡単に想像できる。西八王子署の刑事たちは、言い訳に終始するだろう。誰かに責任を押しつけるかもしれない。その結果、事情は複雑に入り混じり、「どうして事故死という結論が出たのか」という謎《なぞ》は永遠に解けないままで封じられる。


長い捜査会議——実質的には西八王子署に対する叱責だった——を終えてトイレに入ると、先客に水城がいた。思わず踵を返しそうになったが、先に気づかれてしまった。

「鳴沢」

「ご無沙汰してます」

水城が手を洗い、ハンカチで拭いながらうなずく。その目は、私から何か説明を引き出そうとするように光っていた。だが、語ることは何もない。

「よく気づいたな」

「偶然です」

「ここの署のだらしない雰囲気は、もう分かってるだろう」

「まだ来たばかりですよ」

「お前なら気づかないわけがない」

「NJテックの件はどうですか？」

「何だ、藪《やぶ》から棒に」

「ちょっと引っかかってるんです。畠山はあの会社から献金を貰《もら》ってたんじゃないですか」

「あれは関係ないだろう」初めて出した話題だったが、水城は既に、リストに畠山の名前があることを知っている様子だった。

「とすると、個人的な問題ですかね」

「だからこそ、後援会の連中なんかは神経質になってるんじゃないか？　スキャンダルなんかあっちゃいけないってことなんだろう。金の問題なら逃げ道があるけど、万が一下半身の話だったりすると、な」分かるだろう、と言いたげに水城が首を振った。「まあ、そういうことは地元の関係者に心配させておけばいい。こっちはやるべきことをやるだけだ」

「そうですね」

「ところでお前、怪我は治ったのか」

「ええ」私の体には無数の傷が刻まれているが、彼の言葉が何を指しているかは明らかだった。

「アメリカで、チャイニーズ・マフィア相手に派手にやらかしたらしいな」

「俺が派手にやったわけじゃありません。連中が勝手に自滅したんです」

納得していない表情ではあったが、水城はうなずいた。アメリカでの事件は、大袈裟に膨らんで日本に伝わったはずである。彼のような幹部でも、正確な情報を知ることはできないはずだ。瞬時に情報が伝わる時代であっても、太平洋を越えるうちにはノイズが混じり、大袈裟に増幅される。

「一つ、頼みがある」

「何ですか」

「頼むから、今回は滅茶苦茶にしないでくれよ」

「そんなことを言われても困ります」

「どうして」

「意識してそうしているわけじゃない。やるべきことをやっているうちに、そういうことになるんですよ」

「ま、お前がそう言うなら仕方ないが」言葉を切り、水城が私の顔を眺め回した。「正式に捜査本部ができるまで、俺はこっちには顔を出さない。あくまで極秘でやる。だけど、お前の動きは見てるからな」

「監視ですか」

「まさか。俺が監視しなくちゃいけないのは、西八王子署の他の刑事たちだ。お前のことを見てるっていうのは、捜査一課でやれるかどうかを見極めるためだよ」

「それはどうも」

　水城が太い眉をくいっと上げた。

「嬉しくないのか。普通の刑事は、捜査一課に上がれるとなると喜ぶもんだがね」

「仕事はどこでも同じじゃないでしょうか。最近、そう思います」実際、アメリカで研修を受けていた時は、このままニューヨーク市警に入ってもいいのではないか、と思ったほどだった。犯罪の質は街によって、あるいは国によって違う。しかし犯罪者の精神状態はさほど変わるものではないのだ。捩れた心は、みな似たような色をしている。

「とにかく、今回の件はよろしく頼む。それと、くれぐれも穏便にな」

「課長も当たらず触らずですか」

「違う」水城の顔に笑みが浮かんだ。「穏便にっていうのは、お前の体に対する忠告だ。またあちこちにぶつかって怪我するのは馬鹿らしいだろう。こっちだって、見てられないんだよ。だいたいお前も、もうそういう年じゃないんだぞ」

後ろ盾——野崎はそう言っていた。私に煮え湯を飲まされた水城が後ろ盾だとでもいうつもりだったのだろうか。

私は藤田心《ふじたしん》という刑事と組まされることになった。最初の仕事は、今日から勤務に戻っているという片桐に話を聴くこと。彼の勤務先の消防署に向かう道すがら、話をしているうちに、同い年だということが分かった。

「なるほど。ただし、警視庁でのキャリアは俺の方が長い、と」

「そうだな」

「そういうことは気にしないでいこうか。年もキャリアも仕事には関係ないからな」覆面パトカーの助手席に乗った藤田が、両手を組んで頭に乗せる。ストレッチをするように、そのまま頭をぐっと後ろに倒した。中肉中背、表情に乏しい男である。腹の中ではいろいろ考えているのだろうが——かなりの毒舌だということは、少し話しただけで分かった——少なくともそれは顔には出ない。

「で、目撃者は消防士だって？」

「ああ」

「警官の次にいい目撃者だな」

「協力的だ」

「結構、結構。絶好の相手を掴まえてきたな」背広の内ポケットからガムを取り出し、口に放りこむ。タブレット型の硬いガムが歯に当たる音が、かつんと響いた。

「禁煙するんでガムを噛んでるんだけど、あんた、いるか？」

「いや」

「煙草は？」

「吸わない」

「酒も呑まないとか」

「ご名答」

「そんな気がしたよ。まあ、無駄な金を使うよりはいいか。家族は？」

「いない」

素っ気ない一言は大抵の相手を黙らせるものだが、藤田は挫《くじ》けなかった。

「じゃ、女は？」

「ペンディング」

「何だよ、それ」藤田の眉間《みけん》の皺が深くなった。

「いろいろある」

「ああ、あるだろうな、女のことになるといろいろ面倒臭い……ところで、今回の畠山の件も女関係って話があるけど、あんたはどう思ってるんだ」

「まだ、何とも言えない。登場人物が二人だけで、その相手が誰かはまだ分からないからな」

「ただし、相手は若い女だよな」藤田が人差し指を一本立てた。「若い女に手を出して、別れろ切れろの話になって、揉めて殺された。そんなところじゃないか」

「それは少し、筋書きが簡単過ぎる」

「素人《しろうと》みたいなことを言うなよ」藤田が初めて笑った。嘲《あざけ》るような笑い方ではあったが。「大抵の事件は簡単なんだよ。筋書きを複雑にしてるのは、刑事の想像力だったりするからな」

「確かに」

少し口が暴走し過ぎる嫌いはあるが、藤田の考え方はしっかりしているようだった。相棒としては悪くないだろう。中には常に不機嫌な人間もいるし、何でもサボってこちらに押しつけようとする人間もいる。

「俺は、畠山の周辺を探りたいね」藤田が言った。

「ああ」

「目撃者はこれ以上出てこないんじゃないかな。あんたが徹底的に潰したんだろう？」

「そのつもりだ。だけど、何でも完璧ってことはない」

「それはそうだけど、これ以上目撃者を探しても無駄足になりそうな気がするよ。直接畠山につながりそうな線があるなら、そっちを調べたいな。女が誰かは分からないけど、今のところたった一つの具体的な手がかりなんだぜ。それを調べるためには、畠山の身辺を直接洗う方が早いよ」

「それは、女絡みの事件だったとしての話だろう」

「それはそうだけど、まず間違いないだろうな」自信たっぷりに言って、藤田が窓を少しだけ開ける。熱い風が車内に吹きこみ、エアコンの冷気があっさり掻き消えた。

八王子市内の消防署は、本署と一つの分署、五つの出張所で市内全域をカバーしている。片桐が勤めている本署は国道一六号線沿いにあり、JRの八王子駅からは歩いて十五分というところだ。古い三階建ての建物で、コンクリートが灰色の陰気な雰囲気を撒き散らしている。今のところは出動がないようで、消防車の整備が行われている。幸先よく、その中に片桐の顔を見つけた。

「片桐さん」車を降りて声をかけると、片桐が顔を上げた。その表情を見た時、私は何かが永遠に失われてしまったことを悟った。

第二部　辿り着いた女

1

「どういうことなんですか、片桐《かたぎり》さん」

「いや、ですから特にお話しすることはないんです」

「この前と違うじゃないですか。いつでも協力していただけるということでしたよね」

片桐が唇を嚙《か》み、デスクに視線を落とした。勤務途中に消防署を抜け出してきたので、制服を脱いで白いTシャツ一枚という格好である。初めて会った時は、その見事な筋肉が目を引いたのだが、今は体が萎《しぼ》んでしまったように見えた。

署の取調室。西日が直《じか》に射しこむ作りになっているので、あと数時間もすると耐えられないほどの暑さになるだろう。しかし既《すで》に、片桐はびっしりと汗をかいていた。トレーニングを終えたばかりのように。あるいは厳しい現場から戻ってきた直後のように。

「片桐さん」デスクに置いた両手を組み合わせ、私は身を乗り出した。「急に話せなくなるような事情でもできたんですか」

「そんなことはないです」片桐の口ぶりは他人行儀で、私と視線を合わせまいと必死だった。瞼《まぶた》に垂れてきた汗を人差し指で拭《ぬぐ》う。

「あなたはあの橋で、畠山《はたやま》さんと女性が言い争っているのを見た。そういうことでしたよね」

「そんなことを言った覚えはありません」

「だったら私の聞き違いなんですか」

「分かりません」

「私がこの耳で聞いてるんです」思わず自分の耳を引っ張った。子どもっぽい仕草なのは分かっていたが、そうせざるを得なかった。「あなたは、一度言ったことを簡単に覆すような人じゃない。私はそう信じています。それとも、私の見こみ違いだったんですか」

通用しなかった。片桐は自分の前に硬い壁を聳《そび》え立たせ、私を遠ざけようとしている。その壁は、時間の経過とともにさらに硬く、高くなるようだった。

西日の最初の一撃が部屋に射しこむ。私は額に汗が浮かぶのを意識しながら、なおも追及を続けたが、片桐は一秒ごとに頑なになるだけだった。ついに藤田《ふじた》が「この辺にしておこうか」とストップをかける。ずっと私の背後に立って、片桐の表情を窺《うかが》っていたのだ。振り返って鼻に皺《しわ》を寄せることで「駄目だ」と伝える。このまま追及を続けても無駄だ。藤田が小さくうなずき返し、私たちは片桐を解放することにした。

署の玄関まで送る間も、彼は一言も発しなかった。自然に足早になり、階段を下りる時にはほとんど小走りになっていた。失敗を嚙み締める。一番大事な証人が、どうして突然証言をひっくり返したのか。これでは、事件だという根拠が消えてしまう。

「何かあったな、あれは」後ろ姿を見送りながら、藤田がつぶやいた。

「ああ」

「心の中で手を合わせてたぜ。頼むから察してくれってな」

「俺もそう思った」状況が一気にマイナスになってしまった中、藤田が私と同じ見方をしていることだけが救いだった。

「プレッシャーかな」藤田がさらりと言った。「誰かに釘を刺されたとか。そうじゃなけりゃ、昨日の今日でこんなに急に変わるわけがない。よほどのプレッシャーなんだよ」

「俺がヘマをやったとは考えないのか」

「何で」ぽかんとした顔つきで、藤田が私を見る。

「聞き違いしたとか、勘違いだったとか」

「ありえないな」ゆっくりと首を振る。「相棒が白だと言ったら、黒いカラスも白くなる。そういうもんだろうが。相棒を信じられなくなったらこの商売はやっていけないぜ」

「ああ」慰めにはならない。遠ざかる片桐の後ろ姿は、真実が遠ざかりつつあることを示していた。


片桐を帰した後、私と藤田はすぐに動いた。証人が一人駄目になったら、別の人間を捜すまでだ。だが、そうする前に当たるべき人間がいる。片桐の妻、妙子《たえこ》。署の駐車場に向かう途中、藤田が訊ねた。

「嫁さんは働いてるのか」

「ああ」

「勤務先は？」

「市役所の駅前事務所」

「夫婦揃《そろ》って公務員か。肩が凝りそうだな」自分の肩が凝ったように、首をぐるぐると回す。

「あんたは結婚してるのか？」

「そういうこともあったな」惚《とぼ》けた口調だったが、その裏に傷が見え隠れした。

「別れたのか」

「まあな」顎《あご》の脇をぽりぽりと掻《か》いた。「あんたもいきなり、一番痛い所を突いてくるね」

「そういうつもりじゃない」

「分かってるよ。わざわざ人を貶《おとし》めるようなことは言わないだろう、あんたは。何か言う時は相手に非がある」

「どうしてそう思う？」

「鳴沢了《なるさわりょう》――警視庁の中では伝説の男になりつつあるんだぜ。原理原則の男」

「あんたが聞いてる噂《うわさ》は、半分以上が嘘だと思うよ。それとも誇張か。話を大袈裟《おおげさ》にして面白おかしく言う人間は、どこにでもいるからな」

「そうかね……まあ、そんなことはどうでもいいや」藤田が欠伸《あくび》を嚙み殺す。「さて、市役所勤めということは、定時には終わるんだろうな。そこを狙《ねら》って話を聴きに行こう」

「了解」

駅前事務所は、JR八王子《はちおうじ》駅から桑並木通りを三分ほど歩いたビルの地下一階にある。かつてこの街を栄えさせた繊維産業の名残――今も完全に滅びたわけではないが――が、通りの名前として残っているわけだ。駅前の地下駐車場に車を停め、エレベーターで地上に出たところがすぐに目的のビルだった。入り口の看板で、地階にある事務所が七時まで開いているのを確認してから階段を下りる。カウンターで事務スペースと隔てられた地下一階の待合室は青で統一され、清潔感が漂っていた。

「彼女、いるか？」事務スペースに顔を向けたままソファに腰を下ろしながら、藤田が訊ねた。ワイシャツの首元に指を突っこみ、冷気を導き入れる。住民票が交付される順番を待っているような態度だった。

「ああ」彼の隣に腰を下ろし、床を見詰める。待合室に入った時に、妙子がいることは既に確認していた。受付ではなく奥で働いていたが、一瞬顔を上げたのだ。こちらには気づいていない様子である。

「で、今何時だ？」藤田が手首を捻って時計を確認する。「四時半か。窓口が閉まる七時までいるのかな？　それまでここで待ち続けるわけにはいかないぜ。怪しまれる」

「分かってる。建物の前で待とう。彼女は電車とバスを使って通勤してるから、駅まで行くのに必ずこの前の通りを歩くはずだ」

「了解。長くなりそうだな」

「彼女に当たる前に、他《ほか》の仕事をしてもいい」

「例えば？」

「旦那の方を観察する。仕事はもう終わってるんじゃないかな。ここで二時間半も待つつもりはない」言って立ち上がる。藤田が忙しなくガムを噛みながら私の顔を見上げた。

「そんなに何もかも自分でやろうとすると、長生きできないぞ」

「追い越し車線の人生を生きてるんだよ、こっちは」

「了解」膝《ひざ》を一つ叩《たた》いて藤田も立ち上がる。「おつき合いさせてもらいますか。というより、あんたには絶対にブレーキが必要だからね。今までそういう人間がいなかったから、鳴沢伝説が広がったんじゃないか」

「いや、俺を止めようとした人間は何人もいた」

「だけど、誰一人成功してない？」笑おうとしたようだが、藤田の顔は目の辺りが引き攣《つ》っていた。

「そういうことだ。どうする？　火の粉が降りかかるのが嫌なら、コンビを変えてもらうか？」

「まさか」藤田がようやく笑みを浮かべるのに成功した。「俺が名誉ある第一号になってやるよ、『鳴沢ストッパー』の」

散々な一日だったが、まだ全てのツキが潰《つい》えたわけではなかった。大急ぎで消防署に回ると、ちょうど片桐の車が走り出すところだった。

「家の方角か？」爪を噛みながら藤田が訊ねる。左の靴を脱ぎ、膝を折り畳んでシートの上に引き上げている。

「概《おおむ》ね合ってる」

片桐は途中、スーパーマーケットに立ち寄って夕食の買い物をしただけで、真っ直ぐ家に帰った。子どもがいない夫婦だから、日々の暮らしは気楽なものだろう。消防の仕事はハードだが、それはあくまで限定されたものである。ローテーションできっちり休みが取れるし、非番の日にまで出動のかかるような大きな火事や災害は、そんなに頻繁にあるわけではない。

片桐の車がガレージに入るのを確認してから、ずっと先で車を停めた。バックミラーで確認すると、両手にレジ袋をぶら下げて車を降りるのが見えた。が、すぐに脚が止まってしまう。黒塗りの車がすっと家の前に停まり、そこから出てきた男二人に両脇から挟みこまれたのだ。片桐がびくりと体を震わせるのが見える。一言二言やり取りがあったようだが、抵抗を諦《あきら》めているようだった。

「何だ、おい。拉致《らち》されたのか？」

言いながら、藤田が体を捻って後ろを見やる。私はバックミラーを覗《のぞ》きこんだ。片桐は黒塗りの車に乗りこむところだった。セルシオ――いや、レクサスに。

「ナンバーは見えるか？」

「ああ」藤田がナンバーを読み上げる。同じ車。偶然とは言い難い。

「誰がやってるのかは分かった」

「さすが、鳴沢だ」

「いや」片側一車線の狭い土手の上で、強引に覆面パトカーをＵターンさせる。「向こうが阿呆なんだ。堂々とやり過ぎる。何をやっても警察は手を出せないとでも思ってるんじゃないかな」

「ふざけた話だ」両手を組み合わせ、藤田がぼきぼきと指を鳴らす。警察に逆らう人間がいるのが信じられないようだった。「確かに、まだ明るいうちに人を拉致しようなんて、大胆過ぎるな」

藤田は拉致という言葉に拘《こだわ》っている。私もそれにつき合うことにした。

「奴らが拉致したのは、片桐だけじゃないんだよ」

「何だって？　他に誰を」

「俺だ」


片桐を乗せたレクサスは、八王子の中心部に向かって走った。ほどなく、浅川《あさかわ》大橋近くにある権藤《ごんどう》建設の本社に到着する。玄関横の駐車場にレクサスが滑りこむと、急きたてられるように片桐が出てきた。買い物袋は車に残したままらしい。早く用件が終わることを祈った。この暑さだ、なま物が入っていたら十分で発酵してしまうだろう。

社屋の正面入り口が見えるところに車を停め、エンジンを切る。忍び寄ってきた夕闇が藤田の顔を赤く染めた。新しいガムを口に放りこみ、早く甘みを吸い尽くそうとでもいうように忙しなく嚙み始める。

「地元の土建屋ねえ」馬鹿にしたようにつぶやいた。

「ここの会長が畠山の後援会長なんだよ」

「ほう」ガムを嚙む顎の動きが速くなる。「そいつは面白い」

「冗談じゃない。奴がやってることは捜査妨害だぞ」

「分かってるよ。必要ならパクればいいじゃないか」

「そう簡単に行くかな」

「田舎《いなか》の難しさってやつか？……おい、もう出てきたぞ。早いな」

うなだれたまま、片桐が玄関を出てきた。鍛え上げられた肉体は萎み、自分の力が及ばない事柄があることを、生まれて初めて思い知らされたような様子だった。運転手がつき添っている。ドアを開けてやる瞬間、その顔にかすかな同情が浮かんでいるのを私は見逃さなかった。

レクサスが走り出す。「会長車で送迎か」と藤田が皮肉を吐《は》いたが、それには応じず、私は車のエンジンをかけた。ダッシュボードの時計を見る。六時になっていた。

「家に行くか？」

「いや、奥さんの方だな。片桐はこのまま家に帰るだろう。そっちは誰かに見張られているかもしれない。バッティングすると面倒だし、こっちの動きを知られたくない」

「了解」言って、藤田が周囲を見回した。「さっきの駅前の事務所までどれぐらいかかる？」

「十分」

「ここはそんなに街の中心部に近いのか？　随分山の中みたいな感じがするけど」藤田

が窓の外に視線を投げる。

「公園が近いからじゃないかな」すぐ北に小宮公園がある。小高い丘を利用して造成された公園で、外から見ると鬱蒼《うっそう》とした森のようになっているのだ。

「しかし、八王子はやっぱり田舎だよ」

「否定はしない」だからこそ、濃密な人間関係が事件を複雑にする。


私たちは建物の表と裏、二か所で待機した。七時三十五分、妙子が、私が受け持っていた桑並木通り側の出入り口から出て来る。心なしかうつむき加減で、駅への道をやけに急いでいた。今にも走り出さんばかりの様子だった。

「片桐さん」

声をかけると、一瞬立ち止まって周囲を見回す。私は彼女の正面で待ち受けていたのに。何もなかったかのように平然と歩き出したが、一段強い調子でもう一度呼び止めると、初めて私に気づいたように驚いた表情を浮かべた。

「何か言われたんですか」

「何のことですか」目を逸《そ》らした。

「ちょっとお話を伺いたいんです。時間をいただけませんか」

「急いでるんです。すいません」

ひょこりと頭を下げ、私の脇を通り過ぎようとしたが、裏口から回ってきた藤田がその腕を取った。見ず知らずの人間が突然現れたせいか、妙子の顔に怯《おび》えが走る。

「大丈夫です、そいつは相棒ですから……権藤さんに口止めされたんですか」

その名前を聞いた途端、妙子が目を伏せた。事情は隠しておきたいのだろうが、無理だ。これだけはっきり態度に現われては、喋《しゃべ》るよりも歴然としている。人の目が気になりだした。JR八王子駅から続く桑並木通りは、帰宅するサラリーマンや学生で混み合っており、私たちは明らかに人の流れを妨害している。藤田も同じように感じたのか、彼女の腕を摑《つか》んだまま駅に向かって歩き出した。私は右側につく。妙子は緊張しきった様子で、自分の足元だけを見詰めていた。

「権藤さんが、あなたたちに何かプレッシャーをかけているのは分かってます。どうしてそんなことをするのかは分かりませんけど、臆することはないんですよ。我々があなたを守りますから」

無言だった。藤田が彼女の腕を強く握り過ぎていないだろうかと不安になったが、ちらりと見ると、肘《ひじ》の辺りに添えているだけだった。彼女の方でも、振りほどいて逃げるだけの気持ちは固まっていないようだった。揺れ動いている。ということは、こちらにもチャンスがあるはずだ。

「権藤さんが非常に強い立場にいることは分かりますよ。でも、どんな人間でも警察の前では平等です。あなたに迷惑をかけるようなら、然《しか》るべく処理します」

「……警察なんか、何もできないんじゃないですか」話し相手がアスファルトであるかのように、うつむいたまま言った。

「そんなことはありません」

「でも、困っている人を見殺しにすることもありますよね」

「それは、たまたま間抜けな警察官が担当してしまったからです。私は違う」

「放っておいてくれませんか」突然立ち止まり、無理に力を振り絞った声で宣した。

「これは私たちの問題で、警察には何の関係もありません」

「あるんです。畠山さんのことで証言してもらわないといけない」

「そんなこと、知りません」

「だったら、私があなたから聴いた話は何だったんですか」両耳に指を当てた。「空耳ですか。それとも勘違いですか」

「言うことはありません」

「奥さん、相手はたかが土建屋のオヤジじゃないですか」藤田が乱暴な口調で割りこんだ。「そんな連中は何とでもなりますよ。プレッシャーを感じることはないんだ。何だったら、俺がすぐに叩き潰してやりますよ」

妙子が険しい表情で藤田を、次いで私を見咎《みとが》める。その目には怒り、それに「どうしようもない」という諦めが混じっていた。

「私たちは、ずっとこの街に住んでるんです。これからも住むんです」いきなり藤田の手を払いのけ、走り出した。

「おい——」藤田が追いかけようとしたが、私は彼の手を摑んで引き止めた。

「よせよ」

「しかし」振り返って唇を歪《ゆが》める。

「無駄だ」

「ふん」馬鹿にしたように鼻を鳴らすと、腰に両手を当てて私の方を向いた。「無駄ね。いや、無駄じゃないな。あれは、脅されてるのを自分で認めたようなもんだぜ。さて、ボールはこっちのコートに返ってきたぞ。どうする」

「旦那だな」

「ああ。だけど、権藤のところの連中に見張られてる可能性が高いぜ」

「だったら明日の朝にしよう。彼は毎朝ジョギングすると言ってたから、その時摑まえればいい」

「びびってジョギングもできないんじゃないのか」

「いや、そういう時だからこそ、習慣は守ろうとするはずだ。いつもと同じことをしていれば、少しは気が紛れる」

「それも理屈だね。何時にする?」

「六時」

「じゃあ、今夜は署に泊めてもらうか。俺は家が遠いんでね」

「どこに住んでるんだ?」

「松戸《まつど》」

「それじゃあ、六時にここまで来るには、電車がないだろうな」

「そういうことだ。さて、まだ気の重い話が残ってるぜ」

「ああ」

「報告。なあ、この商売、報告がなければマジで楽しいと思わないか?」

異論はなかった。

「ということは、畠山が事故死じゃないと都合が悪い人間がいるわけだな? 少なくと

も お前らはそう考えてる」新井《あらい》が食べかけの弁当を脇に押しやった。紙ナプキンで口を拭いながら天を仰ぐ。口を動かしながら考えをまとめているようだった。

「そういうことじゃないですかね」藤田が気楽な調子で応じる。

私たちは窓のない会議室にいた。捜査本部事件ではないので、広い快適な会議室は使えない。外との接点は電話が一台だけ。ホワイトボードも白いままだった。部屋にいるのは三人だけで、刑事課長の金子《かねこ》はどこかに行方《ゆくえ》をくらましている。

「鳴沢、どうだ」

「何かプレッシャーをかけられているのは間違いないと思います。明日の朝一番で、もう一度旦那の方に当たります」

「分かった。頼むぞ」うなずくと、太い顎に力が入る。再び弁当を引き寄せようとしたが、私が質問を口にしたので、その手が止まった。

「他の情報はどうなんですか」

「何もない」新井の目に怒りが点《とも》る。「お前にこんなことを言うのもなんだけど、ここの連中、頭が腐ってるんじゃないか」

「それは俺には分かりません。来たばかりですから」

「部屋に入りゃ、臭いぐらい分かるだろうが。腐った臭いがしなかったか」

「鼻が悪いんです」

「仲間は売らないってことか」思い切り鼻を鳴らす。

「仲間だなんて言ってませんけど」

何か言いかけた新井の口の動きが途中で止まった。まじまじと私を見詰め、二度、深くうなずいた。

「結構だね。変な色に染まるなよ。とにかくやるべきことはやる、それだけだ」

「さすが、ブルドーザー」

藤田が茶々を入れると、新井が目を剝《む》いた。口を開けると牙が見えるのではないかと思った。

「何だと」

「何でもありません」笑いを堪える藤田の肩は震えていた。

「お前は、口を閉じておく方法を覚えろ」

「それには煙草《たばこ》が一番いいんですけどね。口寂しいと、余計なことを喋っちまう」

「ほれ」新井が、ワイシャツの胸ポケットから潰れたパッケージと百円ライターを取り出した。「お前の禁煙、絶対に長続きしないな。意志が弱いんだよ」

「誰かに気を遣う必要がないですからね。娘がいれば、禁煙できたかもしれないけど」

「だったらお前の離婚は、それだけで大失敗だったわけだ。だけど、自業自得だぜ」

「分かってますよ。こんなことで説教しないで下さい……ちょっと煙草吸ってきます」

「庁舎内は禁煙だぞ」

「分かってますよ。駐車場への出口にペンキ缶が置いてあった。喫煙者は肩身が狭いですね」

「そういうのを見つけるのは早いな。仕事でもそれぐらい素早くやってくれよ」

「大きなお世話です」

藤田が私に目配せし、部屋を出る。一礼して彼の後に続いた。駐車場まで出るのを待ちきれず、藤田が階段を下りながら煙草を咥《くわ》え、外が見えた瞬間に火を点《つ》けた。はあ、と深く息を漏《も》らし、庁舎の壁に背中を預けて紫煙を吐き出す。

「何日禁煙してたんだ」

「三日」

「残念だな、三日持ったのに」

「こういうのは繰り返しだから」寄り目になりながら、煙草の火先を凝視する。「ま、そのうち慣れるだろう。だんだん間隔が長くなって、いずれは禁煙できるよ」

「一気に禁煙すればいいのに」

「それはちょっと、な」

「踏ん切りがつかないわけだ」

「そう。さっきも言ったけど、娘がいればね……今、四歳なんだけど」頼んでもいないのに携帯電話を取り出し、待ち受け画面を見せた。水玉のワンピース姿の、お下げ髪の女の子がこちらを見ている。写真を撮られ慣れていないのか、不思議そうな顔をしていた。

「可愛いな」年齢も性別も、住む国さえも違うが、私は勇樹《ゆうき》の顔を思い出していた。

「なあ、これぐらいが一番可愛いんじゃないかな。離婚したことは後悔してないけど、娘になかなか会えないのはな……一緒に住んでりゃ、あの子のために禁煙ぐらい簡単にできるんだけど。実際、娘がいた頃は、家では煙草を吸わなかった」

どうしてこの男は、訊いてもいないのに自分の私生活を喋りまくるのだろう。

「とにかく、離婚はみんなが不幸になる。それだけは間違いないな。あんたも、彼女のことはペンディングしてるって言ったけど、中途半端はよくないぜ」

「分かってる」

自分に関する話がこれ以上進展するのを避けるため、私は手の中で車のキーをじゃらりと鳴らした。

「俺は帰る。明日の朝、迎えに来るよ。五時四十五分でどうかな」

「ここから十五分で片桐の家に行けるか？」

「その時間帯なら、五分もかからないかもしれない」

「じゃあ、五時五十五分にしてくれ。俺は五分刻みで睡眠を調整できるから。ぎりぎりまで寝たいんだ」

「五分刻み？　本当かね」

「それは、明日の朝証明するよ……さあ、帰りなよ。俺はもう一本吸ってから寝ることにする」

彼の言葉に背中を押されて、自分の車に戻った。エンジンをかけてから入り口の方を見ると、藤田の顔がライターの光に照らされ、赤く浮かび上がっていた。それは、得体の知れない世界を漂う私にとって、灯台のごとき目印になっていた。

シャワーを浴びてベランダに出た。ここのところ、こうやって体を冷やすのが夜の習慣になっている。天気予報は、明日も最低気温は二十六度、最高気温は三十四度と言っていた。この長い夏が、これから一月《ひとつき》は続く。ばてることはないが、洗濯が面倒だ。

携帯電話が鳴り出した。野崎《のざき》だろうかと思って取り上げると、七海《ななみ》の名前が浮かんでいる。どうするか……最近、彼との会話もぎこちない。だが無視してしまって、後になって留守番電話で声を聞くのも嫌だった。どちらにしろ、重大な用件でない限り、彼はメッセージを残さないだろう。

「ああ、俺」

「早いんだな」ニューヨークは朝だ。向こうも暑いだろう。摩天楼の隙間《すきま》から降り注ぐ、鋭い陽射しを思い出した。

「そんなことないよ。朝からちゃんと働いて、もうドーナツの時間だぜ」

「忙しいのか」

「ぼちぼちだな。そっちはどうだ？　新しい署は忙しいか」

「これから忙しくなるかもしれない」

「お前が行くと、必ず忙しくなるな」

「巡り合わせだな……優美《ゆみ》はどうしてる？」彼女の名前を出すのに、一瞬間を置かなければならなかった。

「ああ、まあ、元気だ」途端に七海の口調が歯切れ悪くなった。

「今は大学も休みだよな」弁護士になると宣言している彼女は、大学の法学部に通っている。

「そう。でも、勇樹の仕事がすぐに始まるし、その準備で忙しい。なるべくエージェントに頼らないで、自分で世話するつもりらしいんだ」

「そうか」

勇樹はアメリカのネットワーク局で放送されている人気の家族向けドラマ「ファミリー・アフェア」に出演している。数か月前に厄介な事件に巻きこまれたが、既に日常を取り戻しつつあるようだ。新シーズンの放送は、確か九月からである。日本にはほとんど情報が入ってこないが、アメリカではテレビ史上に残る怪物番組の一つに挙げられるようになっていた。

「勇樹は大丈夫なのか？」

「体の方はな。医者もオーケイを出してる。気持ちだって折れてないぞ。あいつは強いからな」

「彼女の息子だから」

「ああ。気の強いところはあまり似て欲しくないけど」

「乗り越えるためには、強い気持ちが必要だぜ」

「そうだな。まあ、二人とも元気にやってるから心配するな。それよりお前、どうするんだ」

「分からない」

「このことは、お前が決めなくちゃいけないんだぜ」

「そうだな。でも、もう少し時間が欲しい」

「アメリカと日本に離れてちゃ、どうしようもないじゃないか。難しい話もできないし。そんなに意地張ってないで、お前の方から連絡したらどうだ。このままじゃ、時間だけが経っちまうぜ」

「だけど、時間が欲しいんだ」少し語気を強めて繰り返した。「彼女が納得するまで俺は待つ」

「待つだけじゃどうしようもないこともあるんだけどな。まあ、お前がそう言うんなら仕方がない」

「そういうことだ。気を遣ってもらって悪いけど」

「気を遣うぐらいしかできないんだよ、俺は。俺の人生で残ってる大事なものは、家族だけなんだ。お前も含めてな」

「ああ」

彼の気持ちはありがたかった。しかし世の中にはどうしようもないこともある。人の気持ちを開かせることとか。事件の関係なら何とでもなる。しかしこれが、自分のこととなるとどうしようもないのだ。

こんなことで自分の無力さを思い知らされることになるとは、考えたこともなかった。

2

翌朝、五時五十分に署に着くと、藤田は予告通りその五分後に姿を見せた。既にネクタイを締め、臨戦態勢である。着替えは持ってきていたようで、ワイシャツは昨日と別の青色だった。ドアを開けて助手席に滑りこむと「オス」と短く気合を入れる。それだけ疲れが溜まっている証拠にも思えた。

「朝飯、食ったか」欠伸を嚙み殺しながら訊ねる。

「まだだけど」

「これが終わったら何か食おうぜ。朝飯を抜くと力が出ないんだ」藤田が胃の辺りを押さえて見せた。

「あんたは朝飯なんか食べないタイプに見えるけど」

「大いなる誤解だな」顔の前で指を振る。「食うのは基本だ。食べられる時に食べておかないと。食べられそうにない時は、無理にでも時間をひねり出す」

思わず頬《ほお》が緩んだのを見咎められた。

「どうした」

「何でもない」自分もかつて、同じようなことを言っていたのを思い出す。横を見ないでひたすら突っ張り、原理原則論ばかりを口にしていた頃もあった。今考えれば、自分に自信がなかったからだと思う。自分というものをしっかり持っていれば、一々口に出して確認しなくても済むはずだ——もっとも、今は自信があると言えるわけでもないのだが。

五分で片桐の家に着いた。既に周囲は明るく、暑さが渦を巻いているようだった。車の中に座ったまま、家を視野に入れる。

「今、ジョギング中かな」藤田がガムを口に放りこんだ。また禁煙を始めるのだろう。

「それは少し待ってみないと分からない」

「そうだな……」自分の腕時計を見下ろし、次いで窓の外に目をやる。「おい、あそこで走ってる人がいるぜ。あれ、違うか？」

言われるまま目を向ける。川向こうの土手を走る人影が目に入った。ウェアが赤と黄色なので目立つ——交通事故防止に目立つ服を着るのはジョガーの常識だ——が、顔までは見えない。片桐にしては体が小さいような気もした。

「グラブボックスに双眼鏡が入ってる」

言うと、藤田がグラブボックスを探った。窓を開けて双眼鏡を顔に押しつける。しばらくランナーの動きを追っていたが、ほどなく双眼鏡を覗きこんだままぼそりと言った。

「間違いないな。いいフォームだ。頭が全然上下してない」

「走り慣れてるんだな」

「結構飛ばしてるけど、あれじゃきつくないかな」

「双眼鏡、貸してくれ」

受け取り、車を降りる。ルーフに肘をついたまま双眼鏡を目に当てた。片桐の姿が目に飛びこんでくる。交通標識のように光るランニングシャツとパンツ。汗が噴き出し、むき出しの腕や腿《もも》が朝日を受けて金色に輝いていた。極端なピッチ走法。腕の振りに無駄がなく、上下動も少ないフォームなのは確かだが、口は開いており、かなり無理なペースに挑んでいるのは間違いなかった。いつもどれぐらい走るかは分からないが、あのペースでは絶対に長続きしないだろう。マラソンではなく、まるで中距離ランナーのスピードである。ふと思いついて、道路脇にある自動販売機でペットボトルのスポーツドリンクを買った。家に戻れば――あのペースで無事に戻れればだが――大量の酸素と同時に水分が必要になるはずだ。

藤田が道路に降り立った。車に寄りかかって腕を組む。

「自殺するつもりじゃないか、あれは」

「走って自殺した人間は一人もいないはずだよ」

「じゃあ、第一号になろうとしてるのかもしれない」

「冗談にならないな」

「何だったら、後ろから追いかけてドリンクを渡してやろうか。マラソンには給水係が必要だよな」藤田の目が、私の手中のペットボトルに注がれた。

「ここで待とう」冗談に真面目な答えを返したので、藤田は肩をすくめるだけだった。

十五分後、正面に片桐の姿が見えてきた。点のようなその姿はなかなか大きくならない。ほとんど歩くようなスピードまで落ちており、腕の振りは小さく、腿も上がっていなかった。双眼鏡を覗くと、大きく口を開いて喘《あえ》ぎ、目が虚ろになっているのが見える。

「どうだ」藤田が声をかける。

「マラソンだったら、三十キロ地点で間違いなく棄権だな」

「話は聴けそうか」

「やってみるしかない」

三分後、ようやく片桐が家まで辿《たど》り着いた。朦朧《もうろう》とした様子で、真っ直ぐ歩くのもままならない。脱水症状になりかけているのは明らかだった。

「片桐さん」声をかけるとひどく苦労しながら顔を上げたが、私を認識できないようだった。目は虚ろで、顔に赤味がない。駆け寄り、腕を支えながらペットボトルを手渡す。震える手でボトルを摑み、一口だけ含んだ。ゆっくりとそれを飲み下すと苦しい表情がわずかに緩み、今度は一気に半分ほどを空にした。喉《のど》の奥から安堵《あんど》の声が漏れる。

「この暑さで、水分補給なしのジョギングは命取りですよ」

「ああ」

「車の中は冷房が効いています。乗って下さい」

「しかし」

「少し休まないと」

言われるまま、片桐が後部座席に滑りこんだ。残ったスポーツドリンクをちびちびと飲む。私は彼の横に座り、話ができる状態になるのを待った。

「落ち着きましたか」

「ああ、まあ」

「随分無理してましたね。体調が悪いんじゃないですか」

「寝てないんで」

答えが分かっている質問を発するのは馬鹿げている。だが、相手の口から直に確かめなければならない時もあるのだ。

「どうしてですか」

「まあ、いろいろ考えて……」

「権藤さんのことですね？　あなた、昨日権藤建設に行ったでしょう。そこで何か言われたんじゃないですか」

片桐が顔を上げる。一瞬視線がぶつかったと思った次の瞬間には、目を逸らしてしまった。

「たかが、と言ったら悪いけど、権藤さんは建設会社の会長に過ぎないんですよ。あなたを殺すことはできません」

「まさか」顔を上げ、存外に強い口調で否定する。だが、何を否定したのかは分からなかった。汗が一筋頬を伝い、顎から垂れ落ちてシートを濡《ぬ》らす。

「本当に殺されそうなんですか？　それなら権藤さんを逮捕します。脅されているだけでも、立件はできますからね」

「何でそれを知ってるんですか」

「そういうことを調べるのが私の仕事なんですよ」

「ここであんたたちと話しているのがばれるとまずい」

「大丈夫です。必ず守りますから。何を言われたんですか」

「いや、それは――」

「この街に住めないようにしてやる、とか？」

「いいじゃないですか、そういうことは」片桐がそっぽを向く。当てずっぽうの質問は的を射抜いたようだった。

「よくないです。脅迫事件として成立させられるかどうかは、その辺りにかかっているんですよ」

「そんなことをしたら、本当に俺はこの街に住めなくなる」立派な体格に似つかわしくない、おどおどした言い方だった。

「そんなことはありません。大丈夫ですから」

「外から来た人には分からないんですよ。大丈夫ですから」

「もっと強くなって下さい、片桐さん。人が一人殺されているかもしれないんです。あなたの証言は、捜査にとって重要なポイントになるんですよ」

「とにかく、放っておいて下さい」ペットボトルを握る手に力が入った。が、握り潰す直前に私の奢《おご》りだったと気づいたのか、静かに手を伸ばして私の手に戻す。受け取った瞬間、リレーのバトンが自分に渡ったことを意識した。私は最終ランナーであり、この先バトンを渡す相手はいない。

「片桐さん、奥さんも脅されてるんでしょう？　そういうのはおかしいと思いませんか。畠山さんに何があったんですか」

「そんなこと、俺に分かるわけがないでしょう」怒気をはらんだ声で言い、乱暴に車のドアを押し開ける。「とにかく、俺たちには係わらないで下さい」

「まあまあ、片桐さん」助手席に座っていた藤田がドアを開けて追いかける。車内にいても、宥《なだ》める声が聞こえた。「とにかく、ちょっと落ち着いて」

私も車を出た。藤田が片桐の両肩に手を置いている。落ち着かせようというより、やんわりと圧力をかけているように見えた。体は片桐の方がずっと大きいのに、動きがぴたりと止まっている。「指一本で相手を動けなくさせる」と豪語していたプロレスラーがいたのを思い出した。

「じゃあ、こうしましょうか」気楽な口調で藤田が提案する。「今日、権藤を逮捕します。容疑は、あなたたちを脅迫したことじゃなくてもいい。適当にでっち上げて身柄を抑えますよ。それでプレッシャーはなくなるでしょう？　そうしたら喋ってもらえますね」

「無理です」片桐が顔を背《そむ》けた。「そんなことできるわけないし、仮に逮捕したとしてもすぐに釈放でしょう」

「そうしたら別の容疑を見つけて逮捕しますよ。何度も繰り返せば、権藤だって参る」

「無理です」力なく片桐が繰り返す。

「何でもやるんだよ、俺たちは」藤田の目が細くなった。「人を殺した奴をのさばらせておくわけにはいかないんだ。権藤が畠山さんを殺したんですか？　そうじゃなけりゃ、あなたに圧力をかける意味が分からない」

「俺は何も知らない！」叫ぶように吐き捨て、片桐が玄関に飛びこんだ。私たちはそれを呆然と見送ってから顔を見合わせた。

「何だい、ありゃあ」藤田がようやく口を開いた。「何を言われたら、あそこまで頑なになれるんだ」

「やっぱり地元のしがらみはあるんじゃないか。本人は消防だし、奥さんは市役所に勤めてる。この街に住めなくしてやると言われれば、震え上がるだろうな」

「そんなに怖いなら、証言してさっさと引っ越しちまえばいいじゃないか。江戸川区にでもいれば、連中だって追いかけてこないだろう」

「そうもいかないだろう」まだ真新しい片桐の家を見た。小さなガレージと猫の額ほどの庭。都心部に比べれば八王子は地価が安いし、夫婦共稼ぎは強みだが、ローンはずっしりと肩にのしかかっているだろう。大抵の人にとって家は一生で一番大きな買い物であり、それを手放すことになったら、精神的なショックは計り知れない。それに家の問題だけではなく、おそらくは仕事の絡みもある。

「さて、ここからどう攻める？」藤田が玄関に目をやった。閉ざされたドアは、永遠に開きそうもない。

「とりあえず朝飯っていうことでどうだろう」

「いいね」藤田がにやりと笑った。「困ってる時はまず飯だ。それはどんな時でも正しい選択だな」

署に戻る途中でファミリーレストランに入る。二人とも卵二個を使ったスクランブルエッグのセットを頼んだ。藤田は料理がくる前に一杯目のコーヒーを飲み干してしまい、大きく手を振って店員を呼んだ。新しいコーヒーが注がれる間は無言を貫く。声が聞こえない距離に店員が去ったのを見届け、藤田がコーヒーカップを脇にどけて身を乗り出した。

「さっきの話なんだけど、マジで権藤をパクれないかな」

「無理だろう」残念だが、という言葉を呑《の》みこんだ。藤田の直截《ちょくせつ》な物言いは、時に私の気持ちを代弁してくれる。だが、言うだけと実際にやるのでは全く違うのだ。

「何かないのか」藤田が拳《こぶし》でテーブルを二度叩いた。「談合とか汚職とか、叩けば何かしら埃《ほこり》が出てくるんじゃないか」

「仮にあったとしても、それを捜査する方が時間がかかる」

「まあな」残念そうに目を細め、煙草を取り出した。「そういう話は、こっちの専門でもないし」

「禁煙はどうした？」そもそも私たちが座ったのは禁煙席である。

「触ってると落ち着くんだよ。赤ちゃんのおしゃぶりみたいなもんだな」

「じゃあ、思う存分触ってくれ……しかし片桐の件は、逆に権藤を追いこむ材料に使えるかもしれない」

「どうして」

「あれだけ脅すのはどうしてだと思う？　権藤は、畠山の死因を捜査して欲しくないんだよ」

「何しろあんたも脅すぐらいだからな」藤田が皮肉に唇を歪めた。「身の程知らずもいいところだぜ。それが分かってないのが奴の悲劇の始まりだ」

「茶化さないで考えてくれ。権藤はどうして畠山の捜査を邪魔したがると思う?」

「奴が畠山を殺したんだよ」藤田の表情は極めて真面目である。

「さっきもそんなことを言ってたけど、本気でそう思ってるのか」

「それが一番簡単な筋書きだからな」

「簡単過ぎる。それに矛盾があるぞ。人を殺した人間が、わざわざ刑事に接触してきて、死者の名誉がどうのこうの言うのは変だ」

「目くらましとか」

「ありえない」

「困ったな」藤田が、薄《うっす》らと髭《ひげ》の浮いた顎を撫《な》でた。「代議士と後援会の会長。いろいろあるんじゃないか?　例えば権藤はオヤジの代から畠山の家を応援してきたけど、父親に比べれば畠山は力がない。大臣を経験したりして、何とか様になってきたけど、跡を譲る予定になってる息子はまだまだ頼りない。もう少し頑張ってくれ、いや、俺はここで絶対に辞めるとか言い合いになって……」

「そんなことで後援会長が代議士本人を殺すか?　ありえないよ」藤田の想像力は、コントロールを拒絶して勝手に飛び回るタイプらしい。

「そうかな。代議士本人よりも、後援会や事務所の人間の方が力を持つこともあるんだぜ。代議士なんて単なる神輿《みこし》だって思ってる奴も多いんだから。それに日本人は、自分が表に出るよりも、裏で人を操るのが好きなタイプが多い」

「黒幕と言うか――」

「陰の実力者と言うか」

料理が運ばれてきて、私たちの会話は中断した。藤田がパンに丁寧にバターを塗りながら溜息《ためいき》をつく。

「しかし何だな、温かい飯はありがたい」

「自炊してないのか」

「そんな面倒臭いこと、できるかよ。飯は絶対に抜かないけど、朝はコンビニのサンドウィッチか握り飯がほとんどだね。うちの炊飯器、中に蜘蛛《くも》の巣が張ってるかもしれない」左手に持ったパンを大きく齧《かじ》り取り、右手のフォークでスクランブルエッグをすくって口に運んだ。しばらく黙って咀嚼《そしゃく》していたが、塩気が足りなかったのか、卵にウスターソースをたっぷりかけた。様子を窺うように私の顔を見やる。「塩分の摂《と》り過ぎとか何とか言わないのか」

「どうして」

「あんたは、そういうことで説教しそうなタイプだから」

「そんなことはない」体は大事にしよう。体調を整えておくのも給料のうちだ。そんな風に言うのは簡単だし、食事や運動のことについてならアドバイスすべき言葉も持っている。しかし私には、そんなことをする権利はないのだ。何度も撃たれ、叩きのめされた人間が「体を大事にしよう」と言っても、質《たち》の悪いジョークにしかならない。

「少し権藤を揺さぶってみるか」藤田がサラダを口に押しこみながら提案した。私は濃厚なサウザンアイランドドレッシングをレタスからこそげ落としながら、注文の失敗を嚙み締めていた。チーズを挟んだホットサンドウィッチは、それだけで一食分のカロリーがある。スクランブルエッグは良質な動物性蛋白質だが、ジャガイモとコンビーフを炒めたつけ合わせは脂肪と炭水化物の塊だ。

「食わないのか」藤田が顔を上げ、宙を彷徨《さまよ》う私のフォークに目をやった。

「いや、食べる」思い切って卵をフォークですくう。優美の作るスクランブルエッグはもっとふわりとして口当たりが軽いが、この卵も悪くはない。それに食べておかないと、この暑さに参ってしまう。実際、疲れた感じはしていないのに体重が減り始めているのだ。アメリカでの高脂肪高カロリーの食生活で増えた贅肉は、早くも消えようとしている。

「どうするよ、権藤の件」食べ物で頰を大きく膨《ふく》らませながら藤田が訊ねる。

「本人に直接、は駄目だ。性急過ぎる」

「周りを攻められるか？」

「運転手はどうかな」昨日の夜、片桐を乗せたレクサスのドライバーの顔を思い出した。私が乗った時と同じ運転手だった。「張れば摑まえられるだろう」

「運転手ね。弱いかな……昨日、片桐を拉致した二人組はどうなんだ？　直接脅したのはあいつらじゃないのか」

「残念ながら、名前が分からない。その二人に当たるにしても、運転手を絞り上げて名前を割り出すのが確実だと思う」

「そうか。今のところはそれが一番効率的かな」藤田がフォークを置き、コーヒーを飲む。「手間がかかるな。もっとダイレクトに行きたいところだけど」

「仕方ない。それより、他の目撃者は出てないのかな」

「今のところは」残念そうに藤田が首を振った。「班長も昨日は署に泊まった。戻ってくる刑事たちを一々チェックしてたけど、いい話は出なかったな」

「そうか……」チーズサンドを頰張る。困ったことに美味《うま》かった。こんなものを食べるのが癖になったら、大変なことになる。「サボってるわけじゃないだろうな、うちの刑事たちは」

「一課の連中が監視してるから、心配いらないだろう。今日はもう少し範囲を広げることにするそうだ。それと、畠山の事務所の事情聴取にも乗り出す」

「結局、それが一番の近道かもしれない」

そう言いながら、私は片桐夫婦の顔を交互に思い浮かべていた。一組の夫婦を恐怖で縛りつけて、何のメリットがあるのだろう。そこまでして権藤が隠したいことは何なのか。ふと思いついた。地元のことは地元の人間に聴くに限る。

「午前中、一人で動いていいか」

「それはまずいんじゃないか」藤田の目に疑念が宿った。「あんたを暴走させないようにするのも俺の仕事なんだぜ」

「そんな心配はいらないよ。ちょっと話を聴いてみたい人がいるだけだ」

「証人か？」

「参考人……いや、俺たちが普段言う意味での参考人じゃないけどな。いろいろとこの街の事情を知ってる人だ」

「警戒させないためには、あんた一人で行った方がいい、と」

「そういうこと。それと、これを頼む」背広の内ポケットからリストを取り出し、折り目を伸ばして藤田に渡した。

「これは?」

「後援会のリストだ。昨日、班長に渡すのを忘れてたよ」

「さすが、準備は怠りないってわけだ」リストを丁寧に折り畳んで手帳に挟み、背広のポケットに落としこむ。

「いや、渡すのを忘れてたんだから、俺もぼけたよ」

「暑いから仕方ないさ」さらりと言ってから、藤田が猛然と卵を攻略し始めた。上品な食べ方ではないが、やる気は感じさせる。今はそれが何より大事なことではないか、と私は思った。


藤田を署に送り届け、城所《きどころ》の家に向かうことにする。電話は入れなかった。変に用心させたくない。気さくな男ではあるが、改まって「話を聴きたい」と言ったら警戒するだろう。さり気ない調子で訪ね、茶飲み話のついでに背景説明をしてもらうつもりだった。


署の駐車場から車を出そうとした途端、携帯電話が鳴り出した。慌ててハンドブレーキを引き、電話に出る。

「やあ、おはよう」野崎だった。彼の電話はいつも遠慮なしで、しかもタイミングが悪い。反射的にダッシュボードの時計に目をやると、あと二分で八時になろうという時刻だった。

「もう出てるんですか？　随分早いですね」

「検事はフレックスだからな」

「嘘でしょう」

「十時に席に座ってれば文句は言われないんだよ」

「羨《うらや》ましい限りだ」

「その分夜は遅いんだぜ」

「それは俺たちも同じですよ」

「そりゃそうだ。ところで、どうだ？」

言葉を選びながら話した。私はまだ、完全に彼を信用しているわけではない。

「なるほど、こいつはやっぱりでかい事件になりそうだな。後援会の会長がしゃしゃり出てきてるぐらいだから、どうしても隠したいことがあるんだろう」

「それでも、ＮＪテックとは関係ないんじゃないですか」

「まあ、それはそれとして、だ」

「やり方が下手ですね」

じゃないか」

「田舎の建設会社の社長なんて、そんなもんだろう。腹芸を使うにしても限界はあるん
「社長じゃなくて会長です」

「どっちでもいいよ。どうせそのオヤジが一人で仕切ってる会社なんだろう」

「ワンマンかもしれませんけど、一人で仕切れるような小さな会社じゃありませんよ」

「分かった、分かった」野崎が両手を挙げて降参のポーズを取る様が目に浮かぶ。「と
にかく、背中には気をつけろよ」

「俺を殺しはしないでしょう」

「酔っ払うと何をするか分からんぞ、田舎のオヤジは。いきなり、家に隠しておいた日
本刀で切りつけてきたりしてな」

「日本刀を出してきたら、銃刀法で逮捕できますよ」

「まさか、真剣白刃取りができるなんて思ってるんじゃないだろうな」

「せいぜい、酒を呑ませないように気をつけます」

「ああ、そうしてくれ」

「野崎さんこそ、何か新しい情報はないんですか。俺のことを気にかけてくれるのはあ
りがたいけど、どうせなら捜査の役に立ちそうな情報が欲しいですね」

一瞬野崎が言葉を呑んだが、すぐに笑いを爆発させる。

「刑事さんにそんな要求をされるとは思わなかったよ……残念だけど、今のところ話すことはない。NJテックの方も、捜査は動いてないしな。いや、動いてはいるけど、あんたに話ができるほどじゃない」

「やっぱり関係ないんでしょうね」

「そう思う。具体的な情報はないけど、考えれば考えるほど関係ないような気がしてきたよ」

「間違いなく地元絡みですよ、この件は」

「その線が濃いのは間違いない。だけど、ちょっとだけ引っかかるんだ」

「何がですか」

「タイミングが微妙じゃないか？　東日の記事がな……」

「畠山が死んで一週間もしないで記事が出たわけですからね。でも、何か関係あるんですか」

「分からん。東日の方も少し揺さぶってみるか。何か事情を知ってるかもしれない」

「そんなこと、できるんですか」

「できるできないじゃなくて、やらなきゃいけないんだよ」

「相手は新聞ですからね。気をつけて下さいよ」

「お気遣いありがとうよ。じゃあ、あんたも背中に気をつけてくれ」

電話を切り、車を出した。尾行されていないことを確認するために、何度も交差点を曲がり、背後を確認する。とりあえず心配はいらないようだった。私を脅したことで権藤は一安心したのかもしれないが、だとしたらあの男も詰めが甘い。


城所は、庭でひまわりを眺めていた。古い家に、凶暴なまでに満開になったひまわり。背景は降り注ぐ陽射しと、白と青の極端なコントラストを成す空だ。絵葉書的に過ぎる光景だが、暑さを一瞬忘れさせるのは確かである。車を降りると、城所が私に気づいた。

「やあ」手を挙げ、庭から声をかけてくる。「今日も暑いですな」

「そうですね」ハンカチで首筋を拭う。話を合わせたわけではなく、本当に暑かった。城所の表情を窺いながら、わざとのんびりとした口調で切り出す。「通りかかったら顔が見えたんで」

「ああ、こんな年寄りのことなんぞ、気にしなくてもいいのに。あなたも、他に会う人がいるでしょう」そう言いながら、顔は嬉しそうに笑っていた。

「まだ知り合いが少ないんですよ」

「そう……お茶でもどうですか。それとも、仕事の途中でサボるのはまずいかな」

「いや、そんなことはないですよ。息抜きは必要じゃないですかね」

「結構ですね。朝食は？」

「済ませました」

「じゃあ、熱いお茶でも差し上げましょう。これぐらい暑いと、熱い茶の方がすっきりするもんだよ」

「すいません」

先日の書斎に通された。エアコンは入っていないが、ひんやりとしている。山中の洞穴のような場所だ。すぐに城所が大振りの湯呑《ゆのみ》を二つ持ってきた。持てないほど熱い茶だったが、香りは高く味は深い。舌を火傷《やけど》しそうになりながら一口飲んだ。

「美味いですね」

「そう、日本人はやっぱりお茶だね。で、どうですか。相変わらず忙しい？」

「そうですね。いろいろ騒がしくなってきました」

「そう？　新聞やテレビのニュースはよくチェックしてるつもりだけど、別に事件はないみたいだけどね」

「我々の動きが全部ニュースになるわけじゃないですよ」

「それはそうだね」たっぷりと茶を飲む。熱さは気にならないようだった。「刑事さんもいろいろ大変なんでしょうね」

「初めての街は分からないことも多いですね。ところで、仮の話をしていいですか」

「どうぞ。こっちは、時間だけはたっぷりあるから」面白そうに目を細める。

「役人は何が怖いですか」

「これはまた、藪《やぶ》から棒だね。役人と言えばあなたも役人でしょうが。あなたは何が怖いですか？」

「事件が解決できないこと」

「それは随分優等生的な答えですね」

「本気でそう思ってるんですが」

値踏みするように、城所が私の顔を凝視した。やがて納得したようにうなずく。

「そうだね。あなたはつまらない見栄は張らないタイプでしょう……で、役人が怖がるものね」

「ええ」

「あなたが言ってるのは、私たちのような役人のことだね。市役所に勤めてる地方公務員とか」

「そうです」

「簡単ですよ。政治家」あっさりと言い切った。

「何よりも？」

「いろんな意味でね。無茶な注文を言ってくる人もいるし。それが露骨に自分たちの利益になることでも、当たり前って顔をしてる人がいるからね。小さいことで言えば、親戚の子どもを役所で雇えとか。そういうの、警察でもあるんじゃないですか。交通違反を揉み消せとか」

「その手の話は聞いたことがあります」

「逆らうと、人事面で報復してくることもあるからね。もちろん、本人に直接じゃなくて上に圧力をかけるわけなんだが……そうやって左遷《させん》された人間も、私は何人か知ってますよ」

「嫌な話ですね。そういうこと、ばらしてしまったらどうなるんですか」

「内部告発みたいに？　もちろん全否定です」簡単に言った。「証拠も何も残らない。全部、口から口へということですから、証明するのは難しい。知らないと言われたらそれきりだ」

「政治家だけじゃなくて、政治家につながっている人も怖いですか」

「例えば？」

「地元の有力者」

「それは怖いでしょうねえ」城所が腕組みをした。「幸い私は、そういう際どい状況に追いこまれたことはないけどね。あなたが言ってるのは、政治家の後援会とか秘書とか、そういうことでしょう」

「ええ。しかもそれが、地元の有力企業の人間だったりすると……」

「二重に厄介だね。地元の大きな会社っていうのは、いろんなところに影響力を持っている。親戚関係もあるだろうし、仕事で縁ができることもあるからね。深く複雑に、地域社会に根を張ってるんですよ」

「例えば、『お前、どこかに飛ばされてもいいのか』なんて脅しをかけることもできるでしょうね」

「ないとは言えないね。人間関係が複雑に入り組んでるから、思いもかけないところから矢が飛んできたりするけど……何かあったんですか」

「ありました」

「しかし詳しいことは私には言えない、そうでしょう」

「すいません」頭を下げた。「まだ捜査中のことなんです。でも、ヒントはいただきました」

「何だったら、思い切って喋ってしまえば？　ここで話したことは、絶対に表には出ませんよ」

「しかし、万が一ということもあります。あなたに迷惑をかけるわけにはいかない」

「この年になると、迷惑も何もありませんよ。どうせなら人の役に立ちたいと思うようになるものです」

そうだ、話せ。そもそもそれを聴きに来たのだから。

「権藤建設です」

「ああ」城所の顔が曇った。その顔つきは、想像していたよりも事態が厄介であることを、百の言葉よりも雄弁に物語っていた。

3

「ちょっと尋常じゃないな」と新井がつぶやき、ハンドタオルで口元を拭った。会議室にはいつの間にか古い扇風機が運びこまれていたが、熱い空気をかき回しているだけで役に立っていない。時代が平成になってからできた署なのに、各部屋に空調が完備されていないのはどういうことだろう。

「そうですね」藤田が同意した。「あそこまで脅すことはないと思うな」

「よほどやばい急所を握られてるのかね。その片桐って人間も、結構危ないことをしてるんじゃないのか。ただ脅しただけじゃ、そんなにびびらないだろう。何か弱点があるのかもしれない」

「弱点と言えば弱点なんです」割って入ると、二人が同時に私を凝視した。「片桐の奥さんが、実は権藤建設の専務の姪御《めいご》さんでしてね」

「ほう」新井が顎を撫でた。朝の十時だというのに、青黒い影ができている。一日に二回髭剃《そ》りが必要なタイプだ。

「市役所に入る時、口利きがあったようです。口利きっていうほど大袈裟なものじゃないかもしれないけど……言ってみれば、非公式な推薦《すいせん》ですね」

「同じことじゃないか」と新井。

「ちゃんと試験は受けてるわけですから。ただ、そこから先はいろいろとあったようです。彼女は試験の成績は良かったらしい。でも、同じぐらいの点数を取った人は何人もいたわけですよ」

「なるほど。横一線なら、誰かが一声かければそれが決め手になるってわけか。その情報、間違いないのか」

「どこまで正確かは分かりませんけど、信じていいと思います」城所は人事畑が長かった。百パーセント裏づけると自分の非を認めることにもなると思ったのか、「仮に」という言葉を何度も言い足したが、その目を見れば真実を語っているのは明らかだった。

「そういう事情があるなら、プレッシャーを受けやすくなるのも理解できます。恩人が権藤建設にいて、その人が余計なことは喋るなって言えば、従わざるを得ないでしょうね。旦那の方にも同じようなプレッシャーをかけたんでしょう。さすがに奥さんのことを持ち出されると弱いんじゃないですか。相手は親戚で、しかも恩義のある人です」

「その辺は今夜調べてみますよ」と藤田。「旦那の線は俺たちで追ってみます」

「よし、そっちは頼んだ。とりあえず昼間は、後援会の幹部連中を当たってくれ」新井がリストのコピーをテーブルに置いた。「トップの権藤はひとまず置いておくとして、中トロクラス……支部長辺りだな。これから割り振って指示を出すけど、お前らには選ばせてやるよ」

「じゃあ、婦人会の会長で」間髪入れずに藤田が言った。

「変なスケベ心を起こすなよ。だいたい、婦人会の会長なんて還暦を過ぎてるんじゃないか」

新井が忠告したが、藤田はにやにや笑うばかりだった。

「鳴沢、こいつが離婚した話、聞いたか」

「ええ」誰でも知っている事実のようだった。昨夜、藤田は娘を思って遠い目をしたが、それ以外のことは一課ではジョークの材料になっているのではないか。何も、人生を切り売りして笑いを取らなくてもいいのに。

「女癖が悪くてね、こいつは。こっちはいつもひやひやしてるんだよ。公務員はいつも身を律しておかないといかんのだが」

「すいませんけど、下半身は別人格なんで」藤田が平然と言い放った。

「それが問題なんじゃないか」新井が頭を抱えた。「頼むから、大人しくしてくれよ。こっちは、西八王子署の尻拭いに来てるんだ。お前が妙なことをしたら洒落《しゃれ》にならんだろうが」

「はいはい、気をつけますよ」藤田が肩をすくめた。「報告してるだけなのに説教されちゃかなわんな。鳴沢、出ようか」

二人並んで廊下を歩き出す。ふと思い出し、口にしてみた。

「そういえば、アメリカにあんたみたいな男がいたよ」

「へえ」

「私立探偵。ラテン系の男だけど、女性に対してはマメだった。それを上手く仕事に結びつけてたよ」

「それは邪道だ」藤田があっさり斬り捨てた。「女は女、仕事は仕事だ。その辺のけじめはちゃんとつけないと」

しかし、こと女性問題に関する限り、彼のけじめは曖昧《あいまい》なように思えた。それが仕事に厄介な影を落とさぬよう、私は心の中で手を合わせるような気持ちだった。

事態が進展しないうちに夜が訪れた。婦人部長は旅行中で摑まえることができず、畠山が殺された日に都心から八王子まで車で送ってきた運転手の証言にも、核心に迫るだけの材料はなかった。空振りが続いた後、私たちに残されたのが権藤の運転手である。権藤が会社を出るのを待ち、同じ運転手であることを確認してから後をつけ始めた。

「権藤の家は割ってあるんだろう？」藤田が訊ねる。

「ああ」

「とりあえず、家に送るのかな？　その後でどこへ行くかが問題だ。車を戻しに会社に来るんじゃないか」

「あるいは」

「運転手の車のナンバーでも分かってれば、もう少し効率良くやれるんだが」藤田の愚《ぐ》痴《ち》は湿っぽかった。

「そう言わないでくれ」

「すまん……おい、曲がるぞ」

「了解」

車は五分ほど走っただけだった。小高い丘の中腹にある住宅地で、八王子の市街地を一望できる。確かに勾配はきついが、これぐらいの距離なら歩いた方が健康にいいのではないだろうか。特に権藤は、明らかに運動が必要な体型だ。

「この辺、高級住宅地なのか？　でかい家ばかりだな」

「たぶん、そうなんだろう。金持ちってのは、基本的に高い場所に住みたがるんじゃないのかな」

「お、あんたも口が悪いね」嬉しそうに言って、藤田がガムを紙に吐き出した。すぐに新しいガムを放りこむ。「通り過ぎてくれ。ゆっくりな。ちょっと覗いてみる」

「了解」

スピードを落として、レクサスが消えた家の前を通過した。広い玄関の前に車回しがあり、ちょうど権藤が車を下りるところが私の目にも入った。車庫は母屋に寄り添う形で建てられているようだ。たぶん、権藤のレクサスクラスが三台は入る。

「ガレージじゃなくて、庭に車庫か」藤田が溜息をつく。「土建屋ってのは、やっぱり儲《もう》かるものなんだ」

「そりゃあそうだろう」

「何だか釈然としないな。権藤をパクる方法は本当にないのか?」

「あったらこっちが聞きたいよ」

「ごもっとも」

権藤の家の前には小さな公園があった。そこを迂回《うかい》し、公園を間に挟む形で家を監視する。エンジンを切ろうとキーに手を伸ばした瞬間、敷地から一台の小型車が出てきた。

「おい、あいつだ。運転手」藤田が慌てて身を乗り出す。

「了解」すぐに車を出したが、慌てる必要はなかった。運転手はマイカーでも安全運転を徹底しており、置いていかれる心配はなさそうだったから。

「なるほどね」藤田が顎を撫でた。「要するに奴《やっこ》さんは、毎日権藤の家に出勤してるわけだ。それで車を乗り換えて、社長を会社へ運ぶ。その間、自分の車は車庫の中ってわけだ。楽な仕事だな。それで給料をもらってるんなら、俺が代わりたい」

「人に頭を下げて、愛想笑いをしてな」

「やめておくか」強張《こわば》った声で言った。「そんな仕事をしてたら、あんたに口も利いてもらえなくなりそうだ」

私たちは、中央道を渡る跨線橋《こせんきょう》にさしかかった。権藤の家から二、三分というところだろうか。橋の中央付近まで来ると、運転手が急に車を脇に寄せて停めた。

「何だい、ありゃ」藤田がつぶやく。

「やり過ごすぞ」

「了解」藤田の声がにわかに緊張する。「あまり先まで行くなよ。橋を渡り切った先のカーブの途中で停めよう」

運転手が何を考えているかは分からなかったが、その緊張感は確実に伝わってくる。大きく右に曲がるカーブに入ると、すぐに車をおりた。一瞬うなだれてその場に佇《たたず》んでいたが、すぐに跨線橋の方に歩きだす。私より先に飛び出した藤田が思い切りダッシュした。瞬《また》く間に小さくなるその背中を追おうとした途端に、藤田が大声を上げる。

「おい、やめろ！」

視線を上げると、運転手が橋の両脇に立てられた金網に無理やりよじ登ろうとし始めたところだった。存外に身軽な動きで、あっという間に一番上に手をかける。追いついた藤田が、ジャンプ一番、脚にしがみついた。運転手は金網にへばりついたまま抵抗し、藤田を蹴落とそうと脚をばたつかせる。私も加勢して、運転手の右脚を思い切り引っ張った。さすがに耐え切れなくなり、運転手の両手が金網から外れる。三人が一緒になって橋の上に転がる横を、一台の車がクラクションを乱打しながら走り去って行った。

「クソ、肘が……」悪態をつきながら藤田が立ち上がる。私も続いて上体を起こしたが、アスファルトを黒く染める血に気づいて慌てて周囲を見回した。運転手が蒼い顔をして仰向けに倒れており、血が細い川になって頭の下から流れ出している。

「大丈夫ですか?」声をかけながら助け起こそうとすると、藤田に止められた。

「動かさない方がいい。救急車を呼ぶ」

藤田が携帯電話を取り出すのを見てから、手首を取って脈を探る。しっかりしていた。息は荒いが、それは逆によい兆候である。耳元に口を寄せた。

「大丈夫ですよ。すぐに救急車が来ます」

「……リ」

「何ですか?」口元に耳を近づける。生暖かい息に、力ない言葉が載った。

「ユリ……」

「何だって?」電話を切った藤田がしゃがみこむ。

「分からない。人の名前を呼んでたみたいだけど」

「何て名前だ」

「ユリ」

「女か」言ってから、藤田が運転手の首を持ってわずかに浮かせる。私はアスファルトとの隙間にハンカチを差し入れた。たちまち赤く染まったが、出血は最初思ったよりもひどくはないようだった。それよりも衝撃の方が心配である。クッションになったつもりだったが、二メートル以上の高さから落ちてアスファルトで頭を打ったのだから。

立ち上がり、「関係者以外立ち入り禁止」の警告が張ってある金網越しに下を覗く。十メートルほど下を中央道が走っていた。転落すればほぼ間違いなく死ぬし、仮に死に損ねたとしても、間断なく行き交うトラックが止めを刺してくれるだろう。自殺の方法としては、鉄道への飛びこみ、あるいは十階建て以上のビルから身投げするのに匹敵するほど確実だ。

ユリ。女の名前。

数時間前、藤田に対して厄介事を起こさぬよう願っていたことを思い出す。厄介な事態を引き起こしたのは私ではないか。

運転免許証から、運転手の名前は大崎新二《おおさきしんじ》と分かった。住所は八王子市舟木町《ふなきまち》。地図で確認すると、八王子インターを越え、滝山街道を西へしばらく走った辺りのようだ。車が走っていた方向を考えると、帰宅しようとしていたのは間違いない。藤田が救急車に乗りこんで病院までつき添い、私は大崎の自宅に向かうことにした。番号案内で自宅の電話番号は分かったが、かけても誰も出ない。何もしないで電話をかけ続けるよりは、家に行ってしまった方が早いと判断したのだ。

車で十分ほど走った。途中、車を道端に寄せて停め、住宅地図で大崎の家を確認する。暗い室内灯を頼りに、細かい文字で書かれた名前を追っていくうちに、「長瀬《ながせ》」という家を見つけた。長瀬龍一郎《りゅういちろう》は、実家が八王子だと言っていたが、ここなのだろうか。同じ町内で、少し離れた場所に「大崎」の名前が記載されていた。大崎の家は滝山街道沿いの古びた民家で、元は茶色だったらしい壁は、長年排気ガスを浴びせかけられたせいか色褪《いろあ》せ、屋根から伝う雨樋《あまどい》は歪んでいた。道路に面したごく狭い庭に柿の木が植えてあったが、古びた骨のような幹を見る限り、もう実をつけることはなさそうだった。窓に灯りはない。そもそも人の気配がしなかった。路肩に車を停め、玄関の前に立つ。薄っぺらい木製のドアを叩いたが、反応はなかった。郵便受けには今日の夕刊が入っているだけ。表札を確認すると、大崎の他に「有里」の名があった。これが「ユリ」だろう。妻か、それとも娘か。しばらく待ってからもう一度ノックしたが、やはり反応はない。

　そのまま病院に向かう選択肢もあったが、来たついでに近所の家のドアを叩いてみることにした。隣はかなり大きな屋敷だが、窓には灯りが点っていない。その隣の家に駆けこんだ。出てきたのは六十歳ぐらいの男性で、晩酌の途中のようだった。アルコールの臭いが濃く漂う。大崎が事故に遭ったと告げると、口の中に入っていたものを慌てて呑みこんだ。真っ赤だった顔が一気に白くなる。

「交通事故？」

「そのようなものです」

「そのようなもの？」男性の目が疑わしげに光った。

「とにかく、ご家族に連絡を取りたいんです」強い口調で彼の疑問を封じこめる。「表札に有里さんの名前がありますけど、奥さんですか」

「有里ちゃん？　娘さんだよ。だけど今は、ここに住んでない。大崎さんは一人暮らしなんだ」

「奥さんは？」

「五年前に亡くなった。で、有里ちゃんに連絡取ればいいんだね？　ええと、ちょっと待ってよ」

ばたばたと奥に引っこむ。すぐにコードレスフォンとメモを持って出てきた。

「今、電話してみるから」手を一杯に伸ばしてメモを顔から遠ざけながら、電話をかける。ボタンを十回押した後で——市外だ——耳に押し当てた。仕事の都合で一人暮らしをしているのだろう。遠くないことを祈った。

「出ないな」男が顔をしかめる。

「どこに住んでるんですか」

「ええと、府中《ふちゅう》だな」確認するようにメモを見た。「看護師さんやっててね、時間が不規則だからって一人暮らししてるんだよ。こっちにはよく帰ってくるけど」

「じゃあ、今も勤務中かもしれませんね」

「ああ、そうね。看護師さんなら夜勤とかあるだろうし」

「勤務先の病院はどこですか」

「斉西会《さいせいかい》病院」

「分かりました。ご協力ありがとうございます」

「ちょっと、ちょっと」男が慌てて私の腕を摑んだ。「大崎さん、大丈夫なの？　怪我《けが》の具合は？」

「頭を打っています。命に別状はないと思いますけど……」

「どこの病院？」

「救急車に乗せてから、私はすぐにこっちに来ましたから、まだ分かりません」

「有里ちゃんには俺からも電話しておくよ。心配するだろうなあ。本当の親子以上に情が深いからね」

「本当の親子じゃないんですか？」

「うん、養子なんだけど……まあ、そんなことはどうでもいいや。ねえ、入院先が分かったら教えてもらえませんか？　いろいろ大変だろうから、手伝わないとね。そのメモ、ちょっと貸して下さい。うちの電話番号、書いておきますから」

ついでにボールペンを渡してやる。男は壁を下敷き代わりにして電話番号を書き殴《なぐ》り、メモを私に返した。有本《ありもと》という名前と電話番号を目に入れてから、手帳に挟みこむ。

車に戻りながら、何かが引っかかっているのに気づいた。養子……珍しいことではない。大崎が自殺を企てたことに、何か関係があるとも思えなかった。なのに、心に棘《とげ》が刺さったように感じる。

藤田は、緊急治療室の前で、うろうろと廊下の幅を往復していた。私に気づくと、ぴたりと動きを止める。

「どうだ」息を整えながら訊ねる。

「今、治療中だ。頭蓋骨《ずがいこつ》にヒビが入ってるかもしれない」

「まずいな……」

「何とも言えないけど、医者は七三で大丈夫だろうって言ってた。ただし、今すぐ事情聴取はできないぞ。家族はどうだった？」

「娘が一人いるけど、別居してる。府中の病院に勤めてるそうだ」

「連絡は？」

「これからだ。家に電話しても摑まらなかったから、夜勤かもしれない」

「俺がここで待ってるから、病院に確認してくれよ。それと、間もなく権藤が来るぞ」

「電話したのか」

眉《まゆ》をひそめてやったが、藤田は自信たっぷりの笑みを浮かべた。

「奴さんの反応を見たくてね。運転手が自殺しようとした。動機は何だ？　自分の体調や金の問題で悩んでいたとは、俺は考えたくないね」

「じゃあ、ここはちょっと頼む。権藤が来たら……」

「足止めしておくよ。ぶん殴る役はあんたがやりたいだろう」

「まさか」

「俺は止め役だからな。たまにはいい警官の役をやりたい」

藤田の嫌らしい笑みを脳裏に焼きつけたまま、駐車場へ出る。有本が教えてくれた病院の番号にかけると、ナースステーションに回された。

「警視庁西八王子署の鳴沢と言います」

「はい」対応してくれた女性看護師の声は、ひどく疲れていた。夜は始まったばかりなのに。

「そちらに勤めている大崎有里さんをお願いしたいんですが」

「大崎ですか？」微妙に声が沈んだ。「ちょっとお待ち下さい」

その時点で、何かがおかしいということに気づいているべきだった。たっぷり三分も待たされた後、別の看護師が電話に出た。先ほどの女性よりもだいぶ年長の様子である。

「副師長の末永《すえなが》です」一瞬男かと思うほどドスの利いた声だった。

「大崎さんをお願いしたいんですが」

「大崎はおりません」

「休みですか？　自宅にもいないみたいなんですが」

「警察の方ですよね」確認というには強過ぎる口調だった。

「ええ、西八王子署です」

「何かあったんですか」口調はずっと硬いままである。私が警察官であるかどうか、疑っているのかもしれない。

「大崎さんのお父さんが事故に遭いました。今、八王子の西多摩《にしたま》厚生病院で治療を受けています。私のことを疑うなら、そこに電話して確認して下さい」

「それは別に……」もやもやとした口ぶりだった。明らかに、喋っていいかどうか迷っている。

「大崎さんに何かあったんですか？　お父さんは今治療中で、命に係わる恐れもあるんですよ」

「大崎は、一週間ほど前から病院に出てきてないんです」

「はい？」

「無断欠勤です」

「ちょっと待って下さい」しゃがみこんで、膝の上に手帳を広げる。駐車場の弱々しい街灯を頼りにボールペンを構えた。「一週間前から無断欠勤、ですか」

「そう申し上げました」認めるのがいかにも面倒臭そうだった。「家にもいないようです。実家にも連絡を取ったんですが、ご家族もご存じないようで」

「失踪したということなんですか？　それとも……」手帳に「行方不明？」と書きつけ

た。その下に「事件？」と続け、二つの言葉を二重線で結ぶ。ボールペンで書いた線はいかにも細く、見ていると次第に薄くなるようだった。

「分かりません」私の質問を遮《さえぎ》るように言葉を叩きつけた。

「警察には届けたんですか」

「いえ」

「ちょっと待って下さい。どういうことですか？　事件かもしれないでしょう」

「家は確認したんです。マンションの大家さんに鍵を開けてもらって。荷物がなくなってるようなんです」

「つまり、自分の意思で家を出たと？」

「そうとしか考えられません。連絡が取れないから、何とも言えませんけどね」

「そうですか。もしも連絡がついたら、事情を話してもらえますか？」

「それは構いませんけど……無理じゃないかしら」

「どうしてそう思います？」

「病院の中でも、誰も話を聞いてないんですよ。みんな首を傾《かし》げてて」

「職場に親しい人はいないんですか」

「いますよ。いますけど、人って案外簡単に、自分の居場所から抜け出しちゃうものじゃないですか」

男関係はどうなんだ、友人との関係で悩んではいなかったか。誰にも知られず借金を重ねていた可能性は。質問は次々と頭に浮かんだが、今はそれをぶつけている場合ではないと判断する。

電話を切って治療室に戻る。藤田は何も言わなかったが、その目は「どうだった」と訊ねていた。

「娘は行方不明だ」

「は？」

「一週間ほど前から、勤務先の病院に顔を出していない。職場の連中が家を調べたらしいんだけど、自分の意思で家を出たようだと言ってる」

「クソ」唇を捻《ね》じ曲げ、藤田が頭を掻いた。「大崎は自殺しようとしたんだよな」

「変な薬をやって、空に登ろうとしたんじゃない限りは」

「俺は、畠山の事件絡みに持っていけるんじゃないかと思ったんだ。後援会長の運転手だぜ？　何かあったら自殺ってのは、お約束のパターンじゃないか」

「だとしても早過ぎる。俺たちは、そんなにやばいところまで突っこんでるわけじゃないからな。それに、畠山と大崎は直接関係ないはずだ」

「確かに」

「捜査の内容が漏れてたら別だけど」

「あんた、マジでそんなこと考えてるのか？　西八王子署はそこまで腐ってるのかよ」

「仮定の話だよ」

「まあ、いい」藤田が乾いた唇を舐《な》めた。「とにかく、俺はそういう仮説を立ててた。だけど、娘の問題があったとしたら、ちょっと弱くなるな。娘に何かあって、それを苦にして自殺するっていうのは、ありうる話だろう。大崎は、娘が失踪してることを知ってたのかな」

「そのはずだ。娘が勤めていた病院から連絡が行ってる」

「となると、やっぱり娘のことで悩んでたんじゃないかな」

「ちょっと無理がある」

「どうして」

「娘が何かやったとして、それで親が自殺しようとするのはよほどのことだぜ」

「うーん。まあ、そうなんだが……俺ら、大崎のことは何も知らないからなあ」納得しない様子で、人差し指で顎を叩く。「おっと、終わったみたいだぜ」

治療室のドアが開き、ストレッチャーに乗せられた大崎が出てくる。頭にはターバンのように白い包帯が巻かれていた。治療を担当した医師を、すかさず藤田が摑まえる。

「どうですか」

「とりあえず、命に別状はありません」

「話は聴けますかね」

「しばらく無理です」マスクを外したので、急に発音が明瞭になった。「二、三日は集中治療室で安静にしてもらわないと。意識が戻るにも、少し時間がかかるでしょう」

「じゃあ、事情聴取はその後か」藤田が舌打ちすると、医師はすかさずそれを咎めた。

「患者さん第一ですからね。しばらくは絶対に駄目です」

「仕方ないな」藤田が、廊下の奥に目をやった。顔に不敵な笑みが浮かぶ。「お、ようやく大物のお出ましだ」

権藤が、太った体を揺するようにこちらへ走ってきた。中年の男が一人、つき従っている。私の顔を認めると、微妙に目を細めた。私たちを無視して医師に話しかける。

「先生、大崎は大丈夫なのか」

「命に別状はありません」横柄な言い方にかちんときたのか、医師の返事はひどく素《そ》っ気《け》なかった。

「そうか、ありがとう」わざとらしく医師の両手を取って、権藤が上下に振る。医師の目に迷惑そうな色が浮かぶのを私は見逃さなかった。「見舞ってやりたいんだが」

「駄目ですよ」藤田が割って入った。「署にご同行願えますか。ちょっと事情を聴かせてもらいたい」

「何だ、あんたは」細い目をさらに細めて藤田を睨《にら》みつける。

「警視庁捜査一課の藤田です」顔の前でバッジを広げて見せる。芝居じみた仕草でぱっと閉じると、顔を突き出した。「おつき合い願いますよ」

「失礼な」

「失礼のお返しでね」藤田が歯をむき出しにして笑う。「あんた、俺の相棒に失礼なことをしたでしょう。刑事ってのは、そういうことは絶対に忘れないんですよ。自業自得だと思って下さい」

藤田が権藤の腕を取る。ふざけるなとばかりに権藤が体を捩《よじ》ったが、戒めを逃れることはできなかった。先を歩き始めた藤田が、振り返って親指を立てて見せる。満足そうに、太い親指には力がこもっていた。

4

「自殺？」権藤が目を剝いた。二重顎が震え、組み合わせた太い指先に力が入って白くなる。額に汗が浮かび、すぐに小さな川になって目の脇を流れ落ちた。

「そう、自殺。ただし未遂ですけどね」藤田が素っ気無く応じる。取調室では、彼が権藤と相対していた。私は藤田の背後に陣取り、二人のやり取りを見守ることにした。

「今日は大崎さんと一緒でしたか」

「そりゃあ、彼は運転手だからね」

「今夜は？」

「私を家まで送ってくれて、別れたのが七時頃だ」

「七時、ね」藤田がわざとらしく手首を捻って腕時計を見た。「二時間前ですか。何か変わった様子はありませんでしたか」

「いや、特には」

「車で送ったんですね？　途中で話ぐらいしたでしょう」

「それは、まあ」

「どんな話でしたか」

「覚えてないな……それほど意味のある話じゃなかったんだろう。彼とはつき合いも長いし、毎日顔を合わせる。一々何を話したかなんて覚えてないよ」

「最近、変わった様子はありませんでしたか？　何かに悩んでいたとか」

「知らん」

「毎日顔を合わせてるんですよね。それで気づかないわけがないでしょうが。それとも、たかが運転手だから、どうでもいい存在だとでも言うんですか」

「ちょっと待て」権藤が顔の前で右の掌《てのひら》をぱっと広げた。「これは何なんだ？　取り調べなのか？　だったら弁護士を呼んでくれ。いや、私には警察に調べられる理由はないぞ。帰らせてもらう」

「まあまあ」うんざりしたような口調で藤田が宥めた。「人が一人、自殺しようとしたんですよ？　只事じゃないでしょう。我々としては動機が知りたいんですがねえ」

「自殺なんて簡単に言うけどな、あいつは死んでないじゃないか」権藤が腕組みをし、憤然と背筋を伸ばした。

「そうですね。普通なら、『馬鹿なことするもんじゃない』と説教して終わりです。でも、今回は違う」

「何がどう違うんだ」権藤がふんぞり返り、鼻から息を漏らす。

「あなたの部下だからですよ。あなたが畠山さんのことでいろいろな人に迷惑をかけているのを我々は知っている。だいたい、ここにいる鳴沢本人が被害者なんですからね。あんたもいい度胸してますよ。警察官に脅しをかけるなんて、常識じゃ考えられない」

権藤を睨みつけたまま、親指を後ろに向けて私を指した。

「被害者とは何だね」権藤は巧みに私の視線を外した。

「いいかい、あんたは捜査を妨害しようとしたんだ。鳴沢に脅しをかけてね。それは立派に罪になる」

「私は会ったこともないぞ」

「喋るなら今のうちだぜ、権藤さん」藤田が身を乗り出す。「後になって認めると、印象が悪くなる。事件っていうのは、事実の積み重ねだけでパズルみたいに完成するもんじゃないんだよ。印象は大事だ。とても大事だ。裁判になったら、それが有罪無罪を分けることもあるんです」

「馬鹿らしい。下らん脅しはやめたまえ」権藤が腕を組む。太い筋肉が怒りで盛り上がった。「大崎はどこで自殺……死のうとしたんだ」

「中央道の跨線橋――あなたの家のすぐ近くですよ。もしも成功していたら、間違いなく死んでましたね」

「誰かが助けてくれたのか」

「そういうことです」

「それは、お礼を言わないと」重々しくうなずく。

「やめた方がいいでしょうね」藤田が嘲笑《あざわら》うように言った。「あなたに頭を下げられても、助けた相手が気分をよくするとは思えない。頭を下げることに慣れていない人間がそんなことをすると、かえって気持ち悪いですよ。相手の目には、わざとらしく映るんじゃないですかね」

「君は私を侮辱するのか」

「事実を述べてるだけです」

「もういい。帰らせてもらう」権藤が席を蹴る。藤田は止めなかった。私は体を横にずらし、ドアへの短い通り道を開けた。

「権藤さん」

藤田が呼びかけると、権藤が険しい表情を作って振り向いた。一方の藤田の顔には、さらに挑発するようなふやけた笑みが浮かんでいる。

「もう手遅れですよ。あんたが何かを隠そうとしても、俺たちは必ず探り出す。喋る気になったらいつでも連絡して下さい。今ならまだ、情状酌量の余地がある……かもしれませんからね」

「君には礼儀というものが欠けている」

「申し訳ないですけど、それは刑事に求められる能力じゃないんで」

音高くドアを閉め、権藤が取調室を出て行った。

「やり過ぎたかな？」藤田が舌を出す。「でも、少し脅してやった方がいいだろう」

「ああ。だけど、片桐に圧力をかけた件については訊かなかったな。どうしてだ」

「一気に全部材料を出すことはない。少し残しておけば、また引っ張って話を聴くチャンスができるだろう。あのオッサン、相当なタマだぜ。落とすには、忘れた頃に攻撃を仕かけるのが一番だ」

取調室から廊下に出る。先に歩いていた藤田が手を水平に上げ、私を停めた。振り返ると、唇の前で人差し指を上げる。口を閉ざし、代わりに耳を澄ませた。

「……困るよ、こんなことじゃ」

「まあ、そこは分かって下さい」

「部下の教育はもっとちゃんとしてくれ。人を容疑者扱いしおって」

「そういうことじゃないですよ」

「それならいいんだが、もう少ししっかりして下さいよ」

廊下の角から顔を突き出すと、思わず頭に血が上る。深々と頭を垂れて権藤を見送っていたのは署長の三浦《みうら》だった。

「クソ」思わず出て行こうとすると、藤田に腕を摑まれた。案外握力が強く、体が引き戻される。

「よせよ。それより、今奴が話してた相手は誰だ」

「署長」

「へっ」藤田が吐き捨てる。「何で頭なんか下げるのかね。気に食わないな……だけど、放っておけって。署長なんか、仕事は金勘定だけなんだから。それよりどうする？　俺はしばらく、大崎にくっついていようと思うんだけど。意識が戻るかもしれない」

「そうだな」

「あんたは？」

「権藤をもう一度揺さぶってみたいところだな。あんたの言う通りで、波状攻撃をかけた方がいいと思う」

「今夜はやめておいた方がいい。少し間を置いて、脅しが頭に染みこむのを待とうぜ」

「だったら俺も、病院につき合おうか」

「それがいいかな」藤田が大欠伸をした。「一人で病院にいても暇だ。それに、誰かが大崎を襲うかもしれないし」

「口封じ」

「そういうこと。警備の人間は何人いてもいい。しかし、俺が経験した中でも最悪になりそうな感じがするよ、この事件は。まったく、クソみたいな街だな」

言われるまでもなかった。だが、この街に住んでいない藤田に指摘されると、泥沼はさらに深く、底が見えないように思えてくる。事件は街の事情と深く絡み合っているのだ。無理に引きずり出せば、その根は土壌を滅茶苦茶に掻き回してしまうかもしれない。


署を出る前に、メールをチェックするために刑事課に寄った。立ったまま画面を覗きこむ。何もなし。藤田は私の椅子《いす》に浅く腰かけ、デスクの一番下の引き出しを引いて足を乗せた。ぼんやりと天井を見上げているが、ガムを噛む口だけは忙しなく動いている。

「行くか」パソコンをシャットダウンしてモニターを閉じる。

「おう」大儀そうに体を起こし、立ち上がると伸びをした。その目が、刑事課のドアを捉える。小杉《こすぎ》が脚を止め、私を睨みつけていた。

「何だ、あれ」藤田が私に寄りかかるようにして訊ねた。「ここの人だよな」

「ああ」

「何かお気に召さないみたいだな」

「そりゃあそうだろう。俺に恥をかかされたみたいなものだから」

「無視、無視」肩をすくめ、藤田が小杉の脇をすり抜けるようにして部屋を出た。私も後に続いたが、小杉に呼び止められる。つぶやくような、しかし挑発的な口調だった。

「気分はどうだよ」

「最悪ですね」

「いい気分なんじゃないか？　俺たちを馬鹿にして、楽しいだろう」

「馬鹿にしてる」平板な口調で告げ、彼に向き直った。二人の間は二十センチも空いていない。「小杉さん、何かネタは持ってきたんですか」

「何だと？」

「そんなことだから、本庁の連中に馬鹿にされるんじゃないですか」

「ふざけるな」小杉が私に詰め寄る。タマネギ臭い息をはっきりと嗅《か》いだ。「何気取ってるんだ。だいたい、何のつもりでこんなことをしてる」

「人が殺されてるんですよ。捜査するのは当たり前じゃないですか」

「お前はいいな」小杉が鼻を鳴らす。「そうやって格好つけてればいいんだから。尻拭いさせられる俺たちの身にもなってみろ」

頭の中で何かが鳴った。気づくと私は、小杉の胸倉を摑み、ドアに押しつけていた。一度力を抜いてから勢いをつけて背中を叩きつけると、ドアが壁にぶつかって硬質な音を立てる。

「ヘマをしたのはあんたたちだ。尻拭いをしてるのは俺の方だ」

「ふ……ふざけるな」苦しい息の下から小杉が反論する。「俺たちを悪者にして楽しいかよ。それでお前の点数は上がるのか」

「点数のために仕事をしてるんじゃない」

「じゃあ、何なんだよ」小杉が私の手首を摑んだ。力がない。

「言っても分からないだろう。あんたはどうして刑事になったんだ。その時の気持ちをもう忘れちまったのか」

「よせ、鳴沢」ぶつかるようにして藤田が割って入った。その拍子に手が外れ、小杉が体を折り曲げて咳きこみ始める。藤田が私の肩に手をかけ、廊下に押し出した。小杉に向かって「まあまあ」とか声をかけているのが聞こえる。だが私の頭の中は真っ赤に染まっており、彼がどうやって小杉を宥めようとしているのか、聞く気にもなれなかった。

「約束通り俺が鳴沢ストッパーになっただろう」藤田が、今にも笑い出しそうな声で言った。

「余計なことをしてくれたよ」

「何言ってるんだ。俺が止めてなかったら、どうなってたと思う。あんな奴を殴ったって一文の得にもならんぜ」藤田が鼻を鳴らす。背広のポケットを一つずつ叩いていって、最後に舌打ちをした。「そこのコンビニでちょっと停めてくれ」

「煙草か？」

「そう」

「禁煙、いいのか」

「どうでもいいよ、そんなこと。あんたを止めるのは大変なストレスになるんだね。煙草でも吸わないとやってられない」

藤田が出て行った後、コンビニエンスストアの駐車場に一人残され、両手で顔をこすった。汗が掌を濡らす。顔を上げると、やけに明るい店の照明がフロントガラス越しに目を焼いた。

どうしてあんなに怒ってしまったのだろう。間抜けな同僚が許せないから？　その通りだ。かつて巻きこまれた事件を思い出す。警察内の派閥争いで有利に立つために、殺人まで犯していた刑事たちが引き起こした事件。許せない奴らだった。だがあの連中は、少なくとも事件を仕上げようという気持ちだけは持っていた。それが、自分の派閥の利益につながるという、極めて政治的な理由ではあっても。西八王子署の連中はまったく違う。面倒を避けるために、捜査すべき事件をなかったことにしてしまい、誰かにせっつかれて動き始めても、まだ文句を言い続ける。

劣化している。緩んでいる。何と言ってもいいが、本来刑事になるべきではない人間がこの署に集まってしまったようだ。あるいは環境が人を変えたのか。

「おう、悪い」ドアを開けてシートに滑りこむと、藤田が素早く煙草に火を点けた。窓を下ろし、外に向けて煙を吐き出す。「さ、行こうか」

「ああ」しかし、私の右足はブレーキの上に静かに置かれたままだった。さながら自分の意思とは関係ない物体であるかのように。

「どうした」

「いや」

「あのことでも考えてたんじゃないか――例の十日会《とおか》の件」藤田が声を潜め、誰かに聞かれていないかと恐れるように周囲を見回した。駐車場には、私たちのほかに人気《ひとけ》はないのに。

「何で分かった？」警察内部の非公式な組織。その不法行為を叩き潰すのに、私は長瀬の力を借りた。

「阿呆なお巡《まわ》りの例として、真っ先に挙がる連中じゃないか。あんたはある意味、教科書を書いたんだよ」

「知ってるのか」

「知ってるから、あんたを伝説の男と呼ぶわけだしな」煙草を口から離し、右手で唇を撫でた。「西八王子署の連中も、十日会の奴らと同レベルの阿呆だな。そんな中に自分がいるのが嫌だ。大方、そんな風に思ってるんだろう」

「そんなところだ」背筋をぐっと伸ばす。「だけど、考えても仕方ない。俺は俺のやり方でやるだけだ」

「結構ですな」まだ長い煙草を外へ弾き飛ばす。「俺がいつでもブレーキになってやるから、思う存分突っ走ればいい」

「一つ、聞いていいか」

「何なりと」

「どうしてそんなに俺を庇《かば》う？」

「相棒だから」即座に答えてから、遠くへ目をやった。「それは簡単過ぎるか。何ていうかな、あんたは古い刑事の最後の生き残りなんだよ。日本人はすぐに新しいものに飛びついて、過去を忘れちまう。だけど歴史は大事だぜ。文化遺産は大事にしなくちゃいけないいんじゃないか？」

彼がふざけているのか真面目なのか、判断しようがなかった。

「おい、この道でいいのか」だらしなくシートに身を埋《うず》めていた藤田が、急に体を起こした。

「ちょっと遠回りだけど、現場に寄ってみようと思ってね」

「現場百回か」

「そういうこと。ちょっと、この先で停めるから」

「何だよ、いきなり」

「畠山の遺体が見つかった辺りなんだ」

「ああ、そうか」藤田が自分の頬を軽く張った。「そういえば、落ちたところばかり気にして、そっちは見てなかったな」

しばらく走って、土手を外れる。脇道に寄せて車を停め、蒸し暑さの残る外気に身を晒《さら》した。風はまったくなく、歩く時には密度の濃くなった空気を押し分けるような感じになる。

「クソ、何で夜になっても涼しくならないんだ」藤田が掌で顔を扇いだが、すぐに何かに気づいたようで「おい」と声をかけた。

「どうした」

「真面目にやってる奴はやってるんだ」土手の方に顎をしゃくってみせる。そちらに目をやると、上着を肩に担いだ男が二人、こちらへ向かってとぼとぼと歩いて来るところだった。一人は西八王子署の長野《ながの》。ということは、もう一人は相棒を組まされた捜査一課の刑事に違いない。

「あの冴えないオッサンもあんたの敵なんだろうな」藤田が溜息をついた。

「どうだろう。俺のことを好きじゃないのは間違いないけど」

「ちょっとご挨拶《あいさつ》しておくか。一緒にいるのは原口《はらぐち》って奴だ。まだ三十で、捜査一課最年少」

「ということは、優秀なんだな」

「将来のエース候補だ。ルックスもいい」

「仕事に関係あるのか?」

「奥様方の受けがいいだろう」

土手を駆け上がり、藤田が「よう」と声をかける。それに気づいた原口が、明るい表情を浮かべる。確かに藤田の言う通り、目元の涼しげなすっきりした顔立ちの男だった。一方の長野は憮然《ぶぜん》としている。自分よりずっと年下の刑事に引っ張り回され、プライドも体力も地に落ちているだろう。

「お疲れ様です」疲れを感じさせない声で原口が言った。

「ああ、疲れたよ」藤田が大袈裟に溜息をついてみせた。「何だかいろいろあってな。そっちはどうだ」

「これから班長に報告しようと思ってたんですけど、変なものを見た人がいましてね」

「変なもの？」

「ものじゃないか、人です」

「どういうことだ」

「車の中で話そう」私が声をかけると、原口が屈託なくうなずいた。長野は相変わらず無反応。だが結局、四人で車中に収まった。

「で、どういうことだ」後部座席に座った藤田が、隣の原口に話しかける。

「事件があった日なんですけど、直後にずぶ濡れの女がこの辺を歩いてるのを見た人がいるんですよ」

「ほう」

「あの日は、雨は降ってませんでした」

「了解。それで？」

「この先の小野田《おのだ》さんという家で聞いたんですけど、戸締りする前に家の周りを見回りしてる時に、土手を歩いている女の人に気づいたそうです」

「声はかけたのか」

「ええ。ただ、返事はなかった。無視されたんですね。ずぶ濡れだっただけで、足取りはしっかりしてたそうです」

「何だい、そりゃ」

「何て言うかな」原口が頭を掻いた。「毅然とした感じっていうんですか？　真っ直ぐ前を見据えて、しっかりした足取りで歩いていたそうです。話しかけようかと思ったけど、何だか気持ち悪くて、それ以上声をかけられなかったって言うんですよね」

「確かにそいつは尋常じゃないな。女の身元は？」

「知らない人だと言ってます」

「そんな妙な人間が歩いてたとしたら、他にも見た人間がいそうだな。そっちの線を押してみたらどうだ」

「そうですね。班長に報告して指示を仰ぎます」

「鳴沢、どうだ」藤田が私に話を振った。

「まだ何とも」

「俺はびんびん感じるんだけど。雨も降ってないのにずぶ濡れの女。妙だよ、この状況は」藤田が人差し指と中指で顎をつまむように撫でた。

「そうなんですよ。自分もそう思います」原口が割りこんだ。「川で水浴びでもしてたんじゃない限り、ずぶ濡れになるはずがないんです」

「つまりその女性が、畠山と一緒にいた女だと」私はぼそりと言った。

「そうじゃないんですかね」バックミラーの中で、原口が二度、勢いよくうなずくのが見えた。「一緒に落ちて、自分は助かった」

「いい線かもしれないな」ようやく認める気になった。ダッシュボードの時計に目をやった。十時。人の家のドアをノックするにはぎりぎりの時間だ。「君の方から班長に連絡してくれ。俺たちはもうちょっとこの辺を当たってみる」

「お願いします」

車を出て別れた。長野は一瞬険しい視線を私に向けたが、それだけだった。恨み節も捨て台詞《ぜりふ》もなし。そういう元気さえなくしてしまったようだった。

「俺はいい線だと思うぜ」藤田が首を傾げる。「畠山と一緒にいた女に間違いないよ」

「身元が割れればいいんだけど……おい、あれはどうかな」

「あれって？」

「ジョギングしてる人」

「ああ」藤田の目が、百メートルほど先の闇を見詰めた。「ここはジョギングの名所か何かなのか？」

「それは知らないけど、あの人が何か見てるかもしれない」

「どうしてそう思う」

「ジョギングは習慣だから。走る時間や場所は、できるだけ変えたくないんだよ。同じ場所を同じ条件で走れば、タイムの変化が分かるだろう」

「俺には理解できない世界だな」藤田が肩をすぼめたが、私の提案に異存はないようだった。

走ってきたのは、五十歳ぐらいの男だった。全身を汗で光らせ、上下動の少ない、無駄のない走法で淡々と走っている。精密機械のような動きを途中でストップさせるのは気が進まなかったが――往々にして怪我の原因になる――この際仕方がない。

「すいません」声をかけると同時に大きく手を広げる。男が慌てて止まり、その場で足踏みをした。肩を上下させて呼吸を整えながら、咎めるような目つきで私を見る。

「すいません、警察です」バッジを掲げて見せた。「西八王子署の鳴沢と言います」

「はい？」

「お邪魔して申し訳ありません。ちょっと話を聴かせてもらえますか」

「ええ、まあ」腕時計に視線を落とす。長距離ランナーが愛用するデジタル時計だ。軽いしボタンが大きいので、腕の振りの邪魔にならず、走りながらの操作にも適している。相当走りこんでいる、と見当をつけた。それこそ毎回のようにタイムを計り、グラフをつけているのではないか。

「毎日ここを走るんですか」

「ええ、五キロ」

「時刻は？」

「大体この時間帯ですね」既に呼吸は落ち着いていた。痩《や》せて無駄な筋肉がない分、私や片桐よりもランナーとしては優秀だろう。

「一週間前のこの時間なんですけど、ずぶ濡れになった女性を見ませんでしたか」

「ああ」男の顔が、運動選手のそれから普通の五十歳に切り替わった。どことなく後ろめたい気配を漂わせている。「ええ、見ましたよ」

新たな手がかりになってくれ、と私は祈るような気持ちだった。

私の質問に対して、男がどうして目を背けたかはすぐに分かった。実は、と話し出した時には固唾《かたず》を呑んだものだが、内実を聞いた途端に気が抜けてしまった。

「落し物、ですか」

「ええ。落し物って言うんでしょうかね、あれも」

「まだお持ちなんですね」

「はい」

それだけ聞けば十分だった。すぐに家に向かうことにする。車で送ると申し出たが、男は黙って首を振って歩き出した。五十メートルほど土手を歩いて下の道路に下り、四階建ての小さなマンションに入っていく。

「ここでお待ちいただけませんか」男が上目遣いに私を見た。ベテランランナーの面影は消え、疲れた中年男の顔に変わっている。

「すぐに済むなら、ご一緒しますけど」藤田が申し出たが、男は身をよじるようにしながら言葉を選んだ。

「いや、警察ってのはちょっと……家族もいますし」

「どちらにしても、もう一度話を伺わないといけないんですよ。その時の状況を詳しく話してもらいたい」私がさらに押すと、男が目をしばたたかせた。

「とにかく、すぐに戻って来ますから」

「だったら着替えた方がいいですね」頬に垂れる汗を見ながら私は忠告した。「風邪を引きますよ」

「それは分かってます」

男の姿がエレベーターに消えた。藤田と顔を見合わせる。

「別に悪気があるわけじゃないと思うぞ、奴さんは。逃げる気もないだろう」機先を制するように藤田が言った。

「分かってるよ。要するに面倒なんだろう。俺たちが顔を出したら、家族も心配するだろうし」

十分ほど待たされた。戻ってきた男は、タンクトップと膝上でカットされたカーゴパンツというラフな格好に着替え、首にタオルを巻いていた。すぐにカード入れを差し出す。もはやあまり意味もないが、念のためにハンカチを使って受け取り、両面を改めた。厚さは五ミリほど。表は定期券を出し入れしやすいようにスリットの入ったプラスティックの面になっているが、空だった。それほど長時間水に浸かっていたわけではないだろうが、端の方はよじれて全体に黒くなり、元々の茶色はわずかに残っているだけだった。ハンカチを使って、中に入っているものを引き出してみる。濡れて皺が寄ってしまった名刺が何枚か。そして決定的なものがいくつも見つかった。免許証。病院のＩＤカード。二枚とも同じ名前が記載されている。

大崎有里。

年齢、三十五歳。しかし、一年前に更新された免許証の写真は、実年齢よりもずっと若く見えた。ふっくらした頬と、形のいい唇。笑っているわけではないのに微笑《ほほえ》んでいるように見えるのは、口の両端にくっきりと刻まれた笑窪《えくぼ》のせいだ。年寄りの患者を安心させ、若い患者にはほのかな恋心を抱かせる顔つきである。肩に触れるか触れないかぐらいの髪型は、時代にそぐわない古めかしさを感じさせた。

「おい」藤田に声をかけると、首を捻って免許証を覗きこんだ。

「おいおい」藤田が長い溜息を漏らす。「どういうことだ？」

「余計な想像はするなよ。とんでもないことになる」

「分かってる。だけど、これは何と言うか……」言葉を探しあぐね、藤田が人差し指を宙でくるくる回した。「いや、今の段階じゃ想像できないな」

「そういうことだ」カード入れの中身をしまい、ハンカチで包みこむ。男に目を向けた。

「とりあえず、もう少し詳しいお話を聴かせて下さい」

「警察に行かなくちゃいけないんですか?」不安が陰になって男の顔を暗くした。

「今日は簡単に話を聴くだけにします。明日以降、署においでいただくことになると思いますから、連絡が取れるようにしておいてもらえますか」

「あの、私は……」

「あなたは落し物を拾っただけでしょう。それを警察に届け忘れた、それだけの話じゃないですか」本当は、これほどの大馬鹿者はいない。ずぶ濡れの女が土手を歩いているのに、声もかけなかったのか。カード入れの中身を確認もしなかったのか。見れば、自分が会ったずぶ濡れの女の名前も住所も分かったはずなのに。しかし今は、そんなことで責めるわけにはいかない。貴重な情報源なのだ。

「そうですか」男が安堵の息を漏らす。「でも、家族や会社の方には、ぜひ内密にお願いできませんか」

「それは、あなたがどれだけ協力してくれるかによりますねえ」藤田が穏やかな声で圧力をかけると、筋張った男の肩がぴくりと動いた。

男は島田《しまだ》と名乗った。四十九歳、八王子市内で保険代理店を営んでいるという。ジョギングは趣味の域を超え、既にフルマラソンを四回完走していると言った時には胸を張った。その他の時は、概ね覆面パトカーの後部座席で大人しくしていた。

問題の女――有里を見かけたのは午後十時十五分。それがほぼ正確なのは間違いないと主張した。走っている時は一分置きに腕時計を見るから。突然、前方の土手に女性が姿を現した。びしょ濡れで、服装はTシャツにジーンズという軽装。手ぶらだった。呆然とした様子で二、三歩よろめきだしたが、そこで急に我を取り戻したようで、真っ直ぐ背筋を伸ばして歩き始める。一瞬ぎょっとしたのは確かだが、声をかけはしなかった。だって、靴を履いてたんですよ。川に入って自殺しようとする人なら、靴ぐらい脱ぐでしょう。それに何より、彼女は生きていたのだ。そして「話しかけるな」という光線を全身から発していた。そんな人に声をかけられないでしょう。

脇を通り過ぎる時、一瞬だけ女の息遣いが聞こえた。特に荒れていたわけではない。苦しいかどうかは、私には分かるんですよ。自分でも毎日走ってるんだから。ええ、彼女は二十キロのジョギングを終えたばかりという様子じゃなかった。だったら何をしてたんだと言われると答えられないけど。

その後、微かな音を聞いた。女とすれ違った場所の二十メートルほど先、自宅前がゴールなのだが、気になって引き返すと、カード入れが落ちているのに気づいた。女はその時既に、土手から下りて細い脇道に入ってしまったのか、姿が見えなくなっていた。カード入れの中身？　一瞬見ました。でもクレジットカードや銀行のカード、現金は入ってなかったから、そんなに慌ててないだろうな、と思って。免許証は見ましたよ。ええ、間違いなくすれ違った人でした。でも忙しくて、警察に届けるのを忘れてたんです。

話した限り、やはり悪意も犯意もなし、という感触が得られた。

「本当に、何かあったとは思わなかったんですか」隣に座った藤田が念を押した。「いい年をした女性が、ずぶ濡れで土手の上を歩いてる。普通、おかしいと思うでしょう」

「いや、でもね。こっちも必死で走ってたわけだし」島田の言い訳も必死だった。「それに、足取りはしっかりしてたんですよ。だから、事故とかそういうことは考えもしなかった。何かふざけてたのかな、と思ったぐらいで」

「分かりました」振り返り、藤田に目配せする。「明日の朝、もう一度連絡します。警察に来てもらうことになりますけど、堂々として下さい。あなたは大事な目撃者です」

「カード入れの件は……」まだ気になるようだった。もしかしたら、本当はクレジットカードが入っていて、それを抜いてしまったのかもしれない。だが今は、そんなことはどうでもよかった。

「気にしないで下さい」

「そうですか？」疑り深そうに言って、島田が藤田の顔を見た。

「もちろん。明日もよろしくお願いしますよ。別の刑事が話を聴くことになると思いますけど」

「分かりました」ようやく納得した様子で、島田がうなずいた。

彼を解放すると、藤田が切り出した。

「府中だな」

「ああ」

「それと、片桐夫妻に免許証の写真を見せて確認する」

「そっちが先だ。府中の方は、部屋を調べさせてもらうにしても病院で事情を聴くにしても、明日の朝からだな」

「よし、片桐夫妻の方をすぐに片づけよう。遅いけど仕方ないな。寝てたら叩き起こそう」

「了解」

病院のベッドで、意識を失ったまま横たわる大崎は何を考えているのだろう。何を腹に呑みこんでいるのだろう。

5

大崎有里が畠山と一緒にいた。

「殺した」と断言できるまで、あと二歩か三歩。

深夜の会議室は静かな熱気に覆われたが、新井はあくまで慎重だった。その場にいた刑事たちの話を全て聞き終えても、一切結論めいた発言をせず、「明日、もう少し詰めよう」と言うだけだった。私たちが抱いていた可能性については、まったく言及しない。それどころか、全員の顔を一渡り見回してから「まだ早いぞ」と釘を刺したほどである。いきなりブレーキをかけられ、私たちは前のめりに停止するのを余儀なくされた。

新井が電話を引き寄せる。話し方から、相手が一課長の水城《みずき》だということはすぐに分かった。私たちに対する冷静な態度とは裏腹に、捜査が一気に進展したことを告げる内容になった。

「お疲れ様です。はい。ええ、かなりいい線が……先ほどもお話した、権藤の運転手の娘がですね、畠山と一緒にいた可能性があるんです。ずぶ濡れで歩いているのを、何人かに目撃されてるんですよ。身分証明書を落としていたので、それで確認できました。

それと、証言を翻《ひるがえ》した夫婦なんですが、先ほど免許証の写真を見せたところ、畠山と一緒にいた女だと認めました……はい、それは大丈夫です」

大丈夫ではなかった。非常に後味が悪い。私と藤田は、ほとんど脅すように片桐夫妻に口を割らせたのだから。畠山は殺されたのかもしれない――その台詞は二人を凍りつかせたが、結局は証言を引き出す鍵になった。今ごろ二人は、額を寄せ合って今後のことを相談しているかもしれない。家を始末して引っ越すべきか、どこかで新しい仕事を見つけられるかどうか。

畠山と一緒にいたのが大崎の娘の有里だったということは、二人には明かさなかった。余計な詮索《せんさく》をさせるわけにはいかなかったし、それでなくても十分怯えていたのだから。

「心配はいりません」と声をかけたのだが、慰めになっていないことは明らかだった。

私が不快な時間を思い出している間、新井は淡々とした声で報告を続けていた。

「ええ、この娘の行方を捜す方向にシフトします。しばらく前から行方不明なんですよ。それが畠山の一件と前後していますので……そういう点では疑いは濃厚ですね。いや、事件に巻きこまれたというよりも、自分の意思で家を出た様子です。はい、了解です。ではこの線で進めて、また連絡します」

水城に話しながら、私たちに今後の方針も説明してしまった。電話を切り、その場にいる六人の刑事の顔を順番に眺め渡す。

「明日、鳴沢と藤田は府中へ行ってくれ。病院と家を調べるんだ。他の者は、現場の聞き込みを続行。大崎有里に関する手がかりがないか、そこを重点的に頼む」両手を叩き合わせ、大きく息を吐いた。「今日はこれで解散する」

刑事たちがぞろぞろと部屋を出て行く。私と藤田は何となくその場に居残った。新井が眉根をきつくつまむと、引っ張られるように口が軽く開く。水を浴びた犬のように頭を振って、目をぱちくりさせた。ワイシャツの胸ポケットから目薬を取り出してさし、きつく閉じた瞼を指先で押さえたまま話しだす。

「嫌な感じだな」

「ええ」藤田が相槌《あいづち》を打った。「何だか複雑な話になってきましたね」

「鳴沢はどうだ」

「仮に有里が畠山を殺したとしても、動機が見えないのが気になります」

「確かに二人の関係が分からんな。無理に考えれば接点がないわけじゃないが」

「後援会長の運転手の娘」確認するように私は口にした。「線は細いですね」

「しかし、何かあったんですよ」藤田が残ったエネルギーを搾《しぼ》り出すように力説する。しきりに目を瞬《しばたた》かせていた。「そうじゃなけりゃ、オヤジが自殺しようとするはずがない。それが何よりの証拠じゃないですか」

「筋は通る」新井が力のない声で認めた。「しかし、今のところは状況証拠でしかないぞ。有里が橋の上で畠山と一緒にいたという話にしても、弱いな。完全じゃない。偶然だったかもしれん」

「ええ」私もそれは認めざるを得なかった。決定的な場面、それこそ、橋から突き落としたところを見られたわけではないのだ。

「大崎有里はどんな女だ」新井が私、次いで藤田に太い人差し指を突きつける。「看護師だよな。どれぐらいのキャリアがある？　勤務態度は？　病院で何か問題を起こしてなかったか。後援会の活動なりを通じて畠山と接点はなかったか？　プライベートはどうだ。体格は――」

「橋の上から畠山を突き落とせるぐらい大柄なのか」彼の言葉を引き取った。自分を鼓舞するように新井が激しくうなずく。

「大崎有里のことなら何でも知りたい。手がかりが欲しい」

「了解」期せずして、私と藤田の声が揃った。

「頼むぞ」

言われるまでもない。事態は予期せぬ方向に捩れているが、曲がりくねったカーブの先からわずかに光が見えているのは間違いないのだ。

駐車場へ下りる階段で、金子とすれ違った。階段の手すりを摑み、腕で体を引っ張り上げるようにして階段を上っている。私を認めると、深い溜息をついて一瞥《いちべつ》をくれた。何か言いたそうに口を開いたが、結局は言葉を呑みこんだまま、脇をすり抜けていく。

「感じ悪いな、あんたのところの課長」振り返って金子の背中が見えなくなっているのを確認してから、藤田が吐き捨てた。

「仕方ない。俺は嫌われてるから」

「気にすることないよ。あんな連中に気に入られる方が気味悪いだろう」

「まあな……ところで、今日はどうするんだ」

「今夜もここに泊まらせてもらうよ。煙草を一本吸ってから寝る」

「大丈夫なのか」

「もちろん」空元気かもしれないが、藤田の声は、まだ余裕を感じさせた。「捜査一課の刑事ってのは、いつでも捜査本部に入れるように準備してる。着替えを一揃い抱えてね。それに家と往復する時間を節約できるから、所轄で寝た方が楽なんだよ。それはあんたも分かるだろう」

「そうだな」警視庁の警察官だからといって、都内に住まなければならないという決まりはない。いや、それは高望みとさえ言える。所詮《しょせん》は地方公務員だ。その結果、警察官の家は神奈川、千葉、埼玉から茨城にまで広く分布している。捜査本部ができたら、そこに泊まりこんでしまった方が、体力的にはよほど楽なのだ。

「しかし、何なんだろうな。材料は揃ってきたけど、なかなか結びつかない」藤田が首を捻った。

「分からない。でも、大崎は間違いなく何か知っている。今回の件とまったく関係なく自殺しようとしたとは思えない」

「確かに、それはありえないな。もちろん、俺たちは大崎のことを何も知らないわけだけど。もしかしたら重い病気で、将来を悲観していたのかもしれない」自分の言葉に深くうなずく。ワイシャツの胸ポケットを探って、皺くちゃになった煙草のパッケージを取り出した。「娘が畠山を殺したことを知ったら、絶望的になって自殺するかな」

「それはありうる」

「意外と、筋は簡単だったりするからな」藤田はことあるごとにこの自説を繰り返す。

「簡単な筋を複雑にするのは、想像ばかりして足を使ってない奴だ」

「ごもっともだね。でも、有里が畠山を殺したとしたら、その動機は考えていかなくちゃいけない」藤田が指先に煙草を挟んで転がしたが、火を点けようとはしなかった。

「やっぱり接点がないんだよな。想像するにしても材料が少な過ぎる。とにかく、足で材料を稼がないとな。ところで明日は、何時スタートにする?」

「八時……いや、七時半かな。出来るだけ早く出発したい。朝の甲州街道は、いつも渋滞してるから」

「じゃ、七時半にここへ迎えに来てくれ」煙草に火を点け、夜空に向かって煙を吐き出す。「これで禁煙にするからな」

「俺に宣言しなくてもいいよ」

「誰かに言わないと、禁煙なんてできないんだよ。あんた、証人になってくれよな」

証人。嫌な言葉だ。今日、私は何人かの人間に「証人」という言葉を振りかざして迫った。いかに自分が嫌らしいことをしていたのかということに、改めて気づく。昔は、こんなことは考えもしなかった。仕事をする上では、相手にきつい言葉を吐くのも必要な行為だと思っていた。

私の中で何かが変わったのだろうか。自分の変化に気づかないことはままある。気づいても、それがいいことか悪いことかの判断ができないのも、ままあることだ。

夜中近くに家に戻り、シャワーを浴びた。時間をかけたのだが、体にこびりついた錆《さび》は簡単には落ちてくれない。ウェイトトレーニングをしている暇がないので、リビングルームの床でストレッチだけをやった。自分で自分の筋肉を限界まで伸ばすのは案外難しいのだが、それでも張りついた肩凝りが抜けていくのを感じる。

寝る前にメールをチェックすることにした。畠山の一件で動き始めて以来、プライベートなメールはほとんど見ていない。メーラーが立ち上がる間、野崎からメールが届いていたらどうしよう、と考えた。あの男なら、個人用のメールアドレスぐらい簡単に割り出してしまうだろう。だが、その考えはすぐに押し潰した。政治献金絡みの事件ではないかという彼の疑念は、今はほとんど透明になるぐらい薄れているはずである。

スパムメールの山の中で、一つだけ、目を引くものがあった。勇樹。慌てて目を通す。

「お元気ですか。僕は元気です。毎日スタジオと学校の往復で忙しいです。でも楽しいけど」子どもらしいのからしくないのか、よく分からない書き出しだ。妙に気を回しすぎるところがあるし、自分でもそれを自覚している様子なのだ。だから、微妙に子どもっぽい雰囲気を意識的に忍びこませているのかもしれない。そういうことができるのが、また大人の証拠なのだが。

勇樹はスタジオでのこまごまとした出来事を書き連ねていた。第四シーズンから新しく参加したラテン系の子役が生意気なこと。スタジオの中でキャッチボールができるように、特別にネットを張った場所を作ってもらったこと。七海が時々見学に来て、キャッチボールの相手をしてくれること。

肝心の話が出てきたのは最後だった。

「ママは元気です。何か、ものすごく一生懸命でちょっと怖いけど」

彼女は、もう一度人生を見詰め直そうとしている。自分を再構築しようとしている。それがいつまで続くかは、勇樹には分からないだろう。あるいは彼女本人でさえも。

「了も元気でね」

俺は元気だ。たぶん。本当に元気かどうかは自分でも判断できない。彼女に、そして自分自身に時間を与えたつもりだったが、要は重大な問題を棚上げしているだけではないか。思い切って新しい人生への一歩を踏み出すべきかもしれないが、それは私にとって、高い崖から飛び降りるに等しい。

返信しなくては。それなのに、私の手はキーボードの上で凍りついた。離れている間にどんどん大人になる勇樹に対して、どんなメールを書けばいいのだろう。自分のこと？　ありえない。今の私に私生活はないのだ。もちろん、今取り組んでいる事件については書けない。二度メールを読み返し、結局パソコンの電源を切った。返信が来ないことで、勇樹は傷つくかもしれない。私を嫌いになるかもしれない。

それが分かっていても、書くべき言葉が見つからない時はある。


七時半スタートは失敗だった。甲州街道の朝の渋滞は既に始まっており、道路はさながら、八王子から延々と続く長大な駐車場のようになっている。

「ひでえ渋滞だな。これじゃ、都心の方がましだよ。高速を使った方が早かったんじゃないか」多摩川を渡る日野《ひの》橋の上で、藤田が文句を零《こぼ》した。両手を組んで後頭部にあてがい、欠伸を嚙み殺す。

「ところが、国立《くにたち》府中で下りて甲州街道に出ると、そこがまた必ず渋滞してるんだ。この辺の道路事情はどうしようもないんだよ」

「まったく、クソ田舎だな。いや、田舎じゃないから渋滞するのかな」溜息をつき、ガムを口に放りこむ。一応、禁煙は続いているようだ。「どこかで朝飯を食って時間を潰すか？　このラッシュも、いつまでも続くわけじゃないだろう」

藤田の目が、道路脇にあるファミリーレストランを捉えるのが分かった。朝食で三十分時間を潰しても、手がかりが逃げることはないだろう。だが、気は焦る。

「後ろのバッグ」

「ああ？」

「俺のバッグを取ってくれ」

一瞬訝（いぶか）しげな表情を浮かべたが、藤田は体を捩って、後部座席に置いた私のバッグを取り上げた。

「で？」

「中にチョコレートバーが入ってる」以前の相棒、冴《さえ》の習慣だった。いつ食事ができるか分からないという理由で、彼女は非常食のチョコレートバーを常にバッグに忍ばせていたのである。冴は既に警察を辞めてしまったが、私はその習慣を引き継いだ。実際、結構役に立ってはいる。食べた後は必ず、無理なペースでジョギングをしたくなるのだが。

「朝からこんな甘いもの、食えるかよ」チョコレートバーを指先でつまみながら、藤田が目を細めた。

「じゃあ、朝食はしばらく我慢してくれ。時間が惜しい」

「冗談じゃないよな、チョコレートバーなんて」文句を言いながら、藤田が包装を剝き始めた。口に押しこむと、顎が大きく動き始める。ナッツとキャラメルがたっぷり入っているので嚙みにくいのだ。車内に甘い香りが漂い出す。「水はないのか、水は」

「そこは我慢してくれ」

「まったく」言いながら、藤田は何日も食事していなかったような勢いでチョコレートバーを齧り続けた。人が横で食べていると、こちらも腹が減ってくる。しかし、ここは我慢だ。

「ほらよ」藤田が、もう一本のチョコレートバーを差し出した。

「どうした、それ」

「もう一本入ってた。ラッキーだったな」

私も、朝からチョコレートバーは食べたくない。必ず胸焼けするのだ。しかし、この先いつ食事にありつけるか分からなかったから、無理に食べておくことにした。後で補給しておかなければ、と思いながら。

斉西会病院は南武《なんぶ》線の分倍河原《ぶばいがわら》駅と府中本町《ふちゅうほんまち》駅の中間地点にある大きな病院で、駐車場はほぼ一杯になっていた。

「病院ってのは、どうしていつもこんなに混んでるのかね」ぶつぶつ言いながら藤田が車を降りる。今日も陽射しは厳しく、冷房の効いた車内から駐車場へ出た途端に汗がシャツを濡らし始めた。「ここには、まだ話はつけてないんだろう？」

「昨夕は遅かったからな」

「じゃあ、奇襲作戦で行こうか。まずは事務長だな」

「それと、看護師長だ。勤務中の態度なんかは、そういう人じゃないと分からない」

「了解」藤田が上着を脱ぎ、肩に担いだ。右手を額に翳《かざ》し、真夏の太陽に喧嘩《けんか》を売るように空を見上げる。喧嘩を売る相手は違うだろう、と言いたかったが、だからといって誰に戦いを挑めばいいのかは、私自身に分かっていなかった。


「じゃあ、これは何か事件なんですか」

事務長の樋村《ひむら》が膝に両手を置いたまま身を乗り出した。黒縁の分厚い眼鏡が顔の半分ほどを覆っている。その奥の目には力がなく、わずかに充血していた。硬い髪を無理に七三に分けているせいか、分け目の辺りは寝るのを拒否して突っ立っている。小太りの体型は、病院に勤める人間にあるまじきものだった。

「事件かどうかはまだ分かりません」私は努めて平板な声で言った。「とにかく、彼女に話を聞きたいんです」

「しかしですね、無断欠勤が続いていて、こちらとしてもどうにも……」事務室の一角を区切った応接スペースには、エアコンの冷風が直に吹きつける。しかし樋村は、しきりにハンカチで首筋を拭っていた。丁寧に折り畳み直して裏まで使う。

「ご家族には連絡したんですよね」

「ええ、ですから、仮に行方不明ということになっても、警察には家族の方が届けるのが筋じゃないんですか」

「それはそうですね。でも、ご家族からは届出がありません」

「そうですか。それなら仕方がないんじゃないですか」

「ちょっと冷た過ぎるんじゃないですかねえ、樋村さん」ざっくばらんな、取りようによっては乱暴な口調で藤田が指摘した。右手を膝に置き、体をわずかに斜めに倒している。「一緒に仕事してる仲間じゃないですか。もう少し心配するのが普通でしょう」

「しかし、彼女は成人ですよ。未成年ならともかく……」樋村が人差し指で眼鏡を押し上げる。「自分の意思で家を出たとしたら、我々にはどうしようもないでしょう」

「師長さん」

私が呼びかけると、師長の北川《きたがわ》が顔を上げた。五十歳ぐらいの女性で、長年積もりに積もった疲労を意志の力で無理矢理押し潰しているように見えた。白衣の胸ポケットには黒いボールペンが五本も刺さっている。

「最近、大崎さんに変わった様子はありませんでしたか？　何か悩んでいたとか、愚痴を零していたとか」

「いえ」

答えが早過ぎる。一呼吸置き、形を変えて質問を繰り返した。

「沈みがちだったとか、無断欠勤があったとか。どうですか」

「そういうことはありません。いつも通りにきちんとやってくれていました。大崎さんはうちの病院の大事な戦力です」

「大事な戦力だったら、行方が分からなくなってそのまま放ったらかしってのはどうなんですかねえ。何か、不自然じゃないんですか」藤田がまたねちねちと皮肉を浴びせかける。樋村も北川も無言でうつむいてしまった。すりガラスの衝立《ついたて》一枚隔てた向こうでは、事務職員たちが耳を澄ませているだろう。少なくとも、なじるように質問をぶつける藤田の声は聞こえているはずだ。

「とにかくね、あなたたちの態度は変ですよ」藤田は本気で怒っているようだった。良い警官・悪い警官という芝居だとしても、これではやり過ぎである。二人ともうつむいたまま一言も発しようとしないので、私が助け舟を出した。

「樋村さん、大崎さんの家はご覧になったんですよね」

「ええ」ようやく顔が上がった。眼鏡の奥の目の充血がひどくなっている。

「荒らされたり、誰かと争ったような跡はなかったんですね」

「ええ」

「分かりました。我々もこれから部屋を覗いてみます。その後でもう一度お伺いするかもしれません」

立ち上がる。藤田はたっぷり時間をかけて、二人を睨みつけてから立った。やり過ぎだったが、彼の苛立《いらだ》ちは理解できないでもない。重大な参考人のすぐ側まで迫っているはずなのに、行方につながる手がかりがない。病院の同僚たちの無関心な態度が原因だ、と責任を押しつけたがっているに違いない。

だが、こんなものではないだろうか。八王子から十キロほど都心に近づいた分、人間関係は希薄になっているのかもしれない。

有里の部屋は綺麗に片づいていた。六畳のダイニングキッチンに六畳の寝室。藤田がダイニングキッチンを、私が寝室を調べることにした。

フローリングの床には埃一つ落ちていない。木の輝きを見る限り、掃除機をかけるだけではなく、水拭きした上できちんと乾拭《からぶ》きもしているようだった。ベッドはきちんとメイクされている。小さなガラス製のテーブルの上には、七月三十日付の新聞が畳んで置いてあった。広告も挟まったままである。ノートパソコンは閉じられていた。後で調べる必要がある。最近は、残されたメールがヒントになることも多い。

ベッドの反対側の壁には小さなテレビ台があり、二十インチの液晶テレビとＤＶＤプレーヤーが載っている。その脇には本棚があり、一番下の段にはＤＶＤが三十本ばかり、ずらりと並んでいた。古い、それこそ戦前の洋画ばかりが目につく。二段目から上は本で、女性作家の小説が多かった。作者別にきちんと分類されている。

本棚の横には、上に鏡の載った小型のチェスト。それには手をつけず、窓の反対側にあるクローゼットを開けてみた。右側に寄せられた冬用の服には、綺麗にビニールカバーがかけられている。左側にはパンツやスカート類、その右に夏物のジャケット、さらにブラウスが何枚かかかっている。しかし全体に、スペースには余裕があった。先ほど会った管理人の話だと、有里は三年前からこの部屋を借りている。三年も住んでいれば、もう少し服が増えるのではないだろうか。クローゼットもそれほど広いものではないのだ。ただ一つ気になったのは、クローゼットの隅のスペースである。どこもかしこも綺麗に整頓されているのに、そこにだけ乱雑な気配があった。ハンガーから滑り落ちたらしい服が何着か、塊になっていたし、バッグが幾つかひっくり返っている。家を出るために、慌てて荷物をまとめたように。自分の意思で家を出たようだ、という病院関係者の証言は的を射ていた。

「えらくきちんとした女性だな」キッチンから藤田が声をかけてきた。

「確かに」返事をして、玄関から続くキッチンに脚を踏み入れた。藤田が中腰になって、冷蔵庫の中を改めている。

「料理には全部、いつ作ったか分かるように付箋が張ってある。野菜室も冷凍庫も綺麗だ。そういうところってのは、大抵何年も前のものが入ってたりするんじゃないか？」

「そうだな」

「そっちはどうだ」

「こっちも整頓が行き届いてる。間違いなく几帳面《きちょうめん》な女性だな」

「写真の類《たぐい》は？」

「これから本棚を見てみる。アルバムぐらいあるんじゃないかな」

「俺もそっちを手伝おう。キッチンには大して見るものがない」

本棚は幅九十センチ、高さ百二十センチほどの木製で、中は六段になっていた。本はさほどぎっしりとは詰まっておらず、あまり手を触れないらしい下の段の方には、まだ随分空きがあった。

「アルバムはないな」すぐに藤田が結論を下した。

「写真の類はパソコンで保存してあるのかもしれない」

「ありうる」藤田がパソコンに視線を注いだ。「そいつは大変なお宝かもしれないけど、勝手に持っていけない。だいたい、ここに入りこんでるのだって、本当はやばいんだからな。取り敢えず、本棚を調べちまおうぜ」

藤田が上から、私は下から本棚を探し始めたが、すぐにあるものに目が留まった。声を上げそうになり、すぐにそんなことをする必要はないのだと気づいて黙りこむ。

『烈火』。長瀬のデビュー作にして唯一の小説。彼がまだ大学生の時に書いた作品で、著者が若いということもあって随分話題になった。彼のＢＭＷや上等な服の購入資金は、この本の印税が元になっているはずである。かなり売れたはずで、有里が持っていてもおかしくはない。私でさえ持っているぐらいなのだから。生硬で、むき出しの感情を直にぶつけてくるような文章は決して読みやすいものではないが、それでも奇妙な力強さがあった。

表紙を開ける。見返しにサインがあった。サイン？　長瀬の奴、調子に乗ってサイン会をやったのだろうか。ぱらぱらとページをめくり、初版だということを確認する。何か変だ。いかに話題の作品でも、タレントでもない新人作家が、本を出したばかりでサイン会などするだろうか。個人的にサインしたものではないか、と思った。

ふっと目の前が明るくなる。正体が分からないまま心の奥に溜めこんでいて、寝かせておいた幾つかの要素が一本につながる兆候だ。長瀬。大崎。そう、大崎の家の近くに「長瀬」という名前の家があった。あれが本当に長瀬の実家だとしたら。二人の年齢差は……確か五歳。それでも、子どもの頃からの知り合いだった可能性は高い。それが何か関係あるのか？　あると言うには材料が乏しいが、ないと断言もできない。

「どうした」藤田が不審そうな目つきで私を見下ろしていた。

「いや、何でもない」ちょっと気にかかる。何かがおかしい。相棒に対してなら、正直にそう告げるべきだ。だが、この件は私一人で調べなければならない。

何のために？

友だちに事情聴取はしたくない。だが、それを誰かに任せるのはもっと気が引ける。だったら自分でやってみて、何でもなかったら胸にしまいこんでしまえばいい。一時の不快な思いなら我慢できる。

友だち、か。そもそも長瀬を友だちと呼んでいいのだろうか。否定しようと試みて、それができない自分に愕然《がくぜん》とした。

「ちょっと待っててくれ」

部屋を出て、さっさと車に乗りこんだ藤田に声をかける。藤田はドアに手をかけたまま「ああ？」と言った。

「朝飯を食い直さないか？　あのチョコレートバーだけじゃ足りなかっただろう」

「朝飯には遅いし、昼飯には早いよ」藤田が時計を見ながら胃の辺りをさすった。「腹の具合も中途半端だな」

「何もいらない？」

「いらない。飲み物なら欲しいけど」

「じゃあ、俺が調達してくるよ。管理人にもう一度話を聴いておいてくれないか」

「それは二人でやるべきじゃないか」

「いや、トイレに行きたいんだ」

「管理人のところで借りればいいじゃないか」

「コンビニのトイレがいいんだよ」アパートのすぐ隣がコンビニエンスストアになっていた。

「変な奴だな」藤田が目を細める。だが、私の心中を読み取ったのか、すぐに「まあ、いいか」とつぶやいた。

「悪いな」

「気にするな、相棒」相棒、か。彼の言葉は私の良心をちくちくと刺激した。しかも、何故か全てを見透かされているような気がしてならない。

「はい」長瀬の声は「あい」と聞こえた。まだ眠気が抜けていない、いや、眠りから無理に引き抜かれたような声である。

「鳴沢です」

「ああ」気のない返事だった。「何かネタでも？」

あんたに流すネタはないと思ったが、口には出さずにおいた。

「聴きたいことがあるんだ」

「怖いな」茶化すように言ったが、彼の口調には警戒する様子が窺えた。「これは事情聴取なんですか」

「あるいは」

電話の向こうで長瀬が黙りこんだ。彼の言葉を待つ。コンビニエンスストアの壁にぴたりと背中をつけた。この位置なら、藤田がアパートの管理人の部屋から出てきても、すぐには私が見えないはずだ。しかしあまり時間はかけられない。長引くと不審に思うだろう。できるだけ早く切り上げて、管理人の事情聴取に合流しなければ。

「あんた、大崎有里さんを知ってますか」

「何ですか、藪から棒に」今度ははっきり、長瀬の声が目覚める。しかし、警戒するような口調ではなかった。

「知ってるのか」

「知ってますよ。だけど、どうしてそんなことを聴くんですか」

「どういう関係なんですか」彼の質問には直接答えず、逆に質問をぶつける。

「鳴沢さんはもう知ってるんでしょう？　でも俺の口から直接聴きたい。違いますか」

「俺は知らない」想像しているだけだ。「だから教えて欲しいんだ」

「ご近所さんですよ」

「八王子の実家の話ですね」

「ええ」

「幼馴染《おさななじみ》ってことですか」

「向こうの方が随分年上ですけどね。こういうのも幼馴染っていうのかな」

「最近会いましたか」

「いや、全然」

「電話で話したりもしていない？」

「してません」

そろそろ痺《しび》れを切らす頃だと思ったが、長瀬の声は相変わらず悠長だった。新聞記者は人に質問するのが仕事であり、質問されることには慣れていない。しかし彼には、そういう常識は通用しなかった。考えてみれば、そもそも新聞記者らしくない男なのだから、それも当たり前だ。私は、彼の軸足は今でも小説にあるのではないかと思っている。新聞記者をしているのは、単に食べるためだけ。

「全然連絡を取ってないんですね」

「まあ、年賀状ぐらいですかね……当たり前でしょう。お互いに実家を出てから随分経つんだし、別に特別な感情を持ってるわけでもないんだから」

「向こうも？」

「それは彼女に聞いて下さいよ。それより、何事ですか。彼女に何かあったんですか」

「それは言えない」

「勘弁して下さいよ」軽い口調の裏側に、疑念が滲《にじ》み出た。「他の新聞で読んで初めて事情を知る、なんていうのは嫌だな」

「それだけか？」

「それだけって？」

「新聞記者としてそういうのが嫌だっていうだけなんですか」

「鳴沢さん、今日はやけに回りくどいですね」長瀬がわざとらしく溜息をついた。

「アメリカの研修で教わらなかったんですか？　警察官は抽象的なことを言わず、質問は具体的な言葉でぶつけること、とか」

「俺のカリキュラムには、そういうことは入ってなかった」

「なるほどね」

沈黙が気を焦らせた。そろそろ藤田が怪しみ始めているだろう。

「大崎さんは、あんたの本を読んでるかな。『烈火』のことだけど」

「さあ、どうかな。俺の名前に気づいたら本ぐらい買ってくれたかもしれないけど、読んだかどうかなんて知り合いには聞けませんよ。そういうの、恥ずかしいでしょう」

「そうか……悪かったな。まだ寝てたんでしょう」

「ええ。こっちの仕事は世間の人と時間帯がずれてますからね」

「それじゃ、生活感のある記事は書けないんじゃないですか」

「大きなお世話です」馴染みの捨て台詞を残して長瀬が電話を切った。

額に浮かんだ汗を親指の腹で拭う。

何故嘘をついた？　あんたは、有里が『烈火』を読んだことを知っている。あのサインが明確な足跡なのだ。あるいは彼が直接プレゼントしたのかもしれない。最初の本を贈った相手を忘れるだろうか。

少なくとも長瀬はそういう男ではない。それは私にはよく分かっていた。

自分で想像していたよりもずっと、私は彼という人物を知っているようだ。

6

八王子に戻って昼飯にした。藤田は「手がかりにはなった」と何度も繰り返していたが、それが自分を鼓舞するための強がりでしかないことは明らかだった。私は釈然としない思いを拭いきれないままだった。一つの嘘の背後には、百の嘘がある。何かを隠そうとすると、最初に考えていたよりも多くのものを改変しなければならなくなる。そこに綻《ほころ》びが生じるはずだが、私は長瀬の言葉から矛盾を見出せなかった。作家の特性なのかもしれない。一度嘘をつき始めると最後まで貫き通し、物語を完成させる。

「何で浮かない顔してるんだ」藤田が顔を上げた。箸《はし》の先にはうどんが束になってぶら下がっている。「民芸風」と謳ったうどん屋で、私たちは名物だという釜揚げうどんを頼んでいた。大失敗。夏に食べるものではない。味を云々《うんぬん》する前に、たちまち汗が額を流れ出す。燻《いぶ》したように黒い室内の装飾も、この季節に見ると暑苦しいばかりだった。

「おい、どうした」藤田の声で我に返る。

「いや、何でもない。少し疲れたかな」

「その言葉は、あんたには無縁みたいに思えるけど」箸の先を私に突きつける。「まあ、この暑さだからな。夏バテしない奴がいたらお目にかかりたいけど」

「あんたは平気そうじゃないか」

「普段よりよく眠れるぐらいだよ。空調は快適だし、通勤時間がない分、楽だ。前から思ってたんだけど、うちの会社でも遊軍を作るべきだな。現場をずっと渡り歩いて、家に帰らなくてもいいように」

「それだと、さすがにきついんじゃないか？」

「いや、家にいても仕方ないし。少なくとも俺はね」

「そうか」

「なあ、訊いていいか？」顔を上げる。藤田は拳に顎を載せ、にやにや笑っていた。

「一人で何かやりたいんだろう」

「何でそう思う」

「勘、かな」耳の上を人差し指で二度叩いた。「何となく分かるんだよ。やりたけりゃどうぞ。ただし、あまり無茶しないでくれよ。後始末が大変だからな。で、俺はどうするか……とりあえず、病院に行ってみるか。大崎が意識を取り戻すかもしれないから、しばらくそっちで時間を潰しておくよ」

「すまん」

「いいって」大袈裟に手を振ってみせてから、テーブルの上に身を乗り出した。「ということで、ここはあんたの奢りでいいよな」

「もちろん」

「よし、決まった。食い終わったらさっさと出よう。で、俺を病院で落としてくれ」

「了解」

「それで、何をしたいんだ」

「もう少し待ってくれ。今はまだ言えない」背筋を伸ばした。そうやっても、喉元で固まった疑問が素直に胃に落ちていくわけではなかったが。

「はっきりしない話なのか」

「そうだな……ただ、有里の行方につながるかもしれない」

「おいおい」藤田が目を見張った。「そういう大事な話を独り占めにするのはまずいんじゃないか」

「そういうつもりじゃないんだ」首を振る。「いろいろな問題が絡んでる……まだ人に言えないこともあるんだ」

「あんたの個人的な問題なのか？」眇《すが》めるような目つきになっていた。彼にも譲れない一線はあるらしい。誤魔化しはきかないだろう。ここは素直に認めるしかない。

「そうだ」

一瞬、私たちの視線が絡み合い、火花が散った。その熱は肌で感じられるようにも思えたが、藤田が背中を椅子に預けて距離を広げると、急速に消え去った。

「分かった。手に負えないような状況になったら相談してくれ」

「ああ」

どんなことになっても、自分の胸の中だけにしまいこんでおいた方がいいかもしれない。それは刑事の仕事を逸脱する行為になるが、問題になったらその時はその時だ。

「自分で全部抱えこまなくてもいいのに」藤田が溜息混じりに言った。

「そういうつもりじゃない」

「何かあったら言えよ。いつでも助けになるぜ」

「どうして」

「相棒だから」真顔でうなずきながら言った。「何度も言わせるな。照れる」

有本は家にいた。私の顔を見るとすぐに気づいて、「昨夜はどうも」と気さくな調子で頭を下げる。ちゃんと私を覚えているところを見ると、昨日はさほど酔っていなかったようだ。

「大崎さん、どうだい」

「今日は病院に行ってないんですよ」

「大丈夫なんだろうな」皺の寄った喉を撫で、顔をしかめる。

「昨夜聞いた限りでは、容態は安定しているようです」

「ならいいけど」腹の底から安堵の息を吐き出した。「それより、有里ちゃんが摑まらないんだよ。家にはいないし、病院に電話しても何だか要領を得ない話でね」話しているうちに、目が泳ぎ始めた。

「そのことでお伺いしたんです。彼女と連絡を取りたいんですよ」

「ええ？」有本が耳の穴に指を突っこんだ。「そりゃ話が逆でしょうが。こっちが聞きたいぐらいだよ」

「心当たりはないんですか」

「ないんだよなあ。しかし、困ったね。病院の方、どうしたんだろう」

「それも分からないんです」有本は、これ以上の情報を持っていないだろう。大きく舵《かじ》を切って質問を変える。

「ところで、隣の長瀬さんなんですが」

「長瀬さん？　ああ」

「大崎さんのお宅とは親しいですよね」

「そりゃまあ、お隣さんだから。町内会も一緒だし、普通に近所づきあいがあるしね」

「有里さんのこと、何かご存知かもしれませんよね」

「そうねえ……ま、俺に聴くより直接行ってみたら？　勝也《かつや》さんは家にいるはずだよ」

「その方は？」

「じいさん。じいさんなんて言っちゃ失礼か、家長ってやつだね」

「ご家族は？」

「男三人だけど、孫は今はここに住んでいない」

「そうですか。その勝也さんという人は……」

「都議会議員までやった人でね。昔気質《かたぎ》のいい人だよ。威厳があるんだな」

「この時間はお一人なんですね」

「そう。もう随分昔に引退してますからね。悠々自適ってやつですよ」

「じゃあ、ちょっと話を聴いてみます」わざと気楽な口調で言うと、有本が暗い声で忠告を飛ばしてきた。

「勝也さんはいいけど、息子さんの方は当てにならないよ」

「はい？」長瀬の父親のことだ。

「勤めてるから、この時間は家にいないんだ。それに会えたとしても、あまり当てにしない方がいいよ」

「どういうことですか」

「いや、まあ、それは」有本が口を濁す。そういえば、昨日有里を「養子だ」と言った時もそうだった。余計な一言を零しては、すぐに後悔するタイプなのだろう。あまり突っこむと、そのまま口を閉ざしてしまいそうだったので、無難な話題に切り替える。

「どちらにお勤めなんですか」

「東日新聞」

親子二代の記者か。ふと、『烈火』の一節を思い出した。「僕の家は親子三代の新聞記者だ。ジイサンは時々、戦後の混乱した時代のことを自慢げに話す。クソみたいな七〇年代に記者としての第一歩を踏み出したオヤジは何も話さない。何一つ」確かこんな感じだったはずだ。

しかし、それも妙な話ではないか。親子三代の新聞記者。『烈火』を書いた時、長瀬はまだ学生だったのだから。いや、「妙だ」と考える方がおかしいのだ。あれはあくまで小説なのだから。小説ならどんな嘘でも許される。いや、嘘は大きいほど小説としては面白くなるはずだ。

そんなことは分かっている。なのにどうして「妙だ」と考えてしまったのだろう。まるであの小説が、完全な実話であるかのように。

どこか懐かしい雰囲気のある家だった。そう、優美が日本にいる時に身を寄せていた祖母のタカの家に似ている。あちらは麻布《あざぶ》、こちらは八王子という違いはあるが、純粋な日本家屋の伝統を現在に残しているという点では共通していた。築年数は大崎の家と同じぐらいかもしれないが、手のかけ方はまったく違う。広い庭を埋めた植木類はきちんと整えられ、夏の陽射しを浴びて深い緑色に輝いている。大きな柿の木が枝を張り、庭に面した縁側に影を落としていた。

二階建ての家は静まりかえり、人の気配はない。表札で長瀬の名前を確認し、インタフォンを鳴らした。家の中で澄んだ音が響く。反応がないので、もう一度。引き戸がいきなり開き、小柄な老人が顔を覗かせた。長瀬に似ているか？　目の辺りの雰囲気は間違いなく共通している。穏やかだが、奥の方に強さを秘めた目つきだ。そして、世の中をちょっと上から斜めに見下ろしている。少なくなった髪を後ろへ撫でつけ、秀でた額を露《あらわ》にしていた。萌黄《もえぎ》色のポロシャツのボタンを一番上まで留め、下は手が切れそうな折り目がついたサマーウールのズボン。近くに買い物に行くだけでもネクタイを締めるようなタイプではないだろうか。全身から滲み出ているのは、今時あまり感じることのない「気品」だ。気取っているわけではなく、俗世の汚さを寄せつけない薄いバリアを張っている。

「西八王子署の鳴沢と申します」

「警部補かね」

「はい？」

背伸びするようにして、私の頭の天辺《てっぺん》から爪先まで、透視しようとでもするように見下ろした。

「優秀そうだ。大卒で、六年目で巡査部長の試験に合格。その三年後に警部補の試験を突破。そんなところじゃないかね」

「平の巡査ですよ」

拳で両目をこすり、悪戯《いたずら》っぽい笑みを浮かべる。

「また目が悪くなったかな」

「お元気そうですが」

「まあ、褒《ほ》め言葉として聞いておきます。で、何の御用ですか」

「ちょっと伺いたいことがあるんですが」

「単刀直入に行きましょう」ゆっくりとした動作で腕組みをした。

「あなたは刑事ですね」

「ええ」

「制服を着ていないから、巡回連絡というわけじゃない。となると、何かの事件でここに聞き込みにきたんでしょう。話を聴かないことには聞き込みにならないんだから、余計な講釈は必要ないよ」

「時間の無駄だと？」

「その通り」

「あなたが無駄だと説明した時間も、無駄になっていますよ」

子どものような笑みを浮かべ、納得したように深くうなずいた。

「何か？」

「一本取られたと思ったのは久しぶりだ」

「だったらカレンダーに赤い丸をつけて、今日を記念日にして下さい」

「考えておこう。まあ、上がりなさい」

皮肉っぽい喋り方は長瀬に似ている。しかし、人を自然に一歩引かせてしまうような態度は彼にはないものだった。

通されたのは応接間というか書斎というか、とにかく本に埋め尽くされた部屋だった。天井まである書棚が三方を埋めているので、圧迫感は相当のものである。城所の書斎にも似ているが、違いはこちらの蔵書が雑多なものだということだ。歴史書、小説——それもかなり古いものから最近出版されたベストセラーまで——犯罪関係のノンフィクションに、大学の教科書にも使えそうな堅い経済関係の本。雑食、という言葉が頭を過《よ》ぎる。

座るとすぐに熱いコーヒーが出てきた。出してくれたのは四十歳ぐらいの女性で、手伝いの人だということは態度を見てすぐに見当がついた。頭の下げ方が、雇われている人間のそれである。手をつけずに本棚を見回していると、声をかけられた。

「どうぞ、冷めないうちに。それともコーヒーは苦手ですか」

「いえ」ブラックのまま一口飲んだ。さらりとしているが、喉の奥の方で深い苦味と酸味が鳴り響く。もしかしたら、今まで飲んだ中で一番美味いコーヒーかもしれない。

「随分本がありますね」

「八十年も生きてると、本だけじゃなくていろいろなものが溜まりますよ」つまらなそうに言って、勝也がぐるりと首を巡らせた。「資料で集めた本も捨てられなくてね。これでも、パソコンを使うようになってからは随分減ったけど。便利なものだね、パソコンは。古い本をスキャンしてファイルにして残せる。これなら本が傷む心配をしなくて済むし」

「パソコンも使いこなしていらっしゃるんですね」

「実に便利なものだね。パソコンが出てきて、人類の進歩は新しい段階に入った」当然だ、というようにうなずく。一呼吸置いて皺の寄った細い指を組み合わせ、私の顔をじっと見た。射抜くように鋭い視線だったが、ヤクザのそれではない。物事の奥にあるものを探り出したいと熱望する学究の目つきだった。「刑事さんと会うのは久しぶりだね」

「そうですか」

彼の言葉の奥に潜んだ意味はすぐに分かった。戦後の混乱期の記者生活を自慢げに話す男――いや、あれはあくまで小説の中での話だ。彼の経歴で私が知っているのは、都議会議員をやっていたということだけだし、それも有本の受け売りである。

「警察とのつき合いでもあったんですか」何も知らないふりを装って訊ねた。

「大昔にね。新聞記者だったんですよ」

「ああ」心臓を突かれたような鋭く短い痛みが胸に走る。新聞記者？　ということは、『烈火』はやはりある程度事実に基づいているということなのか。あの小説の中では、主人公「僕」の祖父はとうに引退している——現実と同じように。

勝也が身を乗り出すと、古い革張りのソファがぎしりと声を上げた。長い歳月がこの家を通り過ぎていったことを実感させる音だった。ふと手元を見る。本革のソファは上等なものだし、きちんと手入れされているが、黒ずんだ鈍い光が、数十年の年月を経ていることを無言で説明していた。

「記者さんだったんですか」

「昭和二十四年から。ごたごたしてる時代でしたからね、適当に潜りこんでやったんですよ」初めて勝也の相好《そうごう》が崩れる。昔語りはいつでも、老人の頑なな心を解《ほぐ》すものだ。「まあ、あの頃は新聞社も適当なものでね。入社試験なんてあってないようなものだったし。もちろん、今も堅い仕事とはいえないけど、しばらく自由に話させることにした。当時はもっとヤクザな商売だったんですよ。下宿も『新聞記者お断り』とか、娘は絶対嫁にやるなとか、滅茶苦茶なことを言われてましたな。社会的な地位はその程度だったんです。でも、ごちゃごちゃしてるからこそ面白い時代でしたね。あの頃は、刑事さんも戦前からやってる人、復員してきて仕方なく警察官になった人とかいろいろでしてね。

個性派が多かったな」

「どちらの新聞社だったんですか」

「東日」唇が歪み、皮肉な笑みが零れ落ちた。「当時は今と違って小さな新聞で、東京での発行部数は三番手ぐらいだったんじゃないかな？　でも、事件物とキャンペーンに力を入れ始めてから、ぐんぐん部数が伸びたんですよ。新宿の闇社会キャンペーンっていうのが、一番有名だったな。あの頃はみんな、活字に飢えてましたからね。今みたいにインターネットもテレビもないから、情報は新聞が中心だったし」

「いい時代だったんですね」

「そうそう、情報を独り占めにするというのは、今考えてみれば大変なことです」

「インターネットにも随分お詳しいんでしょうね。パソコンは完全に使いこなしていらっしゃるみたいですし」

「いやいや、ついていくのがやっとですよ」謙遜したが、心の底からそう思っているのでないことは明らかだった。穏やかな話しぶりの裏に傲慢《ごうまん》さが潜んでいる。

「そういえば、この前亡くなった畠山代議士も、インターネットには詳しかったそうですね」

「ああ」急に勝也の顔に険しい表情が張りつく。まるで仮面を被《かぶ》ったような変わりようだった。「彼はね、利権屋だから」

皮肉ではなく非難するような口調に、私の中で警戒信号が鳴った。

「そうなんですか」

「目端が利くことは認める」顔を背けながら視線を私に注ぎ、脚を組んだ。「あの業界が金になることを早くから見抜いていたのは確かだ。でも、それだけだよ」

「利権を漁《あさ》っていたようにも聞こえますけど」

「死んだ人間の悪口はあまり言いたくないね」既に言っているのだが、その事実を彼はあっさり無視した。「あなたは、その件を調べているのかな？　あれは事故だとばかり思ってたが」

「そうなってますね」

「そうなってる」冷たい笑いを漏らしながら言った。「裏があるとでも言いたそうだね。刑事という人種は昔から変わらないな。どんなに当たり前のことに見えても、必ずもう一枚裏があるんじゃないかと疑ってる。私も随分勉強させてもらったよ。おかげで、疑り深い人間になったけど」

「あなたは、都議会議員をなされてましたよね」

「どこかで予習してきたようだね」急に表情が消えた。触れられたくない話題のようだったが、構わず突き進む。

「政治の世界に身を置かれていたということは、畠山さんも直接ご存知だったんじゃないですか」

「いやいや、そんなことはない」やけに激しく首を振る。「彼が代議士になったのはいつだ？　ええと、八六年だったかな？　その時には私はもう引退直前だったから」

「八六年頃というと、六十歳ぐらいだったんじゃないですか」八十年も生きていると、という彼の言葉を思い出しながら確認した。「引退するには早過ぎるような気もしますけど」

「そんなことはない。普通の会社でも六十歳は定年だ。年を取れば、間違いなく記憶力も判断力も落ちる。年寄りが政治家をやってるのはそもそも間違いなんだよ」

「畠山さんは、代議士になる前に都議をやってますよね」

「それも、私とダブってたのは一期だけだ。それに向こうは保守本流、こっちは野党だからね。都議会で顔を合わせる以外に接点はなかったですよ」

「確か、畠山さんのお父さんも政治家でしたよね」

「そっちはもっと大物だからね」皮肉に口が歪む。

「何しろ三代続いた政治家の家系ですからね」

「そう。政治の世界では、何だかんだで血筋が物を言うんですよ。これは事実だから仕方がない。何より支持者がそれを望んでるわけです。安心できるというか、親父《おやじ》を応援したんだから息子も、ということなんだろうね。それは理解できる。有権者の心理っていうのはそういうものです――その程度のものと言った方がいいかな」

「失礼ですが、長瀬さんはそういう世襲をしようとは思わなかったんですか」

「そうはならなかった」微妙な言い回しだった。前につくべき「そうしたかったが」という言葉を略したように思えてならない。

「息子さんは？」

「こっちはある意味、世襲かな。東日で働いてるよ。記者じゃないけど」

「そうですか」

「ついでにいえば孫もそうだ」勝也の表情は硬いままだった。三十を過ぎていようが、孫の話をする時は相好を崩すものではないだろうか。新聞記者の三代目。それがどれだけ大変なことかは分からないが、誇りに思わない理由は考えつかない。

「息子さんやお孫さんを政治家にしようとは思わなかったんですね」

「世の中には、思い通りにならないことも多いんですよ」盛大な溜息に、八十年分の疲れが滲んだ。それまでの自信たっぷりの態度が引っこみ、年齢なりの素顔が覗く。

「それで新聞記者三代、ですか」

「まあね」

「それはそれで立派なものでしょう」

「そうかな。所詮、新聞記者は世の中を変えられませんよ」

「そうですか？」

「そうだよ。社会の木鐸《ぼくたく》とか言われてるわけだけど、考えてごらんなさい。木鐸、辞書ではどう出てるかな」ゆっくりと——決してのろのろという感じではなかった——立ち上がると、すぐ横の本棚から国語辞典を引き抜いた。指先を舌で湿らせてからページをめくる。すっかり端が広がって汚れてしまっているのが時代を感じさせた。「木鐸——舌を木で作った金属製の鈴。昔中国で法令などを人民に触れて歩くときにならしたもの、とありますね。転じて、世人に警告を発し教え導く人というのが、現在我々が使っている意味でしょう。でも、これにいかほどの意味があると思いますか？　警告を発する、教え導く、これは世の中がそれを聞き入れることが前提だ。新聞記者の言うことなんぞ、今時誰も聞きもしない」

「でも、影響力は大きいはずですよ」

「幻想ですな」音をたてて辞書を閉じ、私の顔をまじまじと見た。「新聞が権力を倒したことが何度あると思いますか？　数えるほどだよ。新聞の力なんて、高が知れてる」

「そもそも、新聞に書かれる度《たび》に権力が倒れるような社会だったら、その方が問題だと思いますけど」

何か言いかけたが、勝也はすぐに口をつぐんだ。辞書を本棚に戻し、ゆっくりとソファに腰を下ろす。コーヒーを一口飲んで喉を湿らせた。

「まあ、結局は政治家の方が世の中に対する影響力はあるということです」

「それは認めます」

「正直言えば、息子には同じ道を進んでもらいたかったが……いやいや、私の話をしても仕方ないね。あなたの時間をすっかり無駄にしてしまった」

「こちらこそ失礼しました」この話はまだまだ続けることができたが、この辺りで打ち切ることにした。あまり深みにはまると、そのうち勝也が怪しむかもしれない。この男とは、また会うことがあるような気がした。初対面の印象は大事にしておきたい。

「で、本題は何なんですか」

「大崎有里さんのことです。この近くに実家がありますよね」

「畠山さんのことじゃないのかね」勝也が目を剝いた。

「違います」突き詰めれば畠山のことなのだが、それは言わずにおいた。この老人は妙に鋭いところがあるようだから、感づかれていないといいのだが。「大崎有里さん、ご存知ですよね」

「そりゃあ、もちろん。近所はみんな顔見知りだからね」座ったまま、勝也が腹の辺りで手を左右に動かした。「こんな小さな頃から知ってますよ。可愛らしい、よく出来たお嬢さんでね。確か今は、府中の方で病院に勤めてるんじゃないかな」

「そうですね」

「彼女がどうかしたんですか」

「大崎さんが大怪我をしました」

「何だと」カップを摑んだ手が震え、コーヒーがテーブルに零れた。「そんな話は聞いてない。新聞にも出てなかったぞ。新聞は毎朝、地方版まで隅から隅まで読むが――」

「新聞に出ないような話なんです」手を振って、勝也の言葉を途中で遮った。「事故があっても、全部が全部新聞に載るとは限らない。そういう事情は長瀬さんの方がよくご存知でしょう」

「ああ、まあ……事故なんですか」

「事故ではありません」

「事件でもないわけだな」天井を仰ぐようにして言葉を搾り出した。「事件で大怪我なら新聞に出る。ということは……自殺か。いや、自殺未遂か」

彼の質問を無言で迎えた。論理の持って行き方に無理はないか？　全ての事情を知っていて、適当に知らない振りをしているだけではないか？　違うだろう。事件の取材経験がある人間なら、これぐらいのことはすぐに思いつく。

「何たることか……」掌で唇を撫でる。かすかに震えているのが分かった。「で、有里ちゃんに連絡は？」

「残念ながら」

「どういうことだね」身を乗り出す。急に威圧感が増していた。取材で権力者を追いこんだであろう記者時代、そして取材される側に回った政治家時代の迫力が蘇《よみがえ》ったようだった。「身内は娘さんしかいないんだよ」

「彼女に連絡が取れないんです」

「それを早く言いなさい」露骨に非難する口調で吐き捨てる。「私の無駄話につき合ってる暇はないはずでしょう。要するに、有里ちゃんと連絡を取りたいんだろう」

「そういうことです」

「ちょっと待て」立ち上がり、小さな書き物机の引き出しを開けた。

「連絡先は分かっています」

声をかけると、勝也の動きがぴたりと止まった。ぜんまい仕掛けの人形のようにぎこちなく振り向く。

「家も病院も。どちらにもいません」

「どういうことだ」

「行方不明なんです」

「何だと」勝也の体から力が抜けた。私の方に振り返ったが、後ろ手で椅子を掴み、それで体を支えている。上体が細かく震え、顔からは血の気が引いていた。「何か事件にでも巻きこまれたんですか」

「それはまだ分かりません」

「しかし、あなたは彼女のことを調べている」

「そういうことです」

「まさか……」芝居がかった仕草で、掌を額に当てる。「そういう娘じゃないですよ、彼女は」

「だったらどういう人なんですか」

「いや、それは……だから、事件に巻きこまれるような娘じゃない。しっかりしてるんだ」

「どんなにしっかりしてる人でも事件に巻きこまれることはありますよ。それに、有里さんは事件に巻きこまれたと決まったわけじゃない」

「だったら何なんですか」

「それを今、調べているんです。お座り下さい」勝也の体はゆらゆらと不安定に揺れていたが、口調は傲慢だった。

「私は大丈夫だ」

「私が心配してるんです」

一瞬の睨み合いの後、勝也がのろのろとソファに腰を下ろした。風雅な雰囲気は消え、力のない老人の姿がそこにあった。

「わざわざ刑事さんが調べてるとなったら、こっちは大変なことかと思うよ。どうなんですか、実際のところは。大崎さんが大怪我をしたのは分かりました。娘さんに連絡が取れないから、何とかしようとするのも分かる。でも、それは刑事さんの仕事なのかね」

「西八王子署は暇なんですよ」

「それにしても、だ」力なく首を振る。音を立てて溜息を漏らした。

「有里さんのことはよくご存知だったんですね」

「ああ」

「最近、お会いになりましたか？」

「確か、今年の正月に。実家にはちょくちょく帰ってきてるようだがね。父親のことが何かと気になるんだろう」

「彼女は養子だそうですね」

勝也の目の色が微妙に変わった。二度瞬きして、ひどく淡々とした口調で続ける。

「それが何か関係あるのかね？　養子だろうと実子だろうと、親子の情愛に変わりはないでしょう」

「養子なんですね」

「私に訊かれても困るよ。そんなに知りたいなら、戸籍でも調べてみたらどうですか。人の口から聞くより、公文書で確認した方が確実でしょう」

「それはそうですね」

「何か、疑っているのかね」勝也の鼻に皺が寄った。

「どうでしょう」

「そういう思わせぶりな態度は気に食わないな」目を細め、鼻を鳴らす。

「ご気分を害されたなら、謝ります」頭を下げずに言った。「しかし、捜査には必要なことですから……お孫さんが有里さんと同じぐらいのお年じゃないんですか」

「有里ちゃんの方が年上だよ。五歳ぐらい上かな」

「でも、幼馴染みたいなものじゃないですか」

「確かに。孫にとっては姉みたいな存在ですね。昔からよく面倒を見てくれた。孫には母親がいないものだから」

「そうですか」

　話が途切れる。糸口を探すように、勝也がコーヒーを見詰めた。

「冷めてしまったようですね。もう一杯、どうですか」

「いただきます」

　脚を引きずるようにのろのろと、勝也が部屋を出て行く。取り残された私は、立ち上がって本棚をざっと改めた。基本的には本しか置いていない。が、その一角に何枚かの写真が飾ってあるのに気づいた。そのうちの一枚が目に飛びこんでくる。まだ新しいカラー写真。スーツ姿が板についていない長瀬と有里が一緒に写っていた。長く宮仕えを続けるうちには、ネクタイとスーツは皮膚のように馴染んでくるものだが、この写真の長瀬は、サイズの合わない借り物の服を着ているようだった。不自然に硬い表情には、まだ幼さが残っている。初めて新潟で会った頃の雰囲気を思い出す。就職が決まって家の前で記念撮影、といったところだろう。有里は穏やかな笑みを浮かべている。ずっと世話してきた弟の進路が決まり、ほっと胸を撫で下ろしている様子だ。特徴的な笑窪は、特に深く窪んでいるように見える。そう、思わず指で突いてやりたくなるぐらいに。その頃、彼女は二十代の後半。ふと、私と彼女は同い年なのだということに思い至った。だからどうしたというわけではないのだが。

勝也が戻ってきたので、ソファに腰を下ろした。

「コーヒーはすぐにきます。新しいのを淹《い》れてるから」

だが、新しいコーヒーを飲み終える時間を埋めるだけの話題すら、私たちの間に残っていないことは明らかだった。

7

釈然としない。何かが引っかかっているのだが、その何かは角を曲がった先にいて、後ろ姿さえ見せないのだ。病院へ向かって車を走らせながら、頭の中を整理しようと努める。様々な可能性が浮かんでは消え、結局何一つ残らなかった。

病院の駐車場は、強火で熱せられたフライパンのようだった。午後三時。中天に居座った太陽がじりじりと頭を焼く。ネクタイを少しだけ緩めたが、何の効果もなかった。

病院に入る前に、喉に刺さった棘を抜いておくことにした。『烈火』の出版社に電話を入れ、長瀬の担当編集者を呼んでもらう。警察からの電話に最初は警戒感を露にしたが、基本的に話好きの男だったので事情聴取はスムースに進んだ。

「サイン会ですか？　いや、やってないですよ」知りたかったのはそれだけなのだが、電話を切ろうとすると彼は逆に質問をぶつけてきた。「ちょっと待って下さい。何かあったんですか？　長瀬さん、今は昼間の仕事の方が忙しいみたいだけど……」

「昼間の仕事？」

「ああ、そういう風に言ってるんですよ、私は」編集者が短く笑った。「昼間は普通に仕事をして、夜や休日に小説を書く。そういう人は多いんですよ。小説だけで食べていくのは大変ですからね」

「そんなものですか」

「そんなものです。小説ってのは、基本的にあまり儲からない商売ですから。書かないことには金は入ってこないし、書いても懐に入る金額は高が知れてる。売れなければ注文もこないから、尻すぼみになりますしね。人間なんて、所詮金がないと生きていけないわけだから、私たちだって、まずは生活を安定させることをお勧めします。本が出たからって、簡単にそれまでの仕事を辞めようなんて考える人もいるけど、とんでもない。仕事をしながら執筆の時間を捻り出してもらわないと。その辺の按配が難しいんですよ」

「彼は、次の小説は書かないんでしょうか」

「こっちとしては、ずっとお待ちしてるんですけどね。『烈火』も、随分前の作品になってしまいましたからね。次はどうするか……いや、関係ない人にこういうことを話す必要はないんだけど」

「昼間の仕事が面白いから、小説に手が回らないんじゃないですか」

「そうかもしれない」

「だいたい、記者をやりながら小説を書くのは無理でしょう。時間がない」

「彼が新聞記者だということをご存知なんですか」警戒の壁がすっと高くなった。

「それは、まあ」

「何か事件なんですか」

「そんなことは一言も言ってませんよ。余計な勘繰りをして欲しくないし、私が電話をしたことを誰かに話されても困る」脅しをかけたが、彼には全く効かない様子だった。

「何だかねえ。サイン会ですか……随分変な質問だな。これ、何かの詐欺《さぎ》じゃないでしようね。電話で話してるだけじゃ、あなたが本当に警察官かどうか分からない」

「詐欺ならすぐに金の話を持ち出してますよ。しかも、出版社にわざわざ電話をして金を騙《だま》し取ろうとする人間なんか、いないでしょう」

「それはそうだ。いや、もしかしたらチャレンジ精神旺盛な詐欺師かと思って」

「そんなに心配なら、警視庁に電話して確認してもらってもいいですよ」捨て台詞を残して電話を切ってから、しまったと思った。彼が本当に電話したらどうなる？　誰が応対するかは分からないが、「鳴沢？　ああ」と含み笑いを返される可能性もある。

　大崎はＩＣＵから一般の個室に移されており、部屋の前では藤田が待機していた。濃い緑色の長椅子に座って手帳を開き、ボールペンで何事か書きつけている。私の足音に気づいたのか、顔を上げると慌てて手帳を閉じた。警察用の手帳ではなく、オレンジ色が鮮やかなロディアのメモ帳だった。

「何してたんだ」

「ああ、ネタをメモしてた」

「ネタ？」

「小説でも書こうと思ってさ」照れ臭そうに笑い、メモ帳を内ポケットにしまいながら立ち上がる。本気なのか冗談なのか分からなかった。

「本気かよ」

「そのうちね。何しろ刑事の仕事はネタの宝庫だから」

「作家を紹介しようか」

「知り合いがいるのか？」

「まあね」

「あんたも顔が広いな」

話題を打ち切り、私は病室のドアに目を向けた。

「そろそろ意識が戻りそうだ。話が聴けるかどうかは微妙だけど……そんな話をすれば、先生のお出ましだぜ」

「大崎は？」

昨夜大崎を治療した医師が、看護師を一人引き連れ、疲れた足取りでこちらへ向かってくるところだった。私たちに気づくと、小さくうなずいてみせる。次の瞬間には、欠伸を噛み殺そうとして顔を歪ませた。力の入った肩がぐっと丸くなる。

「どうも失礼」

「お疲れですね」笑いかけてやると、ささやかな笑みの返礼があった。

「泊まり勤務するような年じゃないんですがね」一見四十歳ぐらいだが、よく見ると年齢不詳だ。本当の年は、積み重なった疲労の下に隠れてしまっている。

「泊まり勤務は、朝になったら解放されるんじゃないんですか」

「そうもいかないんですよ。何しろ病院は慢性的に人手不足でしてね。三十六時間連続勤務なんてのも珍しくないんだから。今日は特に、大崎さんの容態が安定するまでは私が面倒をみないと」言ってから、私たちの顔を順番に見た。「すぐに話がしたいですか」

「ええ」

「ちょっと様子を見てみましょう。失礼」私たちの間をすり抜けるように病室に入り、すぐにドアを閉める。

「大丈夫なんじゃないかな」藤田が気楽な声で言った。「人間っていうのは、案外強いもんだからね」

「逆に、案外脆《もろ》い時もある」

「嫌なこと言うなよ」

「事実だ」

「わざわざ教えてもらわなくても分かってるよ。事実を突きつけられると、辛《つら》い時もあるだろう」

「だから小説に逃げるのか？」

「書くだけで金を稼げれば、今よりずっと楽じゃないか？　正直言って刑事の仕事に疲れてるんだ、俺は」

「それほど甘くないよ。書かないと金にならないし、それだって高が知れてる」先ほど編集者から聞いた話の受け売りだ。「それはそれできついんじゃないか。だから、ほとんどの作家が兼業なんだよ」

「それは分かってるけど、まあ、とにかくこういう生活には疲れた」

「あんたは骨の髄まで刑事だと思ってたけどな」

「そういう風に見られることが問題なんだ。こっちは突っ張ってるだけなんだけどな。誰も俺の本当の姿を知らない」

ドアが開き、医師が顔を見せた。疲れの中に明るさが垣間見える。

「どうぞ。ただし、五分だけね。無理な質問は控えて下さいよ。疲れさせないように」

私は藤田と顔を見合わせた。ずっと待っていたのは彼なのだから、事情聴取する権利は彼にあると思ったが、黙って首を振るだけだった。自分は観察役に徹して小説のネタを拾おうとしているのだろうとでも思い、私が話を聴くことにする。医師は気を遣って廊下に出たが、すれ違いざまに左手首に乗ったごついクロノグラフを指差した。

「五分ですよ。もうストップウォッチは動いてますからね」

大崎は一晩にしてすっかり縮んでしまったようだった。昨夜は小柄だががっしりした男という印象があったのに、ベッドに横たわる姿は人生に疲れ切った初老の男のそれである。頭全体が包帯で覆われ、点滴の管が布団の中に消えていた。目は辛《かろ》うじて開いている感じで、放っておくとそのまま眠りの中へ消えてしまいそうだった。

椅子を引いて腰かけ、ベッドの上に身を乗り出す。

「大崎さん」

呼びかけると、大儀そうに首を動かして私を見る。顔が歪んだ。私が誰なのか分かっていない様子だった。

「警察です。西八王子署の鳴沢と言います」

「警察？」声はしわがれ、一言喋っただけで残ったエネルギーを全て消費してしまったようだった。

「そう、警察です。具合はどうですか」

無言で目を瞬かせると、端から涙が零れ落ちた。

「昨夜はどうしてあんなことをしたんですか？　危ないところでしたよ」

「何もしてない」

「あなたは跨線橋から中央道へ飛び降りようとしたんですよ」

「そんなことはしてない」目が細くなり、皺の中に隠れる。

「私たちが止めたんです」

「まさか」目を大きく見開く。「そんな馬鹿な」

「覚えてないんですか」

「俺は何でこんなところにいるんだ？　病院じゃないのか、ここは」

「そうです。あなたは自殺しようとして、この病院に運びこまれたんですよ。頭を打っています」

「頭？」彼が一言発する度に、会話が壁にぶち当たる。

「何も覚えてないんですか」

「覚えてない」

顔を背けた。布団の下の体が震えだす。皺の寄った首筋に向かって声をかけた。

「身内の人に連絡したいんです。娘さんがいますよね？　府中で看護師をされてるんでしょう」

動きが止まった。ゆっくりと振り向いて、私の顔をまじまじと見る。

「娘さんと連絡が取れないんです。どこへ行ったかご存知ないんですか」

「知らん」

「あなたの娘さんのことですよ？　どうして知らないんですか。たった一人の身内でしょう」

「娘のことは知らん。もう何年も会ってない」

「大崎さん――」

「気分が悪い。医者を呼んでくれ」

「ちょっと待って下さい。どうして嘘をつくんですか」

「嘘なんかついてない」

「大崎さん、本当のことを言って下さい。隠す必要はないでしょう」

「気分が悪い」

　またそっぽを向いてしまった。その瞬間、遠慮がちにドアが開く。振り返ると、医師が無言で左腕を掲げ、腕時計を誇示していた。立ち上がり、藤田に向かって顔をしかめてみせると、彼は素早く首を横に振ってベッドに背中を向けた。後を追って病室を出ると、藤田は壁に背中を預け、右足をくの字に曲げて足首を左足に重ね合わせていた。声を低くして私に訊ねる。

「何で嘘だって分かる？」

「大崎は娘に会ってるんだ。少なくとも今年の正月には。何年も会ってないっていうのは、明らかに嘘だ」

「どうしてそれが分かる」

「聞き込みで」

「一人で動いた成果か」

「そういうことだ」

もっとも、誰が嘘をついているかは分からない。私は長瀬勝也の情報を元に、大崎の言葉を「嘘」と断じたのだが、そもそも勝也の言葉が本当だという証拠もなかった。勘違いかもしれないし、嘘をついた可能性もある。全てに裏が取れない状態では、まだどちらに軍配を上げるべきか決められなかった。

「嘘をついてるんじゃなくて、一時的に記憶を失ってるってことは考えられないかな」

藤田が首を捻る。

「そうかもしれない。でも、自殺しようとしたことまで否定するかな。衝動的だったかもしれないけど、それまでにいろいろと考えて、悩んで、自殺しようとする気持ちが膨らんでくるものだろう。そういう気持ちまで忘れてしまうものかな」

「ふむ……ということは」藤田が人差し指で唇にそっと触れた。「それが真実の言葉を引き出すまじないであるかのように。「奴さんは、俺たちを娘に会わせたくないわけだ」

「たぶん、庇ってる」

「何から？」

「それは話を聴かないと分からない。大崎か、それとも娘から直接だ」

「そうだな」囁《ささや》くような声で同意して、藤田が深くうなずいた。視線を左右に動かし、周りに人がいないことを確認してから続ける。「娘が人を殺した。親として庇いたくなるのは当然だよな。しかも相手は、自分の会社の会長が後援会長を務めている代議士だ。死んでも死に切れないだろう」

「娘を庇いたいところだけど、申し訳ない気持ちも当然ある。だから何も語らずに死のうとした」

「ビンゴ、じゃないかな」藤田が指を鳴らす。人気のない廊下に、その音はやけに大きく響いた。「大崎が証言すれば、すぐに事件はできあがるぜ」

「問題は動機だ」藤田が興奮する様子を見て、私の気持ちは逆に冷めてきた。「畠山と有里、関係がないとは言わない。だけど、殺すとなると話は別だぜ。それほど濃厚な関係じゃないはずだ。もしもそうだったら、とっくに分かっていてもおかしくない」

「俺たちが知らないだけだよ。その辺は、本人を捕まえてみれば分かるんじゃないか。ただし、生きて捕まえることができれば、だけどな」

自殺。藤田がそう考えていることは簡単に察しがつく。しかし私は、彼女は自ら死を選ぶようなことはしないのではないかと考えていた。あの夜、何があったのかは想像がついている。彼女は畠山と一緒に川へ転落したのだ。もしかしたら体当たりのような形で。畠山は死んだ。有里は生き延びた。十メートルの高さから落ちて無傷でいられるかどうかは難しいところだが、考えてみればダイビングは、十メートルの高さから水面を目指す。上手く落ちれば、さほどダメージを受けなくて済むのではないか。雨が続いて増水していたとはいうが、川もあれぐらい広ければ、流れはそれほど急ではないはずだ。それに彼女は、生きようとしていた。顔を上げ、力強い足取りで歩いていた——目撃証言は、生への執着を感じさせる。

もちろん、その後に自分がしてしまったことの重大性に悩み抜き、死を選んだ可能性もあるのだが。

医師が病室から出てきた。

「まったく、強引な人ですね」苦笑が浮かんでいた。怒っている様子はないから、大崎の容態は心配ないだろう。

「彼は大丈夫なんですか」

「心配ないです。順調に回復してますよ」

「興奮してませんでしたか」

「いや、落ち着いたものですよ」

「昨夜の状況を覚えていないようなんですけど」

「そうですか？」首を捻った。「さっき私と話した時は、迷惑かけて申し訳ないって盛んに謝ってましたけどね。自分が何をしたかぐらいは分かってるはずですよ」

「そうですか」

嘘。大崎は何故証言を拒否し、何も覚えていない振りをしたのか。様々な疑問が、可能性が頭の中を巡る。気を取り直して質問を続けた。

「少し時間を置いたら、また事情聴取できますか」

「それはいいけど、すぐには無理ですよ。危ない状況は脱しましたけど、何しろ怪我してるのが頭ですからね。無理は禁物です。少し休んでもらわないと。話を聴く時は、必ず私を通して下さい」

「高い壁にならないで下さいよ」

「それは分からないな」急に医師が真顔になった。「患者を守るのが私の仕事ですからね。最優先事項はそれです。それじゃ」

踵《きびす》を返して遠ざかる彼の背中を見詰めた。白衣の下の筋肉が緊張している。彼の信念を変えるのは極めて難しそうだった。

夕方近くになって署に戻ると、新井は書類の裏で額の脂を拭っているところだった。

私と藤田を認めると、丸めてゴミ箱に放りこむ。

「どうだ」

「大崎有里の行方は分かりません」椅子に腰かけながら答える。「父親は、記憶がない振りをしてます」

「振り？　何だ、そりゃ」呆れたように両手をテーブルに投げ出す。

「演技をしてるんですよ。医者には、自殺しようとした時の様子をある程度話している。俺に対しては、何も覚えていないと嘘を言いました」

「警察には知られたくないわけか」

「ほぼ間違いないですね」

「しかし、娘の逮捕状は請求できないぞ」新井が顎を撫でる。「まだまだ詰めないと。そっちに人手を割り当てようか？」

「それがいいですね」藤田が割って入る。いつの間にか手に入れた煙草のパッケージを弄《もてあそ》んでいたが、まだ封は切っていない。禁煙を成功させるために取り上げるべきだろうか、と一瞬考えた。「今は、これが一番いい線ですよ。大崎有里が現場近くで目撃されてるのは間違いないんですから。大通りにまで広げて話を聴けば、もっと目撃者が出てくるかもしれないな。現場を離れるのに、タクシーを使ったんじゃないかと思うんですよ。あの後どこに行ったかは分かりませんけど、びしょ濡れのまま歩き続けたとは思えない。そんな格好で歩いていたら、もっと目撃者がいるでしょう」

「財布は持ってたのか？」

「それは分かりません。でも仮に財布を持っていなくても、父親の家まではそれほど遠くないし、府中の部屋に戻ったとしても、家に現金があればタクシー代は払える」藤田の説明は、概ね私が考えていたのと同じものだった。

「ずぶ濡れで車を拾ったとなると、タクシーの運転手も覚えてるだろうな」

「そりゃそうでしょう。ずぶ濡れの女が車を拾って……真夏の怪談ですよ。タクシー会社に当たってみますか」

「そうだな。リストアップしてくれ」

「了解。電話帳、借りてきます」

藤田が会議室を出て行った。新井が耳の横を指で擦《こす》り、小さく溜息をつく。

「鳴沢、これで当たりだと思うか」

「そうだといいんですが」

「悲観的な男だな」

「動機が気になるんです」何度も浮かび上がっては消え、いつの間にかこの一件の真ん中に根づいた疑問だ。「畠山と大崎有里の接点が分かりません」

「そうだな」煙草をパッケージから抜き出し、鼻の下に持っていって香りを嗅いだ。「それは俺も不思議なんだ」

「畠山には疑惑があります」

「ああ」新井が煙草をテーブルの上に転がした。「例のNJテックの件か」

「新聞にはそんな風に出てましたね」

「あの記事には畠山の名前は出てなかったと思うが。それらしきほのめかしはあったけどな」

「あれはほのめかしじゃありません。名前を挙げてるのも同じでしたよ。それに、献金リストに名前があったそうです」

「ちょっと待て」新井が、太い人差し指を私に突きつけた。「何でお前がそんなことを知ってるんだ」

「それは秘密です」

「冗談言ってる場合じゃない」拳を固めて軽くテーブルを叩いた。「それが今回の事件と何か関係があるのか」

「俺もそれをずっと考えてるんです。大崎有里がＮＪテックと関係があれば、畠山との接点が浮かび上がってくる……でも、考えれば考えるほど分からなくなるんですよ。大崎有里は、府中に住んでいます。後援会の名簿に名前もないし、そもそも二十四区での選挙権もない。父親は畠山と関係があると言えばありますけどね」

「大崎新二は、後援会の幹部というわけじゃない」

「あそこの会長は後援会の会長です。大崎新二はその部下ですよ」

「弱いな」腕組みをし、新井が首を捻った。「弱いが、筋がないわけじゃない。クソ、はっきりしないな。とりあえず、ＮＪテックのことは考えるな。まずは大崎有里の身柄を抑えるのが先だ。あんたもタクシー会社を当たってくれ」

　無言で一礼し、部屋を出る。こんなことを話してよかったのだろうか。分からない。特に考えもないまま、口から零れてしまったのだ。あるいは私は、無意識のうちにＮＪテックの件はこの事件と関係ないと判断を下してしまっていたのかもしれない。そうでなければ、こんなに簡単に話しはしない。

「女ねえ」電話の向こうで、野崎がつまらなそうな声を出した。「ということは、あんたが言ってた通り、地元絡みの事件ってことで収まるんだろうな。ま、こんなものだよ。風呂敷は大きく広げて、最後は小さくまとめる。捜査ってやつはそれでいいんだ」

「NJテックの線はどうなんですか？　大崎有里という名前は出てきませんか」

「女の名前はない。それより、何だか変な具合になってきてな」野崎が一瞬言い淀んだ。捜査に直接関係ない一介の刑事に、地検特捜部の動きを話してしまっていいのかどうか、躊躇《ためら》っているのだろう。しかし、結局は口を開いた。

「どういうことですか」

「あんたは、畠山への献金のことを訊きたいんだろう？　その線、出てこないんだよ」

「出てこない」低い声で繰り返すと、野崎が嫌そうな口調で説明を続けた。

「NJテックの関係者にはずっと事情を聴いてる――会社を辞めた人間で、こっちの情報源が一人いるんだ。金の担当だったわけじゃないけど」

「じゃあ、そいつに聴いても金の流れは分からないじゃないですか」

「それはまた、後の話だ。俺たちの情報源になってるその男は、大蔵省担《MOF》みたいなものでね」

「今はそう言わないんじゃないですか。MOF《モフ》そのものの名前が変わったんだから」

「名前はとにかく、仕事の内容は似たようなものだ。官僚や政治家の接待係。つなぎ役だよ」

「ＩＴ系の企業にもそういう担当がいるんですか」

「ＮＪテックは古い体質の会社でね。だから政治献金なんてことをやるわけだし。しかしその男は、畠山とは会ったこともないと言ってる」

「自分の身を守るために適当なことを言ってるのかもしれない」

「身を守るも何も、そいつをパクるつもりはない。本人にもそう言って安心させてる。だからぺらぺら喋ってるわけだしな」野崎があっさりと言った。「貴重な協力者なんだ。それにそいつは、金には一切触ってない。そういうことは別の人間がやってた」

「共犯じゃないですか」

「こっちの仕事は、おたくらの仕事みたいに簡単じゃないんだよ」鼻を鳴らす。「関係者を片っ端からパクってたんじゃ、かえって混乱しちまうだろうが。タマは一人、頂点にいる人間だけだ。そいつを有罪にするために必要な人間だけを逮捕するんだよ」

「警察と検察で考え方が違うのは仕方ありませんね」

「そういうことだ。あんたがカリカリしても、俺の考えは変わらんよ」

「変わるとは思ってません」

「なら、結構。しかし、今回は悪かったな。俺の勝手な思いこみで、クソ暑い中を歩き回らせちまって」

「それが仕事ですから。こっちの仕事は、野崎さんみたいに冷房が効いた部屋で座ってることじゃないんで」

「言ってくれるじゃねえか」野崎が喉の奥で笑った。

「一つ、聞いていいですか」

「迷惑料としてお答えするよ」

「東日は、畠山の名前が載ったリストを持っているんじゃないですか」

「知らんよ。それは東日に直接聞いてみたらどうだ」

「野崎さんは東日に確認しなかったんですか？　やるって言ってたでしょう」

「時間がなくてね」ひどく言い訳めいた言い方だった。

「とにかく、リストには名前が載ってたんですよね」

「そう」

「信憑《しんぴょう》性はあるんですか」

「それについては疑っていない。その中で外れてたのは畠山だけなんだ」

「どういうことでしょう」

「さあね。何かの間違いかもしれないし、それは今の段階じゃ判断できない。とにかく、捜査の大勢には影響しないよ。どっちにしろ、畠山は死んじまってるわけだし」

「間違いって……そんなことがあるんですかね」

「ありえない話じゃない。例えば、自分を守るために他人を貶めようとする奴は幾らでもいるしな。そもそも情報なんて、ノイズだらけじゃないか。百の情報があれば、そのうち一つや二つは間違ってたり、関係ないものが混じってたりする。価値あるものだけを拾い上げるのが俺たちの仕事なんだよ。それはあんたにも分かるだろう」

「ええ」

「あんたも何かのノイズで困ってるんじゃないのか」

「そうですね」

「悪いけど、殺しの件はこっちでは手伝えない」あっさりとした物言いだった。当然だとは分かっているが、少しだけかちんとくる。

「分かってますよ。あなたが捕まえるべき相手は、もっと大物でしょうから」

「事件に軽重はないぜ」むっとした口調で野崎が言い返した。「俺は時間がないって言ってるだけだ」

「そうですか。結末は新聞で見せてもらいますよ」

「ただし、東日じゃないだろうな」

「どういうことですか?」

「あいつらは今、地検に出入り禁止になってるからな。先走って書かれると、まとまるものもまとまらなくなる」

「厳しいですね、特捜部は」

「それぐらい当然だ。じゃあ、そっちはそっちで頑張ってくれ」

「あなたに言われなくても頑張りますよ」

「こっちこそ、新聞で読むのを楽しみにしてる」

少しだけ険悪な雰囲気を漂わせたまま、野崎が電話を切った。夕焼けに染まり始めた空を見上げる。気温はわずかに下がっていたが、生ぬるい風呂に入っているような息苦しさまでは消えなかった。薄い赤に染まった雲が、激しい勢いで流れていく。かすかに感じられる湿り気は、夜の雨を予感させるものだった。駐車場に人気はない。もう夜勤態勢に入っているのだ。

「鳴沢、何してるんだ」呼びかけられて振り向くと、電話帳を抱えた藤田が、通路の向こうから不審そうにこちらを見ていた。煙草を咥えているので、もごもごと不明瞭な発音である。

「ちょっとな」

「こう暑くちゃ夕涼みってわけにもいかないだろう」

「涼んでたわけじゃない」

「ふうん」藤田が私に電話帳を渡した。素早く火を点け、深く煙を吸いこむ。

「禁煙は？」

「まあまあ」顔を背け、唇を捻じ曲げるように煙を吐いた。「さっさと片づけようぜ。タクシー会社はいい線だと思うな」

「そうだな」

「今夜は弁当になるな」赤い雲を仰ぎ見る。「どこか美味い弁当屋はあるのか」

「どうだろう。俺はまだ、この辺りの店を全然知らないから」

「じゃ、誰かに聞いてみよう」煙草をペンキ缶に投げ捨て、踵を返す。芝居がかった仕草で脚を止め、振り向いた。「そろそろフィニッシュが近いぞ」

「どうしてそう思う」

「勘だ」頭の横を人差し指で叩く。「俺の勘はよく当たる……ああ、電話帳、頼むぜ。俺は箸より重い物を持つと、ぎっくり腰が出るんだ」

「もう少し体を鍛えた方がいいな」

「忠告、恐れ入ります」おどけて頭を下げ、軽い足取りで階段を上っていった。彼の後に続いたが、渡された電話帳はやけに重く、ダンベルで前腕を鍛えているような緊張感が感じられた。

第三部　疑心

1

　捜査には、幾つかの曲がり角がある。角の手前には小さな手がかりが落ちており、それを拾うと角を曲がる権利が生じるのだ。それを何度か繰り返し、最後の角まで辿《たど》り着くこともあるし、まったく違う場所に出てしまうこともある。

　今夜、私たちは一つの手がかりを拾って角を曲がった——有里《ゆり》を乗せたタクシーが見つかったのだ。電話帳を潰し始めて五分。府中《ふちゅう》に本社のあるタクシー会社の八王子《はちおうじ》営業所に電話を入れた時に、角を曲がる権利が得られた。

「ああ、幽霊の話ですね」配車係の男が、半分笑いながら教えてくれた。

「幽霊？」

「ずぶ濡《ぬ》れでタクシーを拾ったなんて話、まるで怪談でしょう。営業所で噂《うわさ》になってるんですよ。もっとも、脚はちゃんとついてたし、金も払っていきましたけどね。だから幽霊というより、何か訳ありだったんでしょう」話好きな男で助かったが、そう思ったのも一瞬だけで、すぐに辟易《へきえき》させられることになった。「いろんな客がいるんですよ。私がドライバーをやってた時なんか、運悪くヤクザを乗せちゃいましてね。これがまた、人を殺すのどうのなんて話を、携帯電話で延々としてるわけですよ。で、降りる段になったら一万円札を出しましてね、釣りは取っておけって。料金は千円ぐらいだったんですよ？　あれは口止め料じゃないかと――」

「その女を乗せた運転手さん、摑《つか》まりますか？」慌てて話を遮《さえぎ》る。放っておくと、このままどこまでも続きそうだった。

「ちょっと待って下さい、勤務表を見ますから……ええとね、はい、今日は出てます。今は、京王《けいおう》八王子駅の辺りで客待ちしてるんじゃないかな」

「連絡は取れますね」

「大丈夫です」

「じゃあ――」一瞬言葉を切った。署に呼ぶこともできる。しかし、有里を乗せた現場で話を聴いた方が、いろいろなことを思い出すはずだ。「その女を乗せた現場。そこで落ち合うように手配してもらえますか」

「いいですよ。京八《けいはち》の駅前からだと、そうですね、実車中でなければ二十分ぐらいで行けるんじゃないかな」

「結構です。運転手さんの名前を教えて下さい。それと車のナンバーも」

教えられた名前とナンバーを控え、電話を切って上着を引っつかんだ。会話の内容を察したのか、息を殺して私を見ていた新井《あらい》が眉《まゆ》の間に皺《しわ》を寄せる。藤田《ふじた》は既《すで》に立ち上がっていた。

「よし、詳しく話を聴いてくれ。場合によっては、こっちに呼んでこい」

「分かりました」新井の指示にうなずき、部屋を飛び出す。藤田が、弁当がどうのこうのと新井に言っているのが聞こえたが、無視して廊下を走り始める。全身の筋肉が喜んでいるのが分かった。気持ちの変化は肉体にも現れる。何かを追い詰めている感覚は、やはり何物にも換え難い。

私たちが現場に着いた時、関谷《せきや》という運転手は既に到着して待っていた。私たちがタクシーの後ろに車を停めると、慌てた様子で飛び出してくる。五十歳ぐらいの小柄な男で、私たちと相対して帽子を取ると、白髪混じりの短い髪が露《あらわ》になった。薄いベストのボタンを全部留めているのは冷房対策なのだろう。

「ここだと邪魔になりますから、下に移りましょうか」住宅街に向けて親指を倒すと、関谷が従順にうなずいた。車を移動し終えて土手に戻る。ちょうど有里が目撃された辺りだった。

「どうも、お疲れ様です」関谷が深々と頭を下げる。散髪したばかりのようで、綺麗に刈り上げられた襟足までがくっきりと見えた。客を不快にさせないために、二週間に一度は散髪しているのではないだろうか。客は基本的に、運転手の後姿しか見ないのだから。

「お仕事中、すいません」こちらも頭を下げる。「さっそくですけど、その女を乗せたのはいつですか」

関谷が手帳をめくる。すぐに目当てのページを見つけ出し、畠山《はたやま》が死んだ日付を告げた。

「どこで乗せましたか」

「その橋の先です」体を捻《ねじ》って指差した。「十時半頃でしたでしょうか」

「女はどんな様子でした」

「ずぶ濡れだったんですよ」その時の様子を呼び戻そうとするように、きつく目を瞑《つむ》る。

「最初は分からなかったんですけど、女が乗ってからバックミラーを見たら、髪がびしょ濡れだったんです」

「服装は？」

「Tシャツと薄いカーディガンで……下はジーンズでしたかね。何だか怖い顔してましたよ。思い詰めてたわけじゃないけど……」

「何かしてしまったような？」藤田が助け舟を出した。誘導尋問になりかねないが、無視する。取りあえずは、どんな形でもいいから証言が欲しい。

「そうですね、そうかもしれない」自分を納得させるようにうなずいたが、まだ釈然としない様子でもあった。この男は、バックミラーに映る人生の断片を何万と見ているはずだ。観察眼は確かなはずなのに——いや、人を殺した直後の人間を乗せるチャンスなどそうありはしないのだ、と思い直す。

「どこまで乗せたんですか」私は質問を続けた。

「高尾《たかお》まで」

「駅ですか？」

「いや、甲州街道の高尾駅前の交差点です。あそこは、駅まで百メートルぐらいありますね」

府中の自宅とも実家とも方向が違う。中央線で山梨方面へでも逃走したのだろうか。

「金はちゃんと払ったんですか」

「もちろん。一万円札で貰《もら》いました」

「走っている時、何か話はしましたか」

「ええ……いや」

「どっちなんですか」

「私は話しかけたんですが」慌てた口調になって、額の汗を掌《てのひら》で拭《ぬぐ》う。「夜になっても暑いですねって。お客様には、いつも私の方から一言は声をかけるんですよ。それで話に乗ってくれれば喋《しゃべ》り続けるし、反応がなければ黙る」

「彼女は」

「そうですねって、一言だけでした。喋りたくない様子でしたね」

「女を乗せた場所まで案内して下さい」

関谷に導かれて、幹線道路まで出た。トラックが多い。法定速度を守る車は一台もなく、ガードレールに守られている歩道を歩いていても身の危険を感じた。

「この辺ですね」関谷が立ち止まる。振り返ると、橋は百メートルほど後ろにあった。薄い緑色に塗られた橋を、街灯がぼんやりと浮き上がらせる。

「女を乗せた時の話なんですけど……普通に手を上げて停めたんですか」

「そうです」

「最初は、濡れているのに気づかなかったんですね」

「いや、ええとですね……髪の毛は濡れてる感じだったけど、何か整髪料でもつけてるのかと思ったんですよ。バックミラーを見てもやっぱり濡れてる感じだったから、下ろした後、気になってシートを確認したらぐっしょり濡れてました。それで本当にずぶ濡れだったのが分かりましてね」顔から少し血の気が引いている。気持ちを持ち直そうというつもりか、煙草《たばこ》を咥《くわ》えた。微かに震える。藤田がすかさず火を点《つ》けてやると、ひょいと首を下げた。

「何かおかしいと思いませんでしたか？」

「いや、私は別に、その……」急にしどろもどろになった。無意識のうちに責めるような口調になってしまっていたことに気づき、慌てて言い直す。

「ずぶ濡れの人を乗せることなんか、滅多にありませんよね」

「それはそうです」気を取り直したのか、煙草を深く一服してから関谷が言った。「一度、釣りをしていて川に落ちたっていう人を乗せたことがありますけどね」

手帳に挟んだ写真——免許証からコピーしたもので、不鮮明にならない程度に引き伸ばしてある——を見せた。関谷は顔を離して確認しようとしたが、暗がりの中ではおぼつかない。藤田がペンライトを取り出し、写真に光を当てた。関谷が食い入るように写真を眺め、やがて顔を上げて私に向かってうなずきかける。

「間違いないですね」

高尾駅辺りの様子を思い浮かべる。まだあまり馴染《なじ》みのない場所だが、甲州街道はJR高尾駅の北側を走っているはずだ。

「高尾の駅前で降ろした後、女はどっちの方向へ行きました？　駅の方ですか」

「ええとね、方向からいえば逆で、森林科学園の方なんですけど」私も藤田もピンときていないのに気づいたのか、関谷が尻ポケットから手帳を抜き出した。藤田がボールペンを貸すと、すらすらと地図を描き、手帳を逆さまにして私たちに提示した。藤田のペンライトの光が、線だけで構成された地図を浮かび上がらせる。関谷がペン先で地図を指しながら説明した。

「これがJRの駅で——」傍《かたわ》らをトラックが通り過ぎ、轟音《ごうおん》で関谷の声が一瞬途切れた。「線路と平行して甲州街道が走ってます。高尾駅前の交差点はここ」十字の部分を丸く囲んだ。「女が歩いて行ったのはこっちの方です」線路と直角に伸ばした線をペンでなぞる。二重に伸びた線の行く先は、手帳の端で遮られた。

「この先が森林科学園ですね」

「その辺りには、他《ほか》に何があるんですか」

「天皇陵とか、後は山ですね。高尾も、駅の周辺は住宅街なんですけど」

「そうですか……その女性のこと、会社で随分噂になってるようですね」

途端に関谷の耳が赤くなった。

「いや、別に面白半分に喋ってるわけじゃないですよ。こういう商売をしてると、お客さんの情報っていうのはいろいろと……」帽子を被《かぶ》り直しながらもごもごと言い訳した。

「別に責めてるわけじゃありません」私が言うと、関谷が安堵《あんど》の吐息を漏《も》らした。「もしかしたら、そこからまた別のタクシーに乗ったかもしれませんよね。そういう噂を聞いたら、教えてもらえませんか」

「ええ、それはもちろん」勢いよくうなずくと、帽子がずれた。「いつでもご協力しますよ」

「ありがとうございます。またお話を伺《うかが》うことになると思いますが、よろしくお願いします」

関谷と別れ、覆面パトカーに戻った。藤田が携帯電話で新井に報告している間に、グラブボックスから八王子市の地図を引っ張り出して高尾駅付近の様子を確認する。畠山が死んだ現場からはさほど遠くないようだ。森林科学園、それに天皇陵の場所はすぐに確認できた。

「タクシーで走ってきたルートを歩いて戻った感じだな……それにしても、こりゃあ、本当に山の中だな」電話を終えた藤田が地図を覗《のぞ》きこむ。「高尾山ってのはどっちだ」

「逆だな」地図を指でなぞる。中央線の南側だ。

「しかし、JRの北側もすぐに山になってるわけだ。そこへ入りこんだら……」

「自殺か」藤田の言葉を引き取った。

「いや、違うな」藤田が、私の発言をあっさり否定した。「やっぱり、そんなややこしいことをする必要はないんじゃないか？　死ぬ気なら、そのまま川で死ねばいいんだし」

「タクシーを拾った時は、逃げるつもりだったのかもしれない。それが途中で気が変わった」

「とにかく、彼女が死んでないことを祈るよ。直接聴いてみないと何も分からない」

「秘密にできるか」

「ああ？」藤田が目を見開き、私を見た。「何だよ、藪《やぶ》から棒に」

「他人にはまだ話せない。上に報告するだけの材料もない。だけど気になることがあるんだ」

「それで昼間、一人で動いてたんだろう」

「ああ。その件をもう少し詰めてみたいんだ。明日でも、つき合ってくれるか」

「もちろん。ただし口外しないこと、だろう？」

「そう」

「分かってるよ。俺だって、何でもかんでも上に喋るわけじゃないからな。もしも何でもなかったら手の中で握り潰す。そういうことでいいんだな？」

「そうだ」名前を出さずに、長瀬《ながせ》のことを説明した。有里と幼馴染の男がいる。何か知っているのではないか、と。相槌《あいづち》も打たずに聞いていた藤田が、最後にぽつりと感想を漏らした。

「弱いんじゃないかな」

「それは分かってる」

「直接事件に関係あるかどうかも分からないだろう」

「ただ、有里の行方《ゆくえ》については手がかりになるかもしれないぞ」

「うん……そう、かな」胸に顎《あご》を埋《う》め、藤田が黙りこんだ。

有力な目撃証言が出た今、そちらに全力を挙げるべきかもしれない。だが、高尾駅付近で目撃者捜しをするぐらいは誰にでもできることだ。

有里の本に書かれたサインが目に浮かぶ。長瀬、あんたは何故嘘をついた。何を知ってるんだ。

その疑念は、友を追いこむことになるかもしれない。彼が有里の居所を隠していたら。いや、それこそ、有里が畠山を殺した事実を知っていたら。

拳《こぶし》を握り、親指の腹を人差し指の側面に擦《こす》りつける。嫌な痛みが走った。


「ちょっと停めてくれ」走り出してすぐ、藤田が身を乗り出して声を上げた。慌ててブレーキを踏みこみ、路肩に車を寄せると、後続の車にクラクションを浴びせられる。

「何だよ、いきなり」

「あれ、見ろ。橋の上」

首を捻って目を凝らすと、畠山が落ちた辺りに一人の老女が立っているのが見えた。弱い街灯の灯りの下で、その姿は陽炎《かげろう》のようにぼんやりしていた。

「まさか、後追いじゃねえだろうな」慌てて言って、藤田がシートベルトを外す。外へ飛び出すと、「ちょっと！」と叫びながら老女の下へ駆け寄った。声をかけられた老女がびくりと体を震わせ、こちらを向く。右手は手すりにかけられていた。私も慌てて彼の後に続く。

「ちょっと待って下さい」藤田が老女の肩に手をかける。彼女はすっかり萎縮《いしゅく》した感じで、その場で固まっていた。自殺ではない、と私は直感した。背中が丸まっている分、背が低い。一人で手すりを乗り越えるのは難しいだろう。そして足元には、小さな菊の花束が供えてある。

「藤田、大丈夫だ」

「ああ？」藤田の息は切れていた。本格的に煙草をやめることを考えた方がいいだろう。ほんの二十メートルほどダッシュしただけなのに。

「お供えですか」足元の菊の花に目をやってから訊ねた。老女が私の顔を見ながらうなずく。藤田も警戒態勢を解いて、肩から手を離した。

「畠山さんのお知り合いですか」

「はい、まあ……」

曖昧《あいまい》な答えに、個人的な知り合いではないだろうと判断する。地元の有名人だから——その程度の理由だろう。交通事故の現場に花を手向ける人たちの善意と同じだ。

「わざわざお花を供えにきたんですね」

「ここは縁起の悪い場所ですから」

「はい？」冗談だろうかと思ったが、老女の目つきは真剣だった。「縁起が悪いって、どういうことですか。畠山さんが亡くなった場所だから？」

「二度目ですからねえ」深い溜息《ためいき》。

「以前にもここで誰かが亡くなったんですか」喋りながらぴんときた。同じような話を以前聞いたことがある。そう、片桐《かたぎり》だ。彼が子どもの頃に人が落ちて死んだ、そう言っていたではないか。

「古い話ですよ」

「いつ頃ですか」

「もう二十年……二十五年も昔ですかね」

「事故ですか」

「あの、おたくさんたちは……」老女が私と藤田の顔を順番に見た。

「警察です。西八王子署の者です」

答えると目をぱちくりさせる。次の台詞《せりふ》のためにわずかに開いていた唇はぴたりと閉じた。答えを引き出すために質問を続ける。

「昔、何があったんですか」

「人が死んだんですよ」低い声で告げる。彼女の言葉には呪いがこめられているようだった。

「事故ですか」同じ質問の繰り返しになった。藤田の目が「無駄だ」と告げていたが、無視して続ける。「それとも自殺か何か？」

殺しではないという確信はあった。それならとうに、私の耳にも入っているはずだ。

「人が飛びこんだんです」

「自殺ですね」

「ええ……そうですね」顔を背《そむ》けながら答える。忌まわしいものを直視しまいと努力している様子だった。

「この場所で二人が死んだんですね」相槌を打ちながら、その情報はどうして片桐の曖昧な話としてしか私の耳に入らなかったのだろう、と訝《いぶか》った。この付近の住宅事情が関係しているのかもしれない。比較的新しい家が立ち並んでいる住宅地だから、二十五年前はまだ住む人も少なかったのだろう。

「あなたは昔からこの辺に住んでいるんですか」

「ええ」

「怖い話ですね」

「怖い話ですよ」私の言葉を強調するように繰り返した。視線を泳がせて、十メートル下を流れる川面を見下ろす。「畠山さんも、いつかこんなことに……」

「ちょっと」藤田が慌てて割って入り、老女の肩に手を置いた。「どういうことですか？畠山さんが死ぬことが分かっていたとでもいうんですか」

「そんなことは言ってません」にわかに老女の表情が消えた。「何でもありません。余計なことは言うもんじゃないですね」

「余計なことじゃありませんよ」私は言った。「何があったのか、話して下さい」

「何でもないんです」老女が首を振り、後ずさった。「気にしないで下さい」

「そんなこと言われると、かえって気になりますよ」藤田がなおも食い下がった。「何かあるなら教えて下さい。そうじゃないと、後で警察で話を聴くことになりますよ」

「勘弁して下さい」老女が深々と頭を下げる。「失礼します」

振り返り、必死に歩き始めた。藤田がやすやすと追いつき、腰を屈《かが》めた格好で歩きながら話しかける。その場は藤田に任せることにした。二人がかりで聴き出そうとしたら、かえって頑なになってしまうだろう。

車に戻って待っていると、汗だくになった藤田が走ってきた。

「いやあ、参った。頑固なバアサンだぜ」

「名前は」

「それは聞き出した」手帳を振ってみせる。「後で家に話を聴きに行くか」

「そうだな……」

「何だ、浮かない顔して。ちょっとオカルトじみた話だけど、気になるじゃないか。何て言ってた、あのバアサン。『いつかこんなことに』とか何とか。畠山が死ぬのは予定通りみたいな感じだったじゃないか」

「そんなことはないだろうけどね」

「じゃあ、何でそんなに難しい顔をしてるんだ」

「さあ、何でかな」肩をすくめてからエンジンをかけた。

思い出していた。『烈火』の出だしを。「母は自殺した。僕がそれを知ったのは、その七年後だった」その後、自殺の恐怖に対する独白が続く。「子どもの頃は、その事実を知らなかった。知ってからも認めたくなかった。家族の中に自殺した人間がいるとどうなるか。怖くなる。自分にも、自殺を選ぶ血が流れているのではないかと思って」

小説によると、母親が自殺したのは主人公が五歳の時。十二歳の時にその事実を知って、現在は……自殺から二十五年という計算だ。状況は一致する。いや、あくまで偶然だろうと自分に言い聞かせてみた。『烈火』はあくまで小説だ。しかし舞台が八王子だということは、この辺りの地理を知っている人間にはすぐに分かるし、今では細部が事実に基づいていることにも確信があった。

それよりも驚いたのは、苦労して何とか読み終えた感のある『烈火』の細部を、案外はっきりと覚えていることだ。読んでいる最中は重々しく、読み終えた後には背中に強《こわ》張《ば》りを感じるような本だったのに。本を閉じた瞬間、できれば二度とページを開きたくないと思ったことを覚えている。しかし、硬く重い言葉で書かれた文章の一つ一つは、何故か私の心に刻みこまれていたのだ。

あの本は全てが事実なのではないか。だとしたら——知るべきではない、とも思う。しかし疑いを持ってしまった以上、それを確認せずにはいられなかった。

話を聴くべき人間が二人いる。明日の予定を前倒しすることにした。

「ちょっと待ってくれ」

「何だよ」藤田が胃の辺りを押さえながら文句を言った。署で待つ弁当に思いを馳《は》せているのだろう。

「これから都心に行ってもいいかな」

「何でまた」

「話を聴きたい人がいるんだ」

「これ以上勝手に動くと面倒だぜ」

手首を捻って時計を見る。七時。すぐに相手を摑まえることができれば、八時半には会えるだろう。移動する間に、もう一人に電話をかけることもできる。

「十一時前には、こっちに帰れるだろう」

「どうしても？」

「どうしても」

「分かったよ」藤田が溜息をつく。「班長には何か適当に言い訳しておくよ。邪魔されたくないんだろう？　途中で呼び戻されると困る」

「そういうことだ」

「じゃあ、そっちは俺が引き受ける。ただし、取り引きといこうか」

「取り引き？」

「ビッグマックを奢《おご》ってくれ。腹が減った」にやりと笑い、胃の辺りを二度叩《たた》く。

あんなものを食べるメリットは何もない。そう思ったが、口には出さずにおいた。時に人は、生きていく上での細々とした原則を破らなければならなくなるし、私にとっては今がまさにその時なのだ。

一番近いマクドナルドは西八王子署の近くにあった。そこで夕食を仕入れてから、藤田の運転で都心に向かう。

「どこへ行くんだっけ?」藤田がハンバーガーの包みを開けながら訊ねた。途端に、車内に肉の臭いが充満する。運転しながらだとビッグマックを食べるのは不可能だと持論を展開して、彼はハンバーガーを二つ仕入れていた。私はチキンサンド。同じように脂をたっぷり使っているにしても、まだチキンの方がましだろうと思って。

「神田《かんだ》」

「じゃあ、とりあえず高速をぶっ飛ばす。この時間なら一時間かからないよ。神田のどの辺なんだ?」

「神保《じんぼう》町の交差点の南側……最近できたビルがあるらしいんだけど」都心は不案内だ。聞いたままを繰り返す。

「ああ、そこなら分かる。代官《だいかん》町を下りてすぐだな。運転は任せろ。あんたは飯を食うなり電話をかけるなり、好きにしてくれ。寝ててもいいぜ」

チキンサンドは袋に入れたまま、電話をかけることにした。相手は、酔っ払っていなければ家にいるはずの時刻である。携帯電話の電話帳から、一度か二度しかかけたことのない電話番号を呼び出した。相手は携帯電話を持っていないから、これで摑まらなければ後でやり直しだ。幸いなことに、呼び出し音が三回鳴っただけで電話に出た。

「はい、緑川《みどりかわ》」

「ご無沙汰してます。鳴沢《なるさわ》です」

「おお、了《りょう》」緑川の声が弾んだ。私が新潟県警にいた頃の大先輩で、定年退職してからは警備会社で働いている。もちろん管理職で、本人がビルの夜間警備をするわけではない。私の父が死んでから空き家になってしまった実家に住んでいる——住んでくれている。

「どうした。珍しいじゃねえか」からかうように声が笑っている。

「ええ、ちょっとお聴きしたいことがありまして」

「何だよ、俺はおめさんに教えることなんか、もう何もないぜ」

「そんなことありませんよ」

「つまらん謙遜はよせ」笑いながら緑川が言った。声に酔いが回っているか？　その気配は感じられなかった。妻を亡くしてから、緑川はろくに家にも帰らず、呑み歩く日々が続いていたのだ。新潟市の郊外から市の中心部にある私の実家——父が死んで空き家になったのを彼が買い取ってくれた——に引っ越してきた時にも「繁華街から歩いて帰れるから心おきなく呑める」というようなことを言っていたのだが、少なくとも今は呑んでいる様子はない。一安心して続けた。

「謙遜じゃありません。緑川さんから教わることは幾らでもありますよ」

「あんたが今知りたいのは、下らん教訓じゃないだろう？　何か情報が欲しいんだよな。協力したいところだけど、こんな田舎《いなか》ジジイで役に立つのかね」

「長瀬、覚えてますか。東日の長瀬龍一郎《りゅういちろう》」

「ああ、もちろん」それまで気楽な口調だったのが、一転して引き締まる。「あいつ、何かやらかしたのか」

「そういうわけじゃありません」少なくとも今のところは。

「ならいいけど……今は年賀状のやり取りをするぐらいだねえ。だけど、あんたの口からあいつの名前が出るのも変だな。そっちで会ってるのか」

「まさか」咄嗟《とっさ》に嘘が飛び出す。「警視庁の平の刑事は、新聞記者と会ったりしませんよ。そんなことがばれたら大目玉です」

「まあ、そうなんだろうね。東京はいろいろ厳しそうだ」

長瀬と私を引き合わせてくれたのは緑川だった。しかし彼も、その後の私と長瀬の関係は知る由もない。長瀬もそんなことは彼に話していないだろう。

「彼の小説」

「ああ？」

「長瀬が書いた小説のことなんですけど」

「ああ、あれか。『烈火』な。おめさん、読んだかね」

「ええ」

「人の忠告が効いたみたいだな。確か、ベストセラーぐらいは読んでおけって言ったよな、俺」

「覚えてますよ。緑川さんの命令じゃ無視するわけにはいかないでしょう」

「あれがどうかしたか？」

「あの話、実話じゃないんですか」

「さあ、小説だろう？」

「実話に基づいた小説とか……そんな風に聞いたことはありませんか」

「さあねえ、どうだったかな。あいつは、酔っ払って自分の文学論を披露するような男じゃないからね。だいたい、自分のことばかりべらべら喋ってるような記者はネタを取れないだろうが。『烈火』については、そんなに突っこんだ話をした記憶はないよ。だいたい、こっちがあの本の話をしようとすると嫌がってたからね」

「そうですか……」指先を唇に当てる。少し先走り過ぎただろうか。

「あの話が実話であれ完全なフィクションであれ、あいつは心の中に深い闇を抱えてるね。深い闇、なんて言い方は俗っぽいかもしれないけど」

「どうしてそう思うんですか」

「それこそ勘としか言いようがないな。話してると、何となくそういう風に感じるもんさ。二人で会ってる時は、仕事の話じゃなくて世間話が多かったけど、下らん話をしてるうちに、この男は何か大きな秘密を抱えてるんじゃないかって感じるようになったんだよ。別に悪いこととかじゃなくて……何ていうのかな、自分の責任じゃない、暗い過去」

「何ですか、それ」

「子どもの頃に嫌な目に遭ったような感じかな。虐待とかじゃないと思うけど。だけど俺には、それ以上分からん。あくまで印象だから」

しかし私はその言葉を強く受け止め、記憶に刻みこんだ。刑事の印象を馬鹿にすることはできない。それに緑川は、警察を辞めて何年も経った今になっても、やはり刑事なのだ。心だけは。

2

神田——ほとんど縁のない街である。私が在籍していた大学の本部はこの街にあるのだが、キャンパスそのものは三十年ほど前に都心から移転してしまっており、私が四年間通ったのも多摩《たま》のキャンパスだった。その間本部に顔を出すような用事は一度もなかったので、ほとんど初めて来る街と言ってよかった。しかし藤田は勝手《かって》知ったる様子で、迷うことなく車を走らせる。昼間は賑《にぎ》わうのかもしれないが、この時刻、表通りにはあまり人気《ひとけ》がなく、行き交う車も少ない。

「この辺、詳しいのか」窓を細く開けて、車に籠《こも》るハンバーガーの臭いを追い出しながら訊ねる。

「ああ、何しろ駆け出しの時の所轄がここだったんでね」

「じゃあ、庭みたいなもんだな」

「あの頃とは随分様子が変わったけどな。俺が交番勤務をしてた頃はバブル崩壊の後で、地上げされてあちこちが虫食いになってた。今はまた埋まったけどな……でも、基本的には古い街のままだよ。神田は、地上げごときには負けなかったんだ。一本裏道に入ると、今でも古い木造の建物が残ってるからね。そういうのを見るとほっとするよ。さて、あの右手に見えるでかいビルだと思うけど、どうする」

「一階にファミリーレストランがあるんだ。そこで待ち合わせしてる」

「何だ」藤田が鼻を鳴らす。「それを先に言えよ。ハンバーガーじゃなくて、ちゃんとした飯が食えたのに」

「飯を食ってる暇はない。あくまで話を聴きに来たんだぜ」

「了解……時間は？　間に合ったか？」

「着いたら電話することにしてる。それで向こうがすぐに来てくれるそうだ。会社がすぐ近くらしい」

「そうか。この辺は出版社が多いからな。だからグルメ本っていうのは、神田辺りの店が中心になるんだぜ。知ってたか？」

「そういう本は見たこともないな」常にグルメ本を持ち歩いている今《こん》の本棚には、大量に並んでいるのだろうが。

「はいはい」溜息をついてから、藤田が右折車線に車を乗り入れた。「電話しておけよ。ずっと待ってるのは馬鹿らしいからな」

「そうだな」

八時半。八王子からここまで一時間を切っている。藤田の運転は乱暴だった。一般人なら、すぐにパトカーが追いかけてくるだろう。ビルの地下にある駐車場に車を預け、湿った熱気が籠る階段を上がってレストランに入る。

「ここじゃなくてもよかったのに。この界隈《かいわい》には、雰囲気《ふんいき》のある渋い喫茶店が結構残ってるんだぜ」残業しているサラリーマンで埋まっている店内を見渡しながら、藤田が文句を言った。

「そういう場所だと話は聴きにくいんじゃないかな。ファミリーレストランなら、周りを気にしなくて済む」

「ああ、そりゃそうだ。古い喫茶店ってのは狭い作りだから、隣の話が筒抜けだしな」

「とにかく座ろう。煙草が吸いたいなら喫煙席があるけど」

「ありがたいような、ありがたくないような話だな」藤田がシャツの胸ポケットに入れた煙草に触れた。「喫煙席にしようか。相手が吸ってる状況でどこまで我慢できるか、それで、俺の禁煙に対する決意が知れるってもんだ」

「人生は修行だ」

「分かってるって。だけど、人に言われると苛々《いらいら》するな」

空いていたボックス席に通される。入り口が見通せる場所だった。藤田が煙草のパッケージをテーブルに置き、恨めしそうに指先で突く。集中力が切れた藤田の代わりに入り口を凝視していると、五分ほどして会うべき男が顔を見せた。目印代わりに『烈火』の単行本を持ってくることになっていたのだが、彼はそれを頭上に翳《かざ》して左右を見渡した。

「何だ、ありゃ」呆れたように藤田が言った。「ラウンドガールじゃないんだから」

「こっちが見落とさないようにしてくれてるんだよ」親切心からならいいが、面白半分でこういうことをする男だったら――一瞬湧き上がった想像が、私の顔をしかめさせた。立ち上がり、目が合った瞬間に軽く目礼する。男はスキップするような足取りでこちらに近づいてきた。テーブルに視線を落としたまま、藤田がぶつぶつとつぶやく。

「やっぱりただの阿呆じゃないか」

井村《いむら》と名乗った編集者は、私たちの前に音を立てて腰を下ろした。濃紺のポロシャツにカーキ色のカーゴパンツ。足元は茶色いレザースニーカーというラフな格好で、肩に担いでいたコットンのジャケットは、やけに重たそうなトートバッグの上に置いた。三十代の半《なか》ばというところだろうか。眼鏡の奥の目が充血している。髪がふわりと膨《ふく》らんでいるのは、そういうスタイルではなく寝癖のように見える。あと数時間で日付が変わるという時刻なのに。

「いやいや、お待たせしちゃって」名刺を交換する。二枚の名刺をテーブルに並べてしげしげと見詰めながら「刑事さんに会うのは久しぶりですね」と言った。

「前に何かあったんですか」

「別に逮捕されたわけじゃないですよ」私の質問に小さく笑いながら答え、手を上げてウェイトレスを探した。誰も気づかないので、舌打ちして煙草を咥える。ライターを捜してポケットをまさぐった。藤田がすかさず自分のライターをテーブルに滑らせると、「どうも」と言って火を点ける。そのまま、自分と藤田の中間に置いた。「昔、刑事さんの本を出したことがありましてね。ご存知ですか？　『特捜刑事《デカ》の事件簿』っていうんですけど」

「ああ」藤田がうんざりした口調を隠しもせずに言った。「あれ、売れたでしょう」

「おかげさまで」井村の笑みはふやけていた。「警視庁の人が随分買ってくれたんじゃないですか」

「あの人はねえ、実質的に警視庁を追い出されたんですよ。いろいろあって。いろいろね」わざとらしく藤田が繰り返す。おそらく、警察の内幕を面白おかしく書いたような本なのだろう。

「それは分かってます」素《そ》っ気《け》なく言って井村が紫煙を吐《は》き出した。「分かってやってるんですから、こっちは」

「売れればいいってことですか」

「結果が全てですからね、この世界は」

「だけど、『烈火』みたいに売れるか売れないか分からない小説も出すんですね」

私が指摘すると、井村の唇が皮肉っぽく引き伸ばされた。

「内容的にはね。とにかく暗いし、重いから。でも、あの本に関してはある程度売れるという確信がありましたよ」

「私には、そんなに売れる本には思えなかったけど」

首を傾《かし》げて見せると、納得したように井村がうなずいた。

「読みましたか？」

「ええ」

「確かに馬鹿売れするような内容じゃないですよ。地味ですしね。でも、親子の話というのは普遍なんです。いつの時代でもニーズがある」

「かなり変わった内容ですよね」

「あれを読んでほろっとする人とか、感動で大絶賛するような人はいないでしょうね。普通のレベルの読者なら、途中で投げ出してもおかしくない」

「なのに、売れた」

「そこは賭けでしたけどね。ただ、作者が若いというのはそれだけで話題になるし、我々としては売りやすいんですよ。内容なんか分からない読者を惹《ひ》きつけるのは、そういう話題性だったりするから」

ようやくウェイトレスがやってきた。三人ともコーヒーを頼む。井村は煙草を吸い終え、すぐに新しい一本に火を点けた。

「あの内容、どう思いますか」

私が訊ねると、井村が眼鏡の奥の目を細め、二度、小さくうなずいた。

「微妙ですね」

「と言うと？」

「面白いのか、面白くないのか。親子三代の物語は、普通は大河ドラマになります。読者もそれを期待する。それこそ、一冊読むうちに六十年ぐらい過ぎてしまうぐらい長いのがいいんですよ。上中下、三分冊とかね。でも『烈火』は完全に一人称視点で、つまり孫の視点で親子三代の物語を紡ぎだしている。どうしても平板になって、読み進めるのがきついのは間違いありません。あれを書いた時は彼も若かったから、リーダビリティーがいいとは言えなかったし」

「リーダビリティー？」藤田が首を傾げた。馬鹿にするような笑みを浮かべて井村が説明する。

「読み進めさせる力。時間が経つのも忘れてどんどんページをめくってしまうような面白い本があるでしょう？　そういう本を、リーダビリティーがあるっていうんです」

「あなたの話を聞いていると、あまり面白い本じゃないように思えるけど」藤田が正直な感想を漏らす。

「あの本にはパワーがあるんです。独特のパワーがね。読み手さえしっかりしてれば、それを感じることができる」

「パワー、ですか」相槌を打ちながら、私は彼の解釈に心の中でうなずいていた。重苦しい雰囲気、あれをパワーと呼ぶこともできるだろう。そしてそのパワーに押されなければ、『烈火』を読み進めることはできなかったに違いない。

「何というかな……負の情念がじりじり滲《にじ》み出てくる感じですかね」

「その情念はどこからくるんですか」

「それはどうかな。作家さんの頭を割って、中を覗いてみるわけにはいかないし」

「実話だからじゃないですか」

私の問いかけに、井村が瞬時に口を閉ざした。顔の前で構えた煙草から煙が真っ直ぐ立ち上がり、その向こうで表情が見る間に険しくなる。コーヒーを持ってきたウェイトレスが「お待たせしました」を最後まで言えないほどの険悪な雰囲気が、テーブルの周囲に漂い始めた。

「それは言えませんね」それまで機嫌よくぺらぺら喋っていた井村の口調が、急に冷たく、平板になった。

「どうしてですか」

「言いたくないから」

「あれが実話に基づいた話だったら、あなたが認めたくないのも分かる。傷つく人がいるかもしれませんからね」

「それも含めて言えません」

「それは、逆説的に認めていることになるんですよ」

「私は作家さんを守らなくちゃいけないんですよ」

「守る必要があるんですか」

「少なくとも、警察の人が興味を持っているということは、彼の身に危険が及ぶ可能性がある」

「そんなことは言ってません。そんなつもりもない」

「刑事さんが本音《ほんね》を言わないのはよく知ってますよ」

「何を言うんですか」藤田が嘲笑《あざわら》った。「例の『特捜刑事《デカ》の事件簿』はどうだったんですか。奴《やっこ》さんは、あることないことぺらぺら喋りまくったでしょう」

「それとこれとは別ですよ」井村のガードはまったく下がらなかった。

「質問を変えましょうか」私は両手を組み合わせた。「あの話が実話だったとしたら、誰が困るんですか」

「何ですか、それ」

「あれは家族の話です。純粋な、親子三代の話で、そこから外にはあまり話が広がらない。家族以外の人間が困るようなことがあるんですか？　あるなら、とっくにクレームがきてるはずですすよね」

「何のために我々がいると思ってるんですか」井村が腕組みをした。

「つまり、あなたが危険な要因を取り除いたんですね」

「いや、そういうわけじゃ……」口をつぐみ、目を細くする。罠を踏んでしまったことに気づいたのだ。

「名誉毀損《きそん》になるかもしれない。元々の原稿には、そういう部分もあったんじゃないですか。だから表現を弱めたり、もしかしたらまずいところをそっくり削《けず》ってしまったりして、誰からも文句が出ないようにした。有能な編集者なら、それぐらいのことはするでしょうね」

「まあ、普通に仕事をしていれば、そういうこともあるでしょうね」

認めた。一般論として語っているが、自分が何をしたのか認めたも同然だった。

「細かいことを一々確認はしません。だけど『烈火』は長瀬さんの実体験を下敷きにしている。それは間違いないですね」

「ある意味自伝です」はっきりと認めた。一度堤防が破れれば、後は一気に大洪水が襲う。「自伝的な話を書く作家さんは多いですよ。ご自分で体験したことしか書けない人もいますしね。特に若い作家さんにその傾向が強いんですけど、往々にしてそういう作品は――」

「下らない、と」吐き捨てるように藤田が言った。井村は彼を一睨《ひとにら》みして、挫《くじ》けることなく言葉を継いだ。

「経験だけで書く人は、自分の外の世界を書けません。逆に言えば、その経験が凄《すご》いものであれば、それを反映して作品にも迫力が出るんですけどね」

「本の話をしましょうか。『烈火』では母親の自殺の話がありました」

「そうですね」

「それで家族が崩壊した。崩壊したまま何十年も続いて、そのうち主人公は家族を立て直すことはできない、と気づく。気づいた上で、せめて自分だけはしっかり生きていこうと決意したんですよね」

「ええ」

「母親の自殺は本当の話なんですね」

「私はカウンセラーじゃないんでね」冷たい言い方だったが、無理にそうしている感じは否めなかった。「作家さんとは一定の距離を置くようにしてます。もちろん、個人的な問題で相談してくる人もいますよ。でもそういう時も、『奥さんにでも話して下さい』って突き放します。そうしないと、いざ原稿が上がってきた時に客観的な目で読めませんからね。でも、長瀬さんの時は徹底的に話し合いました。プライバシーの問題があったから、細かい点まで詰めなくちゃいけなかった」

「本には、動機のことは書いてありませんでしたよね。母親がどうして自殺したか、聞いてますか」

「いや」目を背ける。嘘だということはすぐに分かった。一瞬間が空く。それで彼に、再び高い壁を築く暇を与えてしまった。

「自殺の動機が、誰かを傷つける可能性があったんですね」

「何とも言えませんね、それは」

「だけどあなたは、母親の自殺の動機を書くと、誰かのプライバシーの侵害に当たる可能性があると——」

「この辺で勘弁してもらえませんか」強い声で、井村が私の質問を断ち切った。「話し過ぎました。長瀬さんを守ることができたかどうか、自信がなくなりましたよ」

「あなたは努力しました」

「その努力が実ったかどうかは分からない……私はね、彼にはまた書いて欲しいんですよ。今度は自分の経験から離れてね。彼には才能がある。それを大事に育てたいんです。次に書くと言い出すのを、いつまでも待つつもりですよ。彼には待つだけの価値がある。だから、あなたたちのような人から彼を守らなくちゃいけないんです」

「何だよ、その『烈火』って」

「小説」

「それは話を聞いてたから分かるけど、何が問題なんだ」

「ちょっと待ってくれ」藤田の疑問を遮り、八王子の市街地の様子を頭に思い浮かべる。確か署の近くに、遅くまで開いている大型書店があったはずだ。八王子インターチェンジを下りて書店を目指す。駐車場に車を入れると、藤田が眉をひそめた。

「現物で勉強しろってことか」

「他人の話を聞くより、自分で読んでみた方がいい。読めば、俺が何を考えてるか分かるから」

「そんなこと、今教えてくれればいいじゃないか」

「自分で読んでくれ。その方が頭に入る。ただし――」

「上にはもう少し黙ってろってか」

「そういうことだ。悪いけど、この件はしばらく、俺たちの間だけの話にしたい」

「その長瀬とかいう男、さっき言ってた有里の幼馴染だろう」

「ああ」藤田の勘の鋭さにはしばしば脅かされる。

「で、あんたの知り合いでもある」

「認めるべきじゃないと思うけど、まあ、そういうことだ。俺が新潟にいた頃から知ってる」

「作家であって、記者でもあるわけだ」

「そういうことだ」

「新聞記者はそういうアルバイトをしていいのかね」

「記者になってからは書いてないと思う」

「だったら、あんたにとって問題なのは、作家じゃなくて記者としてのその男だ。上には絶対に知られないようにしろよ。記者とつき合うことには煩《うるさ》い奴もいるからさ。で、そいつは今は書いてないんだな」

「忙しくて、小説を書いてる暇なんかないいんじゃないか」

「そりゃそうだな」呆れたように言って煙草を咥える。「記者連中は、時給で換算したら悲惨なほど働かされてるし」

「あんたも新聞記者に知り合いがいるんだな」

「ノーコメント」にやりと笑ったが、その背後には「イエス」という答えが透けて見えた。

『烈火』は文庫になっていた。単行本で出たのがもう何年も前のことだから、それも当然だろう。ぱらぱらとページをめくる。二百ページほどで、それほど厚い本ではない。発行は三年前で、それから七刷を数えていた。長瀬はその度《たび》にちょっとした小遣い稼ぎをしてきたのだろう。それが彼の高そうな服や車に化けたはずだ。

車に戻って本を渡してやると、藤田がすかさず一ページ目を開いた。

「何だか読みにくそうな本だな」

「実際、読みにくい」

「勘弁してくれよ」すぐに泣きが入った。「せめて粗筋だけでも話してくれ」

「あんた、自分でも小説を書くつもりじゃなかったのか？　だったら人の本を読むのも参考になるぜ」

「それとこれとは話が別だ」

「じゃあ、本当に粗筋だけを話すよ」

物語は、彼が——名前のない主人公が十二歳の時から始まる。「母は自殺した。僕がそれを知ったのは、その七年後だった」という冒頭を始めとして、時折自殺の状況が挟みこまれる。

母親は、彼が五歳の時に橋から川に飛びこんで自殺している。それを知った時から、彼は静かに狂い始めた。自殺を止められなかった父の弱さ、全てを忘れようとわざとらしく振舞う祖父の欺瞞《ぎまん》に嫌気がさし、中学生になると家出を繰り返すようになる。彼は家族の再生を願った。父親には再婚して欲しいと願った。母親が欲しかったからではなく、父親に立ち直って欲しかったから。しかし望みは叶《かな》うことなく、十五歳の時にはついに自殺を企てる。死に切れず、抜け殻のようになって街を彷徨《さまよ》う描写は、『烈火』の中で最も胸を締めつけられる場面だ。八王子に詳しい人間なら、虚ろな彼の目が眺めた光景をすぐに思い浮かべることができるだろう。固有名詞を拾いながら丹念に読むと、彼は京王八王子駅から国道二〇号線、陣馬《じんば》街道を通って十キロ近く歩いていることが分かる。賑やかな街の灯を眺め、寝静まる住宅地を抜け、やがて緑の闇が深く沈む八王子の西部へ――真夜中の強行軍は、静かに降り始めた雪の描写で幕を下ろす。

「ひでえ話だな」藤田が暗い声で言った。

「最後は、少なくとも本人は立ち直るんだけどね。それだけが救いだな」

「その長瀬って男は、立ち直ってるのか」

「常識外れに皮肉っぽい以外はね。それぐらいなら、生きていく邪魔にはならない」

「なるほどねえ」溜息をつき、本を閉じた。「ま、読んでみるよ。それで、明日はどうする」

「父親だな」

「立ち直れなかった父親か」

「それは小説の話だ」

「小説ね。どこまでフィクションなんだか。少なくともあんたは、実話だと思ってるんだろう」

今は、実話だという確信があった。確信が外れて欲しいというささやかな願いは、様々な事実に圧迫されて、頭の外へ押し出されようとしていた。

翌朝七時。私と藤田は長瀬の家の前にいた。東日新聞に勤めているという長瀬の父親が何時に家を出るかは分からないが、それほど早くないだろう、という読みに基づいて七時という時刻を弾き出していた。だいたい、新聞社はスタートが遅いはずだ。

だが、長瀬の父親──善《ぜん》は七時二十分に家から出てきた。

「随分早いな」欠伸《あくび》を嚙《か》み殺しながら藤田が感想を漏らす。「これじゃ、九時には会社に着くんじゃないか」

「総務部門だったら、九時出社が普通だろう」JR八王子駅までバスで十五分、中央線と山手線を乗り継いで、銀座にある会社まで一時間というところだろう。

「で、どうする」

「車に乗ってもらおう」

「拉致《らち》?」

「人聞きの悪いこと言うなよ」

「すまん。朝飯を食ってないから、まだ頭が回らないんだ」

「何だったら、会社まで車で送ってやってもいい」

「まさか」藤田が鼻で笑った。「この時間、車で銀座までどれぐらいかかると思う？九時始業だったら絶対に遅刻だよ」

「じゃあ、俺が一緒に中央線に乗って出勤するよ」

「それは無理だ。ラッシュの中央線の中で、まともに話なんかできないぜ」藤田が肩をすぼめる。「まあ、車に乗ってもらうのが一番だな。それにしてもあのオッサン、背中に力がないと思わないか」

無理もない。『烈火』によれば、父親は母親の自殺からとうとう立ち直れなかったのだ。自殺から四半世紀が経っても、その記憶は未《いま》だに彼を苛《さいな》んでいるのだろう。小柄な背中は丸まり、肩が落ちている。足先から体が溶けて、アスファルトに混じってしまいそうな感じがした――いや、それはあくまで小説の中の話だ。『烈火』のイメージで善を見てはいけない。しかしどうしても、長瀬が描き出した情けない父親像が重なってしまう。

「出してくれ」言うと、藤田がゆっくりと車をスタートさせた。慎重に善を追い越すと――この辺りには段差がついた歩道がない――前に回りこんで進路を塞《ふさ》ぐように車を停める。バックミラーの中で、驚いた善が立ち止まるのが見えた。車を下り、彼のもとへ駆け寄る。

立ち止まったまま、善が目を細める。力のない顔つきで、ちょっとつつけばすぐに倒れてしまいそうな細い体型だった。白いボタンダウンのシャツ、薄いベージュのコットンパンツに麻素材の薄青のブレザーという格好で、ネクタイはしてない。手ぶら。サラリーマンなら、何か荷物がありそうなものだが。私を睨みつけたのは一瞬だけで、すぐに視線を逸《そ》らしてしまう。その顔には、長瀬を彷彿《ほうふつ》させる生意気そうな雰囲気は微塵《みじん》も感じられなかった。もっとも今では、私は長瀬の態度を生意気とは感じていなかったが。あれは、特殊な家庭に育ち、気持ちが捩《よじ》れた時代を経て染みこんだ歪《ゆが》んだ精神の表出である。捩れを直したと本人は思っているかもしれないが、他人の目からはそうは見えないものだ。

「長瀬善さんですね」

返事はなく、舐《な》めるように私の顔を見上げるだけだった。その態度をイエスの返事だと判断し、身分を名乗ってから続ける。

「お話ししたいことがあります。おつき合い願えますか。駅までお送りします」

無言。しかし善は車の方にゆっくりと歩いて行き、後部座席のドアを開けた。不気味なほど素直な態度に一瞬気が抜けたが、私も慌てて彼の横に滑りこむ。善は運転席の後ろに陣取って両足を組んだ。決して広い車ではないのだが、前に出した右膝《みぎひざ》と運転席の間には拳一つ分以上の余裕がある。

「JRの八王子駅でいいですか」

「結構です」ようやく口を開く。わずかに甲高《かんだか》い、耳障りな声だった。藤田が無言で車を発進させる。

「会社まではどれぐらいかかるんですか」

「そんなことより、用件を早く言って下さい。あなたが来ることは分かってました」

「お父上から聞かれたんですね」

「そう」短く認めて「お父上ね」と吐き捨てるようにつけ加えた。家庭の捩れに巻きこまれたのは長瀬本人だけではない。父親の方がよほど、その影響を受けているように思えた。定年近い、分別のある年齢のはずなのに、自分の父親に対する怒りを隠すこともできない。普通五十代も後半になれば、大抵のことは許せるようになるのではないだろうか。

「大崎《おおさき》有里さんをご存知ですね」

「ご近所さんだからね」確か勝也《かつや》も同じようなことを言っていた。まるで全てが予定通りの出来事で、私に対する答えも事前に打ち合わせておいたように。

「彼女の行方が分かりませんか。どこに行ったか、ご存知ないですか」

「それは、私に聞かれても困る」

「何故ですか」

善がゆっくりと首を捻って私を見た。阿呆か、とでも言いたそうに軽く口を開けていたが、何とか非難の言葉は呑みこんだようだった。

「人の家のことは分からないからね」

「しかし、昔からずっと親しくしてるんでしょう？　彼女はよくこっちに戻ってきているらしいし、そういう時に顔を合わせたりはしないんですか」

「私は、昼間は家にいないんでね」

「東日にお勤めですよね」

「分かってるなら、わざわざ確認することはないでしょう。そんなことは、とうに調べ上げてるはずだ。それとも、そんなことも分からないほど警察は無能なんですか」露骨に嘲《あざけ》る口調だった。斜め後ろから見る藤田の耳が赤くなる。

怒りに任せて一気にまくし立てるかと思ったら、善は急に黙りこんだ。今吐いた台詞で全てのエネルギーを使い果たしてしまったように。

「畠山さんとはお知り合いですか」

無言。そのうち、低い笑い声が漏れてきた。

「どうしました」

「あなたも、予習が足りないようだね」

「予習？」

「いや、予習しても分からないか。調べられる限度もあるでしょうね」

「長瀬さん、回りくどいことを言われるのは構いませんけど、これは事件に係わることなんです。お答えいただけないなら――」

「逮捕するか？」挑みかかるように善が言った。「できないだろうね。私は何もやっていないから。君たちの考えは、中心から遠く外れてるんだ」

「だったら、その中心が何なのか、教えて下さい。もったいぶらずに。あなたは知っているんじゃないですか」

再び車内を沈黙が満たした。藤田は制限速度ぎりぎりで車を走らせていたのだが、それでも確実に駅は近づく。善は黙秘を選択したようで、腕を組んだまま口を閉ざしてしまった。材料不足――確かにその通りかもしれない。しかし何かが引っかかっていた。この男はあまりにも激しく突っかかり過ぎる。警察が嫌いな人間はいくらでもいるが、ここまでむきになるのは何故だろう。

初めて接触する今朝は、話すつもりではなかった。だがこうなっては、最後の材料を彼の前に投げ出さざるを得なかった。前置き抜きで切り出す。こういう質問をする時に変な遠慮をすると話がこじれてしまうことを、私は経験から知っていた。

「奥さんは自殺したんですか」

「そんなことをあんたに言う必要はない」即座に反応した善の声には、びっしりと棘《とげ》が生えていた。

「しかし――」

「何十年も昔の話を持ち出さないでくれ！」怒鳴り声が車内の空気を凍りつかせる。

「人のプライバシーを詮索《せんさく》するな。あんたらが何を調べてるか知らないが、それが私の家族と何の関係がある？　家族を失った悲しみはいつまでも消えないんだ。あんたみたいな人間に何が分かる」

分かる。ここ数年、祖父を、次いで父を亡くした私には、家族を失う辛《つら》さは理解できる。だが、そんなことを言っても善の気持ちを開かせることはできそうになかった。善が赤くなった目を私に向ける。

「昔の話を穿《ほじく》り返して何になる。古いことにはそのまま蓋《ふた》をしておくのがいい」

「そうならないことも多いですよ」

「何だと」

「過去は、それ自体が意志を持ってるんです。時が経つと、表に出たいと騒ぎ出すことがある。私たちの仕事は、そういう過去の声に耳を傾けて、外へ出る手助けをしてやることなんですよ」

「そうとは限らない」

「もう一つ、質問させて下さい」腹の上で両手を組み、一瞬息を溜めた。「息子さんとは——龍一郎さんとは上手くいっているんですか？」

私の質問に、善は無言で答えた。ふと見ると、膝の上に置いた両手が細かく震えている。一番訊かれたくなかったことかもしれない。家族の問題を、小説の形で世に曝《さら》け出した息子——悲しみと憎悪が入り混じった感情でしか接せないであろうことは、容易に想像できた。

「この線は無駄じゃないのかね」ハンドルを握る藤田がぶっきらぼうに言った。八王子駅近くで善を降ろし、署に戻る途中だった。

「まだ分からない」

「途中で引き返すことも大事だぜ。行き止まりになるまで進んだら、引き返すのに時間がかかる。何もこの線を追わなくても、有里に辿り着く手段は幾らでもあるだろう」

気になるから。幾つかの矢印が長瀬本人を指しているから。そんな理由を持ち出しても、藤田が納得するとも思えなかった。

「俺はあんたのブレーキ役なんだ。やばいと思ったら遠慮なく手綱を引くぜ。今日のところはそれで納得してくれよ……それに、あんたも友だちを陥《おとしい》れるようなことはしたくないだろう」

「長瀬？　あいつは別に友だちじゃない」

「だったらどうして、そんな憂鬱《ゆううつ》そうな顔をしてるんだよ」

返す言葉もなかった。朝のラッシュアワーにぶつかって、覆面パトカーは国道二〇号線を西に向かってのろのろと進む。頬杖《ほおづえ》をつき、街の光景を眺めた。街を東西に貫くこの道路沿いには、古い、小さなビルが並んでいる。昔ながらの呉服店や駄菓子屋などが軒《のき》を連ねているが、まだ早いのでほとんどの店のシャッターは下りていた。昼間になっても、漂う侘《わび》しさはこの時間帯とさほど変わらないのではないだろうか。街全体が、薄い埃《ほこり》を被ったような感じだ。地方都市に特有の、市街地の空洞化。東京都内の街ではあまりそういう光景は見られないのだが、八王子はやはり都内という感じがしない。滅び始めたニュータウン。学生の街。古い地方都市に特有の、人間関係のしがらみ。私の心に刺さってしまったのは、最後のポイントだ。

「やっぱり高尾の現場で有里を捜そう。向こうで聞き込みをやってる連中がいるから、そいつらを手伝おうぜ……その前に飯でもどうだ」

「食欲がないな」

「そう言うな」八日町《ようかまち》の交差点を過ぎてすぐ左側にあるファミリーレストランの駐車場に、強引に車を乗り入れる。

「飯を食ってる暇なんてないだろう」

「食うために暇を作り出すのも大事だぜ」さっさとエンジンを止め、車を降りる。仕方なく後に続いた。

藤田はベーコンエッグのセットを頼み、私は野菜のスープとパンだけにした。藤田がメニューと私の顔を交互に見て、舌打ちをする。

「ダイエット中の女の子じゃないんだから。それだけじゃばてちまうぜ」

「朝からそんなに食えないよ」食欲がないわけではない。朝食を抜くことも滅多にないのだが、今日の私は胃に重いものを呑みこんだような気分になっていた。食べ物が入る隙間《すきま》はあまりない。

「ま、あんたの胃であって俺の胃じゃないからな。好きにしろ……ところで、昨夜はあまり寝てないいんだ」大袈裟《おおげさ》に欠伸をして、お絞りで顔をごしごしと擦る。「結局読んじまったよ、『烈火』」

「どうだった」

「あれが実話だとすると……長瀬は、自分の親父《おやじ》に対する見方が厳しいな。厳し過ぎるんじゃないか」

「許せなかったんだろうな」

「今も許してないのかもしれない。小説の通りだとすれば、だよ。なあ、結局長瀬は、自分の家が崩壊するのを黙って見てるのを選んだわけだよな。それも辛い」

「ああ」

「自分は抜け出したと思ってるんだろうけど、実際は抜け出してないんじゃないか。家族ってのは、生きてる限りずっと続くもんだからな。離れて生活していても、自分は関係ありませんとは言えないわけだから」

「そうだな」

「あんたは、あれが全部本当の話だと思ってるわけだ」藤田がコーヒーに砂糖とミルクを加え、かき混ぜた。一口飲んで、長く息を吐く。「だからと言って、俺には、事件に結びつくとは思えないんだよな。少なくとも、有里らしき女は出てこないわけだし」

「そこは編集で削ったのかもしれない。プライバシーの問題があるはずだ」

「あの編集者が、どこまで本当のことを言ってたかは分からないけど」

「締め上げるわけにもいかないだろうな」

「そういうこと」それがいかにも残念なことであるかのように、藤田が肩をすくめる。

「何だかなあ。長瀬に直接ぶつけてみる手はあるかもしれないけど、あんたはそういうことをしたくないだろう」

「いや」

藤田が片目だけを見開く。気持ちを押し潰すように、ゆるゆるとコーヒーをかき回し続けた。

「マジで友だちを失くすぞ」

「あいつは友だちじゃない。ただの知り合いだ。これから会ってみようと思う」

「本気なのか？」

「ああ。ブレーキは？」

「無駄だな」藤田が力なく首を振った。「あんたがやると決めたら、もうどうしようもない。それは分かってきたよ。だけど一応言っておくぞ。やめておけ」

「駄目だ」

「じゃ、諦《あきら》めた」肩をすくめる。「別に危ないことはないだろうからな。俺もつき合おうか？」

「一人でやってみる」

「じゃあ俺は、高尾で有里を捜すことにするよ。何か分かったら連絡は入れる」

「頼む」頭を下げた。

「らしくないことはよせ。あんたは人に頭を下げるような人間じゃないだろう」

「人は変わるんだよ。いつだって変われる。年を取っても変われるんだ」

3

都心まで出るのに、通勤ラッシュの残る中央線を避け、京王線を試してみることにした。京王八王子始発の特急に座ることができたので、睡眠不足を解消するために少しでも寝ておこうと思ったのだが、頭の中でシナリオを練り直しているうちに寝損なってしまった。どうやって切り出すか……新宿に着く直前、直球で勝負するしかないだろうという結論に達する。下手にチェンジアップから入ると痛打を食うかもしれない。

新宿から丸ノ内線を使って銀座へ出る。ここはかつて新聞社の街だったというが、そのほとんどは移転してしまい、往時の面影を残すのは、あちこちにささやかに掲げられた地方新聞の東京支社の看板だけだ。全国紙では、東日だけが頑固に銀座に拘《こだわ》っている。本社は首都高沿いにあり、地下鉄、ＪＲの駅からも近い。交通の便から言えば、新聞社として最高の立地だろう。その気になれば、官庁街の霞《かすみ》が関《せき》まで走っていける。しかし社屋を見た瞬間、東日がこの街に別れを告げる日も遠くはないだろう、と確信した。おそらく三十年以上の歳月を過ごしてきた社屋は排気ガスで汚れ、周囲の建物に比べると一際古びて見える。交差点を挟んで建物を見上げながら、長瀬の携帯に電話をかけた。

「ああ、どうも」相変わらず眠そうな声である。

「ちょっと会えないかな」

「何ですか、いきなり」

「この間は、あんたがいきなり訪ねて来たじゃないですか」

「勘弁して下さいよ。あの時のお返しですか」小さな溜息に疲れが滲む。

「何とでも」

「まあ、いいですけどね。で、今どこにいるんですか？　八王子だったら、中間地点で落ち合いましょうか。三鷹《みたか》か吉祥寺《きちじょうじ》辺りかな？」

「今、東日の本社を見てる」

「たまげたな」つぶやくように言って、一瞬言葉を切る。「大した行動力ですね」

「それが取り得なんで」

「しょうがないな。泊まり明けなんだけど……面倒臭いから逃げ出すか。どうせ今日は何もなさそうだし」

「出てこられますか」

「十分ぐらい待って下さい。暑いところ申し訳ないですけど。今日の最高気温は三十五度になるそうですよ」

「もうそれぐらいになってるんじゃないかな」鈍く銀色に光る空がビル街の上に広がり、降り注ぐ陽射しが厳しく目を貫く。汚れた都心の空気が、光と熱を増幅しているようでもあった。

「じゃあしばらく、無料の日焼けサロンを試していて下さい」皮肉をぶつけて長瀬が電話を切る。

陽の当たらないビルの入り口に引っこみ、自動ドアが開いて人の出入りがある度に漂い出す冷気に助けられながら長瀬を待った。正確に十分後、長瀬がうつむいたままスクランブル交差点を渡ってくる。私を見つけると、はにかんだような笑顔を作った。

「どうも」

「悪いですね。泊まり明けだって？」

「そう。本当は夕刊が終わるまで社に残ってないといけないんだけど」

「夕刊が終わるのは何時なんですか」

「それは企業秘密です」長瀬が唇の前で人差し指を立てて見せた。ろくに寝ていないであろう割に、機嫌は悪くなかった。

「朝食は？」

「食べましたよ。会社の自動販売機で売ってるパンをね」

「あんたらしくないね」

「どうして」

「もっといい物を食べてるのかと思った。育ちが良さそうだから」

「何でそんな風に思うのかは分からないけど、誤解ですね。だいたい、こんな商売をしてたら、飯を食べる時間があるだけでありがたいと思わなくちゃ。さて、どうしますか？　冷房の効いた店でアイスコーヒーでもいいけど……コーヒーはあまり好きじゃないんでしたっけ」

「それもあるけど、少し歩こうか」

「鳴沢さんと散歩ねえ」長瀬が眉を上げげた。「あまり楽しそうじゃないし、散歩するような陽気でもないけど、ま、いいか。日比谷《ひびや》公園にでも行きますか？」

「それでいい」

肩を並べたまま、私たちは無言で日比谷公園を目指した。長瀬は上着を肩に引っかけ、ネクタイも緩めている。いつもの洒落《しゃれ》た雰囲気ではない。よく見ると、脂の浮いた顔にはやはり疲れが張りついていた。新聞社の泊まり勤務は完全徹夜なのだろうか。

途中、コンビニエンスストアを見つけると、何も言わずにすっと入って行く。何となく入り損ねて待っていると、彼はすぐに戻って来た。下手投げで、私にミネラルウォーターのボトルを放って寄越す。顔の前でキャッチすると、にやりと笑って自分用の缶コーヒーを振って見せた。

「鳴沢さんには水の方がいいんじゃないかと思って」

「ああ」缶コーヒーは、少し苦味のある砂糖水に過ぎない。彼の手中にあるそれに憎しみの視線を注いでやったが、気づく様子もなかった。

日比谷公園には、大通りからの騒音が遠慮なく入りこんでくる。しかし長瀬はそんなことは気にならない様子で、木陰になっているベンチを選んで腰かけた。上着を畳んで膝の上に乗せ、缶コーヒーを額に押し当ててじっと目を閉じる。やがて缶を額から離すと、小さく溜息をついてこめかみを揉んだ。上着を広げてポケットを探ると、何か薬を取り出して飲み下す。拳で二度、額を叩いて言い訳をした。

「頭痛持ちなんですよ」

「しかも泊まり明けで」

「泊まり明けだと、だいたい頭痛になりますね。それでほとんど一日中、役に立たない。でも、そういうのももう終わりじゃないかな」

「異動？」

「いや、会社を辞めようと思って」

さりげない一言がちくりと胸に刺さる。「どうして」という直接的な疑問を呑みこみ、軽い調子で質問を続けた。

「疲れ果てましたか」

「そういうわけじゃないけど」長く細い脚を投げ出し、頭上に広がる枝を眺める。視線を地面に戻して訂正した。「そうかもしれないな。鳴沢さんの前で格好つけても仕方ないですよね」

「記者の仕事は疲れるでしょうね」

「それはどんな仕事でも同じだと思うけど。鳴沢さんだって疲れるだろうし、市役所だって証券会社だってＩＴ系だって、それは変わらない。働くことは疲れるんですよ。人間はそもそも、働くようにできてないのかもしれないな。みんなどこかで無理してる」

「じゃあ、そういう無理な世界から抜け出して楽隠居ですか」

「隠居できるほどの金はないですけどね」

「また小説を書けばいいでしょう。あんたの小説を心待ちにしているファンも多いんじゃないですか」

「どうだろう。あれはね……もう、何年も前の話だから」缶に張りつく露《つゆ》で濡れた指先を、腿《もも》に擦りつける。ほとんど白に近いコットンのパンツにすっと黒い染みがついた。

「書いてない作家は、すぐに忘れられるんですよ。それに俺は、それほど書くことにこだわりがあるわけじゃない」

「小説じゃなくて新聞記事ならいいわけですか」

「新聞記事は基本的に一日で消えるから、その分気が楽なんですよ。小説はずっと残るから。本屋の棚に並んでるところを想像するだけで、結構なプレッシャーになりますよね。まあ、たまたま書いた小説が賞を取って、そこそこ売れただけの話で……どうでもいいんです。あの時はあの小説を書くことが大事だったけど、もう終わった話だ」

「俺には小説を書く人の気持ちは分からないけど……」

「千人いれば千通りの理由があるでしょうね」長瀬が涼しげな声で私の台詞を遮った。

「金儲《かねもう》けしたい人、自分が書いたものを他人に読んでもらいたい人。純粋に書く行為が好きな人もいるでしょう。書かないと死んでしまう、なんて大袈裟に言う人もいるぐらいだから。そういう人にとって、書くことは、呼吸したり水を飲んだりするのと同じことなんでしょうね」

「あんたはどうなんですか」

「俺？」長瀬が形のいい鼻を指差した。「さあ、治療かな」

「治療しなくちゃいけないようなことでもあったんですか」

「鳴沢さん、あなたは回りくどい人じゃないと思ってたけどな」彼が体の向きを少し変え、私の顔を見た。「のらりくらりでノーコメントの時はあるけど、話す時は一気に話しますよね。どんな複雑な話でも、箇条書きで十行にまとめるタイプだ。しかも今日は、俺に聴くことがあってここまで来たんでしょう？　面倒くさいことはやめましょうよ。うちの実家に行ったんですよね」

「ああ」

「だったら話は早い」

「有里さん。大崎有里さんについて、あんたは何を教えてくれますか」

「ノーコメント」

「それでは駄目だ」と言う代わりに首を振ってやった。私に合わせるように長瀬も首を振る。

「それじゃ答えにならない」

「プライベートな問題を話す気はないですね」声のトーンが下がり、素っ気無いバリアで覆われた。「何のつもりか知らないけど、俺の私生活を調べることに意味があるとは思えないな。警察もそんなに暇じゃないでしょう」

「有里さんは養子だったそうだけど」

「へえ」缶コーヒーを開けて一口飲んだ。

「知らなかった？」

「聞いたことはあるかもしれないけど、記憶にないですね。そんなこと、俺には関係ないし」

「あんたの母親は自殺したんですか」

冷たく暗い間が空いた。缶を握り締める長瀬の手が強張る。最悪のタイミングで、ズボンのポケットに入れた私の携帯電話が震え出した。慌てて立ち上がり、目線を長瀬に送ってから電話に出る。このタイミングで逃げることもできるはずなのに、彼は脚の間の地面を見詰めるだけだった。

「すまん、今大丈夫か」藤田だった。

「ああ」もう一度長瀬を見やる。前屈みになったまま凍りついていた。手首から先だけが動き、缶コーヒーを揺らしている。自分の質問が与えた衝撃を実感した。

「大崎有里の戸籍を調べたんだが」

「ああ」

「確かに養子だった。非嫡出子だな。実の母親の名前はあるけど、父親の名前はない。母親の名前は植山《うえやま》清子。植物の植に山、名前の方はサンズイに青だ。読みはキヨコかな。あるいはセイコ」

「そうか」

　頭の隅で響く声があった。『烈火』はやはり深く、私の頭に染みついていたのだ。何かのきっかけがあれば、一つ一つの言葉が蘇《よみがえ》る。電話を切り、ベンチに腰を下ろした。先ほどよりも少し距離を置いて。

「あんたのお母さんは亡くなったんでしたね」

「そんなこと、話しましたっけ」長瀬が地面に視線を落とした。

「どんな人だったんですか」

「どうかな。あまり記憶がないんですよ。俺が五歳の時に亡くなったんで……でも、叱られた記憶はまったくないな。何だか春の陽だまりみたいな人でしたよ。暖かくて、優しくてね。でも、時々寂しそうに溜息をついてたのを覚えてる。そういう時は、話しかけられなかったな。優しいんだけど、俺との間には膜が一枚あるみたいな……それに気づかなくて、話しかけた時に凄く悲しい顔をされたことがある」

「名前は？」

「それを言う義務はないでしょう」想い出話を語る温かみのある口調が、一転して硬くなった。

「清子。サンズイに青と書いてセイコ、そうでしたよね」

そう、『烈火』の中で、母親の名前にはそのルビが打ってあった。その他は全く別の名前なのに、母親だけ実名、あるいは同じ字を使うのは不自然ではないか。いや、彼女はもう死んでいた。プライバシーを守る必要もないし、実名を出すことで逆に悼《いた》もうという気持ちがあったのかもしれない。しかし、その可能性は……厳しく追いこめば、この場で喋らせることはできるかもしれないが、そうすれば私と彼の関係は即座に終わりになるだろう。少し前なら、新聞記者に知り合いなどいても意味がないと思っていたが、今はそう言い切れない。偶然でも必然でも、係わってしまった人たちを排除しようという気持ちは、既に消えていた。

私は一人で生きているわけではない。一度でも触れてしまった人は、人生の一部になるのだ。

「だとしたら?」

「あんたの『烈火』は実話じゃないんですか」

「あれは小説ですよ」長瀬が深い溜息を吐く。缶コーヒーを一口飲むと、喉仏《のどぼとけ》が小さく上下した。「あくまで小説」

「実在のモデルがいる小説もある」

「だったら何なんですか」

「大崎有里さんは、あなたの姉ということになるんじゃないかな」

「何ですか、その馬鹿馬鹿しい話は」鼻で笑ったが、それが精一杯の抵抗のようだった。

「人間関係が複雑過ぎますね。いや、安っぽいというべきかな。そんなストーリーで小説を書いたら、誰も読んでくれない」

「俺が扱ってるのは小説じゃない」

「鳴沢さん、想像と現実がごちゃごちゃになってるんじゃないんですか。らしくないな。下らない想像をするような人じゃないと思ってたけど」

「俺は、あんたが考えているような人間じゃないんですよ、たぶん」

「そうかな」

空白。短い沈黙の間に、長瀬は締めの台詞を纏《まと》め上げていた。

「とにかく、特にお話しすることはありません」あまり上手くはなかった。もちろん、私にダメージを与えるまではいかない。「それより、俺の家族には会ったんですよね」

「ああ」

「どうでした」急に勢いこんで訊ねる。「親父はどんな人間だと思いました？　ジイサンはどんな感じでしたか」

「個人的な感想は言わないようにしてる」

「じゃあ、俺が代わりに言いましょうか」すっと息を吸いこみ、体を捻って私の顔をまじまじと見詰める。「ジイサンはクソッタレの俗物だ。昔から政治にしか興味がなかった。革新系とは言っても、結局は権力が大好きなんですよ。大昔に記者をやってたこともあるけど、それも政治の世界に入るためのステップだったんじゃないかな。でも、都議止まり。情けない話ですよね。で、自分の夢を息子に託そうとした。政治の世界に引き入れて、国会に送りこもうってね。でも親父は、あなたも見たと思うけどあの体たらくです。やる気ゼロ。生きてるのか死んでるのか分からない。うちの会社にいるのは知ってるでしょう？　仕事なんか何もない資料部で、定年がくる日を指折り数えて待ってるんですよ。定年になってもやることなんかないんだけど。会社で時々見かけるけど、反射的に目を逸らしますね。あの人はとっくに死んでるんだ」

「死んでるとしたら、命日は奥さんが自殺した日ですか」

細く口を開けたまま、長瀬が沈黙した。その口がゆっくりと閉じる。

「これぐらいでいいですか」わざとらしく膝を叩いて立ち上がる。背中を海老《えび》反《ぞ》りにしてコーヒーを一気に飲み干すと、静かな表情で缶をきつく握る。その手が白くなった。私の手の中にあるミネラルウォーターは、すっかり温《ぬる》くなっていた。

空を半分ほど覆い尽くす枝が、地面に大きな影を作る。射しこむ夏の日差しが白い染みに変わっていたが、それはあまりにも小さく頼りないものに見えた。


「認めなかったよ」

「ああ？」藤田の非難が私の耳に突き刺さった。「突っこみが甘いんじゃないか」

「攻め切るだけの材料がない」私はまだ日比谷公園の木陰に座り、自分の言い訳にうんざりしていた。「俺たちが摑んでる材料は少ない。大崎有里が、畠山と橋のところで揉めていたらしいこと。その直後にずぶ濡れの状態でタクシーを拾って高尾で下りたこと。それからしばらくして、父親が飛び降り自殺を図ったこと。今はっきりしているのはこれだけだ。背後関係では、有里は養子で母親が植山清子ということ、これだけだぜ」

のだから。

「植山、か」そもそも長瀬ではないわけだ。単純に考えれば、長瀬と結婚する前に産んだ子ということになる。いや、それは私の想像に過ぎない。誰かが認めたわけではないのだから。

「植山清子。何者かね」吐息のように藤田が言った。

「長瀬の母親」

「何だと?」藤田の声が凍りついた。顎ががくんと落ちる様が目に浮かぶ。私が事情を話すと、その緊張は次第に解れた。「確定したのか?」

「あくまで俺の想像だ。でも、長瀬の態度を見るとな……」感情をぶちまけた否定が、かえって真実を告げていたように思える。「長瀬の母親は、二十五年前に自殺した可能性が高い。畠山が死んだのと同じ場所で、川に飛びこんで。『烈火』の冒頭、そういう話になってるだろう」

「ああ、確かにそうだな。そこは詰められるんじゃないか? 長瀬が認めなくても、何とでもなる。署に記録は……ないか」

「ないだろうな、四半世紀前で、事件性がないんだったら、書類なんか取っておかないだろう」

「そうだな」

「だけど、聞き込みで何か分かると思うぜ。そもそも自殺の一件だって、あのバアサンの話がきっかけで分かったわけだし。あの辺の古い人に聴けば何か分かるんじゃないかな。まずはバアサンをもう一度攻めてみるか。でも、重大なことが抜けてる感じがする」

「感じじゃなくて、実際に抜けてるんだ」指摘した。「有里はどうして畠山を殺したのか。有里と長瀬は本当に兄弟なのか」

「いやはや、人間関係が複雑だな。それを言えばさ、近所の家に養子に出したってのが変じゃないか？　たぶん、父親がいないで産んだんだろうから、何か事情があるんだろう。複雑な事情が、さ。普通は、ややこしい事情があったら、できるだけ遠くへ養子にやるもんじゃないかね。それが近所ってのは理解できないな……それより、そもそも清子はいつ有里を産んだんだ？　当然、長瀬の親父と結婚する前だよな」

「そういうことになるのかな」あるいは結婚してから授かった不義の子だったのか。不義の子――古めかしい言い方に、自分でも顔が歪むのが分かった。

「何も分からないで、糸がもつれるばかりじゃないか」藤田が不満そうに言った。

「仕方ないよ。とりあえず、そっちに戻るから」

「高尾の方、手伝ってくれるな」

「そうだな」

「不満そうじゃねえか」

「不満じゃないけど、まだやってみたいことがあるんだ」

「そうくると思ったよ」藤田が盛大な溜息を漏らす。「じゃあ、手が空いたら連絡してくれ。人手はいくらあってもいいし、この暑い中、聞き込みしてるとばてるよ」

「悪いな」

「これも給料のうちってね。とにかく、また電話してくれ」

「了解」

電話を切ってベンチから立ち上がる。腕時計を覗くと、十時四十五分だった。昼までには八王子に戻れるだろう。それから動いて……高尾での聞き込みに合流するのは、午後も半ばになりそうだ。

日比谷通りに出る。ちょうど信号が青に変わった。歩道の一番前から一歩を踏み出そうとした瞬間、一台の車が強引に横断歩道のところまで走ってきて停まった。後続の車がクラクションを浴びせかける。慌てて飛びのくと、後部座席の窓が下りた。

「乗らんかね、鳴沢さん」権藤《ごんどう》だった。車はいつもと同じセルシオ――ではなくレクサスだったが、運転しているのは当然別の人間だろう。

「何か用ですか」

「ちょっと話がしたい」

「話があるなら、署の方に来てもらいますよ。そちらで伺いましょう」

「話があるのはこっちの方なんだ」権藤のこめかみが引き攣《つ》り、満月のように丸い顔が紅潮した。「乗ってくれ。他の車の邪魔になる」

　断る理由は？　ない。こちらでも、権藤に聴きたいことはあるのだ。信号が変わる直前、ドアに手をかける。権藤が巨大な尻を運転席の後ろに持っていったので、空いたスペースに腰を下ろす。車はすぐに走り出したが、その瞬間、今日は助手席にも人が乗っているのに気づいた。シートからわずかに体がはみ出しているだけだが、女性だった。誰だろう？　権藤は秘書でも連れてきたのか。

「俺を尾行してたんですか」

「そんなこと、するわけないだろう。刑事さんを尾行するなんて話、聞いたことがない」喉の奥でくぐもった笑い声を上げたが、私にまとわりついた不快感は消えなかった。自分の動きが、この男に筒抜けになっているのは間違いない。

「だったら、たまたまここで私を見かけて声をかけたわけですね？　まったくの偶然というわけだ」

権藤の笑いが引っこんだ。太い腕を伸ばしてアームレストの蓋を跳ね上げ、空調のスイッチをいじる。後部座席に流れこむ風が少し冷たくなった。

「それで、話っていうのは何ですか」

「あんたはまだ、畠山先生のことを調べてるそうですね」

「私一人じゃない。私の背後にはたくさんの刑事がいますよ」

権藤の太い喉仏が大きく上下した。両手を組み合わせると、きつく絞り上げる。目の端が痙攣《けいれん》するように細かく震えている。

「忠告したはずなんだけどね。この辺で収めてもらうわけにはいかないだろうか」

「無理です」できるだけ素っ気ない声で答える。「もう、私一人の判断でやめられる状態じゃないですからね。署長を買収してみたらどうですか。よくご存知のようだから」

「買収、ね。そんなことをするわけがないでしょう」

「だったら、今までどうやって西八王子署の連中をコントロールしてきたんですか」

「コントロール？　滅相もない」おどけた口調だったが、権藤の表情はまったく緩んでいなかった。太い二重顎は、怒りと緊張で強張っている。

「用件がそれだけなら、ここで降ろして下さい。あなたは完全に無駄なことをしてるんですよ。わざわざ都心まで出てきて、結果が分かってるお願いをしてるんですから……

それより、大崎さんはどうして自殺しようとしたんですか」

「大崎は自殺などしない」

「どうしてそう言えるんですか。どんな人間でも自殺する恐れはありますよ」

「あの男に限ってそれはない」

「大崎さんを止めたのは私です。彼が中央道へ飛び降りようとしたのは、幻だとでも言うんですか」

権藤が唇を噛んだ。右手の人差し指で、左手の甲を苛立たしげに叩く。

「大崎は死ななかった。それでいいじゃないか」

「大崎さんにはまた話を聴くことになりますよ」

「どうして」

有里のことを話すべきか？　まだ腹の底に呑みこんだままでいることにした。余計なことを喋ると、この男を中心にどんどん話が広がってしまう。

ふと、太腿《ふともも》にかすかな違和感を感じた。見下ろすと封筒が載っている。権藤が手を引っこめるところだった。慌ててその手を摑まえ、封筒を左手で拾い上げる。

「何ですか、これは」分厚い札束の感覚を指先に感じながら、封筒を振った。権藤が真顔で私を見やる。

「どうか、ここまでにしてくれ」

「俺に賄賂《わいろ》は効きませんよ。太陽が西から昇る可能性の方が高いな」

「そう堅いことを言わんでくれ。これは私からのささやかな贈り物だ」

「こんな金を使う余裕があるんなら、どこかへ寄付でもしたらどうですか。領収書をもらっておけば、税金対策にもなりますよ」強引に、封筒を権藤の胸に押しつけた。口を下にして。金が零《こぼ》れそうになり、権藤が慌てて封筒を押さえる。

「後悔するぞ」

「あなたこそ、こういうことを考えたのを後悔するでしょうね。もう一度人生を勉強し直した方がいいですよ。これがあなたのやり方かもしれないけど、根本的に間違ってるんです。いつか、大きく躓《つまず》くでしょうね。そのお年になって躓くと、後がきつい。それより、一つ聴いていいですか」

「何だね」

「どうしてそこまで畠山さんを……隠したいんですか」

「スキャンダルはいいことじゃない」

「これはスキャンダルなんですか」

「いいかい」権藤が私の方に身を乗り出す。「畠山さんは、地元に大きなプロジェクトを持ってくるはずだったんだ。亡くなったからといって、それを頓挫させたくない」

利権屋。誰かがそう言っていたのを思い出す。結局畠山も、地元への利益誘導を行っていたわけか。

「地元利権ですか」

「そういう言い方をして欲しくないな。八王子は今、不景気で大変なんだ。雇用創出のためには新しい仕事が必要なんだよ」

「それは何なんですか」

「コールセンター」

「ああ」都心ではなく田舎にコールセンターを作るのは、今や常識になっている。企業にとっては人件費を安く抑えられるし、地元自治体も新しい雇用を確保できる。「その会社がNJテックなんですか」

「いや……とにかく、スキャンダルはご法度なんだ。計画は粛々と進めていかねばならん」

あまりにも神経質過ぎるのではないだろうか。企業誘致に動いていた代議士が死んだからといって、計画自体が頓挫するとは思えない。仮にそれが殺しであっても。

「私はもう、自分では何も望まない」権藤が深く溜息をついた。「誘致の件もそうだが、人を不幸にしたくないだけだ。あんたがこれ以上探っていくと、必ず不幸になる人間が出る」

「そうかもしれません。でも、そうなったらそうなった時に考えればいい。こっちは、結果を気にしながら仕事をすることはないんです」

「そんなに頭が堅いと、生きにくいだろうな」

「慣れです。やっていくうちに慣れるんですよ。あなたが、金で物事を解決することに慣れているようにね……ところで、今日は応援がいるようですね」助手席の背中を睨みつけた。

「畠山さんの奥さん」権藤が声を潜めた。理子《さとこ》。一度見ただけだが、そのはかなげな気配はしっかり脳裏に焼きついている。

「援軍がいないと、私と話もできないんですか」

「おい、ふざけるな――」

「これで失礼しますよ」

赤信号で車が停まった。ドアに手をかけ、一気に開ける。車の脇をすり抜けるように横断歩道を渡ろうとしていた男がびっくりして立ち止まったが、私はそれを無視してアスファルトの上に下り立った。

助手席の窓がすっと下りる。理子が私をじっと見て、軽く頭を下げた。こちらも目礼で応じる。理子は血管が透けて見えるのではないかと思えるほど色白な女性で、化粧は一切していないようだった。はらりと額にかかった髪を指で上げ、「どうか放っておいて下さい」と声を絞り出す。

「それはできません」

「どうしてですか」

「それが私の仕事だから」

「傷つく人がいるんです——私たち、残された家族をこれ以上傷つけないで下さい」

「それとこれとは別問題です」

まだ何か言いたそうに、理子が口を開きかける。だが、後続の車からクラクションを鳴らされ、車は発進せざるを得なくなった。窓がさらに大きく下り、理子が上半身を外へ乗り出して、私に視線を浴びせかけてくる。懇願するようなその目つきは、私の脳裏に深く突き刺さった。

4

都心部を連れ回された後で車から降りたのは、まったく馴染みのない竹橋《たけばし》だった。新宿に出る前に地下鉄を乗り換えなければならず、京王八王子駅に着いたのは昼の十二時過ぎ。かすかな空腹を覚えたが、一度署に顔を出して覆面パトカーを借り出し、そのまま現場の北浅川《きたあさかわ》に向かうことにした。本当なら新井に何か報告すべきなのだが、今の段階ではまだ全てが曖昧である。

橋を渡り、城所《きどころ》の家に向かう。ノックの音に返事はなかった。恒例の散歩には少し早い時刻だったが、念のため橋に戻ってみると、ちょうど向こう側から渡って来る城所の姿が目に入った。橋の途中では車を停められないので、手前で待つ。城所は這《は》うようなスピードでこちらに向かってきた。まるで暑さをじっくり味わうかのように。渡り終えると腰を伸ばし、ちらりと腕時計に視線を落としてから帽子を取って額の汗を拭う。その瞬間、私に気づいた。穏やかな笑みを浮かべて近づいて来たので、車を降りて彼を出迎える。

「家までお伺いしたんですが」

「ああ、それは申し訳ない」

「今日は、散歩には早いですよね」

「天気予報がね」私の顔を見たまま、城所が空を指差す。「午後から雨らしいですよ。だから早目に出かけたんです」

確かに、空の青い部分はほとんど見えなくなっていた。分厚く白い雲が覆い、ところどころでは黒い雷雲になっている。陽射しは翳《かげ》り、川を吹き渡る風も心なしかひんやりしていた。

「で、私に何のご用ですか」

「家までお送りしましょう。そこでお話しさせて下さい」

「それは構いませんけど……」値踏みするように私の顔を眺め回した。

「家がまずいんだったら、少しドライブしながら話してもいい」

「じゃあ、そうしましょうか。車の方が冷房が効いていて気持ちいいでしょう」

言われて、彼の家では冷房の恩恵に浴したことがなかったのを思い出す。助手席に腰を下ろすと、城所が物珍しそうに車内を見回した。

「これがパトカーね。生まれて初めて乗りましたよ」

「大抵の人は、一生乗ることがないでしょうね」

「いい経験をさせてもらいました」にやりと笑い、窓を細く開ける。流れこんだ熱気がエアコンの冷気を押し出したが、外がさほど暑くないので、自然の風の方が快適だった。

「で、何でしょうか」

「長瀬さんをご存知ですか。長瀬勝也さん」

「ああ、もちろん」口調が少しだけ軽くなる。訳の分からない話ではないので安心したのだろう。「私らの世代にとっては希望の星だったから」

「政治家として」

「政治家として」鸚鵡《おうむ》返しに答えて、シートベルトに手を伸ばす。「優秀な人ですよ。新聞記者をやってたから視野も広かった。私らは、間違いなく将来の代議士と見てたんですけどね」

「最後は都議会議員でしたよね」

「まことに残念ながら。党の上の連中が間抜けだったんですよ」忌々しげに吐き捨てる。

「長いこと、都連が実質的に分裂していた時期がありましてね。長瀬さんの選挙がきっかけと言えばきっかけだったんですが。長瀬さんが総選挙で立つ、それを前提に動いている時期に、副会長の一派が別の候補者を擁立しようとしたんです。要するに、会長派と副会長派の勢力争いですよ。党本部も裁定に入るぐらい揉めたんだけど、どちらも引かなかった。会長の一派と副会長の一派が、それぞれ自分たちの推す候補が正統だと主張して、収拾がつかなくなってしまいました。結局、党本部は公認を出さないことに決めた。どっちが推す候補を公認しても後腐れが残るから、勝手にやってくれってわけですよ。それも無責任な話ですけどねえ」

「その揉め事があった時、長瀬さんはどうしてたんですか」

「結局、自分から身を引きました」爪をいじりながら城所が答える。「そういう状況で無理矢理出馬しても、都連を二分した戦いになるのは目に見えてる。だったらいっそ自分が引っこんだ方がましだと考えたんでしょうね。そのことを、支援者の集会で報告したんだけど……」

　突然、城所が目頭を押さえた。

「その集会にはあなたもいたんですね」

「どうして分かりました？」

「その場の空気を直《じか》に吸ってないと、何十年も経ってから泣くことはできませんよ」

「ご名答です」人差し指の先を使って、目尻に溜まった涙を拭き取る。「結局、副会長派が立てた候補者が無所属のまま選挙に出たんだけど、見事に落ちました。党史上に残る惨敗でしたよ。とにかくそれ以来、長瀬さんは国政の場に出るのを諦めた」

「まだチャンスはあったはずですよね？　その時、長瀬さんは何歳ぐらいだったんですか」

「五十に手が届くかってぐらいかな」

「だったら、まだ若い」

「そう。だけど、この騒動の後遺症が残ることを見越してたんでしょうね。自分が候補者に立てば、また争いになる、それが分かっていたんだと思いますよ。実際、そういうことを口にしたこともありました。東京全体を見れば革新はそれなりに強かったけど、八王子のような田舎は保守王国だからね。分裂したままじゃ、選挙では絶対に勝てません。その後長瀬さんは、都連の組織修復に心血を注いだんです。そうこうしてるうちに、代議士連中でも頭が上がらないような大物になったんですけどね」

「でも、自分では国政選挙に立たなかった。その夢を、息子さんに託そうとしたんですよね」

「そう」城所が私をちらりと見た。こんなことを聴いて何になるんだ、と言いたげだったが、一度転がり始めた昔話を自分でも止められないようだった。「地ならしをしてたんだと思いますよ。そういうことをするのは、保守系の連中だけじゃない。田舎では、革新でもいい血筋が求められます。息子さんは長瀬さんと同じように新聞社に入って、政治家としても後を継ぐ。みんなそう思ってたんですけどねえ」

「でも、息子さんは選挙に出なかった。何故ですか。地ならしが上手くいかなかったんですか」

「まあ、それは……」急に口ごもり、城所が口元を掌で拭った。「古い話だから。よく覚えてないな」

「あなたは、それよりも古い話をよく覚えている。ずっと新しい出来事を忘れるわけがないでしょう」

「年を取ると、昔のことの方をよく思い出すものなんですよ」

惚《とぼ》けたが、追及の手を緩めるわけにはいかなかった。

「城所さん、今回の畠山さんの一件には、昔の事情が複雑に絡んでいるようです。前へ進もうとすると、後ろから引っ張られる。でも私は、そんなことでは諦めない。何があったのかを必ず探り出します。そのためには、あなたの協力がぜひとも必要なんだ。あなたの記憶力を私に貸して下さい」

唇をすぼめ、城所がフロントガラスを睨む。夏の雨の最初の一滴がガラスを叩いた。衝撃で潰れた雨滴が花のように広がる。二滴、三滴……すぐにフロントガラス全体が白く染まった。ワイパーを動かして視界を確保しながら、城所の言葉を待つ。なかなか口を開かないので、こちらで誘い水を出した。

「息子さんは今も東日新聞に勤めてますよね。もうすぐ定年だと聞いています」

「そこまで分かってるなら、私に聴くことなんてないじゃないですか」

「いや、穴だらけなんですよ」私の推理はまだ、綺麗な絵にならない。おぞましい構図が成立しそうなのは想像できたが、まだ抜けているパーツが多過ぎるのだ。「長瀬さんは、息子を政治家にしたかった」

「そうね、選挙はタイミングです。後援会の力、使える金の額、それに何よりも大義。そういうものがばちっと揃《そろ》わないと駄目なんですよ」

「あの家は、タイミングを逸したんですね。どうしてですか」

「タイミングは複雑な歯車です」城所が二度、三度と両手を組み変えた。皺だらけの指先が絡み合うパターンが複雑に変わる。「一つ欠けても上手くいかない。まして、いくつも歯車が欠けるようなことがあると、あっという間に止まってしまいます」

「その歯車は何だったんですか」

「意思」

「長瀬さんの息子さん……善さんの意思ですね」

無言で城所がうなずいた。歯を食いしばっているようで、顎の辺りに力が入るのが分かる。

「私が聞いている限り、選挙に出るようなタイプじゃないようですが」

「簡単に言えば、そういうことになるでしょうね。政治家なんていうのは、みんな神輿《みこし》に乗る人です。言葉は悪いけど、お飾りですよね。だから、やる気満々の態度を見せてくれればそれでいい。そうすれば、周りが盛り立ててやるものなんです。でも本人が『やめた』と言って下りたら、もうどうしようもないでしょう」

「元々、そういう野心がない人だったんですか」

「そんなこともないけど。そういう話が具体的になってきたのは、善さんが三十歳頃のことでした」

善は確か、一九五〇年生まれである。ということは、七〇年代の後半から八〇年代の初めにかけての出来事か。

「立候補できる年齢になってすぐに、そういう話になったんですね」

「若い方がいい、ということだったんでしょうね。善さんは東日を辞めて、選挙準備を始めようという話になっていたんです」

「そこまで具体的だったんですか」

「そう」

「だったらどうして？」

「本人が出ないと言ったんだから、仕方ないでしょう。誰も翻意させることができなかった……支援者も、父親も」

「ちょっと待って下さい。善さん本人は、一時はその気になっていたんですね？　それがどうして急に？」

「鳴沢さん」城所が助手席の中で身を捩り、私に顔を向けた。「あなた、仕事は大事ですか。自分の仕事に誇りを持っていますか」

「もちろん」

「何があっても仕事を選びますか。どんなことよりも仕事が大事ですか。例えば家族と引き換えになっても？」

沈黙せざるを得なかった。数年前の私なら、即座に首肯《しゅこう》していただろう。大きな声で「イエス」と答えていただろう。今はそれができない。仕事を放り出す可能性は幾らでもある。特に、自分の愛する人間が絡んだことであれば。

「すぐにはイエスと言えないでしょうね。それが、人間として正しい反応だと思いますよ」私の沈黙に満足したように城所が言った。「私だってそうです。仕事よりも大事なことは、幾らでもありますからね」

「つまり、善さんにも仕事より大事なことがあったんですね」

「誰にでもあります。例外はありません」

「その頃、善さんの奥さんが自殺したんじゃないですか」城所の顔を見やる。瞬時に血の気が引き、唇が震え出した。溢《あふ》れ出る言葉を抑えるつもりなのか、うつむいて自分の膝に視線を落とす。質問を続けることに罪悪感を覚えるような状況だったが、ここが一番肝心なところだ。一段言葉を強くして続ける。「善さんの奥さんは、自殺したんですね」

「鳴沢さん、私の口からそれを言うのは辛い。言う権利もないと思う。申し訳ない」その言葉を肯定と受け取った。はっきりイエスと言わせたいが、この場ではそれ以上は無理だろう。

「奥さんを亡くしたら、選挙に出る気がなくなってもおかしくないでしょうね。善さんは会社でずっと閑職にいるようですけど、要するに、いろいろなことに対してやる気をなくしたんじゃないですか」

「そうだとしても、それをとやかく言うことはできませんよ」自分に言い聞かせるように城所が言った。「私だって同じだな。古女房だけど、先に逝ったら生きる気力もなくなるかもしれない。もっとも、そうは考えない人間もいるようですけどね」

「勝也さんとか」城所が素早くうなずいたように見えたので続ける。「だらしない、覇気がないと思うのも、人間としては自然な心の動きでしょう。野心が強い人ほど、いろいろなことを犠牲にするのを厭《いと》わない。家族に不幸があっても、それを乗り越えていくべきだと考えたんじゃないですか」

「残酷な話です」城所が認めた。「親が子に望むもの。子が望むもの。それがちょっと食い違っただけで、大きな差になって現れるんですね」

穴は埋まってきた。だが私は、長瀬家の歴史をノートに書きこんでいるだけで、肝心の畠山の事件につながる材料はまだ見つかっていない。

「長瀬さんの隣に住んでいる大崎さんのことですが」

「ええ」

「ご存知ですか?」

「まあ、何となく」

「大崎さんの娘さんは、亡くなった善さんの奥さんの子ですね? 母親の名前は旧姓植山清子で、大崎さんのところに養子に出している。違いますか」

「ノーコメント」

「書類で確認できているんです」

「ノーコメントでお願いします」城所の声が引き攣った。

「その件は、自殺と何か関係があるんですか」

「本当に、申し訳ない」膝につくぐらい深く、城所が頭を下げた。「私の口からはこれ以上、何も話せません。思い出すだけでも辛いことです。まして話すとなると……それに私は当事者ではないんですよ。無責任に喋るわけにはいかない」

「城所さん、これがもしも事件につながることだったら、私以外の人間があなたに話を聴くことになります。私はあなたとはちょっとした顔見知りだ。いろいろなことを教えてもらいましたから、敬意も払います。でも、他の刑事はそうじゃない。あなたに不快な思いをさせるかもしれません」

　脅しが効いたのか、城所の喉仏が大きく上下した。こんな台詞を吐いたことを後悔したが、搾《しぼ》り出せる時に搾り出しておかないと、人は口を閉ざすタイミングを見つけて、そこに逃げこんでしまうものである。私の脅しをきっかけに、城所は情報の弁を完全に閉じた。栓を吹き飛ばしそうなほど内部の圧力が高まるかもしれないが、それでも今後は口を開かないだろう。

「私は、あなたに協力したくないわけじゃないんですよ」言い訳ではなく、淡々と自分の心中を説明する口調だった。「警察に敵意を持っているわけでもないし、あなたのことは好きです。でも、私の気持ちの問題として、これ以上喋るのは辛い。勘弁して欲しいんです……でも、一つだけヒントを差し上げましょう」

「ええ」

「植山清子さん……旧姓ですね。調べて下さい」

「彼女のことを、ですか」

「彼女の家です。植山家。あなたはこの街に来られて間がないからご存知ないかもしれないけど、八王子の人間なら誰でも知っている名前ですよ」

「その家が――」

「もう一つあります。選挙に必要なのは何ですか。以前、同じような話をしましたよね」

「地盤、鞄、看板」

「ご名答です。長瀬さんには、看板はありました。それまでの実績に伴う評価と名声ということですね。これは文句なかった。問題は残りの二つです。地盤はそこそこ強いけど、完全じゃない。選挙に勝つためには、保守系の人たちの地盤にも食いこまないといけませんからね。それと鞄――金をどうするか。この二つの弱点を強化するにはどうしたらいいと思いますか？」

「私はただの刑事ですよ。選挙のことは分かりません」

「残念ながら時間切れですね。私の家の前です」

知らぬ間にここへ来てしまったのだ。家を行き過ぎてからブレーキを踏みこみ、シフトレバーを「P」に押しこむ。城所はドアに手をかけたが、外を向いたまま、なおも話し続けた。

「あなたなら調べられるでしょう」

「ええ。調べますよ」

「でも、これだけは覚えておいて欲しい。私は調べて欲しくないんです。全てが明るみに出れば、今でも傷つく人がいますからね」

何故だ？　権藤も同じようなことを言っていた。政界においてはライバルでも、もっと深い部分で何かつながりがあるとでもいうのだろうか。

「畠山さんが動いていたコールセンター誘致と何か関係があるんですか」

「スキャンダルは嫌われますけど……直接は関係ないでしょう」

「私は、誰かを傷つけるつもりはありません」少なくとも意図的には。「事件に関係ない限り、知ったことを他人に漏らすようなこともしません」

「それを信じましょう。あなたは約束を守れる人だ」

城所の言葉が足枷《あしかせ》になるかもしれないことは分かっていた。だが、重い足枷を引きずってでも前に進まなければならない時もある。今まで何度もそうやってきた。往々にして、目を覆いたくなるような結果になったことも、よく覚えている。

植山姓。署に戻って電話帳を引っ張った。「誰でも知っている」と城所は言っていたが、少なくとも私の頭の中で「植山」と「八王子」の名前が結びつくことはなかった。電話帳を閉じ、インターネットで、思いつく限りのキーワードで当たってみたが、これはというものは見つからない。

「鳴沢、高尾に行ってくれよ」痺《しび》れを切らしたように新井が言った。「向こうは人手が足りないんだ」

「分かってます」

「分かってるなら、さ」

「関係者を割り出せそうなんです。大崎有里につながる人間が見つかれば、彼女の居所を捜すのに役立つでしょう」

「現場で脚を使った方が早いんじゃないか。そいつが刑事の基本だよ」

「基本を曲げなくちゃいけない時もありますよ」

「いい加減にしろよ」テーブルの上に身を乗り出し、私を睨みつけた。「規律は守ってくれ。そうじゃないと、俺がここにいる意味がなくなる」

「まだ捜査本部になったわけじゃないでしょう」一課の応援を得て、所轄の刑事課は全員がこの捜査に参加している。態勢的にはほとんど捜査本部並みだ。しかし看板もかかっていないし、予算もついていない。有里が見つかった時だろう。その後で自供が得られれば、捜査本部事件が一件解決したことになる。そうやって解決率は上がるのだ。とりあえず統計上は。

「実質、捜査本部みたいなものだ」

「あと一日下さい」人差し指を立ててみせる。一日で何ができるかは分からなかったが、もう少しだけ時間が欲しかった。「ある程度はっきりしたところで必ず報告します」

「今分かってることを話せよ」

「お話しできるほどの材料はありません」

「頼むよ、鳴沢」新井が鉛筆の尻でテーブルを叩いた。「お前が一課長に目をかけられてるのは分かってる。だからと言って、横紙破りを許すわけにはいかないんだぜ」

「一課長も間もなく異動でしょう。気にすることはありませんよ。そもそも俺が一課長のことを気にしてませんから」

検索結果を示していたブラウザの履歴を消してから閉じる。立ち上がり、一礼してドアに向かった。背中から新井の声が追いかけてくる。

「スタンドプレーもたいがいにしろよ」

ドアに伸ばした手が一瞬止まった。何か反論しなくては。しかし、上手い言葉が浮かばない。私自身、自分の行動をスタンドプレーだと意識しているからだ。ニューヨーク市警での研修中には、いろいろな人間から「カウボーイ」と揶揄《やゆ》された。決して褒《ほ》め言葉ではなく、自分勝手な目立ちたがり屋という意味であることは承知している。そういう非難は甘んじて受け入れることができた。少なくとも、自分が何を追い求めているか、何をしたいかが分かっていたから。今は違う。人の過去を探って、何のメリットがあるのだろうか。これが事件の本筋に直接関係なかったら……「全てが明るみに出れば、今でも傷つく人がいますからね」城所の台詞が頭の中でぐるぐると回る。

刑事部屋に出向くと、金子《かねこ》が溜まった書類と格闘していた。本来は新井と同席して、刑事たちの動きを取り仕切るべきなのだが、狭い会議室に二人きりではいたたまれないのだろう。捜査本部になればそんなことも言っていられないが、今はわずかに許された自由を最大限に使うつもりでいるようだった。

「課長」

声をかけると、のろのろと顔を上げる。急激にやつれ、全身から疲れが滲み出ていたが、それでも私に怒りの視線を向ける努力だけは怠らなかった。努力だけ。成功したとは言い難い。結局うつむき、書類の世界に逃げてしまった。

「植山という名前を知りませんか」

「はあ？」書類に目を落としたまま、脳天から突き抜けるような声を上げる。「そういう抽象的な質問は、素人《しろうと》がするもんだぞ」

「考えて下さい。捜査に関係あることを無視しちゃいけませんよ」

「植山という名前が事件に関係あるのか」ようやく顔を上げる。警戒するような光が目に宿っていた。

「まだ、『たぶん』という段階ですけど。でも、分かれば捜査に弾みがつくかもしれない。課長が何か思いついたことが分かれば、新井さんも一課長も喜びますよ」

「植山ねえ……そんなに珍しい名前じゃないな」

「八王子では重要な意味を持つ名前らしいんです。ここが長い課長ならご存知じゃないかと思ったんですけどね」少し持ち上げてやったが、それだけで微かな吐き気を覚えた。

「珍しくないから困ってるんだ」ボールペンの尻を髪の中に突っこみ、がりがりと掻《か》いた。「いろんな人間がいるけど……八王子で植山か？」

「そう言いました」

「一言多いんだよ、お前は」睨みつけたが、本気で怒っている様子ではない。少しおだてたのが効いたようだ。「事件の関係なんだろう？　しかし、あの家が関係あるとは思えないよなあ」

「あの家？　心当たりがあるんですか」

「八王子で植山って言えば、まずは植山繊維だな。知らないか？」優位に立ったと思ったのか、馬鹿にするような口調が際立った。

「残念ながら。有名なんですか」

「ここは繊維の街だ——だった、だな。もう過去形だよ。昭和三十年代から四十年代にかけては、繊維産業が街を潤してたんだ。その頃この街を牛耳ってたのがどんな連中か、分かるだろう。いつだって、金を持ってる奴が偉いんだ。その中でも有名な会社だよ。現状については推して知るべし、だけどな」

「どうも」

「おい、それだけか？」

追いすがるような金子の声を無視して刑事部屋を飛び出す。地盤と鞄。城所が言いたかったことがようやく分かってきた。

ぶつぶつと文句を言い続ける新井を無視し、インターネットで情報を集めた。

八王子の別名は「桑都《そうと》」。絹の産地として古くから知られていたが、織維の街として発展を始めたのは幕末期である。横浜開港で絹が主要な輸出産品となると、生糸・絹の生産地、あるいは関東各地から横浜への輸送の中継地として栄えるようになった。明治時代になってからも生糸貿易のハブとして栄え、織物業者の組合もできて隆盛を極める。第二次大戦で損害を受けたものの、衣料不足から昭和二十年代半ばには空前の好況を迎えた。しかし、着物需要の減少などから次第に衰退、その後は服地やネクタイなどに転身して今に至る。かつては「ガチャ万」という俗語もあったようだ。ガチャンと織れば万札が入ってくる――往時を偲《しの》ばせるものは、今は消えつつある。

植山織維。会社のホームページはない。名前は引っかかるのだが、それは組合の会員リストの類《たぐい》であり、会社そのものに関する情報は一切見当たらなかった。ちらりと新井の顔を窺う。ここで話しておくべきだろうか。捜査員を割り振り、一斉に当たれば何か情報が出てくるかもしれない。おそらく大部分の刑事たちは、高尾で有里の追いこみにかかっているだろう。そこから戦力を割《さ》く必要はあるのか。

「気になることがあるなら言え」書類から顔も上げずに新井が言った。

「調べたいことがあるんです」

「で？　一人じゃきついってわけか」

「何人かでやった方が効率的です」

「重要なことか」

「大崎有里の関係者を割り出せると思います」

「関係者って誰だよ」

「親。実家……つまり、養子に出した家の方です」

「母親の実家ってことか」

「ええ」

「ふうん」やっと新井が顔を上げる。テーブルに片肘《かたひじ》ついて、わずかに身を乗り出した。

「そう言えば、そっちの話はまだ出てなかったな。しかし、この事件との関係は薄いんじゃないか。いろいろ事情があって養子に出したんだろう？　今も実家とつながりがあるとは思えないな」

「そうかもしれません」簡単には割り切れない。新井はごく当たり前の発想を口にしているだけだ。養子に出さなければならないような子どもを娘が産んだ。実家としては、なかったことにしてしまいたいだろう——単に事実だけを並べて見れば、私もそう考える。しかし事情はそれほど単純ではないのだ。

「分かりました」パソコンの電源を落として立ち上がる。「一人で調べますよ。みんな忙しいでしょうから」

「分かってるなら、高尾の方に回れ」

「あと一日くれる約束でしょう」

「それはお前が勝手に言っただけだ。俺は許可してない」

「だったら始末書を用意しておきます」上着を肩に担いだ。それはやけに重く感じられ、ネクタイが首を締めつけるようだった。


幹は太い方から当たれ。細部から積み上げるのが捜査の王道だが、肝心の細い枝が見つからない時は、一気に中心を攻めてみる手もある。

繊維組合は、甲州街道沿いの古いビルにあった。ＪＲの駅前まで出て地下駐車場に車を停め、五分ほど歩く。そぼ降る雨のおかげで気温は下がっていたが、今度は湿気が体にまとわりついた。

繊維組合はビルの二階全体を事務所に使っていた。左側の壁一面にガラスがはまり、そこに織物がレイアウトされているのが目を引く。机の数から推測すると、常勤の事務員は六人ほどだろう。奥の閉ざされた部屋は理事長室、右側にすりガラスの入ったパーティションで区切られた応接スペースがあった。事情を説明すると、事務局長が応対してくれた。名刺には「半藤克夫《はんどうかつお》」の名前がある。

「西八王子署の方ですか」太い黒縁の眼鏡を中指で額まで押し上げ、私の名刺に目を通す。眼鏡をかけ直すと、熱い茶を一口啜《すす》った。「私、あの近くに住んでるんですよ」

「そうですか」

「昔は八王子も警察が一つしかなくてね。うちの近くにもできて安心ですよ」

「ええ」

私が話に乗らないので、一つ咳払いをして「で、ご用件は」と訊ねた。

「植山繊維さんのことです」

「植山繊維さん、ですか」意外そうに目を見開き、眼鏡を外した。ハンカチで丁寧に拭くと、今度はつぶやくように「植山さん」と繰り返した。

「こちらの会員ですよね」

「ええ、名前だけは」

「名前だけ？」

「今はもう、あの会社は実質的に仕事をしてませんからね。名簿に名前が残ってるだけなんですよ」

「そうなんですか？」

「跡継ぎがいなくてね。うちの会員はみんなこれが悩みの種だけど」

「今のご当主は……」

「あなたも若い割に古い言葉を使いますね。当主というか、植山さんのご主人は随分前に亡くなりました。今は奥さんがお一人です」

「お元気なんでしょうか」

「うん、そう……ちょっと、上田《うえだ》さん」パーティションから顔を突き出して職員を呼んだ。私から顔は見えないが、女性のシルエットがすりガラスに映る。「あのね、植山さんの奥さん、お元気なのかな」

「ええ」

「何歳になるの」

「確か、今年で八十一歳です」

「家にいるんだよね」

「と思います。入院しているとかいう話は聞きませんけど」

「分かった、ありがとう」私に視線を戻し「そういうことだそうです」と言った。

「有名なお宅なんですか」

「そりゃあ、昔はね」往時を懐かしむようにうなずく。「昭和三十年代から四十年代は凄かったですよ。一番多い時は人を百人ぐらい雇っててね。作業場を新築したんだけど、あれは作業場なんてもんじゃなくて、工場でした。今はもう動いてませんけどね」

「繊維不況ですか」

「そういうことです」眼鏡をかけ、目を瞬《しばた》かせた。「外国から安い品物が入ってくるようになったし、それ以前に着物を着る習慣そのものが廃《すた》れてしまいましたからね。誰も着ないものを作っても、売れるわけがないでしょう。それで今は、ネクタイが主力です」

「植山さんは当時、かなりの影響力を持ってたんでしょうね」

「組合の会長も、二期務められましたよ。亡くなった旦那さんが精力的な人でしてね。経済、政治、文化といろいろな方面で活躍されました。絹織物記念館というのがあるんですけど、植山さんが私財を投じて作ったようなものです。そこに行けば、八王子の織物の歴史が全部分かりますよ」

「そうですか」経済、政治、文化。私は「政治」という言葉しか聞いていなかった。「政治も、ですか。ご本人が代議士でもやってらっしゃった？」

「いや、本人にはその気がなくてね。何て言うんですか、タニマチ気質とでも言うのかね。人を応援して育てるのが大好きな人だったんですよ」

「娘さんがいましたよね」

半藤が急に口を閉ざした。茶を一口飲み、眼鏡の奥からじっと私を睨みつける。ようやく口を開いた時、愛想のよさは完全に抜け落ちていた。

「私はあまり存じませんね」

「植山さんのこと、よくご存知じゃないですか。娘さんのことだけ知らないというのは変ですね」

「ぺらぺら喋る人間は信用されないものでしょう」

「私はあなたを信用してますよ。娘さんは、長瀬さんの家に嫁いだ。そうですね？　都議をやっていた長瀬さんの息子さんのところです」

「知ってるなら、私に聴く必要はないじゃないですか」

「もっと詳しく知りたいんです」

「何のために」

「捜査ですよ、もちろん。興味本位でお聴きしてるわけじゃない」

半藤が鼻から息を吐き、腕組みをした。ひどい貧乏揺すりを始め、その震動が私のところまでかすかに伝わってくる。

「これから植山さんの家に伺います」

「いや、それはちょっと……」

「電話しないで下さい。向こうが何も知らない状態でお話ししたいんです」

「奇襲、ですか」皮肉っぽく言った。

「何とでも。最後に一つ、いいですか」

「もう勘弁して下さい」

「駄目です。このことを聴きにきたようなものですから。植山さんの奥さんの住所、教えて下さい」

5

植山の家はJR西八王子駅の近く、八王子の歴史を反映した町名である千人町《せんにん》の一角にあり、静かに朽ち始めていた。二階建ての家は敷地は広いが、建物は長い間雨風に打たれるままで、全体に古くくすんでいる。母屋の裏手には、それよりもはるかに大きな建物があった。かつての作業場——工場ではないかと思われたが、目を閉じてみても機《はた》織《おり》の音をイメージすることはできない。ここから最後の織物が送り出されたのはいつだったのだろう。

インタフォンはなかった。引き戸を軽くノックすると、今にもガラスが割れそうな音が響く。遠慮がちにもう一度叩いたが、返事はなかった。老女の一人暮らし。来客に対して用心深くなっているのか、それとも出かけているのか。夕方にでも出直そうかと踵《きびす》を返したが、その瞬間に家の中で何かが動く気配がした。今度はノックせずに、引き戸に手をかけてみる。少し引っかかりがあったが、すぐに開いた。

「大丈夫ですか」反射的に声をあげる。家の主らしい老女が、上がりかまちに突っ伏していた。鼻を利かせたが、血の臭いはしない。肩に手を乗せて少しだけ揺さぶってみると、呻《うめ》き声が聞こえた。白くなった髪を結い上げて露になったうなじに手を当ててみる。脈拍は規則正しかった。

「大丈夫ですか、植山さん」

呻き声がもう少しはっきりする。

「怪我《けが》でもしたんですか？　どこか痛みますか？」

「腰が……」落ち着いてはいるが苦しそうな声だった。

「立てますか」

「立てたら救急車を呼んでます」減らず口を叩く余裕があるので一安心した。一呼吸置いて声をかける。

「もう大丈夫ですからね」

予想外の出会いだった。それが私にとってプラスに働くかマイナスになるかはまったく分からなかったが。

植山さちは小柄な女性で、私一人でも病院まで運ぶことができそうだったが、念のために救急車を呼ぶことにした。駆けつけた救急隊員の一人が親しげに——というよりは図々しい口調でさちに声をかけるのが癇《かん》に障った。救急車の後部ドアが下りるのを待って話しかける。

「知り合いですか」

「ああ、二度目なんですよ。もともと腰が悪くてね。俺が二回目ってだけで、実際はもっと運ばれてるかもしれない」

「持病ですか」

「そうじゃないですかね。こっちは搬送するだけなんで、詳しいことは病院で訊いて下さい」

自分の車でついていくことにした。向かった先は、大崎が入院している病院だった。治療に一時間ほどかかり、その間待たされることになったが、大崎を見舞う気にはなれなかった。さちが緊急治療室からストレッチャーで運び出された後、治療に当たった医師に話を聴く。名札は「荒尾《あらお》」だった。やけに長いもみ上げが目立つ、四十絡みの男である。

「何度か運びこまれてるそうですけど、持病なんですか」

「そうですね。昔ヘルニアをやったみたいなんだけど、その後遺症もあるんですかね。ご高齢の方はいろいろと難しい。関節も筋肉も弱くなってますからね」

「一人暮らしなんですね」

「そう聞いてます。世話をする人が近くにいないと、いろいろ大変でしょうね。何日か、入院してもらうことになります」

「話はできますか」

「それは大丈夫です。もう随分楽になったはずですよ。でも、無理させないで下さい。血圧がちょっと高いみたいだから、興奮すると体に悪い」

「分かりました」そう言ってみたものの、医師の忠告を無視する結果になるのは目に見えていた。

個室の病室に移されたさちは、静かにベッドに横たわっていた。看護師が二人出て行ったのとすれ違いに入りこむ。さちが小さく溜息をついたが、私の顔を認めると急に表情を引き締めた。八十一歳という年齢にしては、顔に皺が少ない。口の両端が有里そっくりに凹んでいるのに気づいた。笑窪《えくぼ》は遺伝するものなのだろうか。

慎重に、しかし手早くいかなければ。動揺させずに早く話を引き出さないと、荒尾がもみ上げを逆立てて乱入してきそうだった。

「一一九番してくれたのはあなたですね」さちの声は落ち着いていた。痛みは残っているかもしれないが、話はできそうである。

「ええ」

「どうも、ご面倒おかけしまして」寝たまま顎を胸につけて頭を下げる動作をしたが、それでどこかに痛みが走ったのか、顔に険しい表情が浮かぶ。

「ご無理ならさずに。座っていいですか」

「どうぞ。こっちから勧めなくてごめんなさいね」

「とんでもない」ベッドの横の丸椅子《まるいす》を引いて座る。「余計なお世話じゃなかったらいいんですが」

「とんでもない」さちの声がしわがれ、低い咳が飛び出した。慌てて腰を浮かしたが、手を振って私を制する。「大丈夫です……年取ると、いろいろありましてね」

「あんな広い家にお一人でお住まいなんですか」

「ええ、まあ、仕方ないですね」

「どなたか、連絡できる人はいませんか？　一人だと入院も大変でしょう」

「病院の人にお話ししました。昔うちで働いてた方がいましてね、その人にご面倒おかけすることになると思います」

夫は死んだ。たぶんたった一人の子どもだった娘は、はるか以前に自殺している。昔雇っていた人間しか頼る相手がいないとは。胸の奥で、何かが不快な音を立てる。一瞬だが、私は自分の四十年後、五十年後を想像していた。

「あの、お名前をお聞きしてませんでしたね」遠慮がちにさちが切り出す。「先にお礼を申し上げなければいけないのに」

「鳴沢です」

「鳴沢さん、ね。セールスの方か何かなの？」

思わず苦笑が浮かぶ。私は、初対面の人に刑事だと見抜かれることが少なくない。見抜いた人は思い切り納得したようにうなずきながら「そうとしか見えない」と言うのが常だ。しかし、セールスマンとは……私に欠けているものがあるとすれば、物を売りこもうとする人間が必ず持っていなければならない愛想の良さなのに。

「警察の者です。西八王子署です」バッジを見せる。

「あら」ほとんど残っていないさちの眉がかすかに動いた。「警察の方が、私に何の用ですか」

「ええ」言葉を切り、さちの様子をさっと眺め渡す。体を動かすことは叶わないだろうが、気持ちが折れているわけではない、と判断した。「実は、あなたのお孫さんを捜しているんです」

「孫？　誰かと勘違いしてるんじゃないですか。私には孫はいませんよ」無理に嘘をついている様子ではない。

「あなたが孫と認めていないだけじゃないんですか」

「何の話ですか、いったい」皺だらけの顔一杯に疑念が広がった。

「ある事件に関して、あなたのお孫さんに話を伺いたいんですが、行方が分からないんです」

「そう言われても……何だか話が嚙み合いませんね。どなたかと人違いされてるんではないの？」

「あなたの娘さん……清子さんですね。長瀬善さんと結婚された」

さちが無言で私を見詰める。その視線は私を透過し、背後の壁に注がれているようだった。

「亡くなったご主人は、政治にも興味のある方だったそうですね」

「あなたの話は飛び過ぎるわ。年寄りにはついていけません」

「すいません。質問を絞ります」一呼吸し、タイミングを計った。のらりくらりと答えをかわす相手、しかもベッドの上で動けない老人を相手に厳しい尋問をするのは気が引けたが、いつまでも行き先の見えない問答を続けているわけにはいかない。「ご主人は政治に興味を持っていた。というよりも、一種のタニマチだったのかもしれませんね。昭和三十年代、四十年代には、植山繊維は大変大きな会社だったと聞いています。そういう会社を経営していて地元に影響力がある、しかも公徳心の強い人なら、政治の世界に首を突っこもうと考えてもおかしくないでしょう。自分が支援する政治家のために金を用意したり、選挙を手伝ったりする。ごく当たり前のことですよね」

「私はそういうことには、気が進まなかったんですよ」ようやく話に乗ってきた。「うちは基本的に、昔から続く機織《はたおり》です。商売人ですよ。政治なんてねえ……その頃は八王子も狭い街だったから、いろいろな人とおつき合いがありました。私の口からは申し上げにくいけど、あなたが言うように、主人を地元の名士と持ち上げる人も多かったんです。何しろ、江戸時代から同じ商売をしてましたし、そう……確かに、大変景気のいい時代があったのも事実です」

「人を百人も雇っていたこともあったそうですね」

「よくご存知ですね」

「お金目当てで近づいてくる人も多かったんじゃないですか」

「あなたのように露骨な言い方をする人はいませんでしたけどね」

「でも、狙《ねら》いは同じだ。選挙のために金を出して欲しい。そういうことじゃなかったんですか」

「政治家っていうのは、もっと遠回しな表現をするものですよ。もちろん、内容は今あなたが言ったようなことだけど」

「その中に長瀬さんもいたんですか。都議をやられていた長瀬勝也さん」

「ああ」認めるのではなく、喉からほっと息が漏れたような声だった。

「長瀬さんは、息子の善さんを政治の世界に引き入れたかった。ご本人が都議をしていたぐらいだから、政治の世界にはそれなりの影響力もあったでしょう。でも、国政となるとレベルが違う。かかる金も、地方の政治家とは桁違《けたちが》いでしょう」

「一般的にはそうなんでしょうね」

「一般論じゃありません。私は長瀬さんの話をしているんです」力が入っているのに気づき、息を呑んでから声を潜める。「長瀬さんは、援助を求めてあなたのご主人に近づいてきたんじゃないですか。金もある。地元での影響力も大きい。そういう人を味方につければ、息子を政界に送りこむための決定打になりますからね」

「長瀬さんはそういう人じゃありません」溜息とともに言葉を押し出す。ようやく話が軌道に乗ってきた。

「じゃあ、働きかけはなかったんですか」

「そんなものはありません」

「でも、ご主人と――あなたの家と何らかの関係はあった。違いますか？　そうじゃないと、子ども同士は結婚しないでしょう」

「逆ですよ。子どもたちが家を結びつけてくれることもあるんです。あなた、難しく考え過ぎてるんじゃないんですか。子どもが結婚すれば、自然と親同士の結びつきもできるでしょう」

「どうして今になって認めるんです？　さっきは、私の質問に答えていただけなかった。子ども同士が結婚した、確かに難しい話じゃありません。私が訊いた時にすぐ答えていただいてもよかったはずです」

「もっと複雑なことなんですよ」

さちの話は矛盾だらけだった。つい今しがた、「難しく考え過ぎてる」と言ったばかりなのに。基本的に嘘のつけない人間なのだろう。それが無理に話を捻《ね》じ曲げようとするから、おかしくなる。しかし、矛盾を追及するやり方は躊躇《ためら》われた。あまりにも突っこみ過ぎると、頑なになってしまうだろう。

「分からないことがあるんです」

「私に答えられるとは思わないわ」

「清子さんと善さんが結婚した。それは分かりました。だったら、有里さんは誰の子どもなんですか。二人の子どもだったら、養子に出す必要はないでしょう」

「知りません」窓の方に顔を背けようとしたが、痛みが走ったのか動きが止まってしまう。かすれた声で続ける。「話したくありません」

一瞬の間に表現が変わった。「知らない」と「話したくない」では天と地ほどの差がある。知らなければどうしようもない。だが、「話したくない」と宣言した人間の口を割るのは不可能ではないのだ。

「どういうことなんですか。夫婦の間の子どもだったら、養子に出す意味はないはずだ。仮に結婚前に生まれた子どもだったとしても、ですよ。ただ、別の男の子どもだったら話は違う」

「清子はそんなふしだらな娘じゃありません」さちの顔が紅潮した。

「そういうことを言っているんじゃありません。非難したり批判したりするのは私の仕事じゃない。事実が知りたいだけです。有里さんの戸籍は調べました。非嫡出子ですね。父親の名前が分からない」

「警察はそんなことまでするんですか」

「それが仕事ですから」

「汚い仕事ですね」

「そういうこともあります」

「これ以上話したくないわ……助けてもらったのはありがたいと思うけど」さしてありがたいとは思っていない口調だった。

「そんなことはどうでもいいんです」

「どうしてそんなことが気になるんですか」

「有里さんが人を殺したかもしれないからです」

さちの細い目が大きく見開かれた。唇が薄く開き、言葉が漏れそうになる。が、きゅっと引き締めて秘密を呑みこんだ。

「訊かないんですか」

「何を」

「誰を殺したかって」

「そういうことは……私には関係がないし、興味もありません」

「殺した相手が畠山さんでも？」

これ以上開きそうもないと思っていたさちの目が、さらに大きくなった。

長い時間がかかり、途中二度、医師のチェックが入った。窓の外が次第に暗くなり、夏の長い一日がようやく終わろうとしている。そして夜は、昼間の熱をはらんだまま訪れようとしていた。その夜は、長かった昼よりもさらに長くなりそうだった。


世の中には偶然というものがある。それは時に捜査の行方を妨げることもあるし、時には背中を押してくれることもある。今日の私には後押ししてくれる運があった。この病院に大崎新二が入院していたことがそうである。歩き回る手間が省けた。いずれ、関係者が全員この病院に担ぎこまれることになるかもしれない。そうしたら、捜査本部は西八王子署ではなくここに置くべきだろう。

大崎に話を聴くために、長いガラス張りの廊下を歩く。中庭に面しており、オレンジ色の光が長く廊下に射しこんでいた。歩き続け……気づくと長椅子に腰を下ろしていた。背もたれもない簡素なベンチの硬い感触を尻に感じながら、膝に肘を乗せて前屈みになる。事実関係はほとんど分かっていた。後は有里本人を捕まえて直に話を聴くだけである。だがその前に、大崎に確認しなくてはならないことがあった。それはひどく気の重い作業だったし、話を聴いたからといって有里の行方が分かるとは限らない。

私は、無意識のうちに長瀬の顔を思い浮かべていた。彼が抱えた虚無感、世を斜めに見る態度、それがどうして生じたのかは想像がつく。事実を彼にぶつけないといけないのだろうか――状況によっては。さらに深い事実を探り当てるためか、それとも彼の心の奥底にある闇に光を当てるために。光の熱で闇を溶かし、頑なに凍りついた心を解放するために。私は彼を助けたいのか？　余計なお世話だということは分かっている。長瀬は人の助けを求めるような人間ではないし、友だちというには微妙な距離感のある私の助力など、絶対に受け入れないだろう。そもそも助けが必要かどうかも分からなかった。人は闇を抱えたままでも生きていけるものだし、大抵の人間は、大なり小なりそうしている。

私でさえも。

大崎は放置されていた。警備の人間も、権藤建設の関係者もいない。たった一人でベッドに横たわり、ただ天井を見上げている。私が病室に入っていくと、ちらりと見ただけでまた視線を天井に戻した。顔色は随分明るくなっていたが、私がベッドに歩み寄るまでのわずかな間に、再び土気色になってしまった。椅子を引いて座り、両手を組み合わせて彼の顔を見下ろす。眉の上の大きな傷が痛々しかった。

「権藤さんは見舞いに来ましたか」

「あんたには何も話さないよ」

「畠山さんのこと、残念でしたね」

無言。胸の内に渦巻く想いは噴き出そうともがいているはずだったが、顔は無表情だった。最後の力を振り絞って娘を庇《かば》おうとしているのだろうか。

「有里さんを捜しています」

「そうかい」

「居所を知りませんか」

「さあ。家を出た娘のことなんか、知らないな」

「彼女が畠山さんを殺した。そうですね」

大崎の顎に力が入った。反論を試みようとしたようだが、結局言葉を呑みこむことで私の攻撃を防いだ。

「動機もだいたいは分かっています。でも、彼女の口から直接聴きたい。どうしても会いたいんです」

「知らん」

「大崎さん」私は低い声で押さえつけるように言いながら身を乗り出した。「もう、喋ってもいいんじゃないですか。今までいろいろな人が事実を隠してきた。でもそれでは、誰一人幸せにならなかったでしょう」

「じゃあ、あんたが何かしてくれれば、誰かが幸せになるのかね」挑みかかるような口調だった。

「それは分かりません」

「だったら放っておいてくれないか」

「そうはいかない。人が一人死んでるんですよ。見逃すことはできない。私は刑事なんです」

「今さら何を……」吐き捨て、そっぽを向く。頭の傷が痛むのか、喉の奥から呻きが漏れた。

「あなたはどうして自殺しようとしたんですか」

「何も覚えてない」

「医者には話したでしょう。どうして警察には話せないんですか」

「大きなお世話だ」

「大崎さん、肩の荷を下ろして下さい。もちろん、時間を巻き戻すことはできませんよ。でもこのまま一生、嫌な気持ちを抱えたまま生きていくつもりですか？　あなただけじゃない。有里さんも長瀬さんもみんな同じだ。話せば、少なくとも楽になります。それに人の話を聴くのが私の仕事ですから。ここで話したことを表に出すつもりはありません」

大崎の目が私の目を捉える。相変わらず頑なさが滲み出てはいたが、その奥で助けを求める光がわずかに瞬《またた》いていた。私はそれを摑み、彼を暗い深みから引っ張り上げた。

「おお、鳴沢」私の電話に答える藤田の声は少しだけ不機嫌で疲れていた。「こっちは駄目だな、全然」

「今そっちに向かってる」緊急だ。主義に反して、私はハンドルを握ったまま電話をかけていた。

「向かってるってお前……もう八時近いぜ。これから捜すにしても、動ける時間は限られてるぞ」

「ヒントがあるんだ」

「何だと」

「もうすぐ高尾駅に着く。そうだな……」左手を上げて、祖父の形見のオメガを見た。

「あと五分。八時ちょうどだ。あんたはどこにいる？」

「どこって言われても、この辺は全然分からないんだよ。駅の近くにいるのは間違いないんだけど。そうだ、駅の北口の交差点の角にコンビニがあるな。その前ならお互いに迷わないだろう」

「了解」

「班長には報告したか？」

「いや、まだだ。まずあんたに相談しようと思った」

「分かった。じゃあ、五分後に」

「いや、あと四分三十秒だ」

電話を切り、アクセルを踏みこんだ。窓を細く開けて外気を車内に導き入れる。雨は上がって空気はまだ湿り気を帯びており、不快に肌を撫《な》でた。しかし私は、微かな高揚感も覚えていた。大崎の情報が正しければ、解決は近い。後は有里が無事でいることを祈るだけだ。

前方、はるか遠くで赤い火が瞬く。何だろう？　家の灯りでないことだけは確かだ。窓から漏れる灯りはあんな風に揺れはしない。胸の中で何かがざわつき、アクセルを踏む足に力が入る。遠慮なく覆面パトカーのサイレンを鳴らし、前を行く車をパスした。対向車のヘッドライトが目を突き刺し、慌てて大きく左にハンドルを切る。リアタイヤが悲鳴を上げ、車体が少しバランスを崩した。ハンドルをきつく握り締めてコントロールを取り戻すと、前に空いた空間に向かって一気に突き進む。

駅前交差点の角にあるセブンイレブンの前で藤田を見つけた。スピードを落とすと、車が完全に停止する前に藤田がドアに手をかける。飛びこむようにシートに座ったのを確認して車を出した。

「何事だよ、いったい」

「有里の居場所」

「分かったのか？」一頭から突き抜けるような声を上げる。

「ヒントだ。そこにいるかもしれないっていうだけの話」

「どこで割り出した」

「大崎」

「奴さん、喋ったのか」

「ああ」

「さすが、やるな」藤田がぱちんと指を鳴らした。

「褒めてもらえるのはありがたいけど、嫌な話だった」溜息を堪える。不幸を背負ったのは有里であり、大崎だ。私には溜息を漏らす権利はない。

「大崎を締め上げたのか？」

「まだ寝たきりだよ。話さざるを得ない状況に持っていったんだ」

「どうやって」

「楽になるべきだって」

「どういうことだ」

今は話せない――これからも自分から進んで話すつもりはなかった。有里を逮捕すれば、彼女の口から事情が語られることになるだろう。しかし私は大崎に約束した。「表に出すつもりはありません」彼の目に浮かんだ、私を信頼する気配。それを裏切ることはできない。

「それ以上は勘弁してくれ。大崎と約束したんだ」

「畠山を殺したのは有里なのか」

「ああ」

「大崎もそれを知っていた」

「本人からはっきり聞いたわけじゃないようだ。だけど、娘がやったことだからな。話をして、気配で分かったんだろう」

「奴さんも事件に絡んでるんじゃないだろうな」

「それはないと思う。ただ、状況を悲観して自殺を図ったのは間違いない」

「それは分かるよ」認める藤田の声に溜息が混じる。「畠山は、自分の会社の会長が推す政治家だ。娘がその男を殺したとしたら、責任を感じて当然だろう。娘を警察に突き出すべきかどうか……それができなくて、娘への想いと事実の板ばさみになって自殺を選んだわけか」

「そういう筋書きだ」

「しかし、大崎有里と畠山の接点が、まだ分からないな」

「分かったよ」

「関係があったのか？」

「ああ」

「どういうことだ」

「それは、有里を捕まえたら、彼女から直接聴いてくれないかな。今、俺の口からは言いたくない。一つはっきりしてるのは、仕方がなかったかもしれないってことだ」

「有里が畠山を殺したことが？」

「ああ」

「ちょっと待てよ」藤田が助手席の中で体を捻った。「それはあんたらしくないんじゃないか。事件は事件、殺しは殺しだ。どんな事情があるにしても、事実は変わらない」

「俺はそんなことは言ってない」

「あんたならいかにも言いそうじゃないか。原理原則の男なんだろう」

「昔だったらそう思ってたかもしれないけど、今は言い切れない」

「造反有理って知ってるか？」

「中国の？」

「そう。それに倣《なら》って言えば、殺すことにも理由がある。そういうことか？」

「もちろん罪は罪だけど……簡単に割り切れるもんじゃない」

「分かった。俺が有里に聴いてみるよ。それであんたの考えてることが分かるかもしれないな」

「悪いな」

「いいよ。後は時間の問題だから。さて、それで俺たちはどこに向かってるんだ？」

「実は、それが分からない」

「山荘だって？」藤田がガムを口に放りこみ、忙《せわ》しなく噛み始めた。

「別宅って言った方が正確かもしれない」藤田の疑問に答えながら、私は住宅地の間を縫うように走る細い道をゆっくりと上がって行った。「そんなに大きな建物じゃないらしい。山小屋みたいなところなんだけど、大崎は一度も行ったことがないそうだ」

「それで、正確な場所が分からないわけか」藤田が携帯電話を取り出す。呼び出した相手が電話に出る間に、私の顔を見て言った。「長瀬の家に人をやろう。そこで確認するのが一番早い。それでいいな？」

「ああ」

電話がつながったようで、藤田が一気にまくし立てる。

「ああ、班長、藤田です。大崎有里の居所、ヒントが摑めました。ええ、あくまでヒントですよ。そこに行ってる可能性があるんですが、場所がはっきりしないんです。そうです、鳴沢が割り出しました」私に向かって右手の親指を立てて見せる。「長瀬の家に誰かやってくれませんか？　そうです、長瀬の家の別宅……別荘というか山荘というか、そういう小さな建物が高尾にあるらしい。その場所を割って欲しいんです。ええ、有里はそこに身を隠してるらしいんですよ。とにかく揺さぶって下さい。情報源ですか？　大崎本人。鳴沢が喋らせたんです。大丈夫かって？　鳴沢は、病人を手荒く扱わなかったとは言ってますけどね。ええ、そっちは放っておいてもいいでしょう。今から無理に喋らせることはありませんよ。情報は一本あれば十分です。ただし、長瀬の方はきっちり締め上げて下さい。その建物の持ち主は長瀬なんだし、もしかしたら有里がそこにいることも知っているかもしれないでしょう……はい、そこは任せます。じゃあ、お願いしますよ。俺たちは高尾でその別宅を探しますから」

電話を切り、「よし」と一つ気合を入れる。無理に笑って、自分を納得させるように「時間はかからないだろうな」と言った。

「そうだな」

「しかし、こんなところで家を一軒探すのは大変じゃないか」住宅地を抜けると、目の前には懐の深い暗がりが広がっていた。「山の中……要するに山の中腹だろう？　昼間ならともかく、こんな暗闇の中じゃあな」

「ちょっと待て」私は思い切りブレーキを踏みこんだ。藤田の体が前に投げ出されそうになり、肩にシートベルトが食いこむ。

「何だよ、いきなり」

「前を見ろ」

行き交う車もない細い道に、一台の車が停まっていた。ナンバーは読み取れないが、見覚えのある車である。ブレーキから足を離し、そろそろと車を進ませた。間違いない。品川ナンバー。あまり見かけない深い緑色のボディカラーに派手なエアロパーツ。長瀬のＢＭＷだ。

「何だい」

「長瀬だ。新聞記者の長瀬」

「例の孫だな」

「そう。ちょっと話してくる。待っててくれ」

「おい」

藤田の制止を振り切り、エンジンをかけっ放しにしたまま車を出る。遠くでサイレンの音が鳴り響いた。きな臭い異臭がかすかに鼻を突く。その異臭が嫌な予感を私の心に運んだが、それを無視してＢＭＷのドアに手をかけた。

6

長瀬は無反応だった。私が助手席に座ったことにも気づかない様子で、胸に顎を押しつけ、腹の上で手を組んだままじっと前方を凝視している。あまりにも動きがないので、胸が上下しているのを見るまで、死んでいるのではないかと不安になったほどだった。

「あんたの別宅はどこにある」

「別宅っていうのは何だか下品な言い方ですね」

「呼び方は何でもいい。この近くですね？　そこに有里さんがいるんじゃないですか」

「何のことですか」脱水機にかけられ、感情が全て抜けてしまったような感じだった。ハンドルに軽く手を添え、わずかに背中を丸める。

「そこに有里さんがいるんじゃないですか」語気を強めて繰り返す。

「何でそんなことが分かるんですか」

「あんたもそう思ったから、ここに来たんでしょう」

「俺はドライブしてるだけですよ。今はちょっと休んでる」

「時間がないんだ。はぐらかさないでくれ。大崎さんが喋ったんですよ」

私の一言に、長瀬の細い顎が硬く引き締まった。

「その別宅は、あんたの母親がよく使っていた場所ですね。一人になりたい時もあったんでしょう。彼女は、そこへ何度か有里さんを連れて行ったことがある」

「俺は何も答えませんよ」

「有里さんが今何を考えてるか、分かりますか」

「知りませんよ。彼女と俺は何の関係もないんだから」一語一語を破裂させるような喋り方だった。

「死ぬかもしれないぞ」

「どうして」

「彼女が畠山さんを殺したから」

「自殺でもするって言うんですか？　もしも死ぬつもりならとっくに死んでるでしょう。畠山が死んでから随分経ってるんですよ」

「覚悟を決めるのには、時間がかかるかもしれない。あんたは新聞記者なんだ。それに作家なんだ。人の心の動きが簡単には予想できないことぐらい、分かってるでしょう。一足す一が二にならないんですよ」

「あなたは彼女を逮捕したいだけなんでしょう。そうやって自分の手柄を増やしたいだけなんだ」

「そんなことはどうでもいい！」ダッシュボードに拳を叩きつける。あまりの勢いに、グラブボックスが開いてしまった。「俺は、この事件の背景に何があったか、知っている。いろいろな人が努力してずっと隠してきたけど、もう分かってしまったんですよ。事情は分かる。同情もする。でも、それで終わりにはできない」

「あなたは刑事だから」

「分かってるなら、早く別宅の場所を教えて下さい」

「何もなかったことにするわけにはいかないんですか？　彼女には覚悟があった。それを無駄にしたくはない」長瀬はいつも、さらりと表面を洗うような言い方しかしない。しかし今初めて冷徹な仮面が割れ、必死さが覗いた。

「無駄にはならなかった。有里さんは思いを遂げたんだから。でも、そこで終わりにしたら駄目なんだ」

「どうして」

「このままにしておいたら、今度はあんたが苦しむ。彼女は罪を償うべきだし、自分から死を選んではいけない。何も語らないまま死ねば、あんたが心に闇を抱えこむことになるんだ。俺はそれが我慢できない」

「俺はとっくに乗り越えましたよ。仕方ないじゃないですか。自分の手が届かない過去に起こったことを、いつまでも愚図愚図考えてたって、何にもならない。一度立ち直った人間は、二度は転ばないんですよ」

「例外は幾らでもある」

長瀬が黙りこむ。どうしようもないことは自分でも分かっているはずだ。状況によっては有里を見殺しにすることになる。そんなことはして欲しくなかった。私はかつて、彼と同じような状況に追いこまれたことがある――自分で自分を追いこんでしまったと言うべきか。その結果私が得たのは、空疎で頑なな、自分でもコントロールできない心である。それを解してくれたのは優美《ゆみ》であり、勇樹《ゆうき》だった。今、長瀬の近くに、そのような役回りをしてくれる人間がいるのだろうか。

長瀬が急にドアを開けた。

「おい――」開いた隙間から流れこんでくるのは、先程よりも大きく聞こえるサイレンの音、それにはっきりと鼻の粘膜を刺激するようになった空気のきな臭さだ。慌てて外に飛び出し、長瀬が見上げる方に視線を投げると、山肌が赤々と染まっていた。ここから二百メートルほど上がったところだろうか。燃え上がる木は巨大な蠟燭《ろうそく》のようであり、見る間に一本が崩れ落ちた。じわじわと広がる火事は、このままだと山全体を覆い尽くしてしまうだろう。雨で木立は湿っているはずだが、火が広がるのを食い止める役にはたっていないようだった。車の前を回り、長瀬の横に立つ。

「まさか、山荘はあの辺りにあるんじゃないだろうな」

いきなり長瀬が走り出した。すぐにその後を追う。追いつくのは難しくないだろうと思っていたが、その時の長瀬の背中は、人を寄せつけない雰囲気を放っていた。藤田が車から飛び出して立ちはだかったが、長瀬は巧みなステップでかわし、そのまま山道に足を踏み入れた。藤田が最終ラインを守るフルバックだったら、どやしつけているところである。

「署に連絡してくれ」横を走り抜けるのと同時に藤田に声をかける。

「何だ、いったい」

「上に有里がいる」

藤田が車内に体を突っこんだ。長瀬の姿は深い森の中に消えていた。間に合うはずだ。助けられるはずだ。簡単なことではないか——そう思ったのだが、そんな考え方は、単に自分を安心させるための方便にしか過ぎないことは分かっていた。長瀬は自ら破滅に飛びこもうとしているのではないか。

そんなことはさせない。

こんなことで友を失うわけにはいかないのだ。

山道を百メートルも登ると、早くも行く手を炎に阻まれた。舗装もされていない急勾配の道で、すぐ目の前で、炎に包まれた木の枝が危なっかしげに揺れている。呆然と立ち尽くす長瀬に追いついた。肩を叩くと、ようやく我に返ったように、びくりと体を震わせて振り返る。

「この上だな?」

無言でうなずくだけだった。火事の熱が迫り、顔には汗が浮かんでいる。雨は木立と火災の熱に邪魔され、私たちのいるところまでは届かない。

「家は一軒だけか」

「いや、何軒かある」

「人が住んでるのか」

「住んでる人もいる」

「ここからどれぐらいある?」

「この道を百メートルぐらい上がったところだ」長瀬の顔が炎で赤く染まる。ふらふらと歩を進めた。肩を引っ張って引き止めると、振り向いた顔に必死の形相が浮かんでいるのが見えた。

「無理だ」

目の前に炎のトンネルが口を開けている。煙が周辺に充満し、涙がこぼれてきた。浅くしか呼吸できないので、息苦しさは頂点に達しようとしている。

「戻るんだ。消防が来る」

「駄目だ！」肺に残った空気を全て吐き出すように長瀬が叫ぶ。「助けないと……」

「プロに任せろ」

「俺が助けるんだ！」

一瞬の睨み合いは、下草を掻き分け、枝を折る音で遮られた。音がする方に目を向けると、森の中から男が一人、よろよろと歩み出てきた。顔は煤で汚れ、白いTシャツが泥まみれになっている。

「大丈夫ですか」駆け寄ると、男が顔を強張らせてうなずく。足を滑らせて崩れ落ちそうになったので、慌てて手を貸して支えた。「上にはまだ誰かいるんですか」

「分からない……」咳きこみ、言葉が出なくなる。立ち尽くす長瀬に声をかけた。

「この人を下まで連れて行ってくれ」

「俺は……」

「ここにいても何もできないぞ」

「クソ！」叫ぶと、腿に拳を叩きつける。

「鳴沢」下の方から呼ぶ声が聞こえる。目をやると、藤田が腕で鼻と口を押さえた格好で、前のめりになりながら上ってきた。

「この人を頼む。煙を吸ってる」咳きこむ男の背を押し出すように、藤田に預けた。

「分かった」

「消防は？」来たことは分かっていた。下から這い上がってくる赤いランプの光と、上から降り注ぐオレンジ色の炎が入り混じり、私たちを血の色に染めている。

「今、放水の準備をしてる」

長瀬を見やる。その顔は緊張と怒りで引きつっていた。すぐ目の前で、大事な人が死ぬかもしれない。それなのに何もできず、動けない腹立たしさは、痛いほど分かった。

「俺が行く」先程男が出てきた辺りに視線を注ぐ。煙が薄《うっす》らと流れ出しているが、炎はまだ及んでいないようだった。

「ちょっと待て、鳴沢」男の脇の下に頭を差し入れた格好で支えながら、藤田が警告を飛ばした。「簡単に言うな。危ないぞ」

「分かってる」

「こんな小さな山だからって馬鹿にするなよ。真っ暗だし、煙に巻かれたら死ぬぞ」

「せいぜい気をつけるよ」

「気をつけたってどうにもならないこともある。消防を待とう」

「それじゃ間に合わないかもしれない」緩い斜面に足を踏み入れる。細い松の幹に手をかけ、体を引っ張りあげた。昼間の雨で湿った下草が、足元でさくさくと音を立てる。雨がもう少し降り続いていたら、火事はここまで広がらなかったかもしれない。

「待て、鳴沢！」藤田の声が追いかけてきたが、無視して進む。実際には、襲いかかる煙に空気を奪われないようにするため、余計な言葉を発する余裕もなかったのだ。ずるりと足が滑り、慌てて木の幹を摑む。硬い樹皮が掌に食いこみ、鈍い痛みが走った。

　家までどれぐらいあるのだろう。長瀬は百メートルと言っていたが、煙で視界が悪化している上に方向感覚が狂っているので、実際にどれだけ歩けばいいのか見当もつかない。後悔すると同時に、国産の安い靴を履いている自分の判断を褒めたい気分にもなっていた。この靴は、今夜で駄目になるだろう。

　煙は左手から流れてくる。暗闇の中、さらに視界が悪くなり、鼻と喉の奥が痛み出した。クソ、消防は何をしている。さっさと放水を始めろ。木が密集しているせいか、火事の熱を直接感じることはないが、時折火の粉が降ってきて顔に当たる。無視して登り続けた。足元は腐葉土のようになっており、一歩進む度に靴がわずかに沈みこむ。木の幹を抱えこむように体を引っ張り上げているうちに、脚ではなく腕が痛くなってきた。

突然、体の周りが明るくなる。投光器だ。それでだいぶ状況が把握できるようになった。火事は私がいる場所の左側が中心のようで、道路が緩衝帯の役目を果たしているために、まだ火は迫っていない。前方——上方に目をやると、木々の隙間を通して一軒の家が建っているのが見えた。それが長瀬の家だとすれば、まだ火の手は迫っていない。しかし、火は下から上に燃え上がっているようだから、逃げ道は塞がれている。森の中を抜けて下りる方法は思いつかないのかもしれない。人はパニックに襲われると、ごくごく簡単な答えが目の前にあっても見えなくなる。

家まで五メートルほど。あっという間だ。自分を鼓舞しながら登り続ける。靴が落ち葉と土に沈みこむので、次第に膝ががくがくして、ふくらはぎに時折鈍重な痛みが走るようになった。ずっと腕を使い続けているので、そちらにも疲れが溜まっている。が、構わず前進した。時折枝が顔を打ち、ネクタイに引っかかる。邪魔になって外し、放り捨てた。

ようやく木立を抜けた時には、全身が汗だくになっていた。背後から強烈な熱が迫ってくる。道路は火に舐められていた。家は行き止まりの場所にあり、放水が始まらなければ数分後には火が燃え移るだろう――いや、ログハウス風の家の赤い三角屋根からは、既に煙が上がっていた。上を覆っている松の枝から、ひっきりなしに火の粉が降り注いでいるのだ。まずい。慌ててドアに手をかける。家そのものは古いのだが、作りはしっかりしておりドアも重い。鍵がかかっているようで、びくともしなかった。仕方なしに横に回りこみ、広い窓ガラスを蹴破る。家の中にガラスの破片が飛び散るのと同時に煙が噴き出してきたが、すぐに収まった。家そのものはまだ燃えていないようで、忍びこんだ煙が一気に排出されたらしい。

煙を浴びて激しく咳をしながら、家の中に踏みこむ。熱が襲ってきた。やはりどこかが燃えているらしい。しかし炎はどこにも見えず、真っ暗だった。マグライトを持ってこなかったことを後悔する。

「有里さん！」両手でメガフォンを作って叫ぶ。「大崎有里さん！　いますか！」反応はない。いないならいないで仕方がない。引き返せばいいだけだ。だが、この家は無人ではないという奇妙な確信があった。煙と炎が支配する空間に、生きるものの気配がする。

最初に踏みこんだのはリビングルームだった。薄らと煙が漂っており、視界は極端に悪い。あてずっぽうで歩き続ける。どこが燃えているのだ？　おそらく二階だろう。上から火が降ってきたのだ。見上げると、リビングルームの半分は吹き抜けで、残り半分はロフトになっている。そこからどす黒い煙が噴き出し、煙の隙間から、炎の舌がちらちらと天井と壁を舐めているのが見えた。

「有里さん！　大崎有里さん！」叫びながら歩き続ける。慎重に歩いていたつもりだったが、何かに蹴躓いた。両手を突き出して体を庇ったが、危うく顔面から床に衝突しそうになる。反射的に顔を背けた瞬間、横に誰かの顔を見つけた。

大崎有里。暗闇の中でも特徴的な笑窪がはっきりと分かり、こんな状況にも拘らず微笑《ほほえ》んでいるように見えた。

「有里さんですね？　大崎有里さん」その場に座りこんで肩を揺する。反応はない。死んでしまったのか？　手探りで首筋を探し当てて触れると、びくりと体を震わせる。

「逃げますよ」

「放っておいて」かすれた声が床の上から聞こえてきた。

「このままここにいたら死にますよ」

「待ってたのよ、これを」

「あなたが火を点けたんですか」

「まさか」有里がむっくりと体を起こす。Tシャツにジーンズという軽装で、かすかに汗の臭いが漂った。汗か涙か、顔は濡れている。「私は自殺なんかしないわ」

「放っておいてくれっていうのは、自殺しますと言ってるのと同じですよ。さあ、行きましょう」

「誰かが死ぬチャンスをくれたの。逃がしたくないのよ。だいたいあなた、誰なの」

「刑事です。西八王子署の鳴沢です」

有里の体が強張った。顔を背け、肩を震わせる。そのまま、消え入りそうな声で訊ねた。

「分かったんだ」

「分かりました。でも、今はそんなことはどうでもいい。とにかくここを出ましょう。下で長瀬も待っている——あなたの弟さんですよ」

「そんなことを調べたの？」頬を張られたように勢いよく、私に顔を向ける。「そんな昔のことを……」

「この事件は、全部過去につながってるんです。何が起きたか調べるためには、昔の事情を知る必要があった。でも、そんなことは後でいいんです。逃げますよ」

立ち上がって有里の腕を引っ張ったが、彼女が踏ん張ったので私もバランスを崩して転びそうになった。

「死なせて！」胎児のように体を丸めて抵抗する。

「死なせません」

「私は死ぬの。死ななくちゃいけないの」

「あなたのお母さんと同じようにですか」

私の言葉が彼女を貫いた。一瞬体を強張らせるが、すぐに力が抜ける。タイミングを見逃さずに腕を引っ張って無理矢理立たせる。正面から両肩を抱くと、煤で汚れた頬に涙が伝うのが見えた。その目に、急に恐怖の色が宿る。それを確認したと思った瞬間、彼女が両手で私の胸を突いた。二、三歩後ろによろめきながら見たのは、彼女の頭を直撃する、燃え盛る木材だった。

「有里さん！」慌てて駆け寄る。彼女は床に倒れ、背中から頭にかけて乗った木材に体を焦がされていた。それを蹴飛ばし、燻《くすぶ》り始めたTシャツを叩いて火を消す。血は流れてないが、意識を失っていた。脈を診《み》る。弱い。口の前で手を立てると、浅い息がかすかにくすぐる。よし、大丈夫。後は時間との勝負だ。下まで行けば何とかなる。抱き起こし、両腕で抱え上げた。軽い。が、両腕が塞がれた状態では、何かあった時に反応できないので、仕方なくセメント袋を担ぐように彼女を左肩に乗せた。ぐったりとして何の反応も見せない。

すり足で慎重に進む。時折ちらりと上を見上げた。また木材が焼け落ちてくるかもしれない。が、一瞬目を放した隙に炎の塊が降ってきて、気づいた時には逃げるタイミングを逸していた。体の軸をずらし、空いた右手で炎を払いのける。がつんと鈍い音がして、炎の塊は床に落ちた。上着の袖《そで》に火が燃え移っている。慌てて振り、壁に何度か叩きつけてやっと消し止めたが、肘から手首にかけてひりひりと痛みが広がってきた。安い化繊のスーツではないのだが、と恨み節を吐き捨て、割れた窓から家の外に出る。そのまま真っ直ぐ、登ってきた森の方を目指した。緑のベールに脚を踏み入れる直前、家を振り向く。三角屋根は完全に炎に包まれていた。ようやく放水が始まったようで、霧雨のように降り注ぐ水が私の体にもかかったが、すぐに蒸発してしまい、顔を焼くような熱さや腕に絡みついた痛みを解消してはくれない。

有里を担いだまま、慎重に一歩を踏み出した。大丈夫。たかだか二百メートルぐらいではないか。人を一人担いでいるとはいえ、登るよりは下りる方がずっと楽なはずだ。霧が漂うように、森全体が煙に包まれている。大丈夫なのか？　方向を見失いはしまいか。とにかく斜面の感覚を足裏に感じながら、ゆっくりと一歩一歩を踏みしめる。途中滑りそうになって慌てて踏ん張った時に、足首に鋭い痛みが走った。オーケイ、折れた時にはもっと痺れるような痛みになる。単に捻ったただけだろう。一瞬立ち止まって体重をかけると、気が遠くなりそうな痛みが走る。やはり折れているのか？　だから何なんだ。もうすぐではないか。

「鳴沢！」遠くで誰かが呼ぶ。藤田だ。安心して全身の力が抜けそうになったが何とか踏みとどまって歩を進める。

「ここだ」怒鳴り返してから激しく咳きこみ、その場で立ち止まってしまう。右手から熱が襲ってきた。見ると、二メートルほど先まで炎が広がっている。生木が焼ける臭いは強烈で、目を開けているのが困難になってきた。煙は鼻の穴から容赦なく入りこみ、喉と肺を痛めつける。

「そこを動くな！」藤田が叫ぶ。「そこ」と言っても、私がどこにいるのか、彼は分かっているのか？　投光器の灯りはこちらを照らしておらず、捜しているにしてもほとんど手探り状態だろう。このまま救助を待つよりも、自力で下りた方が早い。

「いたぞ！」何人かが同時に叫ぶ。目を凝らしたが、誰も見えない。別の何かを見つけたということかと不安になったが、やがて下の方で、マグライトのものらしい灯りがぼんやりと動くのが見えた。

「ここだ！」意味があるとは思えないが、空いた右手を振ってみる。途端に、火傷《やけど》した腕が広範囲に痛んだ。

「鳴沢、こっちからは見えてる。動くな」藤田に言われてその場に立ち止まった。右足を前に出し、体を斜めにして安定させる。

「危ない！」誰かが叫ぶ。何だ？　異変に気づかないまま、無意識のうちに二、三歩後ろに下がった。痛めた足首に鈍い痛みが走る。クソ、こいつはやはり折れているのか——足元を見ようとした瞬間、燃え盛る木の幹が目の前に倒れこんだ。私の鼻先をかすめ、炎の帯が斜面を寸断する。唖然《あぜん》としているうちに、炎が目の前で高く上がり始めた。左側にある木の先を回りこむか？　そちらに目を向けたが、断崖になっており、飛び降りる覚悟でもなければ脱出はできない。右手の炎はさらに激しく燃え盛り、体の右半分を熱波が舐める。クソ、どうする。こっちに放水してくれ。しかし上から降り注いでくるのは、水ではなく熱い火の粉だった。

「鳴沢、大丈夫か！」炎の向こうで藤田が叫ぶ。今ではようやく彼の顔を確認できるようになっていた。距離、わずかに五メートルほど。しかし炎の壁に阻まれ、藤田のいる場所までは果てしなく遠い。

意を決した。いつまでもここに立っていて蒸し焼きになるつもりはない。有里を担ぎ直し、バランスを安定させた。低く構え——足首の痛みが前傾姿勢を邪魔したが——一気に炎の壁を突破する。一瞬だけのはずなのに、目の前が赤く染まり、全身を焼かれるような熱さを感じた。しかしすぐにそれは過ぎ去り、涼しい風が体を撫でる。バランスを崩して、有里と一緒に斜面に転がった。

「鳴沢」藤田がほとんど四つんばいになりそうな姿勢で駆け寄ってくる。

「彼女を頼む……頭を打ってるんだ」

「お前は大丈夫なのか?」藤田が有里を抱き上げた。

「何とか」言った途端に咳きこんでしまう。喉から黒い煙が出てきそうだった。ふっと目の前が暗くなり、首ががくりと垂れた。誰かの手が首を支え、口元に柔らかい感触が触れる。急に呼吸が楽になり、目の前の光景に色が戻ってきた。深く息を吸い、呼吸を落ち着かせる。人にとって一番大事なのは酸素だ。今は他に何もいらない。

「大丈夫ですか」

口を塞がれたままなので、無言でうなずく。目の前に片桐の顔があった。脅され、全てを呑みこんで証言を拒否した男。そう、この男は消防士だった。真剣な、しかし落ち着いたプロらしい余裕を感じさせる態度が、私の鼓動を平静に戻す。

「落ち着きましたか」

うなずくと、口元が楽になった。が、すぐに煙臭い空気を吸いこんでしまう。純粋な酸素に勝るものなし、だ。

「大丈夫ですか、鳴沢さん」片桐が目を細める。

「どうも」それだけ言うのがやっとだった。何かが収束しかけているのに気づいたのか、片桐がまじまじと私を見詰める。分厚い出動服に覆われた彼の肩に手をかけ、二度、前後に揺さぶってやった。

「気にしないで下さい。あなたの気持ちは分かる。ああせざるを得なかったんですよ。だけど、もうすぐ全部終わる」

「……すいません」

「肩を貸してもらえますか」

片桐が素早く私の腕を掴む。自分の脚をまったく使わず、私は立ち上がっていた。よろよろと歩き出すと、片桐が腕を掴んだまま横に並んだ。

「火事の原因は？」

「下の家から出火したみたいですね。電気系統かもしれないけど、原因はまだ分かりません。明日の朝から本格的に調べますよ」

「不審火じゃないんだ」

「そう考える理由でもあるんですか」

「いや」考え過ぎだろう。私は権藤の顔を思い浮かべていた。あの男が私たちに先んじて有里の居場所を割り出し、口を塞ぐために火を点けた——やはり考え過ぎだ。しかし今は、あの男がどうしても私たちの捜査を邪魔したかった理由が分かっている。道義的に許されることではないが、こういう暗い話は田舎ならどこにでも転がっているのではないだろうか。もちろん、調べて立件することはできる。だが関係者は一様に口をつぐみ、何もなかったことにしてしまうだろう。そうする理由——恥。あるいは……やはり恥だ。それは一人の問題ではなく、一族、さらに関係者にまで広がる。地中深く張り巡らされた根のようなものだ。引き抜こうとすると、どこまで持ち上がってしまうか分からない。

「怪我はないんですか」

「俺は大丈夫だ」言いながら右腕を見下ろした。焼けた上着の袖に隠れ、火傷の具合は分からない。ひりひりした痛みはしつこく居座っているが、大したことはないだろう。問題は足首の痛みだ。引きずらないと歩けないし、一歩踏み出す度に痛みが突き抜ける。片桐が素早くそれに気づいた。

「大丈夫じゃないようですね」腕を取る。「病院までお連れしましょう。救急車が来てますから」

「救急車で思い出した。さっきの女性は大丈夫ですか」

「分かりません。下で確認しましょう。歩けますか？」

「ゆっくり歩いてくれれば」

頭上から水が降り注ぐ。雨――それも熱帯の強烈な雨だ。数か月前、フロリダで滝のような雨に降られたことがあったが、あの時を思い出させる勢いである。もう少し早く雨脚《あまあし》が強くなっていれば、楽に有里を助け出せたかもしれないのに。立ち止まって振り返り、森を焼き尽くそうとしていた炎が水に逆らい、戦いに敗れて次第に弱くなっていくのを見詰める。私の命を奪おうとした火なのに、何故かその光景を見ているうちに残念な気持ちが膨れ上がってくる。

全て焼けてしまった方がよかったのかもしれない。それは、有里が死ねばいいと願うのも同様だったが、そうなれば全ての悲しみも恨みも灰になったはずである。かさぶたを剝《は》がし、古傷を露にすることが全てではない――私もいつの間にか、東京の偉大なる田舎である八王子風の考えに染まってしまったのだろうか。

道路まで下りると、消防車と救急車が列を成しているのが見えた。長瀬の姿は見当たらない。大粒の雨――今ごろ降りが激しくなっても手遅れだ――が景色を濡らし、足元から寒さが悄然《しょうぜん》と這い上がってくる。藤田が私を見つけてすぐに駆け寄ってきた。

「脚、やられたのか？」心配そうに私の足元を見下ろす。

「大丈夫だ。ちょっと掠っただけだから」

「顔が少し焼けてるな」

藤田が自分の右頬を叩く真似をする。それに釣られて触れてみると、途端に刺すような痛みが走った。片桐が慌てて覗きこむ。

「そんなにひどくないですよ。ちょっと水ぶくれになってるだけです。これぐらいなら跡も残らないでしょう」

「ああ」うなずき、救急車の方に向かう。後ろのドアが開き、中では救急隊員が大慌てで動いていた。

「彼女は頭を打ってます」寝かされた有里に目をやりながら声をかける。

「ああ、了解」一人がこちらを見ないで返事をした。

「大丈夫なのか?」

「あんた、誰だ」振り向くと、ヘルメットの下にむっとした目つきが覗いた。

「西八王子署」

「ああ」納得したようにうなずいたが、次の瞬間には険しい目つきになる。私の怪我に目を留めたのは明らかだった。

「あんたも乗りなさいよ。怪我してるじゃないか」

「俺は大丈夫だ……もう一人乗るかもしれないし。それより彼女はどうなんですか」

「バイタルは安定してる。意識は失ってるが、心配はいらないと思う。怪我も大したことはないだろう」

「分かった」振り向き、魂を失ったように立ち尽くす長瀬に声をかけた。彼がそこにいるのは何故か分かっていた。

「乗れよ」

提案は無言で迎えられた。腕を引っ張り、強引に救急車に押しこむ。長瀬はまったく抵抗しなかった。

「後で病院に行くからな」

長瀬がぼんやりとこちらを向き、かすかにうなずいたように見えた。そこだけ温度が下がり、同時に様々な想いが渦巻いて不気味な模様を作っているようだった。ストレッチャーの横に座った長瀬が、じっと有里の顔を覗きこむ。硬く握り締めた両手は細かく震え、目にはかすかに涙が浮かんでいるようだった。人は度重なる衝撃を受けると感情を失ってしまうが、それは自己防衛のためでもある。だが一時はそうなったとしても、いずれはあらゆる感情を呼び戻し、現実に対処しなければならなくなるものだ。嘆き悲しみ、怒りの叫びを上げることになっても、目を背けていては何も始まらない。心に闇を抱えて、という説明で自分を誤魔化すのは簡単だ。しかしいずれは、その闇が心を内側から食い荒らすことになる。それに負けてはいけない。

覚悟。どんな人間にも覚悟が必要だ。

もちろん私にも。

7

病院に捜査本部が引っ越してくる――私の妄想は本当になってしまった。大崎親子。さち。長瀬。そして私。本来静かであるべき夜の病院は刑事たちでごった返し、ざわついた雰囲気に包まれた。もちろん、足音高く走り回ったり、怒声を上げて尋問をしているわけではないが、そこにいるだけで空気の温度を変えてしまうのが刑事という人種なのだ。時に熱く、時に冷たく。

火傷と足首の簡単な治療を受けてから、藤田を捜す。案の定、待合室の隅に押しこめるように作られた喫煙室に一人ぽつねんと座り、煙草をふかしていた。脚を引きずりながら入っていくと、にやりと笑って煙草を灰皿に押しつける。空気清浄機が動いていないので、狭い部屋は白く曇っていた。横に腰かけると、消え残った煙が鼻先に漂い出す。

「どうだ、怪我の具合は」

「死ぬことはないよ」

「だろうな。あんたがそう簡単には死ぬはずがない」

「いい加減に禁煙しろよ」

「明日の朝になったらな」

「ダイエットと禁煙に『明日から』は禁物だって言うぜ」

「ごもっとも」言いながら新しい煙草を咥える。「やめた、やめた。禁煙なんて下らないこと、もっとジジイになってから考えるよ。で、これからどうする」

「大崎有里に話を聴く」

「俺が聴かなくていいのか？　そういう約束だっただろう」

「考え直した」

藤田が唇を舐め、私の顔をちらりと見た。自分を納得させるようにうなずく。

「そうだな。ここはお前が決着をつけるべきだろうな」

「すまん」

「いいよ。気にするな」わざとらしく、顔の前で手を振ってみせる。

「おい、鳴沢」声に振り向くと、新井が大股でこちらに歩いてくるところだった。そういえば、彼が歩いているのを初めて見たような気がする。「大崎有里の意識が戻ったぞ」

「分かりました」立ち上がる。これは私の仕事だ。そう言い聞かせてみても、肩に背負
った重荷が軽くなるわけではなかった。

豪快なもみ上げが目印になっている医師の荒尾は、有里の病室の前で私と顔を合わせた途端に顔をしかめた。

「またあなたですか」

「どうも」目を合わせないようにして頭を下げる。

「何ですか、今日は。怪我？」

「多少」包帯を巻いた右腕を掲げてみせる。「大したことはありません」

「公傷ですか」

「もちろん」

「治療が済んだらさっさとお帰り下さい」

「まだここで仕事があるんですよ。そうじゃなければ、病院なんかに長居しません」

「病院なんか、ね」荒尾が鼻を鳴らす。唾《つば》を呑むと、もみ上げがひくりと動いた。「こちらの女性に話を聴くんですか」

「ええ」

「あなた、昼間運びこんだ患者さんにも随分迷惑をかけたんですよ。今度は手短にね」

「症状はどうなんですか」

「軽い脳震盪《のうしんとう》」自分の頭を人差し指でこつこつと叩く。「意識ははっきりしてるけど、絶対に無理させないで下さいよ」

「当然です」

「あなたの当然は信用できないからな」

「彼女を助けたのは私ですよ」

その事実が、荒尾の攻撃を一瞬止めた。その隙に病室に入りこむ。後に続いた藤田が音もなくドアを閉めた。病室の灯りは落とされており、枕もとの小さな照明が有里の白い顔を闇に浮き上がらせている。じっと目を見開いて天井を見上げ、瞬き一つしない。両腕を布団の上に出しており、左手には点滴がつながっていた。透明な液体が一滴ずつ、のろのろと落ちていく。額の右側に大きな絆創膏《ばんそうこう》が貼ってあったが、それ以外に、見えるところに怪我はなかった。

椅子を引いて座ると、有里がゆっくりと私に顔を向ける。笑窪は健在だが、さすがに今は微笑んでいるようには見えなかった。

「大崎さん、西八王子署の鳴沢です。怪我の具合はどうですか」

無言で迎えられた。感情の抜けた表情であり、焦点は私の顔に合っていない。両手を組み合わせ、少しだけ前のめりになって質問を続けた。

「いつからあの家にいたんですか？　畠山さんを川に突き落とした直後ですか」

かすかにうなずく。最後まで突っ張り通そうという気持ちは、既に失われているようだった。

「今は無理に話す必要はありません」正式な調書を取るのは病院を出てからだ。「イエス、ノーで構いませんから、私の質問に答えて下さい。あなたは畠山を橋から突き落とした。あなたも一緒に落ちた。あなたは何とか川原に泳ぎ着いてタクシーを拾い、それからずっとあそこにこもっていた。そういうことですね」

今度はもう少し深くうなずく。事実を認めることで、少しずつ生気を取り戻しつつあるようだった。

「あの家には、あなたと清子さん——あなたのお母さんの想い出が詰まっている。そういうことですね。だからあそこを隠れ場所に選んだ」

「そう」しわがれた苦しげな声が辛《かろ》うじて絞り出された。

「辛いかもしれないけど、確認させて下さい。あなたが畠山さんを殺した理由です。私は、清子さんがあなたの母親だということを知っている。清子さんがあなたを大崎さんの家に養子に出したことも分かっている。自分では育てられなかった、そういうことだったんでしょう。それは理解できます。でもまだ、分からないことがたくさんある。養子に出したのに、大崎さんは長瀬さんの隣に住んでいた。普通なら、こんなことは考えられませんよね。それともう一つ、あなたの父親が誰かということです」

「父は死んだわ」

その一言で、ずっと胸の中に渦巻いていた疑問の雲が凝固して、はっきりとした形を取った。

「畠山さんだったんですね」

「認めたくないけど」

「長瀬さん――長瀬勝也さんが、清子さんの実家と関係を結ぼうとしていたことは分かっています。植山さんは当時、八王子では非常に大きな影響力を持っていましたからね。言葉は悪いけど、息子の選挙のために地盤と鞄が欲しかった。一種の政略結婚を狙ったんですね」

「あなたは間違っている」有里の指摘は冷徹で乾いていた。それを聞いた途端に、さちの言葉が脳裏に蘇る。「子どもたちが家を結びつけてくれることもあるんです」

「だったら何が本当なのか教えて下さい」

有里の喉が小さく動いた。薄く開いた唇からは細く息が漏れるだけだったが、私は言葉が出てくるのをじっと待った。

「母は、長瀬さん——長瀬善さんと愛し合っていたの。高校生の頃からずっとつき合っていたそうよ。だから、二人が結婚しようと考えるのは自然な流れだった。もちろん、勝也さんにすればこれ以上はない幸運だったでしょうけどね。息子が好きになった女性の実家は金持ちで、地元の政財界に強い影響力を持っていたから。でも、そこに横槍を入れた馬鹿がいたのよ」

「畠山さんですね」

「母にずっと目をつけていたのね。それに、もっと強い地盤と金が欲しかったんじゃないかしら。だから母に……私の母に近づいた。それで無理矢理……」

有里が顔を背ける。目が光ったように見えたが、涙が溢れたわけではなかった。すぐに私に視線を戻したが、その時には既に表情は消えていた。

「それで生まれたのが私」

「産まないという選択肢は……」

「それは私には分からない。何か体の問題があったって聞いてるけど」

「産まないと、清子さんの体が危なかった」

「そういうことみたい。それで、私は養子に出されたの。大崎の父は、後援会の幹部から頼まれて私を押しつけられたのね。その代わりに仕事を世話してもらった。その頃失業していたそうだから、条件としては悪くなかったんでしょう……口が堅いということで選ばれたのね。それが今でも続いてます。でも私は、父を尊敬している。亡くなった母も。二人とも立派だと思うわ。押しつけられたのかもしれないけど、私をちゃんと育ててくれたんだから」

「清子さんは、畠山さんと結婚するつもりはなかった」

「意地を張り通したのね」

「その後で長瀬さんと結婚したんですね」

　全ての人が隠したがったこと――政治家の家を継ぐべき男が、強引に関係を迫って子どもを産ませた。しかし、清子は畠山との結婚を拒んだ。それは意地、そしてある種の嫌がらせだったかもしれない。結果、子どもは――有里は宙に浮いてしまったのだ。面倒を見たのは後援会。その事実を知っている人は少なくなかったはずだが、誰もが口をつぐんだ。つぐまざるを得なかったのだろう。

「長瀬さんも意地を張り通したのよ。いろんな意味で、長瀬さんと畠山はライバルだった。どっちの家も地元の有力者で、選挙でも争う関係だったから。でもそういうこととは関係なく、長瀬さんは母と結婚した。畠山があんなことをして、私が生まれたのも承知の上で」

「大崎さんが近くに引っ越してきたのは、清子さんの希望だったんじゃないですか。おおっぴらに自分の子だとは言えないかもしれないけど、同じ町内にいればいつでも会える」

「そう聞いてるわ。どうしてもって拝み倒して、家の世話までしたそうだから」

「そんなことをして、大崎さんの立場は悪くならなかったんですか」

「悪くなったかもしれない。どうしてそんな決断をしたのかは訊いたことがないけど」

簡単には割り切れない。少なくとも私には。望まない男との関係、その結果生まれた子どもに対する母親の感情はどのようなものだろうか。半分憎み、半分愛する。しかし清子の行動を考えると、有里に対する気持ちは愛が憎しみを遥かに上回ったのではないだろうか。大崎はどう思っていたのだろう。後援会に、そして畠山に対する義理は当然あったはずだし、清子の近くに引っ越すことについては反対の声も上がったはずだ。不幸な母子に同情を覚えていたのか。せめてもの思いやりだったのか――いや、あるいは監視役をおおせつかっていたのかもしれない。清子が変なことをしないか、近くにいればよく分かる。

「長瀬さんとの結婚生活は落ち着いてたんですか」

「そうだったみたい」

「だったらどうして自殺したんですか」

突き刺すように残酷な一言だということは分かっていた。しかし、これが事件の核心につながる。有里が顔をしかめる。どこか痛むのかと慌てて体を乗り出したが、彼女は小さく首を横に振った。「大丈夫」という声がかすれる。

「畠山は諦めていなかったのよ。結婚しても、母につきまとっていた。クズみたいな人間なのよ。周りも止めることができなかった。そういうことがずっと続いて、母は耐えられなくなって……当然じゃない？　何とか忘れよう、自分が愛した人に守られて人生をやり直そうと頑張ってたのに、無理矢理関係を迫った相手が、また目の前に現れたのよ」

「長瀬さんは止められなかったんですか」

「畠山のやり方は巧妙だったのよ。それにその頃、善さんは選挙に出るための準備を始めていた。乱暴なことはできなかったんでしょう」

「長瀬さんは新聞記者だ。簡単に権力に負けるはずがない」

「それは綺麗ごとよ……もしもこれが政治絡みの事件だったら、善さんも徹底的に戦ったかもしれない。でも、ことは自分の家の問題だったのよ。おおっぴらにすれば、傷つく人間がいる。そういうことに耐えられなかったんじゃないかしら」有里は私の顔に浮かぶ疑念に気づいたようだった。一度言葉を切って唇を舐め、続ける。「それでも善さんは何とかしようとしたのよ。何かスキャンダルを摑めば畠山を潰すことができる。そう思って、必死に頑張った。でも、そうすることで逆に母と過ごす時間がなくなってしまったのね……母は、誰かが側にいなければ駄目だった。強い人だったけど、それは必死でそうしていたからなのよ。表面だけは硬かったけど、心の中は柔らかくて、傷つきやすくて。愛する人が側にいなくて、母は追い詰められた」

「実家……植山さんの家は？」

「実家とは縁が切れてたの。分かってるわ、ひどい話だって言いたいんでしょう？　でも、田舎の古い家がどんな風かは、あなたにも想像できるんじゃない？　積極的に前に出て、傷物になった娘を庇うことはできなかったのよ。それはそれで仕方ないと思うわ」

「それで……」

「そう」有里の目の焦点が合い、私を射抜くような視線を投げかけてきた。「追い詰められた母は自殺した」

「それは二十五年も前のことでしょう。あなたは、どうして今ごろになって畠山さんを殺そうと思ったんですか」

「私が全てを知ったのは、つい最近なのよ。善さんと話す機会があって……あの人は涙を流して私に謝ったわ。守り切れなくて申し訳ないって。二十五年間もずっと一人で苦しんできたのね。家族も助けにはならなかった。分かる？　勝也さんから見れば、善さんは負け犬だった。そういう人なのよ。いつも激しい争いの中で生きてきて、他人に対する見方も厳しかった。たとえそれが自分の子どもでもね」

一瞬言葉を切り、有里が短く呟きこんだ。私は体を起こして背筋の強張りを少しだけ解放しながら、勝也の気持ちはそれほど単純なものではないだろうと思っていた。勝也は確かに、厳しく威厳のある人間だっただろう。一度話しただけだが、それは強く感じられた。しかし彼は、大きな挫折《ざせつ》を経験しているのだ。自分の能力や意思と関係なく、国政への道を閉ざされたこと——それは彼の精神状態に、複雑な影響を与えたはずだ。あるいは、あの出来事があってから、さらに他人に対して厳しくなったかもしれないが。特に身内——息子に対しては。

小さく咳払いをして、有里が再び話し始める。

「もちろん、龍一郎君は当てにならなかった。子どもだったんだから。守るべき相手だったんだから。私は、善さんを責める気にはなれなかったわ。あの人の苦しみを考えるとね……当たり前じゃない？　愛する人が二度も辱《はずかし》めを受けたのよ。それなのに守れなかったんだから、簡単には立ち直れないでしょう。善さんは優秀な人だったそうよ。でも母が死んでからは何に対してもやる気がなくなって、本当は政治の世界に進むはずだったけど、それも諦めた。それに会社でも、わざと閑職に身を置いて、定年までの長い日々を数えながら過ごすようになったのよ。それは、善さんが自分に与えた罰だったかもしれない。能力のある人がそれを自分で封印するのは、地獄かもしれない」

「そしてあなたは、畠山に直接罰を与えようとした」

「私は……何も知らないで普通に育ったわ。事情を知った後は、知らなかった自分が許せなくなった。畠山は自分の身勝手で私の母を死に追いやって、長瀬さんの家も潰したようなものなのよ。そんな男が偉くなって、今度は息子に跡を継がせようとしている。そんなこと、あっていいわけないでしょう。そういう考え、馬鹿みたいだと思う？　何十年も何も知らないで生きてきたのに、急にいろいろな人の人生をぶち壊すようなことを考えたんだから……賢いとは言えないわね。でも、自分の本当の母親が誰か、初めて知ったのよ。その時のショックは、あなたにも分かってもらえるわよね。優しい人だった。私がまだ小さい頃、よく遊んでくれたし、あの山荘にも連れて行ってくれた。一晩ごとに自分の家とお隣の家で泊まっていた時期もあったわ。あの人と一緒に寝て……温かかった。温かい人だった。今考えると、母なりに必死だったんでしょう。母親だと名乗ることはできないけど、私に精一杯の愛情を注ごうとしたのよ」有里の言葉の一つ一つが私に突き刺さった。まるで私自身が罪を犯していたように、強烈な痛みを引き起こした。

「殺すために、あなたは畠山に近づいた。そうですね」

「そうよ。ところがあの男はね、ボケ始めてたの。いわゆるまだらボケ。しっかりしてる時があるかと思うと、今日と三十年前の記憶がごちゃごちゃになることもあった。私と母の区別がつかない時もあったのよ。私を抱こうと……」

畠山に何か変わった様子はなかったかと訊ねた時、何人かの人間が口をつぐんだことを思い出す。今考えれば、皆このことを知っていたのだ。しかし、痴呆症の具体的な症状は、家族にしか分からない。噂だけで迂闊《うかつ》なことは言えなかったのだろう。

勢いよく話していた有里が、急にエネルギーが切れたように黙りこんだ。

「畠山をあの橋に呼び出したのはあなたですね。清子さんが身を投げた場所で畠山を殺すのが、最高の復讐だと思ったんでしょう」

「畠山は私の言いなりになったわ」どうしてそうなったかを説明する気はないようだった。私も確かめたくはなかった。「事情を知ってから、ずっと殺そうと思ってた」

「あなたも死のうと思った」

「人を殺したら責任を取るべきだと思ったから。間違ってる？」

「間違ってません。でも、あなたのやり方が正しかったとは言えない——刑事の立場では」

「死に切れなかった……私、昔から泳ぎだけは得意だったのよ。本能ね。あの時は川が増水していて、流れも急だったのに」

「そのことを大崎さんにも話しましたね」

「はっきりとじゃないけど」

「彼も自殺を図りました。難しい立場だったんでしょう。恩義のある人を娘が殺したんだから、精神的に追い詰められるのも分かります」

有里の目が大きく見開かれた。

「父が……無事なの？」

「ええ。たまたま私たちが助けました。あなたがあの山荘にいるかもしれないと教えてくれたのも彼です。あそこがあなたと清子さんの想い出の場所だということを知っていたんですね」

「最後まで迷惑かけて」有里の声が涙で揺らいだ。

「まだ最後じゃありません」

「……私は逮捕されるのよね」

「そうなります。元気になれば」

「そう」窓の方に顔を向ける。「死なせてくれないわよね」

「無理です」

「どうして助けたの？　火事が起きた時、私はチャンスだと思った。あのまま死ねば、それで全部終わったのに」

「あなたには真実を話す義務があります。裁判で全部ぶちまければいい。そうするべきだ」レクサスの助手席から悲しげな視線を私に投げかけて懇願した、畠山の妻の顔を思い出す。一番傷つくのは畠山の家族かもしれない。しかし、動き始めた流れは止めることができないのだ。

「私が死ねば、それで綺麗に片づくのよ。生き残って喋れば、また傷つく人がいるわ」

「そうですね。でも、あなたの母親以上に傷ついた人がいますか？」

沈黙が流れた。それは病室を覆い尽くし、やがて私たちを闇の色に染め上げた。

藤田と別れ、病院の駐車場に向かった。自分で車を運転できないほど疲れていたが、タクシーに乗る気にもなれない。様々な人間の面子《めんつ》が潰れ、封じこめられていたはずの過去がマグマのように噴き出し始めている。それを食い止めることは、もはや誰にもできないだろう。捜査本部は明朝、正式に発足することになっている。短い時間に全ての事実が明るみに出るはずだ。

私がしたことは正しかったのか。

車に乗りこみ、シートを倒して目を閉じる。睡魔が襲ってくるが、ここで眠れないのは分かっていた。意識が漂うに任せる。最後に残った疑問は、この先自分が誰を守るべきかということだった。

携帯電話が鳴り出して、現実に引き戻される。無視しようかとも思ったが、結局は出てしまった。

「女を逮捕するそうだな」野崎《のざき》だった。

「ええ。情報が早いですね」

「それが商売だ……それより今回は、何だか変なことになっちまった。悪かったな」

「よくあることです。混乱こそ我が人生ですから」

「気の利いた風なことを言うな。あんたには似合わないよ」

「そうですか……ところでＮＪテックの件はどうなるんですか」

「心配するな。そろそろねじを巻き始めるよ。受け取った金額が大きい連中については、政治資金規正法できっちりやる。あの会社の方も、当然逃げられない。実のところ、社長にはもう任意で事情聴取を始めてるんだ。責任者に任せていたから何も知らないと言ってるけど、そういう理屈は通じない」

「特に、あなたには通じないでしょうね。それより、全部は立件しないんですね。要するに一罰百戒ですか？」

「それは仕方ないだろうが。全員立件しても処理が煩雑になるだけなんだ。でもな、確実にやれる。それだけは間違いない。ＩＴ系の企業も、結局政治家には擦り寄りたいのさ。これからはこういう事件も増えてくると思うよ……それよりな、献金リスト、たった一つ不備があった」

「何ですか」

「畠山の名前は偽造だった」

「何ですって？」思わずシートから背中を引き剝がした。その勢いでハンドルに胸がぶつかりそうになる。

「あの会社にMOF担みたいな男がいるって言ったの、覚えてるだろう」

「ええ」

「実はそいつが、東日の記者のネタ元にもなってたんだ」

「そんなこと、あるんですか」

「そうならないようにしたいところだけど、仕方ないんだよ。逮捕したわけじゃなくて、自由に動き回ってる人間だからな。マスコミの連中に接触するなって忠告しても、それを守るとは限らない。とにかくそいつを締め上げてやっと分かったんだが、どうやらこういうことだったらしい。こっちにリストを渡す直前、その男は東日の記者と会った。献金リストを見せる約束になってたそうだ。記者はノートパソコンを持ってきて、そこにファイルをコピーした。ネタ元の方じゃ、ファイルの入ったUSBメモリをそのまま渡す気はなかったようだし、メールでやり取りすれば証拠が残る。直接会ってハードディスクにコピーしてもらうのが、一番安全だと思ったんだろう。ネタ元はその後、USBメモリをこっちに持ちこんだんだが、その記者は、元ファイルの内容を改竄《かいざん》しちまったんだ。リストに畠山の名前を書き加えたんだよ」

「そんなことされて、どうして今まで気づかなかったんですか？」

「分からん。気づかなかったとしか言いようがないんだ。こっちに渡すまで、情報提供者は内容を確認しなかったそうだから。結局、うちの手に入ったリストと、情報源が持ってる元のリストを照合して、食い違いがあるのが分かったんだよ。他にそのファイルをいじった人間はいないから、必然的に東日の記者に辿り着いたんだ」

「その記者は、何のためにそんなことをしたんですかね」

「知るかよ」野崎が乱暴に吐き捨てた。「まあ、こっちに実害はないからいいんだけどな。畠山は死んじまってるし、そもそも献金の事実がなかったんだから、これ以上突っこみようがないんだ。混乱させられたことにはむかつくけど、その記者も情報提供者も逮捕できるわけじゃない」

「じゃあ、どうするんですか」

「放っておくしかないだろうな。東日の出入り禁止処分を延ばすこともできないんじゃないかな。だいたいその記者は、司法担当の人間じゃないし。取材を手伝ってた遊軍なんだよ。それにこんなこと、こっちも恥ずかしくて表沙汰にできない。まあ、今後東日に対する対応が厳しくなるのは間違いないけどな……とにかく、この電話はあんたに対する謝罪だと思ってくれていい」

「それはどうも。特捜部の検事さんに謝罪されることなんて、この先二度とないでしょうからね。いい経験になりましたよ」混乱した？　野崎の言葉が引っかかる。「謝罪ついでに一つ教えてもらえますか」

「いいよ」

「東日の記者の名前、分かりますか」

「いや、それは……」

「分かってるんでしょう？　当然割り出してるはずですよね。そんな大事なことを、特捜部が漏らすわけがない」

「しかし、あんたには直接関係ないだろうが」

「いいって言ったじゃないですか」

「そんなつもりじゃない」

しばらく押し問答が続いた末、結局野崎は教えてくれた。予想されたことではあったが、その名前を胸に刻みこむためには、それ相応の覚悟が必要だった。

やっと家にたどりついた時には、午前一時を回っていた。よほど疲れていたのだろう、普段なら、少し変わったことがあればすぐに気づくのに、今夜は自分の車をガレージに入れるまで、長瀬のＢＭＷが家の先に停まっているのを見逃していた。

いずれ話さなければならないことだが、少しだけ時間が欲しかった。頭を整理し、冷静になるための。だが、向こうから来てしまったのでは仕方がない。家の鍵をズボンのポケットに落としこみ、両手で顔を擦る。頰の火傷に触れてしまい、引き攣る痛みに思わず呻き声が漏れた。

緩い坂を上って、BMWの窓を叩く。長瀬は前を向いたままだったが、ドアロックが解除される音がしたので、ドアを開けて助手席に尻を落ち着ける。張りのあるいいシートだが、今は柔らかいベッドが恋しい。顔の前にペットボトルの水が差し出された。猛烈に喉が渇いているのに気づき、キャップをねじ切って一気に半分ほど流しこむ。乱れた心が少しだけ落ち着き、燃えるようだった頭が冷やされた。

「有里さんには会えたか」

「いや」

「心配いらない。軽い脳震盪だけだ。俺の方がよほど重傷ですよ」おどけて包帯を巻いた腕を上げて見せたが、反応がない。「そのうち会えるでしょう」

「いや、しばらく会えないでしょう……彼女は逮捕されるんでしょうね」

「そうなると思う」

「何をするにしても、もう手遅れだ」

その言葉が、車内の温度をわずかに下げた。手遅れ——今の状況にこれ以上相応《ふさわ》しい言葉はない。やり直すことも忘れることもできず、新たな罪に向き合わなければならない人間が何人もいる。

「あんたは、今回の件をいつ知ったんですか」

「つい最近ね」

「有里さんから聞いた？」

「そういうことです」

「いつ？」

「一月《ひとつき》かそれぐらい前ですよ」

「小説の中には、畠山らしき男は出てこなかった」

「そうです」

「あの本はほとんど事実だったわけだ。というか、事実に基づいた小説だったんだ。どうしてあんな本を書いたんですか。書けば家族が傷つくのは分かってたでしょう。あんたは救われたかもしれないけど」

「人は、そんなに簡単には救われないんですよ」長瀬がハンドルを抱えこんだ。「あの本を書くように勧めてくれたのは有里さんだった。一種の治療だったんですね。書くことで現実と向き合って、自分のもやもやした想いを消化する。そうやって書きあがった本を世間に出すことで、新しい自分を生み出すことができる。確かにその通りだった。あの時は、それが正しいことだと思った。家族を救うことはできないかもしれないけど、少なくとも俺は、自分の脚できちんと歩いていくことができると思った」

「ところがその後に、過去の事実が明らかになった」

「オヤジは弱い人間なんだ。息子があんな本を書けば、自分が母親の自殺を防げなかった情けない人間だということが世間に知れてしまうでしょう。でもオヤジは、きちんと説明してくれなかった……本が出た後になってもね。だけど、有里さんだけには知って欲しかったんでしょう。自分は、傷物になった女との愛を貫いて結婚した。男としての責任はちゃんと果たしているんだって言いたかったんじゃないかな。逆に言えば、俺が本を書かなかったら、有里さんも事実を知ることはなかった」

「あんたは本当に、自分の父親を弱い人間だと思ってるんですか」

「事実、そうだから」

「弱い人間だったら、あんなことはできなかったんじゃないかな。あんたが同じような立場だったらどうですか。自分の愛した女が、権力を持った人間に奪われる。そういう事実に耐えられますか。彼女が戻ってきた時に受け入れられますか」

「鳴沢さん、今日はきついですね」

「きつくない」静かに、しかし熱をこめて言った。「有里さんがあんたに小説を書くように勧めたのは、確かに上手い方法だったと思う。一種のセラピーだったんですね。彼女は、弟だとは知らずにずっと隣同士で育ったあんたのことを、心の底から心配してたんだ。過去を乗り越えるための方法を、彼女なりに考えたんでしょう。その結果、あんたは昔のように自分の心の闇を覗きこむことはなくなった。その後に出てきた問題は、また別の話ですよ」

「人のことだと好きに言えますね」

「あんたが畠山を殺したんじゃないかと疑ったこともあった」

「どうして」

「動きがおかしかったから」

一台の車が坂を上ってきた。ヘッドライトに照らし出された長瀬の顔は青褪《あおざ》め、唇からは血の気が引いている。タイヤがアスファルトを嚙む音が消えたところで再び口を開く。

「畠山とNJテックの関係をほのめかす記事が東日に出ましたね」

「ああ」長瀬の体からがっくりと力が抜けた。

「あれを書いたのはあんただった。ネタ自体は一級品でしたね。ただ、あの情報には重大な嘘があった。あんたのネタ元と特捜部の情報源は同じ人物だった。あんたのネタ元は、特捜部に情報を提供する前に、あんたに献金リストを見せる約束になっていた。あんたはそれを書き直して、畠山の名前が入ったリストが特捜部に行くように工作した。畠山が違法な政治献金を受けていたと記事にするためにね。嘘でもよかった。ばれさえしなければ。あんたの思惑通り、しばらくはばれなかった。特捜部に渡ったリストにも畠山の名前は載ってたんだから、誰も疑わなかったんですよね。でも、最初から疑問に思っていた人間はいたんですよ。あんたのネタ元は、畠山とは会ったことがないと証言していた。リストと食い違いが生じたんです」

「だからと言って、俺を逮捕はできない。偽情報なんて、よくある話なんだから」

「逮捕するつもりなんてない。たぶん、地検でもあんたのことは放っておくでしょう。事件の捜査に大きな影響はないんだから……こういうことじゃないんですか。あんたは、有里さんが畠山を殺したことを察した。しかし、彼女を助ける術《すべ》はない。逃げるのに手を貸せば、自分も罪に問われる。できるのは、彼女が逃げるための時間稼ぎぐらいだったんでしょう。そのために、畠山が違法な献金を受けたことが発覚して、それを気に病んで自殺したというシナリオが欲しかった。記事は、それを裏づけるための材料だったんですね。大したもんですよ。畠山が死んで一週間後の朝刊にその記事を用意したんだから。実際、地検も一時はそういう疑いを持っていた」

「――運が全部回ってきたんじゃないかな。普通はあんなに上手くいかない。これが本当だったら、一級品の特ダネですよ」

「意図的な虚報」

「そういうことです」

「ただし、結果的には失敗だった。警察はあくまで事故で済まそうとしていたのに」

「しかも悪いことに、鳴沢さんがいた」長瀬の唇が歪んだ。

「俺の家に来たのは？」

「様子を探りに行ったんですよ。あなたが西八王子署に赴任したことを知って、まずいと思った。独特の勘がある人だから、何かを嗅《か》ぎつけるんじゃないかと思ってね。案の定でしたよ。あなたが出てきたんじゃ、俺の書いたシナリオなんて紙屑です……明日、辞表を出すことにしました。一身上の都合ってやつでね。あの記事の裏側も、そのうち分かってしまうかもしれない。記者としては、絶対にやっちゃいけないことですよね」

この男は、女のために――家族のために自分のキャリアを捨てようとしている。そうしたくなる気持ちは理解できたが、別の方法もあるのではないか。

「この件が表に出ることはない。俺は喋らないし、地検も同じだ」

「それとこれとは関係ないんです」肩をすくめる。「俺の気持ちの問題なんだ」

「それはあんたの勝手だけど、それでいいのか？　これからどうするんですか」

「また小説を書くでしょうね」前を向き、少しだけ背筋を伸ばした。「きつい仕事ですよ。最初は、本当の話を嘘に置き換える作業だった。でも今度は、最初から嘘を書かなくちゃいけない。書くつもりではいるけど、もう書けないかもしれないな。そうなったら俺は、生きていく価値がない。ま、俺一人いなくなっても、世の中に悲しむ人はいないだろうけど」

「家族がいる」

「家族なんて、とうに壊れてますよ」溜息をつき、右の掌で顔を撫で下ろした。「今さら和解も理解もできない。そんなことは諦めてます。オヤジもジイサンも、やっぱり強くなれなかったんだ。自分たちの問題に向き合わないで、心の中に封じこめてただけなんだから。戦えばよかったんですよ。もっと早く畠山と戦って、潰しておくべきだった。いろいろと手はあったはずなのに。あの二人は卑怯だ」

「家族のことをそんな風に言わない方がいい」

「そんなこと、あなたに言われたくない。あなたに何が分かるんですか」

「分かるんだ」

「どうして」

今すぐ言葉にするだけの勇気はない。しかし、今夜は語るべきだと思った。それで一人の人間が――友が救われるなら。

車から出て、ズボンのポケットから鍵を取り出した。背後で息を呑む長瀬の気配を感じる。

長い夜が私たちを待っていた。

新装版解説

狩野大樹

私が書店員になってからかなり売った小説の解説を書くという機会をいただいたので、改めてこの鳴沢了《なるさわりょう》シリーズの最大の魅力とは何か考えてみた。

警察小説のシリーズ物は主人公が大きな陰謀に巻き込まれたり、事件の深みに引きずりこまれたり、読者が楽しめるお決まりのパターンがあると思う。

そういう楽しみ方を念頭に置いて第一作目『雪虫』を読んでみると、違和感があった。事件は中盤を過ぎても中々進むべき先が見えない。なにより主人公・鳴沢に好感が持てなく嫌な奴なのだ。いや、嫌な奴というと語弊があるかもしれない。若さからの頑なさと家族三代刑事一家という真面目さ、そして潔癖《けっぺき》さ。それが事件に光が見えないもどかしさと重なって、苛立ちを覚えさせられるのだ。

だが、終盤に差し掛かると、事件は目まぐるしく動き出す。その結末は鳴沢に刑事になってから感じたことのないほどの衝撃を与える。一作目だけでなくシリーズを通して、彼は事件が起こる度に自分の支えになっているもの、それまでの彼を形作ってきた大事なものを失っていく。

それでも鳴沢は刑事を続けていく。

何のために？

その答えを彼自身が探し求めるために。

いや居場所が刑事というそこにしかないからなのか。

答えはないのかもしれない。


発生する時間も場所もバラバラで、共通点のない事件。鳴沢は、自分が関わったそれらの事件を、自らの血肉としていく。

一作目『雪虫』から八作目のこの『被匿』までに鳴沢は変わったのか？　様々な環境、事件、多くの失ったもの、成長、吸収、諦め……それによって変化している。でも彼自身の根底は変わらない。

鳴沢了の人生を見つめる傍観者としてこのシリーズを改めて見て欲しい。『雪虫』では息苦しさすら感じさせた彼が持つ信念。その先が見えてくるのだ。

「刑事・鳴沢了」は堂場瞬一作品群の基礎にもなっているのは確かだ。改めて新装版で復活したこのシリーズ。現在では一〇〇冊以上ある堂場さんの作品の中では初期作品であるにもかかわらず、今も代表作に変わりないことが、改めて凄いと思わされた。

今作『被匿』は、一〇作（外伝を含めると一一作）ある鳴沢了シリーズの終盤作品である。

最大の理解者でもあった祖父を亡くし、偉大な父や相棒を失い、アメリカに渡り派手な事件をくぐり抜け、辺境の地（?）八王子《はちおうじ》に飛ばされた鳴沢。

平和な、というよりのんびりとした片田舎で起こった、政治家が橋から落ちて亡くなるという、今までの彼からすれば、小さな事件に触れる所から物語は始まる。

最初はいつもの通りの現場の聞き込みから、新天地での一歩を踏み出す。

だが事故死で終わるはずのこの出来事に鳴沢が携わることで、また彼の運命の歯車が動き出してゆく。

今回の事件は鳴沢と過去に知り合った人物が事件の奥に絡んでくる。このシリーズは通して読まなくても十分楽しめるのだが、一作目から読み進めていくと、意外な人物との繫がりが見えてくる。しかもその繫がりは時として、シリーズの垣根さえも越えていく。まさに全ての作品、全ての登場人物が繫がるかもしれないのだ。私たちが普段生活していても、何かの拍子に思わぬ人や出来事が繋がる時がある。人生を小説のように俯《ふ》瞰《かん》して見ることなんて滅多にないが、もしかしたら現実も多少なりとも、このように繋がりを見せるのではないか。鳴沢のように大事なものや人を失うことは多くないにしても。

そう、鳴沢了シリーズ最大の魅力、それは繋がりなのかもしれない。

繋がりがあるからこそ鳴沢は止まることが出来ず先に進み続けるし、私たち読者も読むことを止めることが出来ないのだ。

前述の通り、堂場瞬一さんは本当に多作な作家だ。毎日書店で品出しをしていても新刊が売り場から無くなることがない。書店店頭を巡ればたくさんの堂場作品が目に入ることだろう。その中でも原点と言える鳴沢了シリーズの解説を、書店員にお願いしたいとの依頼には、正直に言って驚いた。改めてこの作品に触れる機会をいただいて感じたのは、毎日書店にいて本に触れていても、忘れてしまうくらい大量の本が発売されている中で、過去の作品を新刊と一緒に紹介することの大事さ。そして解説を務めた私たち書店員も、この作品を手に取ってくれたあなたも、もう堂場瞬一作品から逃れることはできないという、運命の流れに引き込まれてしまったのではないか、ということであった。

このことに気付いてしまった以上、他の堂場作品を読み、作品同士の繋がりを楽しまない手はない。だが何度も言うが、堂場さんは、とにかく多作だ。今から全ての作品を読むことが可能なのだろうか？　それはこのシリーズの九作目、一〇作目を読んでからじっくり考えればいいのかもしれない。

（かのう・ひろき　八重洲ブックセンター本店　書店員）

この作品はフィクションで、実在する個人、団体等とは一切関係ありません。

本書は『被匿　刑事・鳴沢了』（二〇〇七年六月刊、中公文庫）を新装・改版したものです。

中公文庫

新装版《しんそうばん》
被《ひ》　匿《とく》
——刑事《けいじ》・鳴沢了《なるさわりょう》

2007年 6 月25日　初版発行
2020年 8 月25日　改版発行

著　者　堂《どう》場《ば》瞬一《しゅんいち》

発行者　松田陽三

発行所　中央公論新社
〒100-8152　東京都千代田区大手町1-7-1
電話　販売 03-5299-1730　編集 03-5299-1890
URL http://www.chuko.co.jp/

ＤＴＰ　ハンズ・ミケ
印　刷　三晃印刷
製　本　小泉製本

©2007 Shunichi DOBA
Published by CHUOKORON-SHINSHA, INC.
Printed in Japan　ISBN978-4-12-206924-4 C1193
定価はカバーに表示してあります。落丁本・乱丁本はお手数ですが小社販売部宛お送り下さい。送料小社負担にてお取り替えいたします。

●本書の無断複製（コピー）は著作権法上での例外を除き禁じられています。また、代行業者等に依頼してスキャンやデジタル化を行うことは、たとえ個人や家庭内の利用を目的とする場合でも著作権法違反です。

中公文庫既刊より

各書目の下段の数字はISBNコードです。978-4-12が省略してあります。

と-25-14
神の領域 検事・城戸南
堂場瞬一
横浜地検の本部係検事・城戸南は、ある殺人事件の真相を追ううちに、陸上競技界全体を蔽う巨大な闇に直面する。あの「鳴沢了」も一目置いた検事の事件簿。
205057-0

と-25-15
蝕罪 警視庁失踪課・高城賢吾
堂場瞬一
警視庁に新設された失踪事案を専門に取り扱う部署・失踪課。実態はお荷物署員を集めた窓際部署だった。そこにアル中の刑事が配属される。〈解説〉香山二三郎
205116-4

と-25-16
相剋 警視庁失踪課・高城賢吾
堂場瞬一
「友人が消えた」と中学生から捜索願が出される。親族以外からの訴えは受理できない。その真剣な様子にただならぬものを感じた高城は、捜査に乗り出す。
205138-6

と-25-17
邂逅 警視庁失踪課・高城賢吾
堂場瞬一
大学職員の失踪事件が起きる。心臓に爆弾を抱えながら鬼気迫る働きを見せる法月。その身を案じつつも捜査を続ける高城たちだった。シリーズ第三弾。
205188-1

と-25-19
漂泊 警視庁失踪課・高城賢吾
堂場瞬一
ビル火災に巻き込まれ負傷した明神。鎮火後の現場からは身元不明の二遺体が出た。傷ついた仲間のため、高城は被害者の身元を洗う決意をする。第四弾。
205278-9

と-25-20
裂壊 警視庁失踪課・高城賢吾
堂場瞬一
課長査察直前に姿を消した阿比留室長。荒らされた部屋を残して消えた女子大生。時間がない中、二つの失踪事件を追う高城たちは事件の意外な接点を知る。
205325-0

と-25-22
波紋 警視庁失踪課・高城賢吾
堂場瞬一
異動した法月に託されたのは、五年前に事故現場から失踪した男の事件だった。調べ始めた直後、男の勤めていた会社で爆発物を用いた業務妨害が起こる。
205435-6

と-25-24
遮断　警視庁失踪課・高城賢吾　堂場瞬一
六条舞の父親が失踪。事件性はないと思われたが、身代金要求により誘拐と判明、高城達は仲間の危機に立ち上がる。外国人技術者の案件も持ちこまれ……。
205543-8

と-25-28
牽制　警視庁失踪課・高城賢吾　堂場瞬一
娘・綾奈を捜し出すと決意した高城とサポートする仲間たち。そこに若手警察官の失踪と入寮を控えた高校球児の失踪が立て続けに起こる。
205729-6

と-25-29
闇《あん》夜《や》　警視庁失踪課・高城賢吾　堂場瞬一
葬儀の後、酒浸りの生活に戻った高城は、幼い少女の失踪事件の現場に引き戻される。被害者の両親をかつての自分に重ねあわせ、事件と向き合おうとするが……。
205766-1

と-25-30
献心　警視庁失踪課・高城賢吾　堂場瞬一
娘の死の真相を知る――決意した高城に、長野が新たな目撃証言をもたらす。しかし聴取後、目撃者が高城たちに抗議してきて……。人気シリーズついに完結。
205801-9

と-25-36
ラスト・コード　堂場瞬一
父親を惨殺された十四歳の美咲は、刑事の筒井と移動中、何者かに襲撃される。犯人の目的は何か？　熱血刑事と天才少女の逃避行が始まった！〈解説〉杉江松恋
206188-0

と-25-43
バビロンの秘文字（上）　堂場瞬一
カメラマン・鷹見の眼前で恋人の勤務先が爆破。彼女が持ち出した古代文書を狙う、CIA、ロシア、謎の過激派組織――。世界を駆けるエンタメ超大作。
206679-3

と-25-44
バビロンの秘文字（下）　堂場瞬一
激化するバビロン文書争奪戦。鷹見は襲撃者の手をかいくぐり文書解読に奔走する。四五〇〇年前に記された、世界を揺るがす真実とは？〈解説〉竹内海南江
206680-9

い-127-1
ため息に溺れる　石川智健
立川市の病院で、蔵元家の婿養子である指月の遺体が発見された。心優しき医師は、自殺か、他殺か――。見えていた世界が一変する、衝撃のラストシーン！
206533-8

各書目の下段の数字はISBNコードです。978－4－12が省略してあります。

い-127-2
この色を閉じ込める　石川智健
人食い伝説を残す村で殺人事件が発生。住人の口から上がった容疑者の名は、十年前に死んだ少年のものだった。恐怖度・驚愕度ナンバーワン・ミステリー。
206810-0

え-21-1
巡査長　真行寺弘道　榎本憲男
五十三歳で捜査一課のヒラ捜査員——出世拒否×バツイチ×ロック狂のニュータイプ刑事登場。圧倒的なスケールの痛快エンターテインメント！〈解説〉北上次郎
206553-6

え-21-2
ブルーロータス　巡査長　真行寺弘道　榎本憲男
真行寺弘道は、五十三歳で捜査一課ヒラ刑事という変わり種。インド人の変死体が発見され、インドを専門とする若き研究者・時任の協力で捜査を進めると……。
206634-2

え-21-3
ワルキューレ　巡査長　真行寺弘道　榎本憲男
元モデルだという十七歳の少女・麻倉瞳が誘拐された。真行寺刑事は、評論家デボラ・ヨハンソンの秘書を務める瞳の母に、早速聞き込みを始めたが——。
206723-3

え-21-4
エージェント　巡査長　真行寺弘道　榎本憲男
「令和」初の総選挙当日——。首相の経済政策を酷評し躍進する新党に批判的な男が、騒動を起こす。現場に居合わせた真行寺は騒ぎに巻き込まれるが……。
206796-7

さ-65-5
クランⅠ　警視庁捜査一課・晴山旭の密命　沢村鐵
渋谷で警察関係者の遺体を発見。虚偽の検死をする美人検視官を探るために晴山警部補は内偵を行うが、そこには巨大な警察の闇が——！　文庫書き下ろし。
206151-4

さ-65-6
クランⅡ　警視庁渋谷南署・岩沢誠次郎の激昂　沢村鐵
同時発生した警視庁内拳銃自殺と、渋谷での交番巡査銃撃事件。警察を襲う異常事態に、密盟チーム「クラン」がついに動き出す！　書き下ろしシリーズ第二弾。
206200-9

さ-65-7
クランⅢ　警視庁公安部・区界浩の深謀　沢村鐵
渋谷駅を襲った謎のテロ事件。クランのメンバーは「神」と呼ばれる主犯を追うが、そこに再び異常事件が——書き下ろしシリーズ第三弾。
206253-5

さ-65-8
クランⅣ　警視庁機動分析課・上郷奈津実の執心　沢村　鐵
包囲された劇場から姿を消した「神」。その正体を暴く鍵は意外な人物が握っていた。警察に潜む悪との戦いは佳境へ！　書き下ろしシリーズ第四弾。
206326-6

さ-65-9
クランⅤ　警視庁渋谷南署巡査・足ケ瀬直助の覚醒　沢村　鐵
警察閥の大量検挙に成功した「クラン」。だが「神」の魔手は密盟のトップ・千徳に襲いかかり――。迫り来るクライマックス、書き下ろしシリーズ第五弾。
206426-3

さ-65-10
クランⅥ　警視庁内密命組織・最後の任務　沢村　鐵
非常事態宣言発令より、警察の指揮権は首相へと移った。「神」と「クラン」。最後の決戦の行方は――。シリーズ最終巻、かつてないクライマックス！
206511-6

さ-65-11
雨の鎮魂歌《レクイエム》　沢村　鐵
中学校で見つかった生徒会長の遺体。次々と校内を襲う異常な事件。絶望の中で少年たちがつかんだものとは。「クラン」シリーズの著者が放つ傑作青春小説。
206650-2

た-81-4
告解者　大門剛明
過去に殺人を犯した男・久保島。補導員のさくらは彼の誠実さに惹かれる。その最中、新たな殺人事件が発生。告解室で明かされた衝撃の真実とは――。
205999-3

た-81-5
テミスの求刑　大門剛明
監視カメラがとらえた敏腕検事の姿。手には大型ナイフ、血まみれの着衣。無実を訴えて口を閉ざした彼に下る審判とは？　傑作法廷ミステリーついに文庫化。
206441-6

た-81-6
両刃《りょうじん》の斧《おの》　大門剛明
未解決殺人事件の犯人が殺された。容疑者は十五年前に娘を殺された元刑事。事件の裏に隠されたあまりに悲しい真実とは。慟哭のミステリー。文庫書き下ろし。
206697-7

ひ-38-1
CAGE　警察庁科学警察研究所特別捜査室　日野　草
誰かが刑事、誰かが犯人、そして誰かが存在しない。相良と彼の上司の琴平は、男に連れ去られる寸前の女子大生を助ける。だが相良と琴平の目的は……。
206858-2

各書目の下段の数字はISBNコードです。978－4－12が省略してあります。

ほ-17-1
ジウI 警視庁特殊犯捜査係
誉田哲也
都内で人質籠城事件が発生、警視庁の捜査一課特殊犯捜査係〈SIT〉も出動するが、それは巨大な事件の序章に過ぎなかった！ 警察小説に新たなる二人のヒロイン誕生!!
205082-2

ほ-17-2
ジウII 警視庁特殊急襲部隊
誉田哲也
誘拐事件は解決したかに見えたが、依然として黒幕・ジウの正体は掴めない。捜査本部で事件を追う美咲。一方、特進をはたした基子の前には謎の男が！ シリーズ第二弾。
205106-5

ほ-17-3
ジウIII 新世界秩序
誉田哲也
〈新世界秩序〉を唱えるミヤジと象徴の如く佇むジウ。彼らの狙いは何なのか？ ジウを追う美咲と東は、想像を絶する基子の姿を目撃し……!? シリーズ完結篇。
205118-8

ほ-17-4
国境事変
誉田哲也
在日朝鮮人殺人事件の捜査で対立する公安部と捜査一課の男たち。警察官の矜持と信念を胸に、銃声轟く国境の島・対馬へ向かう。〈解説〉香山二三郎
205326-7

ほ-17-5
ハング
誉田哲也
捜査一課「堀田班」は殺人事件の再捜査で容疑者を逮捕。だが公判で自白強要の証言があり、班員が首を吊った姿で見つかる。そしてさらに死の連鎖が……誉田史上、最もハードな警察小説。
205693-0

ほ-17-7
歌舞伎町セブン
誉田哲也
『ジウ』の歌舞伎町封鎖事件から六年。再び迫る脅威から街を守るため、密かに立ち上がる者たちがいた。戦慄のダークヒーロー小説！〈解説〉安東能明
205838-5

ほ-17-11
歌舞伎町ダムド
誉田哲也
今夜も新宿のどこかで、伝説的犯罪者〈ジウ〉の後継者が血まみれのダンスを踊る。殺戮のカリスマvs.新宿署刑事vs.殺し屋集団、三つ巴の死闘が始まる！
206357-0

ほ-17-12
ノワール 硝子の太陽
誉田哲也
沖縄の活動家死亡事故を機に反米軍基地デモが全国で激化。その最中、この国を深い闇へと誘う動きを、東警部補は察知する……。〈解説〉友清　哲
206676-2